岩 波 文 庫

37-N701-1

キリストはエボリで止まった

カルロ・レーヴィ作
竹 山 博 英 訳

岩 波 書 店

First published 1945
by Giulio Einaudi Editore S.p.A., Torino.

First Japanese edition published 1953,
this paperback edition published 2016
by Iwanami Shoten, Publishers, Tokyo
by arrangement with
Giulio Einaudi Editore S.p.A., Torino.

目　次

ルカニア(現在のバジリカータ州)

キリストはエボリで止まった

戦火が荒れ狂い、「歴史」と呼ばれるものがめまぐるしく移り変わる、多くの年月が流れた。私は運命に突き動かされて、あちこち右往左往するばかりで、あの地を去る時に、農民たちにした約束をまだ果たせていないし、はたしていつ果たせるのか、まったく分からない。しかし狭い世界に、ある一室に閉じこもっていても、記憶を呼び覚ましてあの別世界に行くのは喜ばしいことだ。因習と苦難に封じ込まれ、「歴史」にも「国家」にも見捨てられ、永遠に堪え忍ぶことしかないあの世界に。慰めも優しさもない、私のあの土地。そこでは農民は遠く隔離され、窮乏の中で、自分たちの不動の文明を生きている。乾いた土の上で、死の存在を感じながら。

「おれたちはキリスト教徒ではない」と彼らは言う。「キリストはエボリ〔カンパーニャ州にある人口約四万ほどの町〕で止まってしまった」彼らの言葉でキリスト教徒とは、人間のことだ。この何度も繰り返されるのを聞いた、格言のような表現は、彼らの言い方では、ある慰め得ない劣等感を表す以外の何ものでもないのだろう。おれたちはキリスト教徒ではないし、人間でもない。そもそも人間と見なされてなくて、獣、荷駄用の家畜扱いだ。そして獣ですらなくて、枯れ枝、小さな枯れ枝だ。だが獣は、悪魔にふさわしいのか、天使にふさわしいのか、ともかく野放しの生活をしている。ところがおれたちは、地平線のかなたの、キリスト教徒の世界がもたらす苦難を堪え忍び、その重荷を背負い、比較されることに苦しまなければならない。しかしながらこうした言葉は、象徴的言い方がいつもそうであるように、さらに深い意味を持っている。つまり文字通りの意味だ。キリストは本当にエボリで止まってしまった。そこでは鉄道や道路がサレルノ海岸からそれて、ルカニア〔現在のバジリカータ州〕の荒廃した土地に入って来るのだ。キリストはここまで来なかった、時間も、個人の魂も、希望も、原因と結果の因果律も、理性も、「歴史」も。キリストはやって来なかった。古代ローマ人がそうであったように。彼らは街道筋に駐屯していたが、山岳地帯や森林地帯には入り込んでこなかった。古代ギリシア人もそうだった。彼らはメタポントやシバリといった、海辺の都市で栄えたのだ。西欧のいかなる大胆な勇者も、移りゆく時間の感覚をこの地までもたらさなかったし、国家の神権政治や、自分自身を育てる永続的な活動ももたらさなかった。征服者、外敵、無理解な訪問者としてでなく、この地に接したものはなかった。季節は農夫の労苦の上を通り過ぎてゆく。今日も、五千年前も。いかなる人間の伝言も神の知らせも、この無感覚の貧しさには向けられたことがなかった。私たちは異なった言語を話している。私たちの言葉はここでは理解不可能だ。大旅行家たちは自分の世界の境界外には行かなかった。そして自分の心の道しか、自分なりの善悪の基準、自分なりの道徳と救済の道しかたどらなかった。キリストはユダヤ教のモラリズムの地下の地獄に降りて、その時の扉を打ち壊し、その扉を永遠に封じた。しかしこの暗黒の土地に、罪も救済もなく、悪とは道徳ではなくて、事物の中に常に存在する現世の苦痛であるこの土地に、キリストは降りてこなかった。キリストはエボリで止まってしまったのだ。

八月のある午後、私はがたがたの小さな自動車に乗せられて、ガリアーノ（バジリカータ州マテーラ県の小村、アリアーノのこと。本書ではガリアーノという名で呼ばれている）に到着した。手は拘束され、二人の屈強な国家の代表が付き添っていた。彼らのズボンの脇には赤い縦線が入り、顔は無表情だった。私は嫌々ながら移送されてきた。そのため目に入るすべてがわずらわしかった。というのも、私は急な命令でグラッサーノを発たなければならなかったからだ。そこは初めて住んだ場所で、ルカニアを知るやり方を学んでいた。初めは苦労した。グラッサーノはこのあたりのすべての村がそうであるように、人気のない高い丘のてっぺんにあり、白く輝いていた。それはまるで砂漠の中に孤立してそびえる、小さな想像上のエルサレムのようだった。私は村のてっぺんの、風が吹きすさぶ教会のところまで上るのが好きだった。そこからは果てしない地平線のあらゆる方向に目をやることができたが、目の届く範囲はみな同じだった。まるで白っぽい土の海の中にいるかのようで、木も生えていなくて、単調だった。遠くに白く村々がかすんでいたが、みなそれぞれの丘の上にあった。イルシーナ、クラーコ、モンタルバーノ、サランドラ、ピスティッチ、グロットレ、フェッランディーナ、そして山賊たちの土地や洞窟が、おそらく海のある方まで、メタポントやターラントの方まで、はるか彼方に連なっていた。私はこの裸の土地の分かりにくい美徳を直感的に理解し、愛し始めていた。だから場所を変わるのはいやだった。私には別れを悲しむ性向があるので、生活の準備をし始めるべき新しい土地への心構えができていなかった。しかし私は旅を楽しんだ。様々な作り話を聞き、想像をふくらませていた、バセント渓谷を閉じる山々の彼方の土地を見られることが喜ばしかった。私たちは昨年、グラッサーノの楽団が転落した崖の前を通った。その楽団はアッチェットゥーラの広場で演奏した後、夜の遅い時間に帰ってきて、転落したのだった。その時から死んだ楽団員たちは真夜中に崖の底に出てきて、トランペットを演奏するとのことだった。羊飼いたちは畏敬の念を抱きつつ、そのあたりを避けていた。しかしそこを通った時は晴れた日で、太陽は輝き、アフリカからの風が大地を焼いていて、粘土質の谷間からはいかなる音も上ってこなかった。

　山の少し高いところにはサン・マウロ・フォルテがあり、町の入り口で、何年もの間、山賊たちの首がさらされた柱を見るはずだった。その後、アッチェットゥーラの森に入った。かつてルカニアの地域全体を覆っていた太古の森の、わずかな生き残りだった。森という言葉は光のないことに由来《ルクス・ア・ノン・ルケンド》する、という古語があるが、今日でも本当にそうだ。

森の土地であったルカニアは全体が荒れ地になっている。だからまた木々、下生えの涼しさ、草の緑、葉の芳香に出会うことは妖精の国へ旅することのようだった。ここはかつて山賊たちの王国で、今日でもその遠い記憶のため、人々は恐れの混じった好奇心を抱きながら通り過ぎるのだ。だがかなり小さな王国で、スティリアーノへの登りにかかると、すぐに終わってしまう。スティリアーノでは年老いたカラスのマルコ〔広場にあったガソリンスタンドの主人の飼い鳥〕が、土着の神のようにして何世紀も広場に居座り、黒い翼を広げて石の上を飛び回っている。スティリアーノをあとにしてサウロ川の渓谷に降りると、白い石を敷き詰めた広い河床があり、川の中の島にコロンナ公の立派なオリーブ畑がある。そこでは狙撃兵の大隊が、ポテンツァに向かって行軍していたボルヘス[1]の山賊団に壊滅させられたのだった。ここで分岐点に出ると、アグリ渓谷に通ずる道を離れ、左に曲がり、数年前にできた細道に入る。

さようなら、グラッサーノよ、さようなら、遠くから見たり、想像していた土地よ！　私たちは山の反対側に出て、がたがた揺られながらガリアーノに登ってゆく。少し前まで、車も通わなかった場所なのだ。ガリアーノで道は終わる。そこのすべてが私には気にくわなかった。村は一見すると村らしくなく、ばらばらに立ち並ぶ白い家々の小さなかたまりのようで、そのみじめさにわずかなうぬぼれが見える。他の村のように丘のてっぺんにはなく、絵のような深い崖に取り囲まれた、不規則な形の丘の背の上に作られている。そして一見すると、この地方の他の村のように、厳しくて恐ろしげな外観はしていない。村に到着する側のほうには何本か木があり、少しは緑がある。だがこの個性のなさが私には気にくわなかった。私はもうグラッサーノのむき出しで劇的なまじめさに、そのはがれ落ちそうな石灰のしっくいに、悲しげに考え込んだようなその神秘性に慣れていた。目の前に広がるガリアーノの田園風の気配は、決して田園風ではないこの地域にあって、偽りに見えた。そしておそらくうぬぼれでもあるのだろうが、自分が住むことを強いられる場所が強制的気配を持たず、ばらばらに散らばっていて、もてなしがよさそうなのは不釣り合いに思えた。囚人にとって、誇張された、過剰なまでの鉄格子のある独房のほうが、外見上は普通の部屋のように見える独房よりも、大きな慰めになるのと同じだ。しかし私の第一印象は部分的にしか正しくなかった。

(1)　ホセ・ボルヘス(一八一三―六一)。スペインの軍人。両シチリア王国の亡命政府の要請を受け、山賊の反乱を利用して失地回復を行うため、山賊団とともに戦った。一八六一年九月に、ボルヘスは二十名足らずの部下とカラブリア南部に上陸し、北上して、バジリカータ州で、山賊の頭目カルミネ・クロッコと会い、共闘態勢を作って、各地の村々を襲撃し、支配下に入れた。彼は州都ポテンツァの征服を目指したが、クロッコと意見が合わず、ポテンツァ襲撃を断念し、ローマに向かっていたところを捕らえられ、タリアコッツォで処刑された。

私は車から降ろされ、村役場の書記に引き渡された。やせこけた男で、耳が遠く、黄色い顔に、先のとがった黒い口ひげを生やし、猟師風の上着を着ていた。私は村長《ポデスタ》〔ファシズムの時代の、任命制の村長。任期は通常五年だった〕と憲兵隊の曹長に引き合わされた。私の二人の護衛は挨拶をすると、そうそうに立ち去った。私は道の真ん中に一人残された。すると村は到着する側からは見えないことが分かった。なぜなら村は二つの崖が作る狭い背をたどって、大きく下降する唯一の道のまわりに、ウジ虫のように曲がりくねって広がっており、それから上りに転じ、また二つの崖が作る背を下り、虚空の上で終わっていたからだ。到着時に見たと思った田園風景はもはやなかった。いかなる方向にも白い粘土の絶壁しかなく、その上に家々が宙に浮くかのように立っていた。あらゆるところに、草も木もない、また別の白い粘土の壁がそびえ立ち、雨で削られて、穴、円錐、傾斜地を作っていて、意地悪そうな外見で、まるで月世界の光景のようだった。ほとんどの家はひびだらけで、今にも崩れそうで、深淵の上でかろうじて均衡を保っているように見えたが、その扉には奇妙にも、黒い旗で縁取りがなされていた。その旗のあるものは新しく、あるものは太陽や雨に叩かれて色あせていて、村全体が喪に服しているか、死の祝祭用に、旗で飾っているかと見えた。だれかが死んだ家の扉に、こうした旗をつけるのが習慣で、時がたって色あせるまで取り去られることはない、とあとになって知った。

村にはきちんとした店も、ホテルもない。私は家が見つかるまでの間、書記に、未亡人である義理の妹を紹介された。彼女はたまにしかいない通りすがりの旅人に貸す部屋を一室持っていて、食事も用意してくれるはずだった。村役場からわずかに離れた、村の始まりのところにある家の一つだった。こうして私は新しい居住地をより深く探るまなざしを投げる前に、手にスーツケースを持ち、愛犬のバローネを連れて、服喪の扉の一つをくぐって、未亡人の家に入り、台所に腰を下ろしたのだった。何千というハエが大気を黒く染め、壁を真っ黒に覆っていた。年老いた黄色い犬が大昔からの倦怠感を抱えて、床に横になっていた。同じ種類の倦怠感、嫌悪感、被った不正、恐怖感が、未亡人の青白い顔にも見えた。中年で、地元の衣装ではなく、一般市民が着る普通の服を着ていて、頭に黒いベールをかぶっているだけだった。夫は三年前に死んでいたが、ひどい最期だった。夫は愛の秘薬で魔女の農婦に魅惑され、愛人となった。女の子が生まれたが、夫がその時、罪深い関係を絶とうとしたので、魔女は死に至らしめる秘薬を飲ませた。病は長引き、その正体は不明で、医者たちは病名が分からなかった。夫は力を失い、顔が黒くなり、皮膚が青銅色になり、それがどんどん黒ずんできて、死んでしまった。妻は良家の婦人だが、一人きりになり、十一歳の息子を抱え、わずかな財産しかないので、懸命に生きるしかなかった。そこで部屋を貸していた。彼女の地位は、地主や小市民階級の紳士たちと農民の中間だった。そして双方の流儀と貧しさを合わせ持っていた。少年は司祭の手でポテンツァにある寄宿学校に入れられていた。今は休暇で家に戻ってきていた。物静かで、従順で、穏和で、もう宗教教育が体に刻み込まれていた。髪を剃っていて、首までボタンがある、寄宿学校の灰色の制服を着ていた。

未亡人の台所にしばらくいて、村について知っておくべき情報を聞いていると、扉を叩く音がして、何人かの農夫がおずおずと、中に入れてくれるように頼んできた。農夫は七、八人いて、黒い服を着て、頭に黒い帽子を載せ、黒い目に並々ならぬ真剣さをたたえていた。「あんたは今やってきたお医者さんかね?」と私に問いかけてきた。「来てくれ、具合の悪いものがいるんだ」彼らは村役場で即座に私の到着を知り、私が医師だと聞きつけたのだった。医者だが、長い間診察していない、と私は言った。当然村には医者がいるはずだから、そのものを呼ぶがいい、だから私は行かない、と付け加えた。村には医者はいないし、仲間は死にかけている、と彼らは言った。「医者がいないなんて、ありえるのか?」「いないんだ」私はひどく戸惑った。長い間医学に関わっていなかったので、はたして何か役に立つことができるのか、本当に分からなかった。だが彼らの頼みにどうして逆らえようか。彼らの一人の、白髪の老人が、近づいてきて、私の手を取り、口づけをしようとした。私は身を引いて、恥ずかしさに顔を赤らめたと思う。

これが最初だったが、その後も月日が流れる中で、別の農夫が同じ行為を繰り返そうとするたびごとに、同じように顔を赤らめたのだ。嘆願の行為なのか、封建的敬意の名残なのか？　私は立ち上がり、病人の家まで、彼らについて行った。

家はすぐそこにあった。病人は入り口近くの床に、担架のようなものに乗せられて横たわっていた。服を着込んでいて、靴をはき、帽子までかぶっていた。部屋は暗くて、薄暗がりの中で、農婦たちが嘆き、泣いている姿が、かろうじて見分けられた。男たち、女たち、子供たちが路上で小さな群れをなしていて、全員が家の中に入ってきて、私を取り囲んだ。脈絡のない彼らの話から、事情が飲み込めた。病人は数分前に家に運び込まれたところだった、二十五キロ離れたスティリアーノから帰ってきた、そこの医者の診察を受けるためにロバの背に乗せられて連れて行かれた、もちろんガリアーノにも何人か医者はいるが、診察はしない、それは藪医者だから、人非人の医者だからだ。スティリアーノの医者は家に連れ帰って死なせるように言っただけだった。いま家に帰ってきたところで、何とか助けてやってほしい。だがもう手の施しようがなかった。病人は死にかけていた。未亡人の家で見つけたアンプルも役に立たなかった。私は良心の呵責から、意識を回復させようと努めたが、希望はなかった。悪性マラリアの発作で、体温は通常の限界を超えており、組織がもう反応しなかった。顔は土気色で、担架の上に仰向けに横になり、言葉を発することなく、かろうじて息をしていた。仲間たちは嘆きの声で病人を包んでいた。しばらくして病人は死んだ。人々は私に道を空けた。私は一人で広場に出た。そこでは断崖と谷を越えて、サンタルカンジェロの方まで景色が開けていた。夕暮れ時で、太陽がカラブリアの山々の背後に沈んでいた。農夫たちは長い影を引きながら、小さく固まって、粘土の崖の上に遠くまで延びる細い道を、家に向かって、足早に立ち去っていった。

村にある唯一の道が広くなっているところ、そこが広場だった。そこでは道が平坦になり、村の高い部分、つまり上ガリアーノが終わる。そこから道は少し上り、小さな広場を通って、下ガリアーノへと下っていく。そして道は崩壊した崖で途切れる。広場には片側しか家がない。反対側には低い壁があり、その向こうは絶壁だ。それは「狙撃兵の墓穴」と呼ばれているが、かつてあるピエモンテ軍の狙撃兵がそこに投げ込まれたためだった。その兵士は山賊の時代にこのあたりの山岳地帯で迷い、山賊に捕らえられたのだった。

黄昏時で、空にはカラスが舞い、広場には夕べのおしゃべりのために村の紳士たちがやって来ていた。彼らは毎晩ここでそぞろ歩きをし、立ち止まって低い壁に腰を下ろし、沈みゆく太陽に背を向けて、安価なたばこに火をつけ、夕べのそよ風を待つ。反対側には、畑仕事から帰った農夫たちが家の壁にもたれていたが、話し声は聞こえない。

村長が私を認めて、呼び寄せる。彼はまだ若くて背が高く、大柄で太っていて、額には油を塗った黒い髪が乱雑に垂れ下がっている。顔は丸く、黄色がかっていて、ひげはなく、黒い小さな目は意地悪そうで、自己満足的で、信頼できない雰囲気を漂わせている。馬術教師風のチェックのズボンに長靴を履き、短い上着を着て、乗馬用の鞭をもてあそんでいる。これがルイージ・マガローネ教授だ。だが本当の教授ではなく、ガリアーノの小学校の教師だ。しかし彼の主たる任務は村にいる流刑囚の監視だ。彼はこの作業にすべての熱意と活動を集中している(私はあとでそれを確認することとなった)。彼はいみじくも知事閣下に、マテーラ県〔バジリカータ州はポテンツァ県とマテーラ県に分かれている。マテーラ県の県都はマテーラである〕で一番若く、最もファシスト的な村長、と折り紙をつけられたのではないか？　彼はそのことをすぐにカストラート〔十六～十八世紀にヨーロッパで活躍した、去勢された男性歌手の総称。その音域は普通の男性よりも高かった〕の甲高い声で告げてくる。その太った体からは、か細い声が、満足げに発せられる。私は村長がファシスト的であるという事実を喜ぶべきだったのだろう。すると彼はすぐに村の情報と、私がどう振る舞えばいいのか、伝えてくる。ここには何人か流刑囚がいる。全部で十人ほどだ。彼らと会ってはいけない。禁止されているからだ。それに卑しい連中で、工員で、つまらぬものたちだ。だが私は紳士だ、見れば分かる。私は村長が初めて紳士に、画家に、医師に、教養人に、自らの権威をふるえることを誇りに思っていると気づく。彼もまた教養のある人物なのだ。そのことを知らせようと躍起になる。私には親切にしたい、同じ身分に属しているから。でもどうして私は流刑になるようなことになったのか？　よりによって「祖国」がこれほど大きくなった、この年に。(だがその意見には少し懸念が混ざっている。アフリカの戦争〔一九三五年十月から三六年五月まで行われたエチオピア戦争を指す。三六年五月にアディス・アベバが陥落し、エチオピアはイタリアに併合された〕は始まったばかりだ。すべてうまくいくように期待しよう。そうしましょう)いずれにせよ、ここでは居心地がいいだろう。村は健康によくて、豊かだ。少しマラリアがあるが、たいしたことはない。農民は大部分が小地主で、貧者の名簿にはほとんど誰も書き入れられていない。県内でも最も豊かな村の一つだ。ただ注意する必要がある。悪い連中がたくさんいるからだ。誰も信用してはいけない。今のところは私は誰ともつきあわないほうがいい。彼には多くの敵がいる。あの農夫を治療したことを彼は知っていた。私がやってきて、医師の仕事をしてくれるのは幸運なことだ。そうしたくないのですか? 絶対に仕事をしなければ。そうすれば彼は本当にうれしく思うだろう。広場の奥から、年老いた叔父のミリッロ医師がやってきた。村の嘱託医師だ。心配する必要はない。叔父が私との競合を不快に思わないように、考えるから。それに叔父はたいして重要ではない。あそこを一人で散歩しているまた別の医師には注意が必要だ。どんなことでも仕掛けてくる。だが私が彼から患者をすべて奪えるなら、たいしたことで、村長は私を守るだろう。

ミリッロ医師は歩幅の狭い歩き方で近づいてくる。七十歳ほどに見える。ほほ肉が垂れ下がり、目は涙ぐんでいて、優しそうで、年老いた猟犬のようだ。動作はぎこちなく、間延びしているが、歳のせいではなく、生まれつきのようだ。手は震え、言葉は、異常に長い上唇と垂れ下がった下唇の間から、つっかえながら出てくる。初めの印象は、いい人だが、完全にもうろくしてる、というものだった。もちろん彼が私の到来を大いに喜んでいるはずはなかった。私は彼を安心させようとする。医師の仕事をするつもりはありません。今日病人のところへ行ったのは、緊急事態だったからで、村に医師がいたのを知らなかったのです。医師は私の話に満足する。彼もまた、甥と同じように、教養をひけらかすことを義務と考える。まるで屋根裏に忘れられた武具の戦利品のように、記憶の暗い片隅から、大学時代にしまい込まれた古くさい医学用語を引っ張り出す。だが彼のつっかえつっかえの口調からは、ただ一つのことしか分からない。医学のことはまったく知らないということだ。たとえいままで、多少なりとも何ごとかを理解していたにしても。高名なる「ナポリ学派」の栄えある教えは頭の中で姿を消し、長々と続いた日々の無関心の単調さの中であいまいなものになった。失われた知識の残骸が、倦怠に満ちた難破状態の中で、あらゆる病の唯一の治療薬であるキニーネの海に漂っている。私は彼を危険な科学の領域から引き離し、村や住民やここでの生活について尋ねる。

「いい人たちだが、未開だ。特に女たちに注意するように。あなたは若くて、美丈夫だ。だから女からは何も受け取らないように。ぶどう酒も、コーヒーも、飲み物も、食べ物も。確実に秘薬を入れるから。あなたはここの女たちに絶対に気に入られる。全員が秘薬を使うだろう。農婦たちからは何を受け取ってもだめだ」村長も同じ考えだ。秘薬は危険だ。飲んでもおいしくはない。むしろまずい。「何で作るか知りたいですか？」医師は私の耳に身を寄せ、低い声でつっかえながらささやく。正確な医学用語をようやく思い出したことがうれしいのだ。「げ、月経、月経血です」村長はまるで雌鶏のようにけたたましく笑う。「薬草も入れて、呪文もささやくのですが、肝心なのはそれです。無知なものたちですから。何にでも入れますよ、飲み物や、ココア、血を使った腸詰め、たぶんパンにも。月経血ですぞ。用心あれ」ああ、月日のたつ中で、私は知らずにどれだけ秘薬を飲んだことか？　もちろん私は叔父と甥の忠告に従わず、毎日農夫たちのぶどう酒やコーヒーとつきあった。たとえ女が用意したものであっても。もし秘薬が入っていたとしても、互いに打ち消し合ったのだろう。確かに具合が悪くなることはなかった。おそらくそれは何らかの不思議なやり方で、私がその閉ざされた世界に入り込むことを助けてくれたのだろう。魔法の鍵なしには入り込めない、黒いベールに覆われ、大地に根ざした、情熱的な、農民たちの別世界に。

ポッリーノ山から私たちの方に、夜のとばりが降りてくる。農夫たちはみなすでに村に帰り、家々では火が焚かれ、いたるところからロバや山羊の鳴き声や物音が響いてくる。広場はもう土地の名士たちでいっぱいだ。村長の敵である医師は、ただ一人で散歩しているが、私と知り合いになりたくて興味津々だ。彼は悪魔の黒いプードル犬のように、私たちのまわりを回って、輪を縮めてくる。医師はかなりの年配で、大柄で、腹が出ていて、胸を反り返らせている。口は大きく、口いっぱいに広がった歯は黄色く、不揃いで、先のとがった灰色のあごひげと口ひげが、その口を覆うように垂れ下がっている。その顔は敵意に満ちた不信感、絶え間ない、抑えがたい怒りを、見るものに伝えてくる。眼鏡をかけ、円筒状の黒いものを頭に載せ、すり切れた黒いフロックコートを着て、ぺらぺらの、着古した黒いズボンをはいている。黒く、大きな、木綿布の傘を振り回している。それは夏も冬も、雨でも陽が照っていても、常に慇懃無礼に開かれ、垂直に立てられて、持ち運ばれるのを見ることになったもので、自らの権威の小祭壇にかかげられた聖なる天蓋のようだ。ジビリスコ医師は怒り狂っている。ああ、彼の権威はかなり揺るがされたようだ。「農民は我々に耳をかさん。病気になっても、我々を呼ばない」異端に烙印を押す教皇の、怒りっぽい、いまいましげな言い方で話しかけてくる。「さもなければ、金を払おうとしない。治療は望むが、支払いはなしだ。だが気づくだろうさ。今日見たでしょう、あのものは我々を呼ばなかった。スティリアーノに行った。

そしてあなたを呼んだ。死んでしまったが、それでよかったのだ」この点については、より節度がある言い方だが、ミリッロ医師も同意見で、こう裏付けた。「ラバのように強情だ。やれやれ。自分の考えでやりたがる。キニーネを処方し、キニーネを出しても、飲みはしない。どうしようもない」私は競争するつもりがないことを言って、ジビリスコ医師も安心させようとする。だが彼の目は不審と疑惑でいっぱいで、怒りは収まらない。「我々を信用せん。薬学を信用せん。ご存じのように、すべてに効くわけではない。だが対症療法はできる。モルフィネがなければ、アポモルフィネ〔ドーパミン分泌薬。パーキンソン病などの治療に用いられる〕を使えばいい」ジビリスコもミリッロと同様に学識をひけらかすことにこだわる。だがすぐに彼の無知は老医師のそれよりひどいことに私は気づく。彼はまったく何も知らず、でたらめにしゃべっている。唯一彼が分かっているのは、農民たちが自分のためだけに存在することだ。彼らを診察し、その見返りに金銭と食べ物を得ることだ。そして彼に出くわしたものは、彼の手を逃れたものの分まで払うべきだ。医術は彼にとって権利そのものだ。田舎ものの生死を握る封建的権利だ。そして貧しい患者たちが自ら選択してこの生殺与奪権《ユス・ネカティオニス》から逃れ去るので、哀れな農民の群れに絶え間ない怒りが、凶暴な獣の憎悪が降り注がれるのだ。もし治療の結果が命取りにならないのだとしたら、悪意が機能しなかったためではなく、ただ単に、ある人間を技能を用いて殺すためには、多少なりとも科学の知識が必要だということだ。どんな薬を使うのか、彼は無関心だ。彼は薬について知らないし、何も知らないことを気にしていない。薬は彼にとって、自分の権利のための武器でしかない。戦士は尊敬を得るために、ただ自分の思うがままに、弓、剣、新月刀、ピストル、クリス〔インドネシア、マレーシアなどで用いられる刃先が湾曲した短剣〕を身につけることができる。ジビリスコの権利は先祖伝来のものだ。父も祖父も医師だった。弟は昨年死んでいたが、当然のように薬剤師だった。薬局は後継者がいなくて、閉鎖されるはずだった。だがマテーラの県庁にいる友人のつてで、住民の便宜のために、在庫がなくなるまで開き続けることができるようになった。薬剤師の二人の娘がその仕事をしているが、薬学を学んだことはなく、当然、毒物販売の許可を得ることはできないはずだった。もちろん在庫はなくなることがなく、半分空の缶に関係のない粉末が入れられ、その結果、計量を誤る危険性も薄まるのだった。しかし農民たちは強情で、疑り深い。医者にも、薬局にも行かず、彼らの権利を認めない。そしてマラリアが、当然ながら、彼らを死なすのである。

私は、散歩したり、低い壁に集団で無言のまま座っている紳士たちの情報を求める。憲兵隊曹長がきびきびした動作で通り過ぎる。髪の黒い、若い美男子だ。プーリア州出身で、髪をポマードで固め、意地悪そうな顔をしている。ウエストを絞った、ぴったりした優雅な制服で身を包み、ぴかぴかの長靴を履き、香水をにおわせ、尊大な態度で、足早に歩いている。彼には言葉を控えるべきだ。彼は監視すべき犯罪者のように、私を遠くから見る。彼はここに三年間いて、四千リラ貯めた、と噂されている。一度に十リラずつ、農民たちに抜け目なく権利を行使した成果である。彼は助産婦の愛人だ。背が高く、やせた、少しゆがんだ印象のある女で、きらきらした、物憂げな、夢見るような、大きな目を持ち、馬のような長い顔をしている。服装は粗末で、いつも忙しげで、田舎の音楽喫茶の女優のような、大げさで感傷的な仕種と口調で話す。曹長は少し立ち止まり、村長と小声で話す。彼の法の執行者であり、その後いつも意味深長な口調で長々と密談するのを見かけることになる。おそらく秩序を保ち、威信を高める最良の手段について話し合っているのだろう。だが私たちを高みからじろじろ見て、挨拶もなしに遠ざかり、奥の方の、女友達の家の扉に向かう。あるいはそうではなくて、ひそひそとささやかれているように、美しいマフィアの女のところに行くのかもしれない。助産婦の家の後ろに住んでいる、シチリア出身の流刑囚で、黒い髪に白い肌をしたすばらしい美人だが、誰も姿を見ることはない。というのは自分の村の習慣通りに、その美しさの秘密を家に隠していて、その隠遁を守るために、村役場の名簿に署名するのを、毎日ではなく、週一回にする許可を得ている、とも言われている。曹長はお世辞たっぷりであると同時に、威嚇的に、女に言い寄っているらしい。内気なシチリア女性は攻略不可能という評判で、シチリア島にはすぐさま名誉の復讐を行う男が何人もいると言われているが、それでもそのベールに覆われた優雅さが、法を具現化した力に長く抵抗するのは難しいと言われている。私たちの近くで静かにたばこをふかしている三人の紳士は、古めかしいダブルのボタンのチョッキに、黒い服を着ているその三人の紳士は、地主で、礼儀正しいが傲慢で、物憂げである。だが少し離れたところにいるもう一人の紳士は、知的な顔立ちの、やせた老紳士は、村で一番の金持ちのS弁護士だ。善良な人物で、悲しげで、自分が生きる羽目になった世界に大いなる不信と侮蔑を抱いている。去年、一人息子が死に、コンチェッタとマリーアという美人の娘たちはそれ以来家から一歩も出ず、ミサにも行かなくなった。ここでは習慣でそうなっているのだ、少なくとも有力者の間では。もし父親が死んだら、三年間、兄弟が死んだら一年間、娘たちは家に引きこもる。胸まで垂れる白いひげを生やし、弁護士の近くでたばこを吸っているあの老人は、退職した郵便受取人で、ジビリスコ医師の洗礼式の代父だった。ポエリオという名で、有名な愛国者の家系の、ガリアーノにおける分家の最後の子孫だ。もう耳が聞こえなくて、病気にかかっている。尿が出なくて、やせこけてしまった。すぐ死んでしまうのには疑いの余地はないだろう。

こうした情報を語ってくれたのは、私たちのグループに加わってきた陽気な若者、P弁護士だ。すぐに教えてくれたのだが、彼は数年前、ボローニャ大学を卒業していた。勉学に励む素質はもちろんのこと、職業的野心もまったくなかった。ある叔父が、大学を卒業するという条件で、村にあるすべての農場と家を遺産に残してくれた。そこで彼はボローニャに行った。ボローニャでの遍歴書生風の生活は彼の冒険であった。彼は卒業して、遺産を心静かに楽しむために帰郷したが、年上の女性と結婚したので、故郷を離れることができなくなった。村の環境の中で学生風の生活を続けようと努める以外、彼はまったく何もしていない。毎日の時間を、一年の毎日を、すべて、どうやって過ごそうか？　パッサテッラ〔いろいろな口実をもうけて、互いにぶどう酒を飲ませ合う遊び。二四六ページ参照〕、カード遊び、広場でのおしゃべりだ。夜はあちこちのぶどう酒蔵でだらだらと過ごす。叔父の遺産はかなりの部分がボローニャで、まだ実際に所有する前に、賭け事でなくなった。今農場はすべて抵当に入り、収入は少なく、家族は増えている。だがその善良な若者はまだやはりボローニャの学生気分で、陽気で、自堕落だ。広場の反対側で騒いでいるのは彼の飲み仲間、パッサテッラ仲間の、小学校の補助教員だ。今夜も酔っているが、いつもほとんどそうで、それも朝からだ。だが悪酔いするたちで、凶暴で、怒りやすく、けんか早くなる。学校で教えている時、彼の怒鳴り声は村の奥でも聞こえる。

みなが不意に立ち上がり、郵便局の方に向かう。実際に道のてっぺんに老女の配達人が、新聞と郵便物の袋を持ってやってくるのが見える。彼女は毎日ラバで、サウロ川の分岐点まで、がたがたのバスが通過するのに合わせて、それを取りに行く。そのバスは遠くのマテーラからアグリ渓谷まで、何千という曲がり角をまわり、ひどい揺れに堪える、不運な乗客たちを運んでいくのだ。全員が郵便局に走り、背中にこぶのある、はしこそうな顔つきをしたドン・コシミーノが包みを開け、仕分けをするのを待つ。これは欠席するものがいない夕方の儀式で、私もその後毎日、年間を通じて参加することになった。みなが郵便局の外で待ち構えている。しかし村長と曹長は中に入り、公的郵便を口実に、全員の手紙を好奇心むき出しで調べる。だが今夜は郵便が遅れていて、宵闇が迫ってきたので、私がなおも屋外に留まるのは妥当ではない。小柄でやせている司祭長が足を引きずりながらやってくるのが見える。大きな赤い房飾りが帽子の上に載っている。だがだれも挨拶をしない。私はもう立ち去らなければならない。愛犬のバローネに口笛を吹くと、バローネは大きく跳ね飛びながら私の前を歩く。新しい村の新しいにおいに、新しい犬、羊、山羊、鳥のにおいにうっとりとしているのだ。私は上り坂をゆっくりと、未亡人の家に向かって歩く。

狙撃兵の墓穴は陰に満たされていて、その陰はいたるところで地平線を閉ざす黒紫色の山々を包んでいる。星々がまたたき始め、アグリ川の向こうではサンタルカンジェロの明かりがきらめき、さらに遠くでは、未知の村々の明かりが、ノエポリかセニーゼの明かりがかすかに見える。道は狭く、家々の戸口には、押し寄せる闇の中で、農夫たちが座っている。死者の出た家からは、女たちの嘆きの声が聞こえる。判然としないざわめきが私のまわりを大きな輪になって回っていて、その向こうには深い静けさがある。まるで自分が、空から落ちて、池に投げ込まれた石にでもなったような気分だ。

「つまりここは地主や小市民階級の紳士の村なのだ！」未亡人の家で夕食を待ちながら、私は考えた。鍋の下では火が燃えていた。人の良い未亡人は私が旅で疲れていて、何か温かいものを求めていると思ったのだ。普通夕方は、金持ちの家でも火を起こさない。朝の残りで十分なのだ。わずかのパンとチーズ、オリーブの実と、いつもの干しイチジクで。貧しい家では一年中、パンだけを食べる。たまにていねいに押しつぶした生のトマトをつけたり、ニンニクをこすりつけてオリーブ油を垂らしたり、ひどく辛くて、「悪魔の」と呼ばれる、スペインのペペローネを添えたりする。「ここは地主や小市民階級の紳士の村だ」私はまだ自分の印象を整理したり、村の政治や情熱のあらゆる秘密に踏み込むことはできなかった。だが広場の紳士たちの態度や慇懃無礼さ、立ち会った会話で耳にした、全般的な怨恨、侮蔑、相互不信の口調、奥底の憎悪をあらわにする安易さは私を驚かせた。到着したばかりのよそ者に見せる自然な遠慮もなかった。そのために私はみなから即座に、相手の悪癖や弱点を知らされることになったのだ。まだきちんと明確にできないにせよ、ここでもグラッサーノと同様に、万人の万人に対する相互の憎悪が二つの党派に分かれて固まっていることは明らかだった。ここでもグラッサーノと同様に、そしてルカニアのすべての村がそうであるように、無能力、貧しさ、早すぎた結婚、守るべき利権、あるいは何らかの運命の必然から、ナポリやローマといった天国に移住できなかった紳士たちが、自分たちの幻滅や極度の倦怠感を全般的な怒りに、間断のない憎悪に、旧来の感情の永遠の再生に、絶え間ない戦いに変える。それは生きることを強いられた地上の小さな片隅で、すべてのものに、自分の権力を認めさせるためだ。ガリアーノはとても小さな村で、街道からは遠く、人は無関心だ。そのため情熱は最も基本的で単純な形で存在するが、他のところと比べても、決して弱くはない。だがそれを理解する鍵をすぐに見つけるのは、さほど難しくない、と私は心の中で思った。

それに反してグラッサーノはかなり大きくて、街道の半ばにあり、県庁所在地から遠く離れてはいない。そしてここのように、すべての人が絶え間なく触れ合っているということもない。だから情熱は深く隠すことができ、より間接的な形となり、複雑な外貌をまとうことになる。グラッサーノの秘密は到着した初めの頃に、その最も情熱的な主人公たちの一人によって明かされた。ガリアーノの秘密はどうやって知ることになろうか。ガリアーノでは三年間を過ごさねばならない。無限の時間だ。世界は閉ざされていて、紳士たちの憎悪と戦いだけが毎日の出来事だ。それは深く根付いた激しいもので、ギリシア悲劇のように惨めで激烈であるのを、私はもう彼らの顔に見て取っていた。私はスタンダールの英雄のように自分で計画を立て、誤りを犯さないようにしなければならない。グラッサーノでは私の情報提供者は、国防義勇軍〔一九二二年に結成されたファシスト党の民兵組織で、黒いシャツを制服としていたが、一九二三年に軍隊に組み入れられた〕の指揮官であったデクント中尉だった。ここでは誰がそうなるのか。

私がローマのレジーナ・チェーリ刑務所から到着した翌日、グラッサーノの国防義勇軍指揮官のデクント中尉が猶予を認めない命令で私を召喚した。その時私はまだ順応していなくて、世界で何が起きているか正確には知らず、迫り来るアフリカの戦争について、村にいかなる気分が蔓延しているのか分かっていなかったので、何らかの新しい迷惑を被るのを恐れた。しかし私は、事務室として用いられている小さな部屋に、礼儀正しい、小柄な金髪の若者がいるのを見出すことになった。彼の口角は少し上がっていて、小さな目は明るい空色で、その視線は事物を斜めから見るように、落ち着きがなかった。何かを恐れているというよりも、ある種の恥辱感か嫌悪感のために、引っ込み思案になっているようだった。私を呼んだのは、私が除隊した将校で、彼もそうだったため、知り合いたかったからだ。彼はすぐにこだわりを見せながら、言ってきた。自分は国防義勇軍の指揮をしているが、警察、憲兵隊、村長、ファシスト党書記長とは一切関係ないと。特に最後のものは犯罪者で、それ以外のものたちはみな彼にふさわしい一味だった。

グラッサーノでまともに生きるのは不可能で、救済の道はなかった。全員が野心家、泥棒、いかさま師、乱暴者だった。彼は絶対にここから立ち退くべきだった。死んでしまうからだ。それ故アフリカ行きの志願兵に応募した。すべてがそれでだめになるなら、仕方がないことだった。嘆くことなどなかった。惜しむことなどほとんどない。「あらゆることのために、すべてをかけよう」彼は私の脇のはるか彼方を見つめながら、私に向かって言った。「これは終わりだ、分かりますか？　おしまいだ。もし我々が勝利したら、おそらく何かを変えられるかもしれない。だがイギリスがそうさせまい。おそらく自殺行為だ。これが我らの最後の切り札だ。もしうまく行かなかったら……」そしてここで、世界は終わるというような仕種をした。「どうだろう、まずいことになるだろう。だがそれは重要ではない。このまま続けることはできないのだ。あなたはここにしばらく残る。あなたは我々の問題には部外者だから、判断できるでしょう。この村の生活がどのようなものか見たあとなら、私が正しいと言うことでしょう」私は信用していなかったので、口を閉じていた。しかしあとになって、デクント中尉はおそらく私を監視していたが、誠実な人物で、彼の悲観主義は見せかけではないことを認めざるを得なかった。彼は私がよそ者で、私にしなら自分の怒りをはき出せるから、私に好意を抱いたのだった。村のてっぺんにある教会まで私が上り、風に吹かれながら、荒涼たる風景を眺めるたびに、彼が近くに姿を現すのだった。まるで幽霊のように、灰色の制服を着て、金髪をなびかせながら、私を見ることなく、私に話しかけてきた。彼は何世代にもさかのぼる憎悪の鎖の、最後の輪に他ならなかった。百年か、それ以上か、二百年か、おそらく永遠にそうであったものだ。彼は代々受け継がれてきたこの情熱を共有していた。手の施しようもなく、彼はそれにむしばまれていた。彼らは何世紀にもわたってここで憎み合ってきたし、今後もそうだと思えた。この同じ家々で、バセント川の同じ白い石を前にして、イルシーナの同じ洞窟を前にして。今日では周知のようにみなファシストだ。だがこれが何かを語っているわけではない。以前はニッティ[2]派か、サランドラ[3]派であった。そして時をさかのぼると、ジョリッティ[4]派か、反ジョリッティ派であったり、右派か左派であったり、親山賊派か反山賊派であったり、ブルボン王朝[5]派か自由主義者であったり、その前はどうであったのか分からないほどなのだ。しかしこれが真の起源だった。かつて地主の紳士たちがいて、山賊たちがいた。そして地主の紳士たちの子供がいて、山賊たちの子供がいる。ファシズムは物事を変えなかった。むしろかつては政党があったので、きちんとした人たちはみな、ある特殊な旗印の下に、一方の側にいて、自らを他のものたちと区別し、ある政治的外見のもとで戦うことができた。今は匿名の手紙か、圧力か、県庁内での贈賄しか手段がない。なぜならみながファシズムの枠に入っているからだ。「いいですか、私は自由主義者の家系のものです。私の曾祖父たちはブルボン王朝下で牢獄に入っていました。だがファシスト党書記長はどうだか分かりますか？　山賊の息子なのです。本当にそうなのです。そして彼に手を貸していて、今村を支配している他のすべてのものたちは、みな同じ種類のものたちです。マテーラでも同じことです。当地出身のN国会議員は山賊に荷担した家の出身です。またこのあたりのすべての土地の地主で、広場に面した宮殿風の邸宅の所有者であるコッレフスコ男爵とは何者でしょう？　ご存じのように彼はナポリにいて、このあたりにはやって来ません。知りませんか？　コッレフスコ男爵一族は、このあたりの、一八六〇年代の山賊暴動で、ひそかに真の親玉を務めていたのです。彼らに金を与え、武装させていたのは彼の一族です」この時、中尉の水色の目は憎悪に燃えた。「私は何度も見たのですが、あ

(2)　フランチェスコ・サヴェリオ・ニッティ(一八六八―一九五三)。第一次世界大戦後の難しい時期に首相を務めた(一九一九―二〇)。反ファシズムの立場を取り、亡命を余儀なくされた。

(3)　アントニオ・サランドラ(一八五三―一九三一)。保守派の政治家で、イタリアが第一次世界大戦に参戦した時の首相(一九一四―一六)だった。初期のファシズムに好意的立場を取った。

(4)　ジョヴァンニ・ジョリッティ(一八四二―一九二八)。自由主義的政治家で、一九〇三年から一四年まで中断を交えながらも継続的に首相を務め、イタリアの経済発展に貢献した。

(5)　十八世紀から、南イタリアやシチリアにまたがる両シチリア王国を支配した、スペイン・ブルボン王朝の分家を指す。イタリア統一の際、ガリバルディの軍隊により滅ぼされた。

なたはしばしば、男爵の邸宅の石のベンチに座りますね。百年前に、いや百年よりももっと前に、今あなたがしているように、同じベンチに、夕べの涼しさを求めて、今の男爵の曾祖父が毎晩座っていました。彼は生まれて何年もたっていない小さな子供をいつも腕に抱いていました。その子供が今の男爵の祖父で、国会議員であり、山賊とぐるになっていたのです。まさにそのベンチで、老人は私の曾祖父の親戚のものに殺されたのです。それは薬剤師で、パレーゼ医師の弟でした。我々デクントのものたちは、ここグラッサーノでは同じ家系なのです。ポテンツァにはまだ医師の孫たちが何人かいます。こんな具合だったんです。その当時ここにカルボナーリ党〔十九世紀初頭に生まれた秘密結社的政治組織で、急進的な立憲自由主義を目指し、各地で武装蜂起を企てた〕の支部があり、パレーゼ兄弟、あなたがご存じの大工のラサラと同じ家系のラサラ家のもの、ルッジエーロ家のもの、ボネッリ家のもの、それ以外にも多くのものが加盟していました。そしてその中に、自由主義を標榜していたコッレフスコ男爵もいたのです。しかし男爵はスパイで、すべての成員を告発するため、中に入ってきたのです。事実ある日、その後に行う何らかの活動のために、会合が開かれました。それが終わるとすぐに、男爵は邸宅に戻り、信頼する召使いを呼び寄せました。最上の馬に鞍を載せ、陰謀荷担者のすべての名を書いたリストとともに、手紙をその召使いに与え、ポテンツァの長官のもとに届けるようにしました。しかし召使いの出発が目に留まらずにはいられなかったのです。すでに疑惑の目が注がれていました。あの召使いはこの時間に、村で一番いい馬に乗って、ポテンツァに何をしに行くんだ？　一刻の猶予もならない。召使いを追いかけ、捕まえ、裏切りを確認すべきだ。四人のカルボナーリ党員が馬で出発しました。しかし男爵の馬は彼らのものよりすぐれていて、しかも一時間優位を保っていました。四人は近道や小道を懸命に走り、一晩中駆け続けて、ポテンツァのすぐ近くの森の外れで、ようやく召使いに追いつきました。彼らは駆けながら、遠くから馬を射撃し、馬は倒れました。彼らは召使いを捕らえ、木に縛り付け、体を探って、男爵の手紙を見つけました。召使いは殺さずに、木に縛り付けたままにしました。そしてがむしゃらにグラッサーノに戻りました。裏切り者を罰する必要があったのです。カルボナーリ党員は集まり、だれが男爵を殺すのか、くじを引きました。パレーゼ医師にくじが当たりましたが、弟の薬剤師の方が射撃がうまく、独身だったので、交代を求め、受け入れられました。当時は、邸宅の前には今日のように家はなく、そこから野原が広がっていて、大きな樫の木が立っていました。夕方でした。薬剤師は自分の銃を抱えて樫の木の背後に隠れ、男爵が夕涼みに出てくるのを待ちました。満月の晩でした。男爵は出てきましたが、腕に子供を抱いていて、石のベンチに座ると、子供を膝の上で飛び跳ねさせました。薬剤師は撃つのを待ちました、無実の者を撃ちたくなかったのです。

しかし子供を家に帰す様子がなかったので、決意しなければなりませんでした。彼は腕のいい射撃手で、狙いを誤りませんでした。まさに子供が抱きついている時に、男爵の額の真ん中を射貫いたのです。もちろん自由主義者たちは全員身を隠しましたが、逮捕されて、有罪になりました。薬剤師はポテンツァの監獄で死にました。医師も長く監獄にいて、そこで死ぬはずでした。しかし長官の妻が難産で、分娩できず、命の危険にさらされるという事件が起きました。ポテンツァの医師たちは誰も彼女を助けられませんでした。その時、監獄にいる医師を呼ぶことを思いついたものがいたのです。医師は呼び出されて、長官夫人の命を救い、夫人は美しい男の子を得ました。夫人は体力が回復すると、ナポリに駆けつけ、王妃の足下に身を投げ出しました。医師は恩赦を得ましたが、グラッサーノには戻りませんでした。医師はポテンツァに残り、その子孫がまだそこにいるのです。薬剤師が細心の注意を払って救った子供は、あなたに言ったように、その後イタリア議会に当選したグラッサーノの最初の国会議員になり、自由主義を標榜していた。しかし同時に山賊に荷担していたのは彼だったのです。そして今の男爵であるその孫は、ここには姿を見せませんが、彼がひそかにローマから、村を支配する山賊団を保護しているのです。みな山賊の子孫たちです」この話の細部がすべて真実か、私は確かめることができなかったが、グラッサーノの紳士たちの相互憎悪をある程度聞こえの良いものにして、それを遠い昔に運び、少なくとも部分的には理想的な動機に結びつけている。しかしそのことは重要ではない。紳士たちの戦いは父から子に受け継がれた一つの「復讐」とは関係ないし、たまたまそうした形になることがあるにしても、保守主義者と進歩主義者との間の現実的政治闘争でもない。もちろん二つの党派のおのおのは悪質な犯罪のかどで、相手を非難する。デクント中尉の話さえも、まったく逆の視点から、感傷的な調子で、現在権力を握っているグループの成員から聞かされた。しかし紳士たちの間のこの絶え間ない戦争は、同じ形で、ルカニアのすべての村々に存在するというのが事実だ。小市民階級は必要な品位を保ちながら生きるのに、紳士の生活をするのに、十分な手段を持ち合わせていない。いくらかでも能力のある若者は、自分の道を何とか歩めるものは、みな村を去る。最も運のいいものは、山出しのままアメリカに行く。他のものたちはナポリかローマに行く。そして村には帰ってこない。一方村には無能者、何もできないもの、肉体に欠陥のあるもの、愚か者、怠け者が残る。そして倦怠と貪欲さが彼らを意地悪にする。この堕落した階級は、生きるために(小さな所有地はほとんど何も生まない)、農民たちを支配する必要があるし、村で教師、薬剤師、司祭、憲兵隊准尉など、報酬の多い仕事を確保すべきなのである。従って権力を個人の手に握るのは死活問題になる。我々か、我々の親戚の一員か、あるいは相棒たちが支配者の地位につくことが。ここから、かく求められ、必要とされるその権力を強奪し、他人から奪い取る、絶え間ない戦いが始まる。環境の狭さ、無為、個人的、政治的理由の絡み合いが、その戦いを間断のない、激しいものにする。毎日、ルカニア中のあらゆる村から、県庁に向けて、匿名の手紙が発送される。県庁は正反対の態度を取っているが、実はそのことに満足している。「マテーラでは私たちの争いを取り除こうというふりをしています」とデクント中尉は語った。「しかし実際にはできる限りそれを助長させようと努めています。ローマからそうしろと指示を受けているのです。こうして脅迫か、期待で、みなを手中に収めています。でも私たちは何を期待できますか?」そしてここで特有の手の仕種がなされる。それは、無を意味している。「ここでは生きていけません。出て行く必要がある。今はアフリカに行くのです。私たちの最後のカードですから」

私にこう語った時、国防義勇軍中尉の顔は灰色になり、落ち着きのない目はむなしい激情に空色の輝きを失い、悪意に満ちた絶望の光を放った。彼のすべてがそうした人たち、そうした憎悪、そうした情熱に属していた。彼は彼らの一員であり、それが彼を憔悴させていた。彼には良心と恥の感覚の萌芽があった。彼もまた他の人たちと同様に、アフリカの冒険を、堕落した小市民階級に必要な「生命線」を信じていた。しかし同時に、まだ未発達で、全く感情的なやり方だったが、この堕落と惨めさを自覚しており、戦争がその逃げ口に、破壊の世界への逃げ口になることを理解していた。結局のところ、冒険の中で彼を一番引きつけていたのは、まさに敗北と壊滅の可能性だった。そのことは「私たちの最後のカードだ」という言葉を繰り返す時の口調に見て取れた。彼の中にあるわずかな良心の光は、彼を同郷人と違うものにしていたが、それは恥辱に満ちた深い自己嫌悪以外の形では現れ出なかった。紳士たち相互の憎悪に、彼は自分自身への憎悪を付け加えた。それは彼を、いかなる悪意のある行為もできるような、他人よりもより意地悪く、堪え難い存在にした。このことは彼を見るものの目には明らかだった。彼は良き家庭の若者が持つ無邪気で単純なものの見方と矛盾せずに、殺したり、奪うことができただろう。その根本的絶望感のために、スパイをしたり、おそらく英雄として死ぬこともできただろう。こうしたことのすべてが、彼にとってのアフリカ戦争なのだった。もしうまく行かなくても、それがどうだというのだ。世界全体が崩壊して、丘の上に白く、不変にそびえる、紳士と山賊の村、グラッサーノの思い出をも埋め尽くしてしまうだろうから。

「しかしデクント中尉のささやかな、将来不幸をもたらすような良心の光は、まれなもので、おそらく唯一のものだろう」私は未亡人の台所で夕食を待ちながらこう考えた。そうした良心の光は、広場で新しく知り合ったものたちの、愚鈍で、意地悪で、欲望をむき出しにした満足げな顔にはまったく見られなかった。明らかに彼らの情熱は歴史をさかのぼることはなく、崩壊する粘土質の土地に囲まれた村から出ることはなく、四軒の家に囲まれた小さな中庭ではぐくまれ、日々の食物や金に事欠く窮乏に責められ、せき立てられていた。しかし彼らはその情熱を地主や小市民階級の紳士の形式主義で偽装したが、うまく隠すことはできず、小心と荒廃した風景に狭められた空間の中でふくれあがり、激しく吹き出すまでになっていた。それは未亡人の作る薄いスープが、暖炉で燃える、枯れ枝の小さな火にかけられ、シューシュー、ゴトゴトと音を発し、土鍋のふたの間から蒸気を吹き出すのと同じだった。私は火を見ながら、目の前に広がる日々の無限の連なりについて考えた。そうした日々を過ごせば、私にとっても、人間世界の地平線はこの暗い情熱の圏内になるはずだった。その間に未亡人はテーブルにパンと水差しを並べていた。それは硬質小麦で作られた、この土地の黒いパンで、とても大きくて、三キロ、あるいは五キロもあり、一週間持つのだった。貧しいものや、富めるものの、ほとんど唯一の食物だった。太陽のように、あるいはメキシコの暦の石のように、丸い形をしていた。私はすでに学んでいたやり方で、そのパンを切り始めた。それをしっかりつかんで胸に押しつけ、自分のあごを切らないように注意して、鋭利なナイフで手元に引き切ったのだ。水差しはグラッサーノのものに似ていて、あちこちで女たちが頭に載せて運んでいるものだが、フェッランディーナ産のアンフォラで、赤黄色の土でできていた。古代の女性像のようにくぼみ、ふくらんでいて、胴体が締まり、胸と腰が丸く、とってのところには小さな腕があった。私は家で織った、厚い布地のテーブルクロスを前に、一人でテーブルについていた。しかし室内は空っぽではなかった。道に面した扉が時々開き、近所のもの、知り合い、未亡人の代母など、様々な女たちがやってきた。彼女たちは水を運んでくるとか、明日川で洗い物がないか訊くなど、様々な口実を持っていた。彼女たちは私のテーブルからは遠い、入り口近くに立ち止まり、身を寄せあって、まるで小鳥のように、一斉にしゃべった。私を見ないようなふりをしていたが、時々、ベールの下から、私のほうに、その黒い目を好奇心満々に素早く向けては、森の動物のように即座にそらすのだった。私はまだ村の服装に慣れていなかったが（それはあわれな民族衣装の名残で、ピエトラガッラやピスティッチの有名なそれとは比べものにならなかった)、女たちはみな同じに見えた。その顔は、幾重にも折りたたまれ、背中にまで垂れているベールに縁取りされており、体には木綿の粗末なブラウスをまとい、脚の半ばまで届く、幅広の、釣り鐘形の黒いスカートをはき、足には長いブーツを履いていた。彼女たちは背筋をまっすぐに伸ばしていた。それは頭の上に荷物を載せ、釣り合いを取って運ぶことに慣れたものの、荘重な身振りで、表情にはみな野生の重々しさが見えていた。その仕種は威厳に満ちていて、女らしい優雅さがなく、好奇心に満ちた黒い目の重い視線と同じだった。私には女とは見えず、奇妙な軍隊の兵士か、あるいは白い小さな帆に風をはらんで出帆しようとしている、丸い形の黒い船の船団と思えた。私は彼女たちを見つめ、私には耳慣れないその方言の会話を理解しようとした。その時扉を叩く音が聞こえ、女たちがスカートやベールを大きくひるがえしていとまごいをして出て行くと、新たな人物が台所に入ってきた。

それは小さな赤い口ひげを生やした若者で、茶色い革製の、細長いケースをかかえていた。その服装はみすぼらしく、靴はほこりまみれだったが、シャツにはカラーがついていて、ネクタイを締めており、頭には背の高い、奇妙な丸い帽子をかぶっていた。それには蠟《ろう》引き布製のひさしが付いていて、かつて士官候補生がかぶっていたものを思わせたが、灰色の布地を背に、U・Eという、朱色の布地でできた大きな二文字が、帽子の高さいっぱいに縫いつけてあった。その大きなUとEの意味を私が問うと、その若者は徴税局員を意味するのですよ、と答えた。そしてていねいに革ケースを置くと、私のテーブルに腰を下ろし、ぶどう酒を一杯注文して、パンとチーズの包みをポケットから取り出し、食べ始めた。彼はスティリアーノの徴税局員であり、徴税局の仕事でしばしばガリアーノに来ていた。今日は遅くなったので、未亡人のところに滞在するしかなかった。明日もまたガリアーノで働くはずだった。彼は自分の仕事については喜んで語らなかった。だが革ケースの中身はすぐに、とても満足げに見せてくれた。それはクラリネットだった。彼がそれを身から離すことはなかった。農民たちの金を狩り出す旅ではいつも持ってきていた。その仕事は苦労して見つけたものだし、生きる必要があった。だが彼の野心は別のところに、音楽にあった。まだ完全ではなく、一年しかクラリネットを勉強していないが、いつも練習していた。もちろん演奏してもいい、あなたが音楽を理解できると思えるからだ。だが短い曲だけだ、これから洗礼式の代父に会いに出かけなければならないし、もう遅いからだ。パンとチーズは終わってしまい、食べるものはなくなった。クラリネットはある歌曲の旋律をおぼつかなげに、弱々しく演奏した。犬たちがそれにあわせて喉を鳴らした。

徴税局員の演奏家が外出して、二人きりになると、未亡人は徴税局員と相部屋にせざるをえない、と謝りながら申し出た。他の方法はなかった。「でもいい若者ですよ。清潔だし、農夫ではありませんから」私は喜んで相部屋を受け入れると請け合った。私はもう、そうした夜の仲間と、たまたま一緒になることに慣れていた。グラッサーノでプリスコ旅館に住んでいた時、ほとんど毎晩、見知らぬ人を自分の部屋に受け入れることを強いられた。そこには部屋が二つあったが、一つが一杯だと、私の部屋に頼らざるを得なかった。そしてしばしば短期の滞在客がいた。というのもグラッサーノは街道上に位置していて、プリスコ旅館は県で一番の旅館という評判だったので、トリカリコに商用で行くものは、その司教座のある町のみじめな居酒屋に泊まるよりも、夕方にグラッサーノまで戻ることを好んでいたのだ。

そこで私のもとには、プーリア州の商用の旅行者、ナポリの梨商人、馬車引き、自動車の運転手、そしてその他の様々な人たちがやって来るのだった。ある晩、もう遅い時間で、私はすでにベッドに入っていたが、聞きなれないオートバイの轟音が耳に響いた。そしてヘルメットをほこりだらけにしたオートバイ乗りが、部屋に不意に入り込んで来たのに気づいた。それはアヴェッリーノのニコーラ・ロトゥンノ男爵で、県内でも有数の大地主だった。彼は弁護士の弟と共同で、グラッサーノ、トリカリコ、グロットレや、その他のマテーラ県の無数の村に、果てしなく広大な土地を所有しており、農地管理人から収穫の代金を集め、農民から借金を取り立てるために、オートバイで回っていた。農民たちは一年間を通じて露命をつなぐために借金をするが、普通は一年間の稼ぎのすべてを超えてしまうので、次々に借金は積み重なり、良き季節のあらゆる希望を飲みこんでしまうのだった。男爵はまだ若く、やせていて、ひげはなく、鼻眼鏡をかけていたが、グラッサーノでは、彼の弟と同様に、利害追求にとりわけ厳しいという評判を立てられていた。彼はわずかの借金のために農民を追い出すことができ、取引には抜け目なく、狡猾で、しかも自分の利害に忠実な農地管理人を選ぶのに長けていて、あらゆる人に厳格だった。だが彼は信仰に篤く、上着のボタン穴には例のファシストの記章ではなく、カトリック行動団〔一九〇四年に設立された、カトリック精神の唱道を目的とする、世俗信者の団体〕の丸い記章をつけていた。私には非常に礼儀正しかった。同室者である私が流刑囚であることを知ると、すぐに釈放の便宜を図ると申し出た。私には簡単なことです、と彼は言った。というのは警察長官のボッキーニ上院議員と、とても親しい女友達の友人だからだ。その婦人は彼と同じアヴェッリーノの出身で、彼と同様に、その町の近くにある、有名な聖所であがめられている聖母を深く信仰していた。そして会話は聖所や聖人に移り、とりわけトルヴェの聖ロッコが話題になった。私はいくつかの試練と個人的恩恵を受けて、その聖人の格別な徳性を知ることができたのだった。トルヴェはアヴェッリーノの近くの村で、例年、八月の初めのその頃に、巡礼祭が開かれていた。男、女、子供たちが、周辺のあらゆる県から、徒歩で、あるいはロバに乗って、昼も夜も歩いて、そこに集まってくる。聖ロッコは教会の上で、宙に浮きながら、彼らを待っている。「トルヴェは私のもので、それを保護する」と聖ロッコは民衆用の版画で語っている。その版画では、聖人は茶色の服を着て、黄金の後光を背に、村の青空に浮いている姿で表現されている。

だがグラッサーノの聖人も良い聖人だ。村の下の方の教会で、多彩な色に光輝いている、聖マウリツィオだ。全身を武装している、張り子の、栄光の戦士で、まだバーリで作られる、非常に巧みな紙細工でできている。そして聖マウリツィオから、戦いと至福の彼の仲間に話題が移り、他の聖人や、聖アウグスティヌス、神の町について語り、福音書について話した。私がこうした話題に通じていることに、男爵は驚きと喜びを示した。私が知っているとは想像していなかったのだ。こうして遅くまで話し込み、目が眠気で重くなると、男爵は不意にベッドの上で起き上がり、サイドテーブルの上の眼鏡を手にとって鼻に掛け、ひと飛びで床の上に立ち、無言のまま私のベッドに近づいてきた。彼は裸足の足に届かんばかりの、長いナイトガウンに身を包んでいて、幽霊のようだった。私のそばまで来ると、彼は私の頭の上で、大きな十字の印を手で描き、もったいぶった、感動に震える声でこう言った。「幼子イエスの御名において、おまえを祝福する、おやすみ」彼は再び十字の印を描くと、シーツの間にもぐり込み、明かりを消した。資産家の男爵の予期せぬ祝福に守られて、私はすぐに眠り込み、いつも夜明けにそうであるように、田野に旅立つ家畜の群れがたてる、天使のような鐘の響きと、毎朝、プリスコ氏が寝ぼけまなこの息子たちを大声で呼ぶ、悪魔のような大音響で目がさめるのだった。

その晩に徴税局員と分かち合うべき、未亡人の部屋は、プリスコ旅館のものよりはるかにもの悲しかった。細長くて狭い、暗い部屋で、奥に汚い小窓があり、壁は灰色の漆喰で塗られていたが、汚れ、ひび割れていた。粗末なベッドが三つ並んでいて、片隅にほうろう引きの洗面器が水差しとともに置かれ、ベッドの前には脚が不揃いの戸棚があった。昔のハエの黒いしみで汚れた小さな電球が、黄色っぽい色あせた明かりを投げかけていた。息が詰まる暑さの中を、ハエが群れをなして飛んでいた。窓は蚊が入らないように閉めてあった。しかし頭を枕に置くやいなや、あらゆる方向から蚊のうなり声が聞こえた。それはこうしたマラリアの村々では恐ろしげに響いた。

そうしている間に、私の部屋仲間がやってきた。彼は私のベッドの正面にある釘に帽子を掛け、戸棚の上にクラリネットのケースを置き、服を脱いだ。このガリアーノでは仕事はどうなのか、訊いてみた。「良くないですよ」と彼は答えた。「今日は差し押さえをするために来たのです。人々は税金を払いませんから。そこで差し押さえをするのですが、何もないんです。三軒の家に行きましたが、家具は持っていなくて、ベッドしかないのですが、それは取り上げられません。雌山羊を一頭と、鳩数羽で満足せざるを得ませんでした。出張費をまかなうものさえないのです。明日は別の二軒に行かなければなりません。もっとうまく行くように願うばかりです。でもひどいことなんです。農民たちは払いたがりません。ここガリアーノではほとんど全員が土地持ちです。村から遠くて、二、三時間かかることもありますが、みなわずかながら狭い土地を持っています。そうです、時には土地がやせていて、わずかな収穫しか得られません。本当のことを言えば、税は重いです。でもこれは私には関係ありません。私たちが決めているわけではありませんから。私たちは払うようにさせるだけです。でもあなたは農民がどういうものだかご存じでしょう。彼らにとっては、すべての年が凶作なのです。重い借金を抱えていて、マラリア持ちで、食べるものもありません。でも彼らの言い分を認めたら、私たちはひどい目に遭うことでしょう。私たちは自分の義務を果たすしかありません。彼らは払わないので、私たちはそこにあるわずかなものを、価値のないものを、持ち去ることで満足するしかないのです。時にはオリーブ油を数本と、わずかな小麦粉のために、旅を強いられたこともありました。そしていまだに私たちを、憎しみをこめて、悪く見ています。二年前、ミッサネッロでは銃を撃ってきました。ひどい仕事です。でも生きなければなりません」

　この話にはうんざりしているようなので、慰めようと、音楽に話題を移した。彼は歌曲を書いて、コンクールで優勝するか、賞を得たいと思っていた。そうなったら徴税局をやめるつもりだった。いまはスティリアーノの楽団でクラリネットを吹いていた。私はこの地方の民謡がどんなものか訊いてみた。そして何か歌を教えてくれるか、あるいは彼がとても有能なので、歌を書き写してくれるか尋ねた。「黒い小さな顔」〔一九三五年に発表され、ヒットした歌。アフリカの黒人奴隷を解放するという、ファシストのプロパガンダを含んだ詩に作曲された〕や今はやりの別の歌ならそうできると彼は答えた。いや、そうではなくて、私は農民の歌を知りたかった。彼は少し考え込んだ。今までに考えたことのない、新しい問題であるかのようだった。クラリネットで一音一音探しながら、歌の旋律を書くことは可能だった。だがたまたまでも、農民が歌う歌を思い出すことはできなかった。ヴィッジャーノでは人々は歌ったり、演奏していた。だがこのあたりではそうでなかった。何か教会の歌があるか、調べることはできた。だが他のものは知らなかった。私もまたグラッサーノで同じことに気づいた。朝仕事に出て行く時も、昼間、太陽の下でも、夕方、ロバや山羊を連れて、黒く長い列をなして帰ってくる時も、丘の上の家々のほうでも、いかなる声も大地の静けさを破ることはなかった。ただ一度だけ、バセント川のほうで、葦笛の悲しげな音が響き、向かいの丘から、それに答える別の葦笛の音を聞いたことがあった。それは村から村へ群れを連れて歩く、よそ者の羊飼いたちで、遠くから呼び合っていたのだった。農民たちは歌を歌わなかった。

私の部屋仲間はもう答えなかった。暑さに興奮したハエの絶え間ないうなり声の中に、汽笛のような、規則的な寝息が聞こえるばかりだった。三日月がかかる青白い空の、かすかな明かりが、閉ざされた窓を通して漏れてきた。その薄明かりで、私の正面の壁の、釘に掛かった帽子に、「U・E」という大きな赤い文字を見分けることができた。私は暗闇の中でそれを見つめていたが、やがて目がふさがり、眠りに落ちたのだった。

朝の早い時間に私を目覚めさせたのは、グラッサーノでそうであったような、家畜の群れの鐘の音ではなかった。というのもここには羊飼いはいないし、牧草地も、牧草もないからだ。それは道の石畳を踏み鳴らすロバのひづめの絶え間ない騒音と、山羊の鳴き声だ。毎日の移動の音なのだ。農民は夜明け前に起きる。畑にたどり着くのに、二時間、三時間、あるいは四時間、道を歩かなければならないからだ。その畑はアグリ川やサウロ川の、マラリア蚊でいっぱいの河原の方や、遠い山々の斜面にあるのだ。部屋は明るく照らし出されていた。頭文字が縫い込まれた帽子はもうなかった。私の部屋仲間は夜明けに、農民がまだ田野に出発する前に、農民の家に法の「慰安」を届けるため、部屋を出たに違いなかった。そしておそらくこの時間には、太陽の光を浴びて、帽子を輝かせ、クラリネットを抱えこみ、雌山羊を革紐で引きずりながら、スティリアーノへの道を急いでいるはずだった。入り口からは女たちの声と子供の泣き声が聞こえてきた。十人ほどの女が、子供を抱いたり、手を引きながら、私の目覚めを辛抱強く待っていた。子供を診せて、治療してもらいたがっていた。子供たちはみな青白く、やせていて、血の気のない顔に、大きな悲しげな目を見開いていた。細くて曲がった脚の上には、太鼓のようにふくれ、張り詰めた腹がのっていた。ここではだれも容赦しないマラリアが、その栄養状態の悪い、発育不全の体に巣くっていた。

私はむしろ病人とは関わり合いたくなかった。それは自分の仕事ではないし、専門知識が足らないことも分かっていた。そしてもしそうすると、決してうれしいことではないが、村の紳士たちの、すでに出来上がった、うらやみとねたみの世界に入り込むことが分かっていたからだ。だが長い間自分の決意を貫くのは不可能なこともすぐに理解できた。前の日と同じ光景が繰り返された。女たちは懇願し、私を祝福し、手に口づけをしたのだ。希望が、全幅の信頼感がそこにはあった。それを生み出したものが何なのか、私は自問した。昨日の患者は死に、私はその死を回避する手を打てなかった。しかし女たちは、私が他のものたちと同じような藪医者でなく、善人で、子供たちを治してくれると分かった、と言った。それはおそらく遠くから来たよそ者が得る自然な威信で、それゆえ神のようなものなのかもしれなかった。あるいは私が何もできなかったにせよ、ともかく瀕死の病人に何かをしようとして、本気になって、本当に心を痛めて診察したことに気づいたのかもしれなかった。この全幅の、それに値しない信頼感に、私は驚き、同時に恥ずかしく思った。いくつかの忠告を与え、女たちにいとまごいをすると、私は彼女たちのあとに従って、陰に包まれた部屋から、朝のまばゆい光の下に出た。家々の影は身じろぎもせずに黒々と固まっていて、崖から吹き上げてくる熱い風はほこりの雲を巻き上げていた。そのほこりの中で、犬たちが足で体をかいていた。

私は自分の境界線を確かめたいと思ったが、それは住居のそれとぴったり一致していた。私は自分の島を周航する初めての旅をしようとしたのだった。周辺の土地は私にとって、村長が定めたヘラクレスの柱の外の、到達不可能な背景となるはずだった。未亡人の家は村の高い地区の端にあり、広場に面していて、その奥は教会で終わっていた。白い小さな教会で、普通の家よりやや大きいくらいだった。教会の入り口には司祭長がおり、杖で少年たちを脅すことに没頭していた。少年たちは少し距離を置いて、口をゆがめたりしかめ面をし、石を投げつけようとして、地面にかがんでいた。私がやってくると、少年たちは雀が散るように逃げていった。司祭長は怒り狂った目つきで彼らを追い、杖を振るい、叫んだ。「呪われた畜生ども、異端者、破門者め！　ここは神の恵みのない村だ」そして私に向かって言った。「教会には子供たちが遊びにやってくる。見たでしょう。さもなければ、だれもやってこない。私はミサをベンチに向かって行っている。洗礼を受けたものもいない。そしてここのわずかな土地の収穫物も、決して納めさせることはできない。私は去年のあがりも受け取っていない。この村では本当にみなが紳士の鑑だ、すぐに分かるでしょう」

彼は背が低く、やせた老人だった。帽子から垂れ下がる赤い縁飾りが顔に影を作り、とがった鼻にはつるが鉄製の眼鏡が載せられていた。その眼鏡の奥には刺すような目があり、しつこくじっと見つめてくるかと思えば、不意に鋭くきらめくという具合に、めまぐるしく変化した。薄い唇は、いつも苦々しい思いを抱いているので、端が垂れていた。汚れ、ほころび、ボタンが取れ、油のしみだらけの僧服の下には、かかとのすり減った、ほこりだらけの長靴がのぞいていた。その外観全体には、堪え忍び難い極貧の疲労感が漂っていた。まるで黒く焦げ、草が生え放題の、あばら屋の焼け跡のようだった。ドン・ジュゼッペ・トライエッラ〔ドンは本来は聖職者の名前の前につけられる敬称だった。しかし南イタリアでは一般人にも用いられるようになった〕はその土地の紳士にも、村のだれにも愛されていなかった。私は前の晩に彼らの話の中で聞いていた。彼は実際には憎まれていた。人々は彼にありとあらゆる無礼を働き、子供たちをけしかけ、知事や司教には苦情を述べ立てていた。「司祭長には注意なさい」と村長は言った。「彼は我が村の災難です。神の家の冒瀆です。いつも酔っぱらっています。彼をまだやっかい払いできていませんが、すぐに追い出せるように期待しましょう。少なくとも、彼の本来の本拠である村落、ガリアネッロ〔アリアーノから南に四キロほど下った場所にある小集落、アリアネッロを指す。行政的にはアリアーノに属している〕に。彼は処罰としてここに数年います。神学校の教授であった彼は、懲罰として、ガリアネッロに送られたのです。生徒とある種の自由な関係が許されていたのです、お分かりでしょう。ガリアーノには職権を乱用して居座っていますが、それはほかに誰もいないからです。でも私たちには懲罰です」あわれなドン・トライエッラ！　もし若き日々に悪魔が誘惑したにせよ、それは昔の忘れ去られたことだった。今では彼はかろうじて立っていられるだけの存在で、迫害され、気難しくなったあわれな老人でしかなく、狼の群れの中の病んだ黒い羊でしかなかった。だが零落した今でも分かるのだが、メルフィやナポリの神学校で神学を講じていたかつてのよき時代には、トリカリコ出身のドン・トライエッラは機知と知謀に満ちた、知的な善人であったに違いなかった。彼は聖人伝を書き、絵を描き、彫像を刻み、世間のものごとに生き生きとかかわっていた。だが突然の災難が彼を襲い、彼をすべてから引き離して、このもてなしの悪い遠い浜辺に、まるで残骸のように打ち上げてしまった。彼は垂直に落ちるにまかせ、自らの窮乏がより大きくなるのを、苦い思いで噛みしめた。彼はもはや本にも絵筆にも触れなかった。年月は過ぎ、かつてのあらゆる情熱の中で、ただ一つだけが残り、強迫観念のような性格をまとった。それは恨みである。トライエッラは世界を憎んでいた。それは世界が彼を迫害したからだった。彼はだれとも語らずに、一人で生きる羽目に追いやられた。彼と連れ立っているのは九十歳になる母親だけだが、ものごとが分からなくなっており、無力だった。（おそらく酒瓶以外の）彼の唯一の慰めは、村長、憲兵、村の当局者、農民に対して、ラテン語で風刺詩を書いて、一日を過ごすことだった。「ここは人間ではなく、ロバの村だ」と彼は私を教会に入るように招きながら言った。「あなたはラテン語を知っていますね？」

ガリアーノとガリアネッロ《ガリアヌス・ガリアネルス》
ロバと子ロバ《アシヌス・エト・アセルス》
鞍を載せて往復するのは《ニヒル・アリウド・イン・セラ》
ヨセフ　トライエッツラだけだ《ニシ・ヨセフ・トライエッツラ》

教会は漆喰で白く塗られた大きな部屋でしかなかった。壁は手入れがされていなくて、汚れ、奥には木の足場の上に、飾りが皆無の祭壇が置かれ、壁に小さな説教壇が寄せかけられていた。ひび割れだらけの壁は十八世紀の古い絵で覆われていた。絵は絵の具がはげ落ち、キャンバスが裂けていたが、何列かに乱雑に並べられていた。

「これらの絵は古い教会のものです。救い出せた唯一のものなのです。よく見てください、あなたは画家でしょう。さほど価値のあるものではありませんが。この今の教会は礼拝堂程度のものです。本当の教会、マドンナ・デリ・アンジェリ教会は下の方の、村の反対端の、地崩れのところにありました。教会は三年前、突然に崩れ、崖に落ちてしまったのです。幸運にも夜で、私たちは危うく難を免れました。ここでは絶え間なく地崩れがあります。雨が降ると、土がゆるみ、滑り、家が落下します。毎年何軒かが崩落します。支えの壁を作っていますが、お笑いぐさです。何年かしたらこの村はなくなるでしょう。みな断崖の底に落ちてしまうでしょう。教会が崩落したのは雨が三日間降り続いた時でした。でもどんな冬でも同じです。大小の差はあれ毎年何かしらの災害が起きます。それはこの県内なら、ここでも、他のどこも同じです。木も岩もないので、粘土は溶け、上にあるものをすべて載せたまま、急流のように下に流れるのです。今年の冬、あなたもまた目にすることでしょう。でもその時はもうここにいないことを願いますよ。土地よりも住民の方がひどいのですから。『私は冒瀆の俗物《プロファヌム・ウルグス》どもを憎む』〔ホラテイウス『カルミナ』三・一・一からの引用〕ともいうべきですな」司祭長の目は眼鏡の奥で輝きを増した。「私たちはあえてこの古い礼拝堂で満足するように強いられました。鐘楼はなく、鐘は外にあり、支柱に結びつけてあります。屋根もふき直す必要があります、雨漏りがしますから。壁支柱で支えるよう、余儀なくされました。壁がひびだらけなのが分かりますか。でもお金は、だれがくれるというのですか。教会は貧しく、村はそれよりはるかに貧しいです。

それに村人はキリスト教徒ではなく、宗教心もありません。日々の日用品さえ私のもとに持ってこないのですから、鐘楼再建の費用など、どうにもならないことがお分かりでしょう。そして村長のドン・ルイージとその取り巻きは何事にもくちばしをはさんできます。彼らは薬屋のように振る舞っています。そのうち目にするでしょう、彼らの公共事業というものを」

私の犬のバローネはその場所の厳粛さも知らずに、入り口に顔を出し、私を待ちくたびれて、楽しげに吠え立てた。私は犬を追い払うことも、黙らせることもできなかった。そこで私はドン・トライエッラにいとまごいをし、昨日の到着の時に通った教会の左にある道をたどり、村の家々が始まるところに向かった。それは前の日に自動車でさっと通り過ぎたが、木々が生え、緑が豊かで、あいそうが良く、ほとんど思いやりにあふれているように思えた地域だった。しかし今は朝のむごい光の下で、木々の緑は壁や土のまぶしい灰色の中に溶けてしまったかのようだった。それは道の両脇に無秩序に立てられた家の一群で、その周りに貧弱な菜園があり、細いオリーブの木がちらほらと生えていた。ほとんどの家が一部屋だけの作りで、窓はなく、光は扉から取り入れていた。農民たちは畑に出ていたので、扉はかんぬきで閉じられていた。いくつかの戸口には膝に子供をかかえた女たちや羊毛を紡ぐ老女たちが座っていた。みなが私に仕種であいさつをし、大きな目を見開いたまま私を目で追った。そこかしこのいくつかの家は二階建てで、バルコニーが付いていていた。道の側の扉は、使い古されて黒ずんだ古い木製のものではなく、ニスが塗られていて、しゃれた様子で輝き、真鍮製のとってで飾り立てられていた。それは「アメリカ人」の家々だった。農民のあばら屋の真ん中に、一階建ての細長く狭い、小さな家があった。しばらく前に、いわゆる近代的様式で建てられた家で、町の近郊によくあるものだった。それは憲兵隊の兵舎だった。道や家の周辺の、ゴミや廃品の山の中で、雌豚たちが、子豚の家族に囲まれつつ、欲張りで性欲にあふれる初老の男のような顔を見せながら、疑い深げに、激しく、地面を鼻面で掘り返していた。バローネは歯茎の上に唇をまくり上げ、奇妙な恐怖にとらわれたかのように毛を逆立てつつ、後じさりしながら吠え立てた。

村の最後の家を通り過ぎると、道は小さな鞍部を乗り越え、サウロ川のほうに下り始めた。そこにはでこぼこの地面の小さな空き地があり、所々が黄色くしおれた草で覆われていた。それは体育グラウンドで、マガローネ村長の事業だった。そこでファシスト青年運動の少年たちは訓練をしなければならなかったし、人民の集会も行われるべきだった。その左側では、細い道が少し遠くの、オリーブの木々に覆われた高みに上っていて、その道は小さな鉄の扉で終わっていた。その扉は二本の柱の間に置かれており、開いていた。扉のところから、煉瓦作りの低い壁が続いていた。壁の向こう側には細い糸杉が二本突きだしていた。鉄柵の扉からは墓が見えていて、太陽の光に白く輝いていた。墓地は私に許された領域の、上の方の限界だった。その上からの眺めは他のいかなるところよりもずっと広大で、もの悲しさも薄らいでいた。ガリアーノ全体が見えるわけではなかった。ガリアーノは石の間に潜む長い蛇のように、身を隠していた。しかし高い地区にある赤黄色の屋根が、オリーブの灰色の葉の茂りの陰に見え隠れしていた。だが枝が風に揺さぶられていて、いつもの静まりかえった状態とは反対に、生き物のように見えた。そしてこの色彩あふれる前景の背後にある、粘土の大地のわびしい広がりが、熱い大気の中で、宙に吊されたかのように波打っていた。そしてそれらの単調な白さの上を、変幻自在な夏の雲の影が通り過ぎていった。トカゲたちは太陽に焼かれた壁の上でじっとしていた。一、二匹の蟬が歌を試すかのように、時折互いに鳴き交い、そして不意に鳴き止んだ。

　私には先に行くことが許されていなかったので、そこから引き返し、通ってきた道を、村のほうに素早く下りた。教会や未亡人の家の前を通り過ぎ、下り坂を下りて、郵便局と「狙撃兵の墓穴」の低い壁の前までやって来た。村長は小学校の教師だったので、その時ちょうど教師の職務を行っていた。教室のバルコニーに座り、広場の人々を見ながらたばこを吸い、通り過ぎるすべての人に民主的に意見を聞いていた。手に何本かの長い棒を持っていて、椅子から身動きせずに、開いた窓から子供たちの頭や手を、狙いを定めて非常に巧みに打って、時折秩序を回復していた。子供たちはほったらかしにされて、大騒ぎをしていたのだ。「いい天気ですな、先生」私が広場に姿を現すのを見ると、彼は自分の集会所から大声を上げた。そこでは、彼は手に棒を持ち、自分を本当に村の支配者だと、それも愛想が良く、人気があり、正しい支配者だと思い込んでいた。そして何事も彼の目から逃れられなかった。「今朝はお見かけしなかったですな。どこに行っていたのですか？　散歩ですか？　上の墓地まで？　いいですな、どんどん散歩なさい。楽しむんです。そしてここの広場に五時半に来てください、食事のあとで。それより前は昼寝をしているでしょうから。私の姉を紹介したいんです。どこに行くんですか？　下ガリアーノですか？　宿を探しに？　姉が探しますとも、ご心配なく。あなたのような人には、農民の家は必要ありません。我々がずっと良いものを探しますとも、先生。楽しいお散歩を」

広場のあとで、道はまた上り始め、小さな上りを越えると、道は下り、低い屋根の家々に囲まれた、別の小さな広場に通じていた。その広場の中央には奇妙な記念碑が立っていた。それは家と同じくらいの高さがあり、その場の狭さのために、巨大で荘厳に見えた。それは想像しうる限り最も近代的で、壮麗で、記念碑的な小便所だった。鉄筋コンクリート製で、便座が四つあり、突きだした頑丈な屋根が上に載っている、最近になって大都市だけで建てられているようなものだった。その壁にはまるで碑文のようにして、その町の出身者の心に親しく響く名前が目立つように掲げられていた。「レンツィ社、トリーノ」〔カルロ・レーヴィはトリーノ出身である〕いかなる奇妙な状況が、あるいは魔法使いか妖精が、遠い北の国から、その驚異の物体を、宙に浮かせて運んできたのだろうか、そしてそれをこの村の広場の真ん中に、隕石のように落としたのだろうか？　周囲数百キロの範囲内で、いかなる種類の水道も衛生施設もないこの土地に。それは専制体制の、マガローネ村長の事績だった。その大きさから推測すると、ガリアーノの村の、数年間の収入分の費用が掛かったと思えた。私はその中をのぞいてみた。一方では一頭の豚が便器の底のよどんだ水を飲んでおり、もう一方では少年が二人、紙の船を投げ込んでいた。私はその年の間、それが他の役割で使われたり、豚、犬、雌鶏、子供たち以外が中に入っているのを見たことがなかった。ただ九月の聖母の祭りの夜に、何人かの農夫がその屋根によじ登り、より高みから、花火の見せ物を見ようとしたことはあった。ただ一人だけ、それ用に作られた用途でしばしば利用したものがいた。それは私だった。ただ告白すべきなのだが、それを必要に迫られてではなく、郷愁に突き動かされて使ったのだった。

その記念碑が作る長い影がほとんど届きそうな、小広場の片隅で、黒い服を着た跛行《はこう》の男が、死んだ山羊の体に、まるでふいごのように息を吹き込んでいた。その男は無愛想な、真剣な、聖職者のような顔つきをしていて、顔の輪郭はムナジロテンのようにほっそりとしていた。私は立ち止まって彼を見つめた。山羊は少し前にその広場で殺され、二つの支えで支えられた、木の板の上に横たえられていた。跛行の男は他の場所の皮を切らずに、一本の後ろ足の、ひづめの近くに小さな切れ目を入れ、そこに口を当てると、肺から息を何度も吹き込み、山羊をふくらませて、肉から皮をはがしていた。その男が山羊にすがりつき、山羊が少しずつ形を変え、ふくらんでゆき、いっぽう男は態度を変えずに、体が細くなってゆき、すべての息を吐き出したかのような様子を見ると、男が動物に少しずつ中身を流し込むような、奇妙な変身劇に立ち会っているように思えた。山羊が気球のようにふくらむと、跛行の男はひづめを手で握りしめ、山羊の足からようやく口を離し、服の袖口で口を拭いた。そしてまるで手袋を脱ぐようにして、素早く山羊の皮を逆さまにむき始め、皮全体を完全にはいでしまった。山羊は聖人のように皮をはがれ、裸のまま、木の板の上に単独で置かれて空を見つめていた。

「こうすれば何もむだにならなくて、革袋を作れるんだ」と跛行の男は非常に尊大な様子で説明した。その間、彼の甥である無口で従順な少年が、山羊を四つに切り分けるのを手伝っていた。「今年は少し仕事がある。農民たちが山羊をすべて殺すからだ。それは強いられてのことだ。税金をだれが払うんだ」事実政府は最近、山羊が農業を害する動物であることを発見したようだった。なぜなら植物の芽や柔らかい枝を食べてしまうからだった。そこで王国内のすべての市町村に、例外なく、一様に適用される通達を発した。それは山羊の一頭ごとに巨額の税をかけるもので、ほぼその一頭の額に値した。こうして山羊に打撃を与えることで、木々を救ったのだった。しかしガリアーノには木々はなく、山羊は農民の唯一の富だった。なぜなら何もないところでも何とか生きていける動物で、不毛の粘土の土地や崖で跳ね回り、茨の藪を食べ、平地がないため羊も牛も飼えないようなところでも生きられた。従って山羊への税金は災難だった。そしてそれを払う金がないため、対策が立てられない災難でもあった。山羊を殺す必要があり、必然的に乳やチーズなしになった。跛行の男は没落した地主だが、自分の社会的地位を誇りにしており、生活のため多くの仕事をしていた。そしてその中でも特に、山羊を犠牲にすることが彼の職務だった。この先見の明ある省通達のおかげで、私はその年彼のもとでしばしば肉を見いだすことができた。彼が言うには、その前の年には、ずっと稀《まれ》にしか肉が食べられないことで満足しなければならなかった。彼はまた村に住んでいない地主の地所を管理し、農民を監視し、売買の仲買をし、結婚式にかかわって、村のすべての人やすべてのことを知っていた。そして彼の跛行の足、黒い服、狐のような顔が、ひっそりとその姿を現さない出来事や事件はなかった。彼は非常に好奇心が強かったが、言葉は控えめだった。その言葉は途中で中断され、言葉に出した以上に知っている、ということを推測させた。そして常にそれには荘重で、威厳があり、恐ろしく真剣な何かがこめられていて、ほとんどその姓、カルノヴァーレ〔カーニヴァル(イタリア語ではカルネヴァーレ)と同じ意味を持つ姓〕を否定しかねなかった。私が、できるなら絵が描けるくらい大きくて明るい住居を探していることを知ると、一心に集中した様子でしばらく考え、いとこたちの邸宅がある、あなたはたぶん知っている、ナポリの有名な医師だからだ、と言った。おそらくその一部を、二、三室を借りることができるだろう。すぐにナポリに手紙を書こう。あなたは運がいい、条件に合う唯一の家だからだ。中には何もないが、ベッドと他の必要な家具は貸すことができる。もし見たいなら、甥に鍵を持たせて案内させよう。私はその少年と出発した。彼も叔父と同様に、黒い服を着て、悲しげで、思慮深げだった。小広場のあとも道は下り、家を建てる土地がないまでに、右と左の崖が急接近する場所に来た。そこでは道は狭い丘の背を走っていたが、両脇には低い壁があるだけで、そのむこうには目をさえぎるものは何もなかった。それは上ガリアーノと下ガリアーノを隔てる百メートルほどの間隙だった。そこでは二つの風の通路が合わさり、風が常に激しく吹いていた。

この部分の半ばあたりで、道は少し広くなっていたが、そこに村に二つしかない泉の一つがあった。もう一つは上方の、教会の近くにあるのを、私はすでに目にとめていた。その小さな泉は下ガリアーノ全体と、上ガリアーノの半分以上に水を供給していたが、女たちであふれていた。それはその後、一日のどんな時間もそうであることが分かったのだった。彼女たちは、あるものは立ち、あるものは地面に腰を下ろしながら、泉の周りに群れをなしていた。若い女も老女もいたが、みな木製の小樽を頭に載せたり、フェッランディーナ製の陶製の水入れを持っていた。彼女たちは一人一人泉に近づき、細い水の筋が樽の中で音を立てて樽を満たすまで、辛抱強く待っていた。待ち時間は長かった。彼女たちのまっすぐな背中に掛かる白いベールを風が動かしていた。頭の上で均衡を取るので、背筋は自然に伸びていた。彼女たちは放牧中の家畜の群れのように、太陽の光を浴びてじっとしていた。そして家畜の群れのような匂いを発していた。私の耳には途切れることのない混ざり合った声が、絶え間ないささやきが飛び込んできた。私が通り過ぎても、だれも身動きしなかった。しかし十以上の黒い視線が、その狭間の道を通り終えるまで、私をしっかりと捕らえて凝視していたのだった。そこを越えると、下ガリアーノの家々に達するまで、道は上りだった。そして倒壊した教会と絶壁のところまで、道は下っていた。少しして私たちは邸宅に着いた。それはまさに村でその名にふさわしい唯一の建物だった。外から見ると、陰鬱な外見をしていた。その外壁は黒ずみ、小さな窓には鉄格子がはまり、長年の放置の跡が見えた。それはかなり前に村を出た、ある貴族の古い住居だった。そして憲兵隊の兵営として使用されたが、憲兵隊はそこを去り、より近代的な新しい本部に移っていた。軍人が通過したことは、不潔さや壁の味気なさという形で、内部に痕跡を残していた。まだ監禁用の独房も残っていた。広間を分割して作ったもので、内部は暗く、小窓には明かり取りの隙間が作られ、扉には大きな掛け金が付けられていた。しかし扉は水と寒さのためにふくれ上がり、閉めることができなかった。窓のガラスはみな割れていて、風に運ばれてきた厚いほこりの層がすべてを覆っていた。金色に塗られ、絵が描いてある天井からは、絵の縁とクモの巣が垂れ下がっていた。白と黒の石で模様を描いている床は、模様がずれていて、隙間にいく本かの灰色の草が生えていた。私たちが広間に入ると、素早くこっそりと逃げる音に迎えられた。おびえて巣に逃げ帰る動物の足音のようだった。フランス窓を開くと、十八世紀の壊れかけの鉄製の手すりがあるバルコニーに出たが、室内の暗がりから外に出たので、不意のまばゆい白さに目をつぶされそうになった。足下には崖があった。そして目の前には、視線をさえぎるものなど何もなしに、乾いた粘土の無限の広がりがあった。その粘土の広がりは、人の気配など何ひとつ見せずに、太陽の光の下で見渡す限り波打ち、はるか彼方で、白い空に溶け込んでいるかのようだった。そしていかなる影もこの不動の大地の海に変化をつけることなく、ただ真昼の太陽の光にむさぼり食われていた。お昼時だった。帰る時間だった。

この貴族的廃墟の中で、私はどのように生きられるだろうか？　だがその場所はある悲しい魅惑の力を発していた。私は広間のうまく組み合わされていない床石の上を歩けるだろうし、夜の伴としては、徴税局員や未亡人のシラミよりもコウモリのほうが好ましかった。おそらくガラスは入れ直せるし、マラリア対策としてはトリーノから蚊帳を取り寄せられるし、邸の無愛想で崩れかけの壁には新たな生命を吹き込めるだろうと私は考えた。私は小広場で四つに切った山羊とともに私を待っていた跛行の男に、ナポリに手紙を書いてほしいと言い、家のほうへと道を上った。

広場の「狙撃兵の墓穴」の低い壁のところまで来ると、都会風の半袖シャツを着た、背が高く、たくましい、金髪の若者が、あばら屋の戸口から出てくるのが見えた。彼は湯気の立つスパゲッティの皿を持って、広場を横切り、低い壁の上に皿を置き、呼びかけの口笛を吹いて、素早く来たところに戻っていった。私はその置き去りにされたパスタに興味を持ち、立ち止まって、遠くからながめていた。するとすぐに向かいの家から、黒髪で美男子の、背の高い若者が出てきた。優雅な仕立ての灰色のスーツを着込み、顔は青白く、憂鬱げだった。彼は低い壁のところまで行き、スパゲッティの皿を手に取り、たどった道を戻った。戸口に達すると、家々の窓や人気のない広場に用心深く視線を投げ、私の方を向くと、ほほえみ、手で好意的なあいさつの仕種をし、低い扉をくぐるためにすぐに身をかがめ、家の中に消えてしまった。郵便局のせむしの男、ドン・コシミーノは、郵便局を閉めかけていたところで、その隠された片隅から、私と同様にすべてを見ていた。私が驚いているのを見て取ると、頭で私に了解の合図をした。私ははしこそうで悲しげな彼の目の中に、親しみを読み取った。「この光景は今の時間に毎日繰り返されるのです。二人ともあなたと同じ流刑囚です。金髪の男はアンコーナの煉瓦積み工で共産主義者です。いい若者ですよ。もう一人はピーサ大学の政治学の学生です。彼は国防義勇軍の将校で、やはり共産主義者です。彼は貧しい家の出身ですが、補助金は与えられていません。なぜなら彼の母親と姉が教師で、それゆえ彼を扶養する手段を持っているというのです。初めは流刑囚たちは一緒にいられたのですが、数ヵ月前にドン・ルイージ・マガローネが面会さえも禁止する命令を出したのです。あの二人は節約のために共同で炊事をしていたのですが、今は日ごとに交代で昼食を作るよう強いられています。そして低い壁のところに皿を運び、初めのものが家に入ってから、別のものがそれを取りに行くのです。もしそうでないと、二人が出会ってしまうと、国家にとって大きな危険が生じるのです！」私たちは坂道を一緒に歩き始めた。ドン・コシミーノは妻と数人の子供とともに、未亡人の家からさほど遠くないところに住んでいた。「ドン・ルイージはこうしたことにとてもこだわっている。彼は規律の人だ。一緒に考えている、彼と曹長が。あなたの場合は違うことを祈ります。いずれにせよ、真剣には取らないことですな、先生」ドン・コシミーノは慰めるかのように、私を上から下まで眺め回した。「彼らはすべてを監視しようとする強迫観念にとらわれていて、何でも知りたがるのです。煉瓦積み工はもめ事の種にもなりました。農民たちと話して、人間はサルから派生したという、ダーウィンの進化論を説明しようとしたのです。私はダーウィン主義者ではありませんが」ドン・コシミーノははしこそうな顔つきでほほえんだ。「しかし誰かがそれを信じても悪いとは思えません。もちろんドン・ルイージもそれを知りました。そして恐ろしいどなり合いを演じたのです。あのどなり声を聞かせたかったですね。煉瓦積み工にこう言ったのです。ダーウィンの進化論はカトリック教に反しており、カトリック教とファシズムは一つのものだから、ダーウィンについて語ることは反ファシズム活動である、というのです。そしてマテーラの警察にも、破壊的宣伝活動をしていると報告書を送ったのです。しかし農民たちは彼に好意を持っています。親切で、何でもできるからです」私は彼の家に着いた。「元気を出しなさい。あなたは来たばかりで、慣れる必要があります。でもこうしたことはみな過ぎ去るでしょう」

話し過ぎたことを恐れるかのように、この天使のようなせむし男は不意にあいさつをして、私をその場に置き去りにしたのだった。

その日の午後、村長は私を姉のもとに連れて行くために広場で待っていた。ドンナ・カテリーナ・マガローネ・クシャンナはコーヒーと手製の小麦粉の菓子を準備して、私たちを待っていた。私を戸口で非常にていねいに迎えると、広間に導いた。それは質素な小家具のある部屋で、安物の装飾品やピエロの飾りのクッションや布製の人形であふれていた。ドンナ・カテリーナは私の家族について尋ね、私の孤独な状態を哀れみ、この地での滞在をより不快でないものにするために全力を尽くすと請け合った。要するに彼女は優しさを具現化したような人だった。彼女は三十歳前後で、背が低く、小太りだった。顔は弟に似ていたが、より情熱的で、意志の強そうな顔つきをしていた。目は髪の毛と同様に漆黒だった。皮膚は黄色っぽく、てかてかしていて、歯は虫歯で、不健康そうな印象を与えた。彼女は仕事中の主婦の服装をしていたが、仕事と暑さのため服は乱れていた。耳障りな、甲高い声で話したが、いつも張り詰めていて、大げさだった。

「いいですか、先生、ここでは居心地がいいでしょう。家は私がすぐに手配しましょう。今はありませんが、そのうち空き家が出てくるでしょう。あなたにはいい住居と、患者を受け入れる部屋が必要ですわ。女中も見つかるでしょう。このフォカッチャを召し上がれ、あなたはもっと上品なものに慣れているでしょうが。あなたのお母さんはもっといいものが作れるでしょう。これがこの村で食べられているものなのです。でもなぜあなたを流刑にしたのでしょうか。絶対に間違いでしょう。ムッソリーニがすべてを知らされていることはないし、良かろうと思って間違ったことをするものもいますから。それに都会では、敵ができることもあり得ます。この地方には流刑になったファシストもいます。戦闘ファッシ・ボローニャ県支部長のアルピナーティもこの近くにいます。でも彼は好きなように旅行できますわ。今私たちは戦争に備えています。私の夫は志願しました。分かりますか、要職にあるので、手本を示さなければならなかったのです。思想は問題ではありません、祖国が問題です。あなたもイタリアびいきでしょう。もちろん、間違ってここに送られてきたのですわ。でもあなたがやってきたことは、私たちには大きな幸運でした」ドン・ルイージは身を危うくしたくないという様子で口をつぐんでいた。そしてしばらくして、用事があると言って出て行った。私たちが二人きりになると、ドンナ・カテリーナは日本の磁器のカップにコーヒーを注ぎ、自家製のマルメロのジャムを味わうよう促しながら、同じような大げさな調子で、私をほめ、必要な限りの援助をすると約束し続けた。それは自然な思いやりだったのか、あるいは保護を与える女性的、母性的趣味だったのか、あるいは北から来た男に村での自分の権威と家庭の主婦としての能力を見せつける喜びだったのだろうか？　こうしたものがすべてあったのだ。思いやり、母性、そしてさらに政治的権威があり、台所での才能も見えた。ドンナ・カテリーナはジャム、保存食品、ケーキ、オリーブのオーブン焼き、アーモンドをはさんだ干しイチジク、唐辛子入りサルシッチャの作り方を本当によく知っていた。しかし何か別のものもあると、感じられた。それはより明確で個人的な熱情であり、その中に私の予期せぬ来訪が入り込み、形を取っていた。それは私の来訪が不意の突風のように、眠り込んでいた火を起こしたかのような熱情だった。「あなたがここに来てくださったのは大きな幸運です。三年間いなければならないのでしょう？　あなたがその前に出て行きたいのは分かりますし、そうなることを願います、でも私たちはあなたに残ってほしいのです。いい村ですし、みな良きイタリア人でファシストで、おまけにルイジーノ〔ルイージの愛称〕は村長です。私の夫はファッシの書記長で、その不在の時は私が代役を務めます。すべきことはさほどありませんが。あなたは家族の一員です。やっと医師が得られるのです、もう病気になるたびに旅行をする羽目には陥らないでしょう。そのことでいえば、ここに私と住んでいる義父を診ていただきたいですわ。もうジュゼッペ叔父、つまりミリッロ先生は年老いていて、引退すべきなのです。そしてあの別のものは、姪たちの薬局を使って村中に毒をまいているあのものは、もうだれにも毒を盛れないでしょう、彼とあの腐った女たち、彼とあの娼婦たちです」

ドンナ・カテリーナの声は不意に鋭さといらだちの頂点に達した。隠すことのできない、その地下に潜む熱情とは、疑いもなく憎悪だった。それは強迫観念のように凝縮され、持続的で、他の感情が休眠状態である中、一人の女性の心の中で、実際的かつ、組み合わせ自在に、創造的に働いていた。ドンナ・カテリーナは薬局のあの「腐った女たち」を憎んでいた、そしてその伯父のコンチェット・ジビリスコ医師を憎み、彼が頭目を務める、洗礼式の代父や親戚からなる徒党を憎み、マテーラで彼らを保護するものたちを憎んでいた。私は天の配剤で送られてきたのであり、私の来訪の政治的経緯がいかなるものか、問題ではなかった。ただ彼女の憎悪の道具として使えればよかった。私はジビリスコを路頭に迷わせ、薬局を閉めさせるか、それを姪たちの手から取りあげるべきだった。ドンナ・カテリーナは活動的で、想像力に富んだ女性だった。彼女が村の真の女主人だった。弟よりもずっと頭が良く、意志が強く、弟を使って自分の思うことを実現できたが、彼に権威の外観を残すことを忘れなかった。ファッシやファシズムが何か、彼女は関心がなかったし、知らなかった。彼女にとってファッシの書記長であることは、支配の何らかの手段だった。私の来訪を知るやいなや、彼女はすぐに作戦計画を編み出し、それを弟に押しつけ、より苦労が大きかったのだが、年老いた叔父にもそれを我慢するようにさせたのだった。彼女は私が医療活動をして、できるだけ大きな収入を得ることに執着していると思いこんでいた。私をその方向に勇気づけ、彼らの権威ゆえに、煩わしいことは起きないと保証する必要があった。私が目的を実現するのは彼らに掛かっていると理解させる必要があった。私にあらゆる形で親切にし、彼女の力を教える必要があった。それは私がおそらく知らないうちに、何らかの形で彼らの敵と意見を合わせることを防ぐためだった。ドン・ルイジーノは流刑者に非常に厳しく接するのに慣れていたので、私に親切に接して身を危うくすることを恐れていた。だから彼は私を家に呼ぶことを望まなかった。敵たちが彼を告発するかもしれなかったからだ。そこで行動し、私を彼らの側に引き入れるように工作するのは彼女自身だった。この彼女の憎悪は、村を支配する二つの家族集団の間の、伝統的憎悪の一つの局面だった。そしておそらくそれはここでも、グラッサーノと同じように、はるか昔にさかのぼるものだったのだろう。医師の家系であるジビリスコ家は一世紀前は自由主義者であり、より民衆的階層の出身で、より新しいマガローネ家はブルボン王朝派や山賊と関係を持ったものたちだったと考えられる。私はこのことを確認できなかった。しかし伝統的敵対関係以外に、より個人的で特殊な理由がドンナ・カテリーナの心を動かしていたのは確かだった。彼女のさほど隠し立てのないほのめかしと、村の女たちのおしゃべりから、私はほどなくしてそれを知ることになった。ドンナ・カテリーナの夫は愚鈍な顔つきの、軍人的な高慢さをにじませる大男で、その大尉の軍服姿の写真は広間に君臨していたが、実際には小学校教師のニコーラ・クシャンナで、ガリアーノ・ファッシの書記長であり、村を支配する上での妻と義弟の右腕だった。その彼は敵の家族に属している薬局の美しい娘の、黒く美しい瞳、背の高いしなやかな体、白い肌に幻惑されていた。彼らが本当の愛人なのか、悪口が誇張されたものでしかないのか、私は知ることができなかったが、ドンナ・カテリーナはそれを確信していた。ドンナ・カテリーナはもう若くはなく、彼女の恋敵の二十歳という歳と美しさは彼女を震えさせずにはおかなかった。恋人と目される二人は会うことができなかった。小さな村であり、見開いた無数の目が集中し、一瞬たりとも目を離さない、ドンナ・カテリーナの生き生きとしたいつも注意深いまなざしが注がれていたからだ。裏切られた妻がその嫉妬の中で想像したことによると、その逆らいえない情熱を満足させるには、ただ一つの手段しかなかった。ドンナ・カテリーナは消え去るべきだった。そうすれば彼らは結婚できるはずだった。黒髪の魔法使いと、その取るに足らない金髪の妹は、不法にその管理を受け継いだ、父の薬局の、監督の埒外にある、無知な支配者だった。そして村中が、その薬を量《はか》る際の、あまりの無頓着さがもたらす効果について、不平を言い、恐れていた。従ってドンナ・カテリーナ殺害の手段は手の届くところにあった。それは毒薬だった。毒薬は発覚の恐れなしに作用するはずだった。村の二人の医師のうち、一人は毒殺者の伯父で、確実に共犯だった。もう一人は年老いてもうろくしており、死因を発見できそうになかった。ドンナ・カテリーナは死に、二人の愛人は罰せられず、幸福なまま、彼女の墓の上でいっしょに笑うはずだった。

この犯罪の妄想の裏に、いかなる真実があったのだろうか？　いかなる秘密の手がかりが、かすめ取られたいかなる愛のメモが、毎日の共生の中でいかなる隠された兆しが、この嫉妬深く、攻撃的な心の中に、初めは疑念を、そして後にはある種の強迫観念的確信を生んだのだろうか？　それは分からない。しかしドンナ・カテリーナは自分の空想の産物を信じていた。そして企てられている犯罪については、その罪は、魔法にかけられている夫ではなく、恋敵と、何らかの形で彼女と悶着を起こしたものすべてになすりつけられていた。伝統的な憎悪、村の権力を握る個人的戦いは、この新しい理由であおられ、激しく、荒々しいものになっていた。毒殺者とその親戚全員はその犯罪に大きな罰を受けるべきだった。

ドンナ・カテリーナは夫のことをどう扱えばいいか分かっていた。騒ぎを起こすべきではなく、だれの疑いもかき立てるべきではなかった。ドンナ・カテリーナは毎日彼の罪を家庭の壁の中で面罵し、彼を不倫と殺人で告発し、夫婦のベッドに入ることを禁じた。人に恐れられる、権威ある、ガリアーノ・ファッシの書記長は、家に入るとあらゆる尊大さを失った。妻の燃え立つような黒い目に見つめられ、彼は悪人の最後の一人になり、赦免の可能性のない罪人になった。そして広間のソファーで、一人で寝ることに慣れるよう強いられた。この悲しい生活は六ヵ月間続いた。すると唯一の救済とあがないの可能性が姿を現した。アフリカ戦争だった。辱められた犯罪者は志願兵になることを申請した。そうすれば罪を償い、帰還時には妻と和解し、当面は小学校教師よりはるかに高い大尉の給料を得られると考えてのことだった。彼は出発した。だがあいにく彼の例に従うものは誰もいなかった。クシャンナ大尉と前に述べたグラッサーノのデクント中尉は、この二つの村で唯一の志願兵だった。しかし少数者にではあっても、戦争は何らかの役には立った。従ってクシャンナ大尉は英雄であり、ドンナ・カテリーナは英雄の妻であった。そしてマテーラではいかなる反対党派のものも、同様の功績を誇ることはできなかった。そして今は、明らかに神に派遣されて、私がやってきた。ドンナ・カテリーナがその復讐を行う手助けをするために。

「ルイジーノも夫と一緒に志願したがりましたの。兄弟のように仲が良かったですから。いつも一緒で、常にお互いに助け合っていました。でもルイジーノは体が弱くて、いつも病気になっていました。今はあなたがいるので、運がいいですわ。それに村の秩序を守り、プロパガンダをするために、だれかが残ってくれなければ」彼女がこう言っていると、フォカッチャの匂いに引きつけられて、義父のパスクアーレ・クシャンナがよちよち歩きで、ぎこちなく、ゆっくりと部屋に入ってきた。義父は男性用室内着を身につけ、刺繍模様のある縁なし帽をかぶり、歯の抜けた口にパイプをくわえていた。彼は年老いて、でっぷりと太り、体は重く、耳が悪く、巨大な蚕のように食い意地が張り、貪欲だった。彼もまた、自分の息子やドン・ルイージ・マガローネと同様に小学校教師だった。だが数年前から年金生活に入っていた。ガリアーノは、イタリアという国家がそうであるように、その当時は学校教師の手中にあった〔ムッソリーニは小学校教師の免状を持ち、教師として教えたことがあった〕。だれからも尊敬され、一日中家にいて、食べたり眠ったり、広場の低い壁に座ってたばこを吸っていられたりしたからだ。彼は病気だ、と息子の嫁がすぐに言った。尿道狭窄で、糖尿病気味だった。しかしそのことは、やって来るやいなや、残ったフォカッチャに飛びつき、驚くべき貪欲さでむさぼり食うことを妨げなかった。そして満足げに鼻を鳴らして、デッキチェアに身を横たえ、ぼそぼそとつぶやきながら会話に加わる様子を見せたが、耳が悪くて何も聞こえなかったので、時々訳の分からないことをぶつぶつ言い、大きく鼻を鳴らしていたが、ほどなくして眠り込んでしまった。

私がいとまごいをしようとしていると、二人の娘が部屋に飛び込んできた。彼女らは金切り声を上げ、飛び跳ね、大げさな身振りをし、有頂天になって、叫び、手を天に差し上げ、ドンナ・カテリーナを抱きしめた。彼女らは二十五歳ほどで、この村では結婚適齢期《グアニェッダ・ヴァカンティア》の娘として尊敬されるべき年齢だった。彼女らはずんぐりしていて、小太りで、元気いっぱいで、短くカールした、ひらひらする黒髪と、炎を発する黒い目を持ち、大きな肉感的唇の上に口ひげのように黒い産毛を生やし、絶え間なく動く手足に黒い毛を生やして、まるで全身、石炭袋のように黒かった。彼女らがミリッロ医師の二人の娘、マルゲリータとマリーアだった。ドンナ・カテリーナが私に紹介するために呼んだのだった。二人の娘はこの特別な機会に、口紅をごてごてと不調和に塗りたくり、白いおしろいで顔を固めて、ハイヒールを履いて駆けつけたのだった。彼女らはとてもいい娘だったが、驚くほど純粋で無知で、頭に思想のかけらもなかった。彼女らはすべてに驚き、私の犬、私の服、私の絵など、すべてが驚異だった。金切り声がぶつかり合う様は、二匹の黒いバッタが跳ねて鳴くのに似ていた。彼女らはすぐにフォカッチャ、ケーキ、料理について話し始めた。ドンナ・カテリーナは二人をほめるのをやめなかった。二人は最良の主婦だった。おそらくマルゲリータとマリーアもドンナ・カテリーナの情熱的計算の中に入っていた。彼女らはともに、彼女の想像の中では、叔父が私にいい顔をするようにうながし、私を彼女の党派に引きつけ、おそらく結びつけるための道具だった。実際村の中で、医師の娘より良い結婚相手などいるだろうか。ドンナ・カテリーナは私に婚約しているかどうか訊いてきた。そして私の否定の答えの正否を、ドン・ルイジーノがこっそり行っている郵便物の検閲で、望み通りに調べることができた。

二人のあわれな娘は、私と同様に、無意識のうちに、より上位にある摂理の道具にされていたのだが、彼女らには、貧しい服装の、十八歳ほどの青年が付き添っていた。彼はゆがんだ黄色い顔を持ち、視線はぼんやりしていて、厚い下唇が垂れ下がっていたが、部屋の片隅でぼうっとしたまま、口をつぐんでいた。それは彼女らの弟で、ミリッロ家の唯一の男だった。その間にやってきていた老医師が、私に打ち明け話をした。その青年はとてもいい子なのだが、心配の種でもある、というのも脊髄炎にかかり、知恵遅れ気味で、どうしても勉強させることができなかった。彼をジンナシオ〔後期中等学校〕に送り出し、それ以外のよく分からない学校にも行かせたが、うまく行かなかった。農学を学ばせようと試みたが、成功しなかった。青年は今憲兵隊の下士官養成コースに入りたいと願っており、もうしばらくして旅立つはずだった。制服以外は夢見ていなかった。それは父親が望んだとおりの未来ではなかったが、それでもいい地位だった。私はそれが誤った考えなどと、言うことはできなかった。そのあわれな痴呆の若者はさぞかし無害な曹長になることだろう。

ドンナ・カテリーナは叔父の意向を汲んで、話を私の医術に戻した。私はかなり努力して、画家として活動することしか望んでいない、と分からせようとした。しかし彼女は私の言うことを聞かなかった。そして医師はいつものとまどったようなくぐもり声で、私に勧告した、いずれにせよもし私が病人を診察したら、誤解に基づく寛容さや善意から騙されるままにならないように注意しなさい、なぜならみなが払わないように努めるからです、しかし全国一律診察料金は義務であり、我々はそれを遵守するよう支え合っています、それは職業的連帯のためであり、欠くことのできない威厳のためでもあります、などなど。老医師は消極的にしか甥や姪たちの党派に属しておらず、親戚の義務としてのみ彼らの情熱に与していた。ドンナ・カテリーナとドン・ルイジーノが言うように、彼は「あまりにもいい人」だった。古くからのニッティ主義者で、個人的には村長のファシズムをとがめ、その空威張り、その権威主義的態度、その警察的手法を非難するまでに至っていたが、結局は、平和を愛する心と、自分自身への見返りがあるため、それと妥協していた。甥や姪たちに突き動かされ、おそらく娘たちの利害のためにも、私の車輪に棒を突っ込むようなことはしないだろうと思えた。しかし考慮に値せず、好きなように操れる老人と見えることは望まなかった。彼は自分なりの威厳と一徹さを持っていた。そこで私は非常に長い、こみ入った説明と、山ほどの、父親めいた、私心のある忠告を押しつけられることになった。診察料を払わせるよう注意なさい、料金を守りなさい、農民のおしゃべりを信じてはいけない、彼らは嘘つきで無知で、恩恵を施されればされるほど、感謝を知らず、忘恩になる。彼は村に四十年以上いて、すべての住民を治療し、あらゆるやり方で恩恵を施したが、彼らのほうは、彼がもうもうろくしていて無能だと言って、それに報いるのだった。だが彼がもうろくしているなど、とんでもなかった。彼は農民の忘恩を見て苦しんでいた。そしてその迷信、その頑固さも。こうして、彼の話に果てはなかった。

私がやっと老人の口ごもった声、娘たちの熱狂した金切り声、ドン・パスクアーレの鼻を鳴らす声、ドンナ・カテリーナの同意を求める笑いから解き放たれた時には、すでに夕暮れになっていた。農夫たちが家畜を連れて道を上り、家に向かって逆流していた。それは毎晩同じ光景で、彼らの神秘的で、分かりにくい、希望のない世界の中で、永遠に流れる潮流のような単調さを見せていた。私は他のものたちを、支配者たちを、今ではあまりにも深く知りすぎており、彼らの日常生活のばかげたクモの巣の、粘着性の絡みつきを身震いしつつ感じるのだった。それは神秘性のないほこりだらけの結節で、利害、浅ましい情熱、倦怠、貪欲な無気力、そしてみじめさでできていた。今も、そして明日もその後もずっと、私は村の唯一の道を通って、広場で彼らと会い、その恨みがましい苦情を果てしなく聞かなければならなかった。私はいったいここに何をしに来たのか？

空はバラ色と緑とすみれ色で、マラリアのはびこる土地の魅惑的な色あいを見せていたが、それははるか遠くに感じられた。

私は新たな住居が見つかるまで、未亡人の家に二十日ほどいた。夏はその不吉なまでの熱気の中で輝いていた。太陽は中空で止まっているかのようで、粘土の大地は乾燥で割れていった。からからになった大地の裂け目には蛇が巣くっていた。この地方のずんぐりした短いまむしで、その猛毒のため、農民は「早足」と呼んでいた。「早足よ、早足よ、おまえを見つけたら、そのままにしておくよ」絶え間ない風は人間の体も干上がらせた。日々は無慈悲な光の下に過ぎ、日没と夕べの涼しさを待つのみで、変化がなかった。私は台所に座り、ハエの飛ぶ様を凝視していた。それは酷暑の不動の静けさの中で、唯一の生き物の印だった。緑がかった水色に塗られた、両開きの扉にハエがびっしりとたかっていた。何千という黒い点が陽の光の下で身じろぎもせずに、何となくざわめいていたが、無為の中で心を奪われて、目はそれに釘付けになった。不意にその黒い点の一つが、かすかなざわめきだけ残して、目にも留まらぬ素早い飛翔で姿を消すと、その場所に小さな星のようにして、金色の縁のある、まばゆく輝く白い点が現れ、少しずつ消えていった。そしてまた別のハエが空に飛び立ち、扉の水色の上に別の星が現れた。そしてその後も同じことが続いたが、私の足下で眠り込み、子犬時代の奇妙な夢で鼻を鳴らしていたバローネが、不意に目覚めて飛び跳ね、昆虫を空中で捕まえ、顎を激しく打ち鳴らして静寂を破るのだった。

バルコニーの手すりからはイチジクを編んだひもがぶら下げられ、大儀そうに風に揺れていたが、それにも真っ黒にハエがたかっていた。ハエは太陽の火炎がすべてを吸い尽くす前に、その最後の水分をすすり尽くそうと駆けつけていた。ファシストの黒旗が掲げられた、入り口の前の道の上に、縁が高いテーブルが置かれ、その中で血の色をした液体が陽にさらされ凝縮していた。トマトピューレだった。ハエの群れが乾いた足ですでに固まった部分を散歩していたが、モーゼの率いた民衆のように数が多かった。別の群れはその紅海の濡れた地域に墜落し、巻き込まれ、獲物を急追したファラオの軍勢のように、そこで溺れていた。田野の大きな静けさが台所まで押しつぶし、ただハエの絶え間ないざわめきだけが、空虚な時間の終わりのない音楽のように、時の経過を告げていた。しかし突然、近くの教会で、知らない聖人のためか、あるいは人が集まらない儀式のためか、鐘が鳴り始め、その音が部屋を悲しげに満たした。鐘撞き番は十八歳くらいの、ぼろを着た、裸足の青年で、泥棒めいた偽善的なほほえみを浮かべながら、鐘を鳴らしつつ、終わることのない悲しい空想を追いかけていた。要するに、いかなる場合でも、鐘は死者のための鐘であった。私の犬は幽霊の気配に敏感だったので、この悲しげな騒音を我慢できなかった。そして初めの鐘の音が響くやいなや、まるで死が私たちのまわりを通り過ぎるかのように、悲痛な不安をこめて吠え始めた。あるいは彼の中に何か悪魔的な本性があり、この聖なるコンサートにいらだっているのだろうか？　いずれにせよ、私は起き上がり、彼を静めるため、陽光の下に外出すべきだった。白い敷石の上ではノミが、宿を探す、飢えた大きなノミが跳ねていた。そしてダニが罠を張って、草の葉から垂れ下がっていた。村には男たちがいないようだった。農夫たちは畑にいて、女たちは半分閉めた扉の陰に身を隠していた。唯一の道が家々と崖の間を、崖崩れのところまで下っていたが、日陰の休息地はなかった。私はやせたオリーブの木と糸杉を求めて、墓地の方向にゆっくりと道を上った。

見捨てられた村に、ある動物的魔力が広がっているように思えた。正午の静けさの中に、不意に、ある騒音が響いたが、それはゴミの中で転げ回っている雌豚の音であることが分かった。そしてロバのあらがいえない鳴き声が大きく響き、それがこだまとなって、男根風のグロテスクな不安をかき立てながら、鐘の音よりもずっと良くとどろき渡った。鶏も鳴いたが、それは午後の鳴き方で、朝のあいさつの栄光に満ちた傲慢さではなく、人気のない田野の底知れない悲しさを歌っているようだった。空は黒いカラスの飛翔で満たされ、それより高い上空ではハヤブサが非常に大きな輪を描いていた。動物たちの不動の丸い目で、脇から見つめられているような気がした。目に見えない動物の存在が大気の中に表れていたが、不意にある家の後ろから、曲がった足で大きく飛び跳ねながら、その場所の女王である雌山羊が姿を現して、その何を考えているか分からない黄色い目で私を見つめてきた。そしてその後ろを、ぼろを着たり半裸の子供たちが走っていた。その中には袖のない肩衣《かたぎぬ》を着て、垂れ頭巾をかぶり、ベールで顔を覆った、四歳の小さな修道女がいた。また僧服を着て、荒縄を腰に巻いた五歳の修道士もいた。彼らはここでしばしばそうであるように、信仰心を表すため、小さな修道士かヴェラスケスの描く王家の子供たちのような服を着るのだった。子供たちは雌山羊にまたがろうとしていた。小さな修道士はひげをつかんでその顔を抱きしめ、修道女は何とかしてその背に登ろうとし、他の子供たちは角や尾をつかんでいた。そして一瞬だが背中によじ登った。しかし雌山羊は不意に跳ね上がり、体を揺すり、子供たちを土埃の中に放り出し、立ち止まって、意地悪そうな笑いを浮かべながら子供たちを見つめた。すると子供たちは起き上がり、また雌山羊を捕まえ、もう一度背によじ登ろうとした。雌山羊は野生の跳躍を試みながら逃げ出し、全員が曲がり角のむこうに姿を消してしまった。

農民は山羊が悪魔的動物だと言っている。だが他の動物もみなそうだ。そして山羊はその中でも特に悪魔的だ。だがそれは山羊が邪悪であるとか、キリスト教の悪魔と関係があるわけではない。しばしば悪魔が山羊の形を取って姿を現す事実があったとしても。山羊は生き物すべてがそうであるという意味で悪魔的であり、他の生き物よりもとりわけ悪魔的なのだ。というのも、その動物の外観の下に、別のものが隠れていて、それこそが力であるからだ。農民にとって山羊は実際にかつてサテュロス〔ギリシア神話に登場する、頭に角を生やし、山羊の足を持つ、半人半獣の、精霊のような存在。自然の生命力を体現すると考えられている〕であったものである。それは生きている本物のサテュロスで、やせていて、飢えていて、頭に曲がった角を生やし、鼻は鷲鼻で、乳房や性器を垂らし、毛に覆われている。山羊は崖の縁でとげだらけの草を探し求めている、野生の、サテュロスの兄弟なのだ。

　私は人間でも神でもない、こうした目に見つめられ、その神秘の力に寄りそわれたまま、ゆっくりと墓地のほうに歩を進めた。だがオリーブの木は影を落としていなかった。太陽はチュールのベールのように、その薄く茂った葉を通過してしまった。そこで私は壊れかけの鉄柵の扉から、墓地の小さな囲いに好んで入り込むのだった。そこは村中で唯一閉ざされ、涼しく、孤立した場所だった。そしておそらく寂しさもより少ない場所だった。地面に座り込むと、壁に隠されて、粘土のまばゆい白は姿を消した。二本の糸杉は風に揺られて波打ち、墓石の間には、花のないこの地には不思議なことに、バラの茂みが生まれていた。墓地の中央には四角い穴が空いていた。深さは数メートルで、乾いた土を正確に切り取った壁がそびえ、次の死者への準備を整えていた。はしごが立てかけてあって、中に入り、また登るのが簡単にできるようになっていた。その酷暑の日々、墓地に散歩をするうちに、私はその穴に入り、底に横たわるのが習慣になった。土は乾いていてなめらかで、太陽の光は底まで届かず、土をじりじり焼くことはなかった。私には四角く切り取られた晴れた空と、漂う白い雲しか見えなかった。いかなる音も耳には届かなかった。その孤独の中で、その自由の中で、私は何時間も過ごした。私の犬は陽に焼かれた壁の上で、トカゲを追い回すのに疲れると、穴の縁に顔をのぞかせ、私を問うようにながめ、はしごを転げ落ち、私の足下にうずくまると、すぐに寝入ってしまった。私もまた、犬の寝息を聞きながら、本を手からすべり落として、目を閉じるのだった。

　私たちは奇妙な声で目を覚ました。それは性別も分からず、音色がなく、年齢も分からない声で、理解できない言葉を発していた。一人の老人が墓穴の縁から身を乗り出し、歯のない歯茎をむき出しにして、私に話しかけてきた。私は空を背にしている彼を見たが、背が高く、少し猫背で、肉が落ちた、ひょろ長い手を風車の翼のように振り回していた。彼はほぼ九十歳だったが、その顔は年月を超えていて、しなびたリンゴのように、しわだらけで、形が崩れていた。乾いた肉のひだの間に、非常に明るい、水色の、人を引きつける目があった。顎や顔にはひげや口ひげは影もなく、そもそも生えたことはなく、それが彼の老人の肌に風変わりな個性を与えていた。ガリアーノの方言ではない、ごちゃ混ぜの言葉を話した。なぜならたくさんの村を回っていたからだった。だが遠い昔に生まれた、ピスティッチでの話し方が優位を占めていた。そのためと、歯がなくて言葉をこね回すためと、もったいぶった、性急な話し方をするために、初めは何を言っているのか分からなかった。その後耳が慣れて、長く話せるようになった。だが私には見当がつかなかった、彼が本当に私の言うことに耳を傾けているのか、あるいは自分自身の思考の不思議な糸玉を追い続けているだけなのか、を。その糸玉は、計り知れないほど古い動物的世界から出ているようだった。その形容しがたい存在は、汚れ破れたシャツを着て、胸をはだけていたが、そこにも毛はなく、鳥のように胸骨が突き出ていた。頭には赤みがかった色の、つば付きの帽子をかぶっていたが、おそらく多くの公的職務に就いていることを示していた。彼は墓掘り人であり、村の布告役人だった。いつ何時でも村の道を行き来し、小さなラッパを吹き、肩に斜めにかけた太鼓を叩き、その人間離れした声で、商人の到来、山羊の屠殺、村長の命令、葬式の時間など、その日の新しい情報を伝えるのだった。そして死者を墓地に運び、穴を掘り、埋葬するのも彼だった。

これらが彼の普段の活動だったが、その背後には、ある入り込めない不可思議な力に満ちた、もう一つの人生があった。女たちは彼が通りかかるとからかった。なぜならひげがなく、今まで一度も性的関係を持ったことがないと言われていたからだ。「今晩一緒にベッドに入らない？」女たちは戸口からこう話しかけ、顔を手で隠して笑った。「なぜ私に独り寝をさせるの？」彼女らはふざけていたが、敬意を払っていたし、ほとんど恐れてもいた。というのも、その老人は神秘的な力を持ち、地下の諸力と関係があり、精霊を知っており、動物を服従させることができたからだ。様々な出来事と年月が、彼をガリアーノに居着かせることになったが、それ以前には、彼は昔から狼使いの仕事をしていた。彼は望むがままに、狼を村に引き入れたり、遠ざけることができた。その凶暴な野獣は彼に逆らえず、その意志に従わざるを得なかった。彼が若かった時、残忍な狼の群れを従えながら、この山岳地帯の村々を回ったと語り伝えられている。それゆえ彼は恐れられ、尊敬され、雪が多い冬は、村々が彼を呼び、寒さと飢えに駆られて住居に近づく森の住民を遠くに追いやるようにするのだった。また他の動物もすべて彼の魅力にとらわれたが、それを女に向けることはできなかった。だが動物だけでなく、自然の構成要素や空中に存在する精霊も彼の魅力の虜《とりこ》になった。彼が青年時代、畑で小麦の刈り取りをすると、五十人分の仕事を一日でしてしまった、という事実が知られている。

何か目に見えないものが彼のために働いたのだ。その日の終わりに、他の農夫たちが汗とほこりで汚れ、労苦でへとへとに疲れ、陽の光で頭がぼうっとしているのに、狼使いは朝よりも生き生きとしていて、活力にあふれていたのだ。

私は穴から上がり、彼と話した。私はトスカーノたばこを半分勧めたが、彼はそれを、雄の野ウサギの後ろ右足の骨で作った、使い込まれて黒くなった吸い口に差し込み、急いで火をつけた。彼は鋤《すき》に体をもたせかけていたが(いつも新しい穴を掘っていた)、地面に身をかがめて、死者の肩胛骨を拾い上げた。そして話しながらそれを少し手の中でもてあそび、片隅に放り投げた。地面には古い墓から顔を出した骨が散らばり、雨と太陽にさらされていた。古い骨で、白骨化していた。老人にとって、骨、死者、動物、悪魔は親しいものであり、その上、やはりそうであるように、ここではすべてのものにとって、毎日の単調な生活に結びついていた。「村は死者の骨でできている」彼はそのわけの分からない言い回しでこう言った。それは石の間から不意に湧き出る地下水のように、豊かに響いた。そして口の用をなしている歯のない穴で、おそらくほほえみと思えるしかめ面をした。そして何を言いたいのか説明させようとしても、私の言うことは聞かず、笑うだけで、何も変えることなく同じ言葉を繰り返し、付け足すことは拒否した。「まさにそうなんで、村は死者の骨でできているのさ」それを比喩的に象徴的に理解しても、文字通りに受け取ったとしても、いずれにせよ老人は正しかった。しばらくたってから、村長が、未亡人の家からさほど遠くないところで、家の基礎工事のために、地面を掘らせたことがあった。それはバリッラ少年団〔ファシズム統治下の一九二六年に作られた組織で、青少年の軍事教練的身体強化を重視した〕の本部のための家で、ファシスト政権の仕事だったが、五十センチほど掘ると、土ではなく、おびただしい数の死者の骨が出てきて、何日もの間、荷物を満載した荷車が村を横切る姿が見られたのだった。その荷車は遠い親類の遺骸を運び、「狙撃兵の墓穴」にごちゃ混ぜのまま投げ込んでいたのだった。それよりずっと新しいのは、崩落した教会、マドンナ・デリ・アンジェリ教会の床の下にあった墓の骨だった。それは墓地の骨のようにまだ白骨化していなくて、多くはひからびた肉やかさかさに乾いた皮膚の切れ端をくっつけていた。犬たちがそれを掘り起こし、村の道を、頸骨を口にくわえて走ったり、激しく吠え立てながら、それを手に入れようと争った。時が流れないこの土地で、新しい骨やさほど新しくない骨や古い骨が、旅人の足下に同じようにさらされるのは自然なことである。マドンナ・デリ・アンジェリ教会の死者たちは墓所が壊れたのでより不幸な目に遭っている。犬や鳥がその遺骸をあたりにまき散らすだけでなく、遺骸がすべり落ちてしまった、恐ろしく滑りやすいその断崖には、より恐怖をかき立てる他の存在がやって来るのだった。ある晩、さほど昔ではない、何ヵ月前か、何年前か、彼に正確に確かめられなかったのだが（というのも時の尺度がその老人の魔術師には不明確だったからだが）、ある晩、彼が飛び地の集落のガリアネッロから帰って来て、教会の前の小高い丘、マドンナ・デリ・アンジェリのティンボーネ〔小山の意〕に達すると、体中に奇妙な疲労を覚えて、礼拝堂の階段に腰を下ろさざるを得なくなった。するともう立ち上がり、歩き続けることができなくなった。何者かが彼を邪魔していた。夜は暗くて、老人は闇の中で何も見分けられなかった。だが谷間から動物のような声が、彼の名を呼ぶのが聞こえた。それは悪魔で、死者の中に腰をすえて、彼が通るのを妨害していた。老人は十字を切った。すると悪魔は歯をむき出しにし、苦痛で叫んだ。老人は闇の中で、一匹の山羊が教会の残骸の上で恐ろしげに跳ね飛び、姿を消すのを、一瞬、目にとめた。悪魔は大声を上げながら絶壁を伝って逃げ出した。そして「ウーウー」と叫びながら姿を消した。すると老人は不意に体が自由になり、休息も十分と感じた。彼は少し歩いて村に戻った。こうした冒険を彼は何度もしていて、問いかけると、さほど重要ではないことのように私に語った。彼は非常に長く生きたから、こうした出会いが少ないことはなかった。彼はかなりの年寄りだったので、山賊の時代にはすでに少年だった。彼がおそらくそうであったように、山賊の一員だったのか、はっきりと知ることはできなかったし、明確に言わせることもかなわなかった。だが有名な山賊ニンコ・ナンコ(6)を確かに知っていたし、ニンコ・ナンコの伴侶で、彼と同じピスティッチ出身の女山賊マリーア・ア・パストーラの姿を、まるで昨日見たかのように描写した。このマリーア・ア・パストーラは農婦で、非常に美しかった。彼女は愛人と共に生活し、男装して、常に馬に乗り、森や山を巡り歩いて略奪し、戦った。ニンコ・ナンコの山賊団はこの地方で最も向こう見ずで残忍だった。マリーア・ア・パストーラは酪農場や村への襲撃、待ち伏せ、懸賞金の取り立て、復讐と、あらゆる作戦に参加した。ニンコ・ナンコが、彼を逮捕した狙撃兵たちの心臓を自らの手でえぐり出した時、マリーア・ア・パストーラがナイフを差し出したのだった。老人の墓掘り人は彼女のことを良く覚えていて、彼女がどれだけ大柄で、美しかったか、花のように色白で、ほほがバラ色で、足まで届くほど長く黒い編み毛を持ち、馬の鞍上で背筋をまっすぐ伸ばしていたと語った時、その奇妙な声に好意の感情が混じるのだった。ニンコ・ナンコは殺されたが、農民戦争の女神であったマリーア・ア・パストーラがどうなったか、老人は語ることができなかった。死ななかった

(6)　本名ジュゼッペ・ニコーラ・スンマ(一八三二–六四)。アヴィリアーノ出身の山賊。山賊の頭目カルミネ・クロッコの忠実な部下で、その残虐さで知られていた。

(7)　本名マリーア・ルチーア・ディ・ネッラ(一八四四–?)。ピスティッチ出身(アヴィリアーノ出身という説もある)で、ニンコ・ナンコの伴侶。ニンコ・ナンコの死後、一八六四年に逮捕され、五年後に釈放された後、ある貧しい農夫と結婚し、二児を得たと言われている。

し、逮捕もされなかった、と老人は言った。ピスティッチで目撃されたが、全身黒い服を着ていた。そして馬に乗って森に姿を消し、その後消息はまったく途絶えてしまった。

墓地の周辺には、孤独やうわさ話を求めて、暇つぶしのためだけに行くのではなかった。そこは、許された範囲内では、家がなくて、いく本かの木が、あばら屋のみの構図に変化をつける唯一の場所だったのだ。だから私は初めての絵の主題にそれを選んだ。私は太陽が傾き始める頃、キャンバスと絵の具を持って外出し、オリーブの幹の陰や墓地の壁の後ろに画架を立てて、絵を描き始めた。私の到着直後の初めの頃、私のこの職業は曹長には怪しく思えたらしく、彼はすぐに村長に報告し、ともかく部下を一人、監視によこした。その憲兵は私のすぐ後ろに直立不動で立ち、初めのタッチから最後のタッチまで私の仕事を凝視し続けた。誰かが背後にいて絵を描くのはわずらわしいことだった。セザンヌにはそうだったのだが、悪い影響が出るのを恐れないにしても。だが何をしようとも、憲兵を移動させる方策はなかった。命令を受けていたからだ。ただその愚かな顔が、少しずつ、探るような顔つきから興味しんしんな表情へと変化した。そして彼は最後には、死んだ母の写真を拡大して油絵で描いてくれるかと訊くまでになった。これが憲兵にとって、絵を最大限に理解することだった。時は過ぎ、太陽は沈み、事物が黄昏時の魔術を見せ始めた。事物が受け取ったものではなく、内部の、自分自身の光で輝くようになるのだ。ほっそりした、透明な、大きな月が、バラ色の空を背に、現実の物ではないかのように、灰色のオリーブの木々と家々の上にかかっていた。それはまるで海辺で潮にさらされた甲イカの骨のようだった。私はその頃、月の大いなる友人だった。というのは何ヵ月も独房に閉じ込められ、その顔を見ていなかったので、それを再び見いだすのは新たなる喜びだったのだ。そこで私は満月の月を、敬意を込め、挨拶の印に、空の真ん中に軽々と浮かべて描いた。憲兵はそれに目をむいていた。だが村の主人である双子の神が私の仕事を見張るために上ってきた。曹長はサーベルを下げ、着飾った、落ち着き払った様子で、村長は満面に笑みをたたえ、格式張り、見せかけの好意を見せびらかした。ドン・ルイジーノはもちろん芸術が理解でき、それを私に気づいて欲しくて、私の技巧をほめるのに出し惜しみをしなかった。そして私がガリアーノを、彼の村を、描くのに値すると判断したことで、彼の愛国者的誇りは満たされた。私は彼の満足を利用して、その土地の美しさをより良く描くためには、住居地区からもう少し遠ざかる必要があるとほのめかした。村長も曹長もこの規則違反に明確にかかわることを望まなかった。しかし数週間のうちに、ある種の暗黙の合意が少しずつできて、私は絵を描くためだけだったが、家々から二、三百メートル離れることができるようになった。この譲歩は、芸術を尊重するというよりも、ドンナ・カテリーナが私を喜ばせようとする策謀と欲望のためであり、ドン・ルイジーノがいつも心の中にかかえている病気への恐慌的恐怖のためでもあった。ドン・ルイジーノは健康状態が良かった。もしある種のホルモン分泌の不均衡を考慮に入れなければの話なのだが。それは何よりも子供っぽく残忍なその性格に出ていて、甲高い声と肥満の傾向以外は、身体的不自由をもたらすことはなかった。彼はそれ以外は完全に健康だった。しかし私には幸運なことに、彼は常に病気恐怖症にとりつかれていた。今日は結核、明日は心臓病、あさっては胃潰瘍という具合で、手首の脈を探り、体温を測り、鏡で舌を調べ、私と会うたびに、こうした病気のすべてに対して、安心させてもらいたがった。気で病む病人はついに意のままになる医師を手に入れたのだった。そこで私は時々、少し遠くへ絵を描きに出かけた。だがしばしばではないし、姿が見えなくなるほど遠くでもなかった。それに私の意志で、危険を冒すのを覚悟した上でだった。なぜなら彼はこの譲歩で、彼の立場を悪くするような、匿名の手紙をマテーラに書く敵を、たくさん持っていたからだった。空間と安息の場として、私が得たものはさほど多くはなかった。というのも村は周囲を崖で囲まれており、墓地の側を除くと、二本の細い道からしか外に出られなかったからだ(墓地の道を先には行けなかった、その向こうは斜面を下っていて、姿が見えなくなるのだった)。その下方の側の一本は、上下しながら丘の尾根の部分を通り、ガリアーノからガリアネッロに通じていた。この道をたどると、マドンナ・デリ・アンジェリのティンボーネまで行くことができた。それは最後の家々のすぐ先で、老人の墓掘り人の前に悪魔が現れた場所だった。そこから右側に幅数十センチの小道が枝分かれしていて、二百メートルほど下方の崖の底まで、急坂になって、ジグザグに下っていた。それはたどらざるをえない危険な道で、毎日、ほとんどの農夫がロバと山羊を連れて、下方のアグリ川の谷間方面の、自分の畑に行くために下り、夕方、牧草や薪の荷を背負って、地獄の罪人のように登ってくるのだった。もう一本の道は村の反対側の高みにあった。それは教会の右側から出ていて、未亡人の家の近くを通り、少しして、何年か前まで村の唯一の水源であった小さな泉の前に出た。一筋の水が岩の間の錆びた導管から流れ出し、木の飼い葉桶にしたたり落ちていた。そこでは時々女たちが洗い物をしていた。そして水は排水溝のないままあふれ出し、地面を沼地に変え、蚊の天国にしていた。その細道は細いオリーブの木が生える刈り株の畑の中をしばらく走り、白い粘土の小山と穴が複雑に入り組む迷宮に姿を消し、不意にサウロ川の側の、また別の断崖に突き当たって終わるのだった。私はその道を散歩して、絵を描いていた。そしてそこである時まむしに出くわしたが、犬が激しく吠えたので、事前に分かったのだった。

この見慣れない険しい地形が、ガリアーノを一種の自然の要害にしていて、そこからは決まった道でしか出られなかった。村長はいわゆる国家の熱狂の日に、群衆を最大限集会に集めるのに、このことを利用していた。彼は、彼流の言い方に従えば、民衆の道徳を支え、アフリカの戦争の準備をしている我らが統治者たちの演説をラジオで聞かせるために、好んで集会を招集していた。ドン・ルイジーノが集会の招集を決めると、夕方、墓掘り人兼布告役人の老人にラッパと太鼓を持たせて、村中の道を回らせた。そしてその太古の声が、すべての家の前で、ただ一つの高く無機質な声音で、何度となく響き渡るのが聞こえるのだった。「明日、朝十時、ラジオを聞くために、全員が広場の村役場前に集合のこと。いかなる欠席も認めない」すると農民たちは「明日の朝は、夜明けの二時間前に起きなきゃならん」と言うのだった。ドン・ルイジーノが夜明けに、だれも外に出してはならないと命令して、彼の愛国少年団員〔バリッラ少年団の中で十四歳から十八歳までの、最年長のものたちを指す呼称〕や憲兵を村の出口の路上に配することを、彼らは知っていたのだ。農民の大部分は、監視人が来る前に、暗闇の中を、畑に向けて出発するのに成功した。だが遅れたものたちはあきらめて、女たちや、学校に行く子供たちとともに、広場のバルコニーの下に行かなければならなかった。その頭上から、マガローネの、体の内奥からあふれる、熱狂的な演説が降り注ぐのだった。彼らは帽子をかぶり、暗い顔で、半信半疑のまま立ち、演説は何の跡も残さずに、彼らの頭上を通り過ぎるのだった。

村の有力者たちは、違う考えを持ったミリッロ医師のようなわずかの少数者も含めて、みなファシスト党に入党していた。それはファシスト党が政府であり、国家であり、権力であるというだけの理由からで、彼らはもちろんその権力を共有していると感じていた。そしていかなる農民も、その反対の理由で、入党していなかった。それにたまたま存在可能であったかもしれない、他のいかなる政党にも、彼らは入党しなかっただろう。彼らは自由主義者や社会主義者ではあり得ないように、ファシストではなかった。なぜならそうしたことは彼らに関係なく、別の世界に属していて、意味がなかったからだ。彼らが政府、権力、国家といかなる関係を持てただろうか？　国家はどんなものであれ、「ローマのものたち」であり、ローマのものたちは、ご存じのように、おれたちがキリスト教徒として生きるようには望まないのだ。雹《ひょう》が降り、地滑りが起こり、旱魃《かんばつ》がやってきて、マラリアがはやる、それと同じように国家がある。それは避けがたい悪で、いつも存在したし、これからもそうだろう。おれたちに山羊を殺させ、家具を持ち去り、今はおれたちを戦争に駆り出そうとしている。辛抱しなければ！

農民にとって、国家は空よりも遠く、より邪悪だ。それはいつも反対側にいるからだ。その組織や計画、そして政治上のスローガンは問題にはならない。農民はそうしたものは分からない。なぜなら彼らのものとは言葉が違っていて、それを理解しようとする理由がまったくないのだ。国家やその宣伝に対する唯一可能な防御手段はあきらめだ。天国への希望もなく、自然の害悪の前で背をかがめさせる、あの陰鬱なあきらめだ。

従って、これは正しいことなのだが、彼らには政治闘争とは何なのかまったく理解できない。それはローマのものたちの個人的問題なのだ。流刑者たちの意見がいかなるものなのか、なぜここにやってきたのかを知ることは、彼らにはどうでもいいことだ。彼らは流刑囚を優しく見つめ、自分たちの兄弟のように見なす。それは流刑囚たちも、訳の分からない理由で、運命の犠牲になっているからだ。初めの頃、村の外の細道で、私をまだよく知らない老農夫に出会ったことがあったが、彼はロバにまたがったまま、私にあいさつをするため立ち止まり、尋ねてきた。「あんたは誰かね。どこへ行くんだね《アッド・ヴァデス》？」私は「散歩をしているんです」と答えた。「流刑囚です」「追放者かね」(ここの農民たちは流刑囚と言わず、追放者と言っていた)「追放者か。残念なことだ。ローマの誰かににらまれたんだな」そして他の言葉を付け加えることなく、兄弟愛あふれる同情のほほえみで私を見つめながら、ロバをまた歩み始めさせた。

この受け身の兄弟愛、このともに苦しむこと、この昔からの、あきらめきった、連帯感をまじえた忍耐心こそが、農民たちの心の奥底の共通の感情であり、宗教的ではない、自然な絆である。彼らは政治意識と言い習わされているものを持っていないし、持つこともできない。なぜなら彼らは言葉のあらゆる意味での異教徒であって、市民ではないからだ。国家や都会の神々はこの粘土の土地では信仰を得られない。ここでは狼や、太古の、黒いイノシシが支配し、動物や霊魂と人間との間にいかなる壁も存在せず、目に見える木々の枝葉と地下の目に見えない根を分けるものはない。また本当の自意識を持つこともかなわない。ここではすべてが相互の影響で結びついており、あらゆるものが気づかないうちに作用する力を持ち、魔術的影響力で破壊されないような障壁は存在しないのである。彼らは明確な境界なしに存在し続ける世界にどっぷりつかって生きている。そこでは人間は、太陽、家畜、マラリアと区別できない。そこには異教徒的な文学者たちが希求した幸福も希望も存在しない。この二つは、やはり個人的な感情だからだ。そこには苦痛に満ちた自然への陰鬱な受動性だけが存在するのだ。だが彼らの中には共通の運命、共通の受苦の、人間的感覚が生きている。それは感覚であって、意識的行為ではない。言葉や演説で表現できるものではないが、あらゆる時に、人生のあらゆる行為の中で、そしてこの砂漠のような土地で過ぎ去るいつも同じようなすべての日々に、自分の内面に保持できるものなのだ。

「残念なことだ。誰かににらまれたんだな」おまえもまた運命に左右されているのだ。

おまえも悪意のある力によって、邪悪な影響力によってここにいる。敵対的な魔術の作用であちこちに移動させられている。それゆえおまえもまた人間で、おれたちの仲間だ。政治であれ、法であれ、理性の幻影であれ、おまえを突き動かした動機は関係ない。道理も、原因と結果もない。ただ悪い運命が、悪を望む意志だけが存在する。それは事物の魔術的力だ。国家とはこうした運命の形態だ。それは畑の収穫物を焼いてしまう風や、血をむしばむ熱と同じだ。運命に対して、人生は忍耐と沈黙以外のものにはなれない。言葉は何の役に立つのか。そして何ができるのか。何もできはしない。

そこで畑に逃げそこなったわずかの数の農民たちは、沈黙と忍耐の鎧を身にまとい、無言のまま、感情を押し殺して、広場の集会に参加していた。彼らはあまりにも遠くからやって来る、ラジオの、景気のいい、楽観的な演説に耳を傾けていないかのようだった。それは進歩した、活動の容易な国からの話で、死のことを忘れており、それを信じていないものの持つ軽さで、冗談めかして唱導するまでに至っていた。

私は今ではこのガリアーノの農民の多くを知っていた。彼らは初めはみな同じように見えた。小さくて、陽に焼けていて、黒い目は輝いていなくて、暗い部屋のカーテンのない窓のように、何も見ていないように思えた。何人かは短い散歩の時に出会ったり、夕方、家の戸口であいさつを交わしていた。だが大部分は治療を求めて、彼らのほうから私を探しに来ていた。私はこの新しい医師という職業にあきらめて従わなければならなかった。しかしとりわけ初めの頃は、初心者によくあるように、自分の患者の運命と、自分の能力のなさへの嫌気で、大きな不安を抱くことになった。農民たちの驚くべき、純粋な信頼感は逆効果になった。自分では望まないのに、彼らの病を自ら引き受け、ほとんど自分の過ちのように感じることが起きたのだ。幸運なことに、私は勉学上の十分な蓄積を役立てることができたが、実践と、研究や治療用の道具が欠けていて、さらには、告白しなければならないが、冷徹さと公平無私な距離感から成る科学的考え方からは非常に遠い位置にあった。私はいわば、常に激しい苦悩の中で生きていた。だから短期間だが、姉が訪ねてきてくれたことは、とても大切で貴重なことだった。姉は非常に頭が良く、活発で優しい性格で、さらには卓越した医師だった。彼女は本、マラリアに関する論文、雑誌、医療器具、薬を持ってきてくれて、確信のない状態の私を励まし、忠告を与えてくれた。私は姉の予期せぬ訪問を電報で知った。それはサウロ川への分岐路にあるバスの停留所に、迎えの車を派遣するのに、かろうじて間に合うくらいに届いた。それはガリアーノにあるただ一台の自動車で、古くて、がたがたのフィアット509だった。アメリカ帰りのある自動車修理工が持ち主だった。背が高く、恰幅の良い、金髪の男で、自転車選手の帽子をかぶっていた。彼は村ではその巨人のような体軀で知られていて、フランスのエドゥアール・エリオ首相が立派な体格で語り継がれているのと同じだった。そしておそらく彼との接触は、女にはあこがれだったが、確かに危険でもあった。だがそれにもかかわらず、そしておそらくそれゆえに、村のドン・ジョヴァンニとしての彼のリストには多くの成功例が書き込まれていた。そして彼の不幸な愛人たちは、その不倫の愛を、彼の嫉妬深い妻や村人のおもしろ半分の詮索から隠しておくのは難しかった。彼はその自動車を、ニューヨークでの最後の頃の貯金で買った。村での公的必要性に応えていたので、それは大きなもうけが期待できた。だが週に一、二回の旅行しかなく、そのほとんどが村長をマテーラの県庁まで送っていく旅で、それ以外には憲兵隊や徴税局員の仕事か、非常にまれだが、病人をスティリアーノに連れて行ったり、商品を取りに行く仕事しかなかった。当時の村の統治者たちの心を占めていた大きな問題とは、毎日郵便物を取りに行くのに、ラバでなく自動車を使うことだった。そうすることで、バスで来る乗客にも、村から出るものにも、ある種の定期便ができるはずだった。だが時間と労働は、これらの村ではさほど問題にはならず、費用もかからないので、ラバと自動車の間にはわずかな経費の差しかなかった。そしておそらく、親族関係や代父関係に伴う難しさもあった。その問題は常に先送りされ、私が村を去る時も解決されていなかった。ただ幾度か、到着する誰かを待機する必要があった時、修理工はついでに郵便物の袋を受け取り、郵便物配布の儀式が数時間早く行われるのだった。村ではそれはすでに知られていて、少人数の人々がいつも自動車の帰りを教会の前で待っていた。がたの来た屑鉄の山の騒音が曲がり角から聞こえると、新しい知らせを聞き、繰り広げられる光景を楽しむために、全員がそれを出迎えた。従って私の姉の懐かしい姿が車から降りてくるのを見たのは、この知らせを待ちわびる人々の中でだった。姉は長い間見ていなかったので、はるか彼方の土地から来たように思えた。そのきびきびした動作、質素な服装、誠実な話し方、開けっぴろげな笑顔は周知のもので、よく知っていた。だが長期間孤独な状態にあり、グラッサーノやガリアーノで日々を過ごしたあとでは、それは記憶の世界が不意に、眼前に出現したのと同じだった。その意図が明確な仕種、その軽々とした動作は私が生きているこの世界から隔離された場所に属していて、無限の隔たりがあるため、ここでは不可能に思えた。この基本的な身体的違いを、それまで私は理解できていなかった。彼女の到着は別の国の大使が外国に、この山の狭間の地域にやってきたのと同じだった。

二人で抱き合い、母、父、兄弟のあいさつの言葉を聞いたあと、私たちは人々の視線を避けて、未亡人の台所に入り、私はいきせききって尋ね始めた。姉のルイーザは私が不在の間の大小様々な、家族や個人や公的な出来事をあれこれ語り、親しいものや友人たちのしたこと、イタリアで語られていることを話し、絵や本や人々の考えについて述べた。

それらは私が最も気にかけていたことで、毎日心を動かしながら思い出し、非常に身近に感じていた。だが今、目の前でそれらについて語られると、それらは不意に、別の時代に属していて、別のリズムで動いており、理解できない法則に従っていて、インドや中国よりも遠いと思えるのだった。この二つの時代がいかに意思疎通が難しいか、私は突然理解した。まるでこの二つの文明が奇跡以外にいかなる関係も持ち得ないかのようだった。農民たちがなぜ北部の外来者を、あの世から来た、異国の神のように見るのか、私は分かった。私の姉はトリーノから来て、四、五日しか滞在できなかった。「残念なことに、旅行で時間がかかりすぎたわ」と姉は言った。「というのもマテーラに行って、そこの警察で訪問許可の再承認を得なければならなかったから。だから、二日間で来られる、ナポリ、ポテンツァを通る、最も早い旅程を経るのではなく、バーリ、マテーラを経由して、三日間も使ってしまった。マテーラではバスを待つために一日費やした。何という国でしょう！　到着して少ししかガリアーノを見ていないけれど、悪くはないようだわ。いずれにせよ、マテーラよりひどいことはないでしょう」姉はマテーラで見たことに驚き、恐怖を抱いていた。姉の激しい反応は、この地方に来たことがなく、初めてマテーラでこの地方の自然と人々の痛ましい生活に出会った、という事実のためだと私は考え、その考えを伝えた。「私はこの地方を知らなかったけれど、想像はしていた」と姉は答えた。「でも実際に見たマテーラは、想像を超えていた」

姉は語り始めた。「マテーラに着いたのは朝の十一時頃だった。ガイドブックには風情のある町で、一見に値する、古代芸術の博物館があり、興味深い穴居式住居がいくつもあると書いてあった。でも近代的で、贅沢な作りの駅舎から出て、あたりを見渡すと、町を見つけようとしても見つからなかった。町はなかった。私はある種の荒れ果てた高地の上にいて、周囲を木々の影もない、不毛の小高い丘が取り巻いていた。それは灰色の土に覆われ、ところどころに岩が顔を出していた。その砂漠の中に、あちこち散らばるようにして、八つか十ほどの、大きな大理石の建物がそびえていた。それは今ローマで建てられているような、ピアチェンティーニ風（マルチェッロ・ピアチェンティーニ（一八八一―一九六〇）。ローマ出身の建築家。ファシズムの時代に特にローマで活躍し、ファシスト風の建造物を多く建てた）の建築で、壮大な正面玄関とまぐさ石があり、ラテン語の文字が重々しく刻まれ、列柱が太陽の光に輝いていた。そのいくつかはまだ工事中で、放棄されたかのようで、その絶望をかき立てる自然の中では、逆説的で、怪物のように見えた。従業員用の小さな家々が立ち並ぶ寒々とした一角があって、それらが建物同士を結びつけ、そちらの側で地平線を区切っていたが、急いで建てられたため、もうひび割れ、汚れていた。それは即興的に、場当たり的に作られ、始められてからすぐに何かの疫病で中断された、野心的な植民地の都市計画のように見えた。さもなければダンヌンツィオ(8)の悲劇のために、野外劇場に作られた、悪趣味な舞台装置にも思えた。それらの帝政期風で、二十世紀主義的な、大きな建物は、警察、県庁、郵便局、市庁舎、憲兵隊兵舎、ファシスト党本部、協調組合本部、バリッラ少年団本部などだった。でも町はいったいどこにあるの？　マテーラは見えなかった。

（8）　ガブリエーレ・ダンヌンツィオ（一八六三―一九三八）。イタリアの作家、劇作家、詩人。十九世紀末から二十世紀初頭にかけてイタリア文学界に君臨した文学者。一九一九年のフィウーメ占領など、過激な政治的行動でも知られている。

「私はすぐに自分の用事をすませようと思った。そこで警察に行った。外からは大理石張りで素晴らしく見えたが、中は汚れていて、ばい菌で汚染され、小さな部屋部屋は掃除が行き届いていなくて、ゴミとほこりで一杯だった。この村を訪ねる許可証の承認をするために、副署長が出てきたが、彼は政治警察の長でもあった。あなたがマラリアの蔓延する村に送られて、健康が心配だったので、私は抗議しようと考え、もっと健康にいい場所に移せないか訊いてみた。するとその場にいた警察分署長が不意に私の言葉をさえぎって言った。『マラリアですって。そんなものはありません。みな作り話です。年に一回、あるかないかです。あなたの弟さんは今いるところで十分に健康でいられます』しかし私が女医であることを知ると、口をつぐんでしまった。すると副署長がまったく違った言い方で答えた。『マラリアはどこにでもあります。もしお望みなら、弟さんを移動させることはできますが、ガリアーノと同じ条件であることが分かるでしょう。私たちの県内の村でただ一つだけマラリアがないとされる村があります。スティリアーノです。海抜千メートルほどありますから。おそらくずっとあとならそこにも送れますが、今は多くの理由から、不可能です』(スティリアーノには反主流派のファシストを送っていたことが分かった)『あなたの弟さんは移動しません。このマテーラには私たちもいますが、私たちは流刑囚ではありません。マラリアに関して、あちらよりもこちらのほうが条件がいいなどと考えないでください。もし私たちがここにいられるなら、弟さんもあちらにいられるのです、お嬢さん』この問題には答えるすべがなかった。私はそれ以上言い張らずに、外に出た。私はトリーノから聴診器を持ってくるのを忘れたので、あなたに買おうと思った。あなたが医術を施すのに必要なことが分かっていたから。専門店がなかったので、薬局を探そうと思った。大きな建物と安普請の家々の間に店があり、薬局が二軒見つかった。町でそこにしかない薬局だった。その二軒とも、聴診器がないばかりか、それが何かさえも思いつかなかった。『聴診器ですか？　それって、いったいなんですか？』それは心音を聞くための単純な道具で、耳にあてる角のような形で、普通は木でできていると説明すると、おそらくそうしたものはバーリで手に入るだろうが、ここマテーラでは聞いたこともないと言った。もうお昼だったので、私は町の人の言う最上のレストランを教えてもらった。実際そこにはすでに副署長と他の警察署員が、汚れたテーブルクロスを前に、物憂げにテーブルについていた。彼らは退屈そうにしていて、ナプキンを丸めて入れる常客用のナプキンリングがその前に置いてあった。私はそれほどものごとにうるさくないことをあなたは知っているでしょう。でも私は空腹をかかえたまま、席を立たざるを得なかった。そしてようやく町を探し始めた。駅から少し遠ざかると、一本の道に出たが、片側だけに古い家が立ち並び、反対側は断崖になっていた。その断崖がマテーラだった。でも私のいた上からは、斜面がほぼ垂直に落ちていて、あまりにも急角度なので、ほとんど何も見えなかった。身を乗り出しても、下方にある家々を目の届く限り覆っている、テラスと細い道しか見えなかった。断崖の正面には醜い灰色をした、植物の影もない、不毛の山があった。そこには一本の木もなく、耕作の跡もなかった。ただ太陽に焼かれる土と石しかなかった。底のほうには細い渓流、グラヴィーナ川が流れていたが、汚れた水がわずかにあるばかりで、河床の石の間で沼地と化していた。川と山は陰気で邪悪な雰囲気を漂わせていて、心を締めつけた。その谷間は奇妙な形をしていた。半分に切った二つの漏斗を並べたようで、小さな山脚で隔てられているが、下の方で合わさり、一つの頂上を作っていて、その上に白い教会が見えた。それはサンタ・マリーア・デ・イドリス教会で、地面に打ち込まれているように見えた。この逆さまの円錐、この漏斗がサッシと呼ばれている。つまりサッソ・カヴェオーソとサッソ・バリサーノだ。学校で想像した、ダンテの地獄と同じ形をしている。私もまた家畜用と思える細道を通って、環から環へと、下に降りていった。道はとても細くて、曲がりくねりながら下っていたが、そう呼ぶことが可能なら、家々の屋根の上を通っていた。家々は谷間の固まった粘土の岩壁を掘った洞窟だ。家の前には正面壁があり、そのいくつかは美しく作られていて、十八世紀の地味な装飾が施されている。この偽の正面壁は、斜面の傾きのため、上の方はわずかに出っ張り、下の方は山の稜線に合わせて、突き出していた。そしてその正面壁と傾斜地との間の狭い空間に道が通っていたが、それは上の住居から外に出るものにとっては道路であり、下の家のものには屋根なのだ。家の扉は暑さのため開け放たれていた。通り過ぎながら見てみると、洞窟の中は、明かりと空気が扉からしか得られないことが分かった。いくつかの家は扉すらなかった。揚げ戸を開けて、階段を下って出入りするのだ。土でできた壁に囲まれたその黒い穴の中に、ベッドや、貧しい家具や、干されたぼろきれがあるのが見えた。床には犬、雌羊、山羊、豚が横たわっていた。普通、どんな家族も、住居としてこうした洞窟を一つしか持っておらず、男も女も子供も家畜もみな一緒に寝ていた。二万人がこうして暮らしていた。子供といえば、無限にいた。その暑さの中、ハエに取り囲まれ、ほこりにまみれながら、いたるところから、全裸やぼろを着た子供たちが出現した。私はこうした窮乏の光景を見たことがなかった。でも私は慣れていたし、自分の仕事でもあった。毎日何十人もの、貧しく、病気にかかり、ほったらかしにされた子供たちを見るのは。でも昨日のような光景は想像だにできなかった。私は子供たちがゴミの散らばる中、焼けるような太陽の光の下で、目を半分閉じ、まぶたを赤くはらせたまま、家の戸口に座っているのを見た。ハエが目の上に止まっても、子供たちはじっとしたままで、手で追い払おうともしなかった。そう、ハエは目の上で散歩をしていたが、それを感じていないかのようだった。トラコーマだった。このあたりにそうした患者がいることは知っていた。でも汚物と窮乏の中でそれを見るのは別のことだった。出会った他の子供たちは、老人のようにしわだらけで、飢えのために骸骨のようになった顔をしていた。髪はシラミでいっぱいで、かさぶただらけだった。だが大部分は並外れてふくれた、大きな腹をしていて、マラリアのために顔が黄色く憔悴していた。扉越しにのぞき込んでいる私を見た女たちは、中に入るように招いた。するとその薄暗く悪臭のする洞窟では、子供たちがぼろぼろの毛布をかぶって、床に寝かされ、熱で歯を嚙みならしていた。別の子供たちは下痢で骨と皮になり、かろうじて体を引きずっていた。また蠟のような顔色の子供たちも見た。マラリアよりももっとひどい病気のようで、おそらく何か熱帯病、カラ・アザール、黒熱病かもしれなかった。女たちはやせこけていて、しぼんだ胸に、栄養失調の、汚れた乳児を抱えていたが、私には優しく、悲しげにあいさつをした。私はまばゆい陽の光の下で、ペストに襲われた都市に投げ込まれたような気分になった。私はさらに教会に向かって、井戸の底のほうに下り続けたが、大勢の子供たちが少し離れて私に付いてきて、その数が少しずつ増えていった。何かを叫んでいたが、その理解不可能な方言では言っていることが分からなかった。私はなおも下り続けたが、子供たちはまだ付いてきて、叫ぶのをやめなかった。お金が欲しいのだと思い、私は立ち止まった。すると今では皆が声をそろえて言っている言葉が理解できた。『お嬢さん、ウ・キニーを、キニーネをください』私はキャンデーでも買うようにと、わずかの小銭を配った。だが彼らが望んでいるのはそれではなくて、執拗に、悲しげに、キニーネを求め続けた。そのうちに私たちは穴の底に、サンタ・マリーア・デ・イドリス教会の前に着いた。それは美しいバロック様式の小さな教会だった。そこから見上げると、ついにマテーラ全体が、傾いた壁のように姿を現すのが見えた。そこからは本当の都市のようだった。あらゆる洞窟の正面壁が白く列をなす家のように見えて、扉の穴が黒い目のように私を見つめているかと思えた。本当に絵のようで、印象的な、美しい町だった。また周辺で出土した、絵を描いた古代ギリシアの陶器、古代の小像や貨幣を収蔵した、立派な博物館もあった。私がそこを見学している間も、子供たちは外の太陽の下にいて、私がキニーネを持ってくるのを待っていた」

姉をどこに泊まらせるべきだったろうか？　跛行の山羊殺しは例の宮殿風の邸宅について、ナポリから返事をもらっていた。彼らは熱心にそれを貸そうとは思っていなくて、一、二室貸すだけで、それも、彼らにはとても高いと思え、わびてはいたが、一月五十リラだった。国内では貸家は今不足気味だった。戦争が間近に迫っていて、イギリス艦隊の砲撃が恐れられていた。ナポリではみなが避難しようと思っていて、家主の彼ら自身も、彼らの友人も、ここに疎開しに来るはずだった。しかしその間に、私がその荒廃したロマンチックな家に抱いた熱狂は冷めていた。よく考えてみると、私には本当に住めないように思えたのだ。壁に昼食を置いている流刑囚である、ピーサの学生は、ある農夫を通じて、母と姉のために借りていた部屋が数日のうちに空くと伝えてきていた。二人とも学校の教師で、彼に会いに来ていたが、家から出ることなく、世間から退いた生活をしていた。その家賃は彼には高すぎたので、母と姉が出発したら、そこに私が入居することが可能だった。跛行の男もドンナ・カテリーナもその家を勧めた。こうして新しい家を待つ間、姉は未亡人の家の唯一の寝室を私と分かち合うことに適応せざるを得ず、そこでルカニアのハエ、蚊、南京虫と知り合うことになったのだ。しかしマテーラの洞窟を見たあとでは、そのもの悲しい部屋も王宮のように思えると彼女は言った。そして幸運なことに、その数日間は「U・E」も他の客もやってこなかった。姉の来訪は大きな出来事だった。村の有力者たちは最上のもてなしをした。ドンナ・カテリーナは姉に肝臓の不調を打ち明け、料理のレシピを教え、できる限りの親切をした。北部の婦人で、手近にいて、しかも女医だった。今まで見たこともない存在だった。恥をかくようなことをしてはいけなかった。農民にとって、ことは違っていた。アメリカの生活に慣れていたので、女性が医師になるのは自然なことだった。そしてもちろん利用しようとした。しかし彼女がいることで心を動かされたのは別のことだった。それまで私は彼らにとって空から降ってきたものだった。何かが欠けていた。私は独り者だった。だが私もまたこの地上で血のつながりを持っているのを発見したことで、彼らの目に欠落と映っていたものが、心地よく埋められることになった。私が姉といる光景が、彼らの最も深い感情の一つを揺り動かした。それは血縁関係の感情であり、国家や宗教の観念のないところで、それよりもはるかに強く、その位置を占めているものだった。それは法的で、社会的で、感情的な絆である、家族制度ではない。そうではなくて、太古からの、聖なる、魔術的な共同感覚なのである。村全体がこの複雑な鎖で結ばれている。それは血縁関係という身体上のものだけでなく(「最も近縁のいとこ」は本当に兄弟のように扱われる)、代父関係で得られた象徴的関係も同じである。洗礼式の代父は、血縁関係の兄弟より上の存在である。そして実際に、選択と通過儀礼を通じて、同じ血縁集団に属することになる。そしてさらにその内部ではお互いに聖なる存在になる。結婚もできない。この同士的関係は人間の中で最も強い絆である。

夕方に私と姉が腕を組んで、村の唯一の道を散歩していると、農民たちは家の戸口から幸せそうに私たちを見つめた。女たちはあいさつをして、祝福の言葉を浴びせた。「あなた方をはらんだ腹に祝福あれ」私たちが通ると、入り口からこう声をかけてきた。「あなた方に乳を与えた乳房に祝福あれ」老女たちは戸口で羊毛を紡ぐ手を一瞬止めて、歯の抜けた口で、次のような警句をもごもごと言った。「花嫁は良いものだ。だが姉妹はそれに勝る!」「修道士と修道女、心と心」ルイーザは都会の合理的雰囲気を自然に身につけていたから、私に姉がいるという非常に単純な事実に、これほど奇妙に熱狂することに、驚きが止まらなかった。

だが特に彼女が驚き、憤慨したのは、この村に対してだれもが何もしないことだった。彼女は前向きな気質で、星占い師が太陽的と分類するような性格で、その善意は活動的で、遅延を好まなかったから、私と実行できることについて話し合うのに時間を割き、ガリアーノの農民やマテーラの子供たちを助ける実際的計画を示して見せた。病院、保育所、マラリア対策、学校、公共事業、国家公務員の医師と必要ならボランティアの医師、これらの村を改革する国家的キャンペーン。彼女自身もこうした正しい理想のためには喜んで時間を捧げる用意があった。眠り込まずに、実行する必要があった。いつも次の日に先送りにしてはならなかった。彼女は確かに正しかった。そして提案したことも正しく、立派で、実現可能だった。だが物事はここでは、正しく立派な人の明晰な頭脳で読み取れるよりもずっと複雑だった。

姉が留まった四日間はすぐに過ぎ去った。姉を乗せた修理工のフィアット509が、砂ぼこりの雲を巻き上げながら、墓地の曲がり角から消えると、その活動的な、創造と価値と文化の世界も、私が結びつけられていて、姉とともにまた眼前に現れたその世界も、消え去ったかと思えた。時の中に吸い込まれて、はるかに遠い思い出の雲の中に吸い取られて。

私の手元には本と薬品と忠告が残ったが、それはすぐに役に立った。感染症は除くにしても、病気はもっともかけ離れた異質のものも、一団をなしてやってきた。数週間病人がいなかったり、軽い病気しかないことがある。しかし重い症例が出てくると、すぐに他の症例も現れると確信できるのだ。私の到着以来、そうした時期が出現した初めての例は、姉の出発直後に起きた。一連の難しい、危険な症例が続き、私は不安に陥った。それにここではすべての病気は、常に度を越した致命的な様相を見せた。トリーノ大学医学部付属病院の整頓された病床で見慣れていたものとはまったく違っていた。おそらくそれはマラリアにかかった老人の慢性貧血症だろうし、栄養失調だろうし、この受動的であきらめきった人たちの、病気への抵抗力のなさなのだろう。確かに病気にかかった初めの日から、まったく異種の症状が荒々しく、大挙して押し寄せ、苦しむ患者の顔は断末魔の、不安をかき立てる様相を見せた。そしていかなる優秀な医師も手の施しようがないと判断するような、こうした病人が、もっとも初歩的な治療で改善し、治癒するのを見て、私は本当に驚くのだった。不思議な幸運が私を助けているかのようだった。

こうした頃、私は司祭長も診察した。彼は腸内出血を患っていたが、人間嫌いのため、誰にも語らず、治療を受けないまま、村を歩き回り続けていた。それは郵便局の天使であるドン・コシミーノからの依頼だった。彼は老司祭長の唯一の相談相手で、老司祭長は何時間も郵便局にいて、自分の寸鉄詩を朗唱していた。ドン・コシミーノは、礼儀的訪問のような形で老司祭長に会いに行き、何か治療が出来るか診てほしい、と頼んできたのだった。ドン・トライエッラは教会からさほど遠くない、薄暗い路地にある、洞穴のような一室に、母と二人で住んでいた。中に入ると、母と食事中なのが分かった。二人用に、皿一枚とコップ一つしかなかった。皿には生煮えのインゲン豆が盛られていたが、それが昼食のすべてだった。母と息子がテーブルクロスもないテーブルの片隅で、古い錫メッキのフォークを使って、交互に豆を掬い合っていた。洞穴の奥には、ずたずたになった緑色のカーテンに仕切られて、二つの小さなベッドがあった。その二つはまったく同じで、一つはドン・ジュゼッペ、もう一つは年老いた母親のものだったが、まだ寝乱れたままだった。床には、壁に寄せかけるようにして、本が山のように乱雑に積まれていた。そしてその山の上に、何羽かの雌鶏がいた。そして他の雌鶏たちが部屋のあちこちを走り回り、羽ばたいていたが、部屋は長い間掃除されていないように思えた。鶏小屋の悪臭が息を詰まらせた。司祭長は私に親近感を持っており、私が敵ではないので、ドン・コシミーノとともに、話ができる数少ない人物と思っていた。彼は機知に富むが、苦悩に満ちた顔にほほえみを浮かべ、私を喜んで迎えた。彼は母親を紹介し、彼女が私の呼びかけに返事をしなくても許してほしいと言った。彼女は年老いていて、弱っている《ウェトゥーラ・エト・インフィルマ》のだ。彼はすぐに唯一のコップを使って、ワインを勧めてきたが、彼を怒らせないために、受け入れざるを得なかった。それにぐるりとこびりついた、脂ぎった黒いヤニから推測するに、それは何年も洗うことなしに、彼と母親が使ったに違いなかった。ドン・トライエッラは召使いを使っておらず、いまではもうその孤独な不潔さに慣れていたので、気にも留めていなかった。私たちが病気について語り終えると、私が本の山を興味深げに見ているのに気づいて、彼はこう語りかけてきた。「何がお望みですか。この村では読書には意味がありません。私はいい本を持っています、お分かりでしょう。稀覯本もあります。ここにやって来た時、それを運んできた悪党どもが、いやがらせにタールを塗りたくったのです。私はもう本を開く気にならなくて、その床の上に積んだままにしたのです。もう長い間そこにあります」私は本の山に近づいた。本はほこりと鶏の糞でできた層で覆われていた。本の革製の背には、ところどころに、かつての危害の印として、本当にタールのしみが見えた。私は適当に本を取り出してみた。それは十七世紀の、神学、決疑論、聖人伝、教会の教父、ラテン詩人に関する古い本だった。おそらく鶏の寝床になる前は、好奇心と教養にあふれる司祭の、良質の蔵書であったに違いなかった。本の間から、汚れたしわくちゃの小冊子がいくつか出てきた。ドン・トライェッラの著書で、アヴィラの聖カロージェロに関する歴史的、護教論的研究だった。「あまり知られていないスペインの聖人ですよ」と司祭長は説明した。「遠い昔に《テンポリブス・イリス》、その生涯の様々な逸話を主題にした絵を描きました、一種の多幅画です」私が見せてくれるようにしつこく言ったので、彼はベッドの下から取り出す決心をした。村に来て以来、それを明るみに出したことはない、と彼は言った。それは民衆趣味のテンペラ画だったが、表現力がないというような作品ではなかった。多くの人物が微細に、ていねいに仕上げられて描かれていた。それは組み合わせの絵画で、聖人の生誕、生涯、奇跡、死、栄光が表現されていた。ベッドの下からはバロック風の天使や聖人の小さな彫像も出てきたが、それも彼の作品だった。それらは木製や陶製で色がつけられていたが、十七世紀のナポリのプレセピオ〔キリスト生誕のシーンを、舞台のように、様々な小像で構成したオブジェ〕の趣味に合わせて、ゆったりした、優雅な姿勢で造形されていた。私は思いがけずも、自分の同僚を発見して、喜びの言葉を述べた。「私はここに来てから何もしていない、この不信心者の国で《イン・パルティブス・インフィデリウム》。よく言われるように、母なる教会の秘蹟を与えるために。何も分かろうとしないこの異端者たちに。かつてはこうしたことを楽しんでしていた。だがここでは、この村では不可能だ。何をしても仕方がないのだ。もう一杯、ワインはいかがですか、ドン・カルロ？」私は何とか口実をもうけて、ありうるすべての愛の秘薬よりもずっと苦い、その恐ろしいコップを避けようとしたが、その時、今まであたかも存在しないかのように椅子の上でじっとしていた母親が、不意に立ち上がり、腕を振り回して叫び始めた。鶏たちは驚いて、ベッド、本、テーブルと、部屋中で羽ばたき始めた。ドン・トライエッラはシーツの上から追い払おうと、叫びながら、あちこち、鶏を追い始めた。「呪われた村だ」そして鶏たちは怖がってさらに愚かに悲鳴を上げ、ほこりをもうもうと舞い上げたが、それは半分閉じた窓の隙間から入ってくる一筋の光の中で輝いていた。大量の羽が舞い、スカートが黒く波打つ中を、私は混乱を利用して外に出た。幸運なことに、あわれなドン・トライエッラの前任者はずいぶん違った人物だったようだ。彼は金持ちで、太っていて、陽気で、享楽的な司祭であり、村では美食と、多くの子供がいたことで有名だった。人々の言うところでは、彼は消化不良で、荘重な死を迎えたとのことだった。数日後に、ピーサの流刑囚の家族が出発して、私が住むことになった家は、彼が建てたもので、村では唯一文明化された家と言えた。それは古いマドンナ・デリ・アンジェリ教会の近くに建てられていた。今では教会は谷間に崩落してしまったので、家は断崖の縁にある最後の家となっていた。それは一続きの三部屋で構成されていた。大きな道から右側に小道が分かれていて、そこから台所に入り、台所から、私がベッドを置いた二番目の部屋に入れた。そこから窓が五つある大きな部屋に行けたが、それが居間であり、アトリエだった。アトリエの扉から、石の階段を四段下りると、小さな菜園があり、奥は鉄の柵で区切られていて、真ん中にイチジクの木があった。寝室は小さなバルコニーに面していて、そこから、家の脇の壁につけられた小さな階段を通じて、家の屋根全体を覆っているテラスに出られた。そこからははるか彼方の地平線まで、風景を見渡せた。家は質素で、安上がりに作られていて、美しくはなかった。というのも、個性がなかったからだ。領主風でも、農民風でもなく、宮殿建築の崩壊した高貴さも、あばら屋のみじめさもなく、聖職者の趣味に合う古くさい凡庸さしかなかった。アトリエとテラスには、田舎の教会の聖具室に見られるような、色の付いた市松模様のタイルが貼られていた。この幾何学模様は好きになれなかった。いつも目に入って来るし、絵を描いている時は煩わしかった。その安物の床タイルは濡れると色が落ちた。バローネは床に転がるのをとても好んでいたから、本来は体が白いのに、ピンク色に染まってしまった。だが壁は漆喰で白く塗られていて、清潔で、扉はペンキで水色に、鎧戸は緑色に塗られていた。そしていかなる欠陥も補うものとして、故人の司祭の享楽主義的精神は、家に計り知れない価値のある恵みを設置していた。それはトイレで、もちろん水は流れないが、磁器の椅子式の便器がある、正真正銘のものだった。それはガリアーノにある唯一のもので、おそらく百キロ四方を探しても見つからないと思えた。有力者の家には、寄せ木細工の、古めかしい、巨大な室内便器がまだあった。それは威厳に満ちた、小さな玉座だった。私は見たことがなかったが、二つ座席があって、夫婦で使うものもあるとのことだった。それはひとときも離れていたくない、愛情あふれる夫婦用のものだった。貧乏人の家にはもちろん何もなかった。この事実は奇妙な習慣を作り出した。グラッサーノでは、早朝か、夕方か、一日のほとんど決まった時間に、家の小窓がこっそりと開けられ、すきまから老女たちのしわだらけの腕が伸びて、道の真ん中に壺の中身を空けるのだった。それは「災い《イエッタトゥーラ》」の時間だった。ガリアーノではこの儀式は一般的ではないし、規則的に行われるわけでもない。野菜畑の肥料をそのように気前よく浪費しないのだ。

　この単純な用具はその地方全体で大きく不足していたが、それは簡単には根絶できない風習を作り出した。それは人生の他の多くのものを呼び起こし、高貴で詩的と見なされる感情と一緒になっていた。かなり前にグラッサーノの村長だった大工のラサラは、「アメリカ帰り」で、頭のいい男で、アメリカから持って帰った巨大なラジオと、カルーソの歌、デ・ピネード〔フランチェスコ・デ・ピネード（一八九〇－一九三三）。イタリアの飛行士。一九二〇年代にローマ－南米間など、いくつかの長距離横断飛行をしたことで知られている〕

の横断飛行の実況中継、マッテオッティ議員〔ジャコモ・マッテオッティ（一八八五―一九二四）。統一社会党所属の国会議員で、ムッソリーニのファシスト党を強く批判したため、一九二四年に暗殺された〕の追悼演説のレコードをとても大事にしていたが、ニューヨークで、一週間働いた後、日曜日ごとに同郷人と集まり、ピクニックをした話をしてくれた。「私たちはいつも八人か十人くらいだった。医者も、薬剤師も、商人も、ホテルのボーイも、職人もいた。みな同じ村のもので、子供の頃からの知り合いだった。あそこでの人生は悲しいものだった。摩天楼の間で、エレベーター、回転ドアー、地下鉄といった、あの驚くべき便利さに囲まれ、あたりは家と高い建物と道ばかりで、土が全然見えなかった。本当に意気消沈した。日曜日の朝に汽車に乗ったが、田野を見つけるのには何キロも走らなければならなかった。人気のない場所に着くと、肩の重しが取れたかのように、みな陽気になった。するとみなで木の下に行き、ズボンをおろしたんだ。何という喜びだっただろう！　新鮮な空気が、自然が感じられた。ぴかぴかで、みな同じ、あのアメリカのトイレとは違っていた。子供に戻ったようで、グラッサーノに帰ったかと思えた。みな幸せで、大声で笑い、祖国の空気を感じた。そしてそれを終えると、一斉に叫んだのだ。『イタリア、万歳』と。心からの叫びだった」

新しい家は村の奥にあり、村長やその取り巻きたちの目が届かないという利点があった。私はようやく、一歩ごとにいつもの人に出くわし、いつもの話をせずに、散歩ができるようになった。ここでは有力者は誰かに道で出会うと、具合はどうですかと訊く代わりに、あいさつとして次のような質問をするのが習わしだった。「どうですか、今日は何を食べたのですか?」もし相手が農民なら、無言のまま、手を顔の高さまで上げ、親指と小指を突き出し、他の指は曲げて、ゆっくり揺り動かす仕種で答えるだろう。それは「ほとんど何も、あるいはまったくなし」を意味する。もし有力者なら、昼食の貧しい食物を長々と数え上げ、友人のそれまで教えてくれるだろう。もしその時、胸が憎しみや策謀で煮えたぎっていないなら、会話は食べ物の打ち明け話の外に出ることなく、しばらく続くのだった。

私は出口から顔を出しても、道をふさいでしまうほど巨大な、ドン・ジェンナーロの太鼓腹にすぐに出くわすことはなくなった。彼は警備員で、村役場の守衛で、野犬捕獲人で、村長のスパイだった。彼は流刑囚のあらゆる足取りと農民のすべての言葉にいつも注意していた。本質的には好人物だったのかもしれないが、ドン・ルイジーノと権威に忠実で、豚や犬が通るべき道に関する奇妙な通達を守らせ、あり得ないような理由で、払うお金もない女たちを罰金で脅したり、実際に罰金を科するのに執拗にこだわっていた。

それはとりわけ私が一人になり、働くことができる家であり場所だった。そこですぐに未亡人に別れを告げ、ようやく決まった住居で新しい生活を始めることにした。家は司祭の子孫のドン・ロッコ・マチョッピのものだった。彼は眼鏡をかけた中年の小規模な地主で、格式張っていて、ていねいで、教会風に儀礼的だった。またもう一人、彼の姪、ドンナ・マリーア・マッダレーナも所有権を持っていた。彼女は薄い色の金髪の、二十五歳くらいの未婚女性で、ポテンツァの修道女たちに育てられており、貧血気味で、もの悲しげで、弱々しかった。彼らがサラダ菜を栽培するために、菜園を使い続ける、そのため鉄の柵から出入りする、ということで話が付いた。私はそこを自由に散歩できた。住居はほとんど空だった。持ち主とその友人の跛行の男が必要な家具を調達してくれることになった。私は数日前に取り寄せたものを持ち込んだ。それは大きな画架と、それを補完する肘掛け椅子だった。画架は絵を描くため、肘掛け椅子は絵を塗り上げるごとにそれを眺めるためだった。両方とも欠かせないもので、私は愛着を抱いていた。これらは私が世界のあちこちを旅するごとに、いつも付いてきたのだった。そして着いたばかりの本の箱があったが、それには村長と曹長の特別訪問が必要だった。ドン・ルイジーノは禁書がないか調べるために、その開梱に立ち会うと言ってよこした。そして俗権を笠に着て、私の本を一冊一冊調べ始めた。彼はもちろんそれを学者として行うのであり、了解のほほえみを浮かべながら、いかなる本にも驚かなかった。彼は自分の学識と権威を楽しんでいた。禁書はなかった。だが、たとえば、モンテーニュの『エセー』の普通の廉価版があった。「これはフランス語ですね」と村長は叫び、片目をつぶった。それは騙そうとしないでくれ、と言うかのようだった。「でも古いフランス語ですよ、ドン・ルイージ！」「そう、モンテーニュは例のフランス革命の一派だ」私は危険な作家ではないと説得するのに骨を折った。彼は何事も心得ている人間で、満足げにほほえんだ。本来没収すべき本を残したのは特別な好意と文化人同士の連帯感からである、と私に分からせようとしたのだった。

家は整い、ものはしかるべき場所に納められた。そこで掃除をし、泉まで水を汲みに行き、食事を作ってくれる女性を見つける問題を解決しなければならなかった。家の持ち主、山羊殺し、ドンナ・カテリーナ、そして彼女の従姉妹たちの意見は一致していた。「あなたのためには一人しかいない。彼女以外は採用できない」そしてドンナ・カテリーナは言った。「私が話しましょう。あなたのもとに行かせます。私を信用なさい。いやとは言わないでしょう」この問題は考えていたよりもずっと難しかった。ガリアーノに女がいないわけではなかった。むしろその仕事にその報酬なら、何十人も競い合ったことだろう。だが私は独り住まいで、妻も母も姉妹もいなかった。だからいかなる女も一人で私の家には入れなかった。男女関係の基本となる、非常に古い絶対的な習慣がそれを阻んでいた。愛、あるいは性的魅力は非常に強力な自然の力であり、いかなる意志もそれには逆らえないと農民たちは考えていた。もし男と女が閉ざされた場所にいて、証人がいなければ、何ものも二人が抱き合うのを止めることができなかった。それに逆らう決意も、純潔も、他のいかなる困難も、それを妨げることはできなかった。もしたまたまそれが実際に行われなくても、行ったのと同じだった。一緒にいることは、愛し合うのと同じだった。この神は強大な全能の力を持ち、自然の衝動は非常に単純だから、真の性的道徳は存在し得ず、不倫の愛への真の社会的非難も存在しなかった。多くの未婚の母がいたが、追放されたり、公的侮蔑の対象になることもなかった。せいぜい村の中で結婚するのにより大きな障害があるか、周辺の村に嫁いで行くか、少し足を引きずったり、他の肉体的欠陥のある夫で我慢するよう、強いられるだけだった。だがもし欲望の自由な暴力に対して道徳的歯止めがきかないなら、その機会を持つのが難しくなるように、習慣が介入した。いかなる女も、特に男に妻がいないなら、他人の目のないところで、その男のもとに通ってはならなかった。この禁令は非常に厳しくて、無邪気な形でそれを破っても罪になった。この規則はあらゆる年齢の女に当てはまった。というのも、愛は年齢を知らないからだった。

私はあるおばあさんを、七十五歳の農婦を治療したことがあった。彼女はマリーア・

ロサーノという名で、善意あふれる顔に明るい水色の目が輝いていた。彼女は重い、憂慮すべき症状の心臓病で、ひどく具合が悪いと自覚していた。「もうこのベッドから起き上がれないでしょう、お医者様。時がやってきたんです」だが私は幸運が助けてくれると感じていたので、その反対のことを確約した。ある日、彼女を元気づけるために、こう言った。「治りますよ、信じなさい。助けの必要もなく、このベッドから降りられますよ。一ヵ月もしたら良くなりますよ、そうしたら一人で村の外れの私の家まで挨拶に来なさい」すると老女は本当に健康になった。一ヵ月後に、私の家の扉を叩く音がした。それはマリーアで、私の言葉を覚えていて、私に感謝し、祝福を与えるために来たのだった。腕には干しイチジク、サラミ・ソーセージ、自分で焼いた甘いフォカッチャなどの贈り物を抱えていた。彼女は善意と母親らしい優しさにあふれた、非常に感じのいい女性で、分別のある話し方をし、年老いたしわだらけの顔に思いやりのある、辛抱強い、楽天的な明るさを見せていた。私は贈り物のお礼を言い、話をするために引き留めた。しかし彼女は時がたつにつれて居心地悪げになり、立ったまま、体重を片方から他の足に移し、扉に何度も目をやった。逃げ出したいが、あえてそうしないとも言いたげだった。初めはその理由が分からなかった。だが私は診察に来たり、私を呼びに来る他のすべての女とは違って、彼女が一人で家の中に入ったことに気づいた。女たちは二人で来るか、少なくとも女の子を連れて来ていた。それは習慣を守り、同時にそれを象徴的なものにしてしまうやり方だった。私はこれが落ち着きのなさの原因かと思った。彼女自身もそれを認めた。私を奇跡の救世主、恩人と考えていた。私のためなら火の中にも身を投げる気だった。私は墓穴に片足を突っ込んでいた彼女だけでなく、たちの悪い肺炎にかかっていた最愛の孫娘まで治してくれた。私は治ったら、一人で来るようにと言った。それはもうだれの腕も借りる必要がないでしょうという意味だった。しかし善良な老女は文字通りにその言葉を受け取り、私の命令を破ろうとしなかった。そこで付き添いを連れてこなかった。私のために本当に大きな犠牲を払った。そして明らかに潔白な状況なのに、気がかりだった。私といることそれ自体が、大きく習慣を破ることになるからだった。私は笑い出し、彼女も笑ったが、習慣は彼女や私よりも古いと言い、満足げに出て行った。

いかなる風習、規則、法も、不都合な必要に、あるいは強力な欲望に抵抗することはできない。そしてこの種の古い習慣も実際には形式主義に陥る。しかし形式は尊重されなければならない。だが田野は広く、人生には様々な局面があり、年老いた付き添いの取り持ち女と、好ましい娘が不足することはない。ベールをかぶった女たちは野生の獣のように振る舞う。彼女らは非常に自然な態度で、肉体的愛のみを考える。そしてそれを驚くような、自由で単純な言葉で語る。私が道を通ると、女たちは探るような黒い目で体を眺め回し、少し視線を傾けて男らしさを量る。そして通り過ぎると、背後から、私の隠された美しさについての判断やほめ言葉が、ぼそぼそとつぶやかれるのが聞こえるのだ。もし振り向くと、顔を両手で隠し、指の間から見つめてくる。この欲望の雰囲気にはいかなる感情も伴っていない。運命に、避けがたい至上の力につき動かされているという感情以外は。それは目からあふれ出て、村の大気を満たしているようだ。愛にも、歓喜や希望よりも、ある種のあきらめの感情が伴っている。もし機会が束の間のものなら、それを逃してはならない。了解は言葉なしに、素早くなされる。ここで語られていて、私も信じていること、つまり習慣の非人間的厳しさ、トルコ風の嫉妬、犯罪と復讐にまでいたる、野蛮な名誉観念は、伝説どころではない。おそらくさほど遠くない過去の現実であり、形式主義の厳しさにその残滓が見て取れるのだ。だが移民がすべてを変えてしまった。男たちは数が少なく、村は女たちのものである。夫婦の多くは夫がアメリカにいる。初めの年に手紙を書いてくるものは、次の年も書いてくるが、それから消息が分からなくなる。おそらく彼の地で別の家族ができたのかもしれないのだが、永遠に姿を消し、帰って来ない。妻は初めの年も次の年も待っているが、その後機会を得て、子供が生まれる。子供の大部分が私生児で、母親の権威は絶対的だ。ガリアーノには千二百人の住民がいるが、アメリカにはガリアーノ出身者が二千人いる。グラッサーノには住民が五千人いて、アメリカにもほぼ同数がいる。村々には男よりも女のほうがずっと多くいる。父親が誰か、もはや執着するような重要性はない。名誉の感覚は父であることとは分離されている。社会は母権制的になっている。農夫たちが遠くにいる昼間の時間、村は女たちに委ねられる。子供たちの群れに君臨する鳥の女王たちだ。子供たちは母親から愛され、かわいがられ、甘やかされる。母親たちは子供の病気をいつも気遣い、何年も乳を与え、一瞬たりとも放さず、黒いショールで包んで、腕に抱いたり、背中におぶったりして、水用の壺を頭に載せ、背筋をまっすぐ伸ばして、泉から帰ってくる。子供たちの多くは死に、他のものは早熟に育ち、その後マラリアにかかって、黄色い、憂鬱げな顔になり、大人になって、戦争に行ったり、アメリカに行ったり、さもなくば村に残って、一年の毎日、太陽の下で、家畜のように背中をかがめる。

もし私生児が女にとって実際の不名誉にならないなら、もちろん男にはさらに不名誉ではない。司祭はほとんどが子供を持っており、それが聖職者の職を汚しているとはだれも考えない。もし神が子供の時に天に召さないなら、ポテンツァかメルフィの寄宿学校に入れて育てる。グラッサーノの郵便配達人は元気の良い小柄な老人で、ピンと跳ね上げた口ひげを蓄え、足を少し引きずっていたが、村では非常に有名であり、尊敬されていた。というのはプリアモス〔ギリシア神話に登場する、トロイア最後の王。多数の子供を持ったことで知られている〕のように五十人の子供がいると噂されていたからだ。そのうちの二十二人か二十三人は二、三人いる妻の子供であった。そして村の中や近隣の土地にまき散らされている他の子供たちが、おそらく一部は伝説なのだろうが、彼のものだとされていたが、彼は気にも留めず、その多くは存在さえ知らなかった。彼はその王にふさわしい精力のためか、君主のようなひげのためか、よく分からないのだが、「王様《ウ・レ》」と呼ばれており、彼の子供たちは村では「小さな王子様」と言われていた。しかしながら母権制的関係が優位を占めていること、自然で動物的な愛し方、そして移民による男女数の不均衡は、残存する家族的感情、強力な血縁感覚、古くからの習慣と決着をつけなければならない。なぜならこれらは男女の接触を妨げる傾向にあるからだ。だから家事をするために私の家に入れるのは、何らかの形で共通の規則を守ることを免除された女に限られていた。つまり不確定の父親から多くの子供を得ていて、娼婦と呼ぶことはできないにしても（そうした職業は村には存在しない）、ある種の自由な振る舞いを見せていて、愛に関することと、それを得るための魔術的実践に身を捧げている女たち、要するに魔女だった。

そうした女たちは少なくとも二十人ほどはガリアーノにいた。しかし何人かはあまりにも不潔でだらしなく、他のものは家をきれいに保つことができなかったり、土地を耕すのに忙しかったり、村の有力者の家ですでに働いている、とドンナ・カテリーナは言った。「あなたにふさわしいものは一人しかいません。清潔で、正直で、料理もできますし、あなたが住もうとしている家は少しは彼女のものでもあるのです。もう故人の司祭と、死に至るまで、長年そこに住んでいたのです」そこで私は彼女を求めることに決めた。彼女は私の家に来ることに同意し、新しい家に足を踏み入れた。彼女はジュリア・ヴェネレという名で、サンタルカンジェロのジュリアとあだ名されていた。というのも、アグリ川の向こうの、その白い村の生まれで、四十歳だった。彼女は普通の出産と流産を含めて、十五人の男を相手に、十七回妊娠していた。長男は第一次世界大戦の時に夫から得た。そして夫は子供を連れてアメリカに発ち、その後便りを寄越すことなく、大陸の中に姿を消してしまった。他の子供たちは後に得た。早産だった双子は司祭の子だった。これらの子供たちはほとんどが幼くして死んだ。私は近くの村で羊飼いの家族と働く、十二歳の娘しか見たことがなかった。彼女は時々母親に会いに来ていた。小さな野生の山羊とも言えそうな娘で、目も皮膚も黒く、くしゃくしゃの黒い髪が顔に垂れ下がり、敵意に満ちた、疑り深い様子で口をつぐみ、質問には答えず、見つめられているのを知るとすぐに逃げ出すのだった。そして最後に生まれたニーノは二歳で、骨格がしっかりしていて、太っており、ジュリアがいつもショールで覆って連れていたが、父親が誰だか分からなかった。

ジュリアは背が高く豊満な女性で、ウエストは、胸とがっしりした腰の間で、水汲みの壺のように締まっていた。彼女は若い時には異国風の、重々しい美しさを持っていたと思えた。その顔は年齢のためにしわが浮き出し、マラリアで黄色くなっていたが、すっきりした体つきにはかつての美しさの跡が残っていた。それは表面を覆う大理石の装飾を失ったが、それでも形と均衡を保持している、古代の神殿の壁を思わせた。その背筋が伸びた、動物的力を発散する、威厳のある、大きな体の上には、ベールに包まれた、細長い卵形の、小さな頭がのっていた。額は高くまっすぐで、つやつやした、直毛の、真っ黒な髪の房に半分覆われていた。目は切れ長で、瞳はくすんだ黒色をしており、白目には、犬にあるように、水色と茶色の筋が見られた。鼻は長く、細く、少し湾曲していた。口は大きくて、唇は薄く、やや青白く、口角が垂れていて、笑うと意地悪そうな笑顔になったが、狼のように頑丈な、二つの真っ白な歯の列が見えるのだった。その顔には古代風の特徴が強く表れていたが、古典ギリシアのものでも、ローマのものでもなくて、より残忍で神秘的な古風さを見せていた。それは常に同じ大地の上で、男との関係や交雑もなしに、土くれや永遠の動物的神性に結びついて成長したものだった。そこには冷たい官能、理解しがたい皮肉、自然な残忍さ、得体の知れない傲慢さ、力にあふれる受動性が見られたが、それらは同時に厳しく知的で険しい表情に結びついていた。その大きな体は、すべてを調和させる力をみなぎらせながら、バランス良く、ゆったりした動作で動いた。ベールと幅広の短いスカートをひるがえし、木の幹のように頑丈な長い脚を伸ばしながら。そしてその母性あふれる巨大な土台の上に、黒く、小さな蛇の頭が、誇らしげに、まっすぐにかかげられていた。

ジュリアは喜んで私の家に入ってきた。まるで王女が不在の後に、お気に入りの領地を訪れに戻ってきたかのようだった。そこには長く住んでいて、何人か子供を持ち、台所と司祭のベッドを支配していた。司祭は彼女の耳にぶら下がっている金のイヤリングを贈っていた。家の煙突が詰まり気味で、閉まらない窓があり、壁には釘が打ち付けてあることなど、彼女は家の秘密をすべて知っていた。当時家には家具、貯蔵食料、瓶、保存食、そしてあらゆる神の財産があふれていた。今は空っぽで、ベッドが一つと、椅子が数脚、そして台所のテーブルしかなかった。かまどもなかった。食べ物は暖炉の火で調理する必要があった。しかしジュリアはどこで薪と石炭が買えるか、あるいは行商人が村に売りに来るのを待つ間、誰から水用の樽を借りればいいかなど、必要なものを手に入れる方策を知っていた。彼女は誰とも知り合いで、すべてのことが分かっていた。ガリアーノの家々は彼女に秘密を持てなかった。個々人の出来事が、あらゆる男女の人生の最も内奥の詳細が、ひそかに秘められた感情や動機が、みな知られていた。彼女は百年も生きたかのような、非常に老成した女で、そのため彼女には何も隠せなかった。彼女の英知は、一般的伝統に結びついた、老女に特有の、周知で穏和なものではなく、おせっかい屋のくだらない無駄話とも関係なかった。それはある種の受動的な、冷静な知覚で、そこには人生が道徳的判断や憐憫の情もなしに映し出されるのだった。そしてその曖昧な微笑には同情も非難も表れなかった。彼女は野獣と同じように、大地の精霊だった。彼女は過ぎ去る時も、辛い労働も、男たちも恐れなかった。村では女たちはみな、男に代わって重労働をしているが、彼女も同様に重い荷物を苦もなく運べた。泉に三十リットル入る樽を持って行き、中を満たして、頭に載せて運んできた。子供の手を引いているので、手で支えることなく、村の石だらけの急な坂道を、山羊の持つ悪魔的バランス能力を発揮して上ってきた。村のやり方で火を起こしたが、それはわずかしか薪を使わず、初めに切り株に火をつけ、燃えていくとそれをかき集めるという方法だった。この火の上で、村の乏しい食材を使って、美味しい料理を作った。山羊の頭はレガナータ風に、つまり脳みそに卵と香草を加えて混ぜ合わせ、陶器の鍋の上にも薪を載せて、煮立てた。腸ではニェムリエッツリを作った。レバー、脂身、あるいは月桂樹の葉のまわりに、腸を糸玉のように巻きつけ、串に刺し、火であぶった。肉の焼けるにおいと灰色の煙が家や道に広がり、異国風の喜びを告げるのだった。より謎に満ちた、愛の秘薬の調合に関しては、ジュリアは師匠だった。娘たちは愛の混ぜものを作る忠告を得に、彼女のもとに駆けつけた。彼女は薬草や、魔力を持つ物の力をよく知っていた。魔法で病気を治療でき、ただ恐ろしい呪文を唱えるだけで、望む相手を殺すことさえできた。

ジュリアは私の家からさほど遠くない、下の方の、マドンナ・デリ・アンジェリのテインボーネ付近に自分の家を持っていた。夜はそこで、新しい愛人の床屋と寝ていた。彼は白子で、目がウサギのように赤かった。彼女は子供を連れて、朝早く扉を叩き、水を汲みに行き、火を起こして昼食を作り、午後には帰って行った。夕方は私が一人で夕食を調理しなければならなかった。ジュリアはやって来ては出て行き、気の向くままにまた姿を現した。だが家の女主人たる様子は見せなかった。彼女はすぐに、かつてとは時代が違い、私は昔の司祭とはまったく異なる人間であることが分かったのだった。おそらく彼女が私にとってそうであるよりもずっと、私は彼女にとって不思議な人物だったのだろう。私が強大な力を持っていると思い込み、受け身な態度の中で、それに満足していた。冷たくて、ものごとに動じず、動物的な、田舎の魔女であったが、忠実な下女だった。

こうして上ガリアーノの未亡人の家で過ごした、初期の滞在期間は終わった。私は新たなる孤独に満ち足りて、テラスに横たわり、遠くの粘土の丘の上を、海を行く船のようにして、雲が動いていくのを眺めた。下の部屋からは、ジュリアの足音と犬の鳴き声が聞こえてきた。この二つの奇妙な存在、つまり魔女と男爵(バローネ)が、その時から私の人生のつね変わらぬ仲間になったのだ。

九月が過ぎてゆくと、酷暑は少しずつ衰えて行き、秋の前触れとなる涼しさに場所を譲った。風は向きを変え、砂漠の焼けるような暑さではなく、かすかな海の香りを運んできた。沈む夕日は何時間もその赤い炎の筋をカラブリアの山々の上に引き延ばし、空には無数のカラスやコウモリが飛び交うのだった。私のテラスでは空は無限の広がりを見せていた。そして雲が自在に姿を変えて、その空を満たしていた。私は世界のてっぺんに位置しているか、あるいは石の海に碇を下ろした船の甲板にいるかのように感じていた。東側の丘のほうでは、下ガリアーノのあばら屋群が村の残りの部分を隠していた。それは波打つ大地の、起伏の激しい尾根沿いに建てられていたので、どこからも全景を見渡すことができなかった。その黄色っぽい屋根の向こうの、墓地の上には、山の斜面が姿を現し、その彼方では、空の広がりよりも前に、谷の空虚さが感じられた。私の左側、つまり南側には、初めて家から見たのと同じ光景が広がっていた。粘土の土地が果てしなく広がり、目には見えない海岸に至るまで、村々が白いしみになって見えるのだった。右手の北側には、山にはさまれた崖が地崩れを起こしていて、傷をむき出しにした、不毛の顔を見せていた。崖の底には細い道があり、そこを農地に行き来する農民の姿が見えたが、蟻ほどの大きさだった。私がその遠い距離でも、村人とよそ者を、農夫と行商人を見分けられるのを見て、ジュリアは驚いた。そして私の目がいくら良くても、予知や魔法による以外は、そうできないと思っていた。だが私は歩き方が違うことに気づいていたのだ。農民は腕を振らずに、体を硬くして歩いていた。だからその黒い点が、まるで踊るかのように、絶えず体を揺すりながら歩いているのを見ると、町のものが来たと確信できた。すると墓掘りの布告役人のラッパが行商人の到来を告げ、商品を買うように女たちを呼び寄せるのだった。

西の方は、菜園に植えられた、緑と灰色の、幅広のイチジクの葉の向こうに、斜面をなだらかに下るようにして建てられた家々があり、その屋根の背後に、マドンナ・デリ・アンジェリのティンボーネが目の前にそびえるように盛り上がっていた。それは突起と穴だらけの粘土の小山で、斜面が切り立っていない側に草がちらほらとまばらに生えていて、まだひからびた皮膚や肉の切れ端がくっついている、死者の巨大な大腿骨の丸い部分のようだった。ティンボーネの左側は、アグリ川に向かって徐々に下り、パンターノと呼ばれる平らになった土地まで、小山、穴、水の浸食で列をなして並ぶ円錐、自然の洞窟、傾斜地、均一な白い粘土の溝や丘が、ゆるやかに高度を下げながら延々と連なっていた。まるで土地全体が死んでいて、水で洗われた、白い骨だけが太陽の下にさらされているかのようだった。このわびしい骨の山の背後に、ガリアネッロが隠れていた。それはマラリアに冒された川に面した、小高い丘の上にあり、その向こうにはアグリ川の、砂利だらけの河床が見えた。アグリ川の向こう側の、初めにそびえる灰色の丘に、ジュリアの故郷であるサンタルカンジェロが白く広がり、その背後に、青色の濃度を増して、いくつもの丘がそびえ立ち、遠のくにつれて列をなし、はるかな距離で村の輪郭もぼけてしまい、そのさらに向こうの、ポッリーノ山やカラブリアの山々の山すそには、アルバニア人の村々があり、それらの山々が地平線を閉じていた。少し左側の、サンタルカンジェロより高い位置の、丘の中腹に、教会の白い建物が見えた。ここには谷の住民が巡礼で通っていた。篤い信仰の地で、奇跡の聖母の本拠だった。この教会に、遠い昔、この地を荒らし回った竜の角が保存されていた。ガリアーノの村人は全員それを見ていた。私もそうしたいと思ったが、残念なことに行くことができなかった。人々の語るところによると、竜は川の近くの洞窟に住んでいて、農民をむさぼり食い、土地を有毒の息で満たし、娘たちをさらい、農作物を破壊した。その当時はサンタルカンジェロには住めなかった。農民たちは自衛しようとしたが、その途方もない野獣の力には対抗できなかった。彼らは絶望して、動物のように、山にばらばらに逃げるよう余儀なくされたが、あたりで最も力のある領主、スティリアーノのコロンナ公に助けを求めることを思いついた。

コロンナ公は全身武装し、馬に乗って現れ、竜の洞窟に行って戦いを挑んだ。しかし巨大なコウモリの羽を持ち、口から火を吐くその怪物の力は強大で、公の剣もそれの前には無力かと思えた。しばらく戦うと、その勇敢な騎士の心臓は縮み上がり、逃げ出すか、竜のかぎ爪の間に倒れるかと思ったのだが、その時に水色の服を着た聖母が現れ、ほほえみながら言った。「勇気を出しなさい、コロンナ公！」そして聖母は脇に退き、洞窟の土の壁に身を寄せて、戦いを見守った。その姿とその声で、公の勇気は百倍になり、激しく戦うと、竜は足下に倒れた。公は頭を落とし、角を切り取って、それが永遠に保存されるように、教会を建てさせた。

恐怖が去り、村が解放されると、サンタルカンジェロの村人は家に帰った。そして同じように山に逃げ込んでいた、ノエポリやセニーゼや周辺の他の村の村人たちも、その例にならった。そして果たされた仕事に対して、公に報いる必要があった。このはるか昔の時代には、領主は、いくら騎士道精神に富んでいて、栄光を愛し、個人的に聖母の守護を受けていても、何の報酬もなしに動くことはなかった。そこでどうするか決めるために、竜の死で安全を確保されたすべての村の住民が集まった。ノエポリとセニーゼの住民は封建領内の自分たちの土地をいくらか贈ることを提案した。しかしサンタルカンジェロの村人は、今日でも欲深でずるがしこいという評判なのだが、土地を守りたくて、別の提案をした。「竜は川に住んでいた。水辺の動物だからだ。だから公は川を取るがいい、川の流れの支配者になるのだ」この意見が優勢になった。アグリ川はコロンナ公に贈呈され、公は受け入れた。サンタルカンジェロの農民たちは救い主を騙して、良い取引をしたと思った。だが計算違いをしていた。アグリ川の水は農地を灌漑するのに使われていたので、それからは公とその子孫の封建領主に何世紀もの間、料金を支払わなければならなくなった。こうして前世紀の後半まで続いた従属関係が生まれたのだった。その昔の守護者の直系の子孫がまだいて、水利権を誇りにしているのか、私は知らない。私の友人で、オーケストラ指揮者のコロンナは、スティリアーノの領主の傍系の子孫で、まだ称号を持っているはずだが、かなりあとになってこのことを話した時、自分の領地のスティリアーノがどこなのか、そして家の誉れである竜についても知らなかった。だが何世紀も水代を払い、まだ怪物の角を見る巡礼行をしている農民たちは、竜も、聖母も、領主のことも覚えているのである。

このあたりで、中世に竜がいたとしても驚くには当たらない（それを語った農民たちやジュリアはこう言っていた。「はるかな昔、百年以上も前に、山賊の時代よりもはるか前に」)。そしてもし今日、恐れおののく農民の目の前にそれが再び現れても、驚かないだろう。ここではすべてが実際に可能である。なぜなら羊飼いたちの古い神々、つまり雄山羊や儀礼用の子羊は毎日人々の通う道を走り回っており、動物や怪物の神秘的世界と人間を分ける確固たる境界は存在しないからである。ガリアーノには二重の本性を持つ奇妙な存在がたくさんいる。ある女は、結婚して子供もいる、中年の農婦なのだが、一見してどこにも特別なところは見えないのだが、ある雌牛の娘だった。村中のものがそう言っていて、彼女自身もそれを認めていた。村の老人はみな、その母親の雌牛のことを覚えていた。少女の頃にはどこでも彼女についてきて、鳴き声で呼び、ざらざらの舌で彼女をなめた。このことは人間の女性の母親がいることを妨げるものではなかったが、母親はもう亡くなっていて、雌牛の母親もはるか昔に死んでいた。この二重の本性、この二重の出生に矛盾を感じるものはいなかった。そして私も知り合いになったこの農婦は、その動物性を相続しながら、二人の母と同じように、穏やかに、静かに生きていた。

あるものたちはこの人間と動物の混交を、ある特別な機会の時だけに引き受けていた。夢遊病者は狼や人狼になったが、人間と野獣の区別がもはやつかなかった。ガリアーノにもそうしたものがいて、冬の夜には兄弟と、本物の狼と一緒にいるために外出していた。「夜に出て行くんですよ」とジュリアは言った。「まだ人間なのですが、そのうちに狼になり、泉のまわりで、本物の狼とみな一緒になって集まるのです。家に帰ってくる時は、とても用心していなければなりません。初めて扉を叩く時は、妻は扉を開けてはならないのです。もし開けると、まだ狼のままの夫を見つけるだろうし、夫は妻をむさぼり食べ、森に永遠に逃げ込むでしょう。二度目に扉を叩いても、まだ開けてはいけません。体は人間に戻っていますが、頭はまだ狼のままなのです。三度目に扉を叩いた時、扉を開けるのです。その時は完全に変身が済んでいて、狼は姿を消し、初めの人間が姿を現しているからです。三回扉を叩くまで、決して開けてはいけません。変身を終え、狼の鋭い視線をなくすまで、そして動物であったという記憶を失うまで、待たなければなりません」

この二重の本性は、人狼の場合のように、時には悲惨で恐ろしいが、常にある分かりにくい魅力を持っていて、神聖さを伴ったものがそうであるように、尊敬心を呼び起こす。この種のことは村で、私の犬に対しても、みなに認められていた。私の犬は普通ではなく、他のすべての犬とは違った、並外れた存在で、特別な尊敬に値した。それに私自身も彼の中に無邪気な天使的、あるいは悪魔的要素があるといつも感じていたし、農民たちが彼の中に崇拝を強いる神秘性を認めるのも間違いではないと思っていた。すでにその出生が謎に満ちていた。彼はナポリからターラントへ行く汽車の中で見つかったのであり、その首には次のように書かれたカードがぶら下げられていた。「僕の名前はバローネです。見つけた人が世話してください」だから彼がどこから来たのか分からなかった。おそらく大都会の出身で、王様の落とし胤《だね》なのだろう。鉄道員たちが彼を捕らえ、しばらくの間トリカリコの駅で飼っていた。そしてグラッサーノの駅員たちに贈った。グラッサーノの村長が彼に目を留め、駅員から譲り受け、家で飼ったが、子供がたくさんいて、大騒ぎになったので、グラッサーノの農業協同組合の組合長だった弟に贈った。彼は農地を回る時、いつもその犬を連れて歩いた。グラッサーノではすべての人がバローネを知っていて、みなが並外れた存在だと思っていた。

私がまだグラッサーノで一人で住んでいた頃、ある日農民や職人の友達と話していて、たまたま、お伴に犬がいても悪くないという話になった。すぐに翌朝、黄色い体色の、普通の猟犬の子犬が連れてこられた。その子犬をしばらく飼ったが、気に入らなかった。あたり構わず汚し、利口とも思えず、うまくしつけられなかった。そこで連れてきたものたちにその犬を返し、もう犬のことは考えなかった。しかしガリアーノに発てという命令が不意に来て、仲よくなっていた良き住民たちが、不当な災難が降りかかったと、深く嘆いていた時、農民たちが私に贈り物をすることを望んだ。それは私に付き添い、グラッサーノに良きキリスト教徒がいたことを、私に思い出させるべきものだった。彼らはもう私が忘れていたかつての望みを思い出し、犬を贈ることにした。だが有名なバローネ以外に、いかなる犬も私にふさわしくなかった。バローネこそが私の犬であるべきだった。あれこれと交渉した末に、飼い主から譲り受けることに成功し、体の汚れを落として、洗い、きれいな首輪と口輪と引き綱を見つけ出した。若い床屋で、フルート奏者で、秘書として世界の果てまで私について来ることを夢見ていたアントニーノ・ロセッリが、ライオン風に毛を刈り込んだ。つまり前のほうに長い毛を残し、後ろは刈り取って、尾の先を大きな房にしたのだった。私が出発する前日、バローネは、野生のバローネは、白く洗われ、香水を振りまかれ、変身して、上品な姿で私に贈られた。それは良き村グラッサーノをいつも思い出すためだった。こうしてバローネは化粧を施され、美しくなって、私もいかなる犬なのか分からなくなった。彼はプードル犬と牧羊犬が奇妙に混ざり合っているように見えた。実際には牧羊犬だが、普通とは違う種類か、普通でない交配の結果だと思えた。同じような犬には出くわしたことがなかった。バローネは中くらいの大きさで、全身真っ白で、耳の先が黒かったが、それは顔の両脇に長々と垂れていた。その顔は中国の竜のように、とても美しかったが、怒ったり、歯をむき出しにすると、恐ろしいものになった。彼はハシバミ色の、丸くて人間的な目で、顔を動かさずに私の動きを追ったが、その顔にはそのつど、優しさ、自由奔放さ、子供じみた不思議な鋭敏さなどが見られるのだった。毛は地面に届くほど長く、縮れていて、柔らかく、絹のように光り輝いていた。尾は狐の尾のように大きかったが、それを弓なりに曲げて、東洋の戦士の羽毛の房のようにひらひらとはためかせていた。彼は陽気で、自由で、自然のままだった。良くなついたが、盲従するわけではなかった。命令には従ったが、自分の独立性を保持していた。ある種の妖精か、親しみやすい、穏和な精霊のようだったが、その心の奥底はうかがい知れなかった。彼は歩くというよりも、耳や毛を波打たせて、大きく飛び跳ねていた。蝶や鳥を追いかけ、山羊を驚かせ、犬や猫とけんかをし、雲を見ながら野原を一人で駆け、常にとらえどころのない遊びに突入する準備をしていた。それはまるで、人間の枠を超えた、波打つ、無邪気な思考の糸を追いかけているかのようで、森の風変わりな精霊が順応性を発揮して犬に形を変えたかと思えたのだった。

ガリアーノに到着した当初から、みなの注意はこの私の奇妙な仲間に集中した。そして動物の魔力の世界に浸かって生きている農民たちは、その不思議な性質にすぐに気づいた。同じような犬は見たことがなかった。村には雑種の猟犬がいるだけで、時には猟で能力を発揮したが、みすぼらしく、卑俗で、品格が落ちた。羊の群れと羊飼いのあとに、どう猛なマレンマ犬が付き添うことはあったが、数は少なかった。マレンマ犬は鉄の突起がとげのように植わっている首輪をつけていたが、それは狼にかまれないようにするためだった。私の犬はバローネという名前だった。このあたりの村では、名前は何かを意味した。名前には魔術的力があった。ある言葉は単なるしきたりでも、風のささやきでもなく、ある現実であり、作用するものであった。従って彼は本当にバローネ、男爵だった。領主であり、権力を持ち、敬われるべきだった。もし初めの日から私が村人に好意と称賛に近い目で見られたなら、その少しは犬のせいだったのだろう。彼がその錯乱した、自然な自由さの中で飛び跳ね、吠えながら通るのを見ると、農民たちは指を指し、子供たちはこう叫んだ。「見てみろ、見てみろ！　半分男爵で、半分ライオンだ！」バローネは彼らにとって、紋章の動物であり、領主の盾に描かれた、後ろ足で立つライオンなのだ。しかしながら彼は単なる犬で、他のものと同様に枯れた小枝でしかないのだ。だがこの彼の二重の本性は驚くべきものだった。私もまた彼の素朴な多重性ゆえに彼を愛した。のちに私は彼を父に贈った。そして今、彼はもう死んでいる。父と同じように。そしてリグーリアの海を見渡す、アーモンドの木の下に埋められている。私はその自分の土地に足を踏み入れることを禁じられている。というのも、権力者たちは聖なるものを恐れる中で、私にも二重の本性があることが、私も半分男爵で半分ライオンであることが分かったようだからだ。

農民たちにとって、すべてが二重の意味を持っている。雌牛‐女、人間‐狼、男爵‐ライオン、山羊‐悪魔は、特に固定化され、強調されているイメージ以外の何ものでもない。しかしあらゆる人間、あらゆる木々、あらゆる動物、あらゆるもの、あらゆる言葉が、この曖昧性を共有している。理性は一義的な意味しか持たず、宗教も歴史もそれと同様である。しかし生存の意味は、芸術、言葉、愛のそれと同様に、無限に重なり合っている。農民の世界では、理性、宗教、歴史に場所はない。宗教に場所がないのは、すべてが聖性を共有し、すべてが象徴ではなく、実際に神的だからだ。動物と同じように空も、山羊と同様にキリストも、神的である。すべてが自然の魔術である。教会の儀式も異教の儀礼になる。それは事物の未分化のありかたを称揚し、村の無数の地上の神々をたたえる。

私は九月半ばの、聖母の日曜日を迎えていた。朝から道は黒い服の農民たちでいっぱいで、よそから来たものたちや、スティリアーノの楽団、花火や爆竹を仕掛けに来たサンタルカンジェロの花火職人もいた。空は明るく澄み渡り、時々上空から、暗い鐘の音とともに、銃を撃つ音が響いてきた。農民たちがぴかぴかに磨いた猟銃で、祝祭の始まりを告げていた。午後、灼熱の時間が過ぎると、行進が始まった。行列は教会から出発して、村中を回った。初めに墓地まで道を上り、それから広場まで下り、小広場を過ぎ、下ガリアーノと崩壊したマドンナ・デリ・アンジェリ教会まで下りてきて、また同じ道をたどって出発点まで帰り、教会に入った。先頭には棒を持った若者が何人かいて、棒に旗のように布やシーツを結びつけ、それを振り回し、ひるがえらせていた。そしてスティリアーノの楽団の団員たちがぴかぴかの楽器で、大音響の演奏をしながら、あとに続いた。それに続いて、長い二本の横木が下部についている移動天蓋に乗せられて、聖母がやってきた。十二人ほどの男たちがその横木を交代で担いでいた。聖母は紙粘土に色を塗ったみすぼらしいもので、強力な霊力で有名なヴィッジャーノの聖母の地味な複製であり、それと同じように顔が黒く塗られていた。聖母は盛装をしていて、首飾りや腕輪で着飾っていた。聖母のあとにはドン・トライェッラが行進していたが、古い脂じみた僧服の上に頸垂帯を下げ、いつものように、疲れ、憔悴した、飽き飽きした顔をしていた。そのあとに村長と曹長、そして有力者たちが続き、女たちが一団となって白いベールを大きく波打たせながら歩き、子供たちや農民たちが続いた。冷たい、強い風が不意に吹いてきて、ほこりを舞いあげ、スカートやベールや旗をひるがえらせた。雨が降るかもしれなかった。何ヵ月もの酷暑の間、祈願され、待ち望まれていた雨が。行列が通り過ぎると、道沿いに二列に配された爆竹が大音響で炸裂した。そして導火線に火がつけられ、火薬の筋に火が走り、花火が爆発した。農民たちは戸口で銃を構え、空に向けて発砲した。パチパチ鳴る音や爆発音が絶え間なく響き、より火薬量の多い大爆発の音が不意に響く時だけ、その絶え間ない騒音が破られるのだったが、それは絶壁で響き、こだまを呼び起こした。この戦乱のような大騒ぎの中でも、人々の目には宗教的至福や恍惚感は見られず、ある種の狂気が、異教的な節度のなさが見て取れた。それはそのまま身をまかせる、自意識喪失のような状態だった。すべての人が興奮していた。動物たちは驚いて走り、山羊は飛び跳ね、ロバは鳴き、犬は吠え立て、子供たちは叫び、女たちは歌っていた。すべての家の戸口で、農民たちは手に小麦のかごを持って行列を待ち構え、それが来ると、手一杯につかみ取った小麦を聖母に向かって投げつけた。それは収穫のことを思い出させ、幸運をもたらしてくれるようにするためだった。小麦の粒は宙を舞い、舗道の石の上に落ち、まるで雹のように小さな音をたてて飛び跳ねた。黒い顔の聖母は、小麦、家畜、銃の音、ラッパの音などに包まれ、もはや慈悲深い神の母ではなく、大地の胎内の暗がりで黒い色になった地下の神、農民のペルセポネー、冥界の穀物の女神になった。

道が広くなるところでは、あちこちの家の前に、白いテーブルクロスがかかったテーブルが用意されていた。それは田舎風の小さな祭壇のようだった。行列はその前で止まり、ドン・トライェッラがぼそぼそと祝福の言葉を述べ、農夫や女たちが捧げ物を持って駆け寄ってきた。聖母の服に硬貨や、五リラ、十リラの紙幣をつけるのだが、アメリカでの労苦の、大切にしてきた残りものであるドル紙幣をつけるものもいた。

しかし大部分のものは大きな干しイチジクの輪を首にかけたり、足下に卵や果物を置き、行列が動き出しても他の捧げ物を持って駆け寄り、群衆と、ラッパ、銃声、叫び声の騒音の中に入り込んでしまうのだった。行列が進むと、人の数はさらに増えて騒々しくなり、それは村をぐるっと回って、教会に入るまで続いた。大きな雨粒がぱらぱらと落ちてきたが、すぐに風が雲を吹き飛ばし、嵐は遠のいて、夕方の先駆けの星とともに、晴れ間が戻ってきた。こうして花火の見せ物がだめにならずに済んだ。みなが一口の食べ物を急いで口に押し込んだ。暗闇が訪れるやいなや、村人がすべて崖の縁までどっと押し寄せた。そこの数メートル下で、花火が点火されるはずだった。すると見せ物をよりよく見ようとして、若者の群れが小広場の記念碑の屋根に登るのが見えた。聖母に敬意を表するため、私たち流刑囚も一時間余計に、家の外にいることができた。収穫祭と、花火の夕べのある、大事な日だったからだ。花火に三千リラ使われたのだが、それでも収穫のかんばしくない年だった。五千、六千リラと使われた年もあったのだ。大きな村々では、自分たちの聖人の日には、さらに大きな金額が支払われた。ガリアーノにとって三千リラは、半年分の蓄えに相当する途方もない額だが、花火のためなら喜んで使ったし、それを嘆くものはいなかった。県内の最も有名な花火師たちがあれこれと値踏みされた。もしもっとお金があったら、モンテムッロやフェッランディーナの花火師を選んだろうが、サンタルカンジェロのものたちで満足するしかなかった。だがそれでも彼らはとても優秀だった。すると拍手の音が響き、女や子供たちが驚きと感嘆の叫び声をあげる中、星で一杯の空に、最初の「ローマのろうそく」が真っ直ぐに打ち上げられ、それにさらにいくつものものが続いて、回転花火、ベンガル花火、音響花火、金の雨などが続いた。素晴らしい見せ物だった。

十時になり、家に帰らなければならなかった。興奮して空を見上げ、花火に吠えるバローネとともに、私は長い間テラスにいて、ティンボーネの上で上昇しては、パチパチはぜる音を出して落ちていく光を眺め、爆発音の響きを聞いていた。すると二十発ほど、間を置かずに花火が打ち上げられ、締めくくりの一発があった。人々が解散し、石畳に足音が響き、戸がバタンと閉じられる音が少しずつ聞こえてきた。農民の祭りの日は終わった、熱狂と狂乱とともに。家畜は眠りにつき、暗い村には沈黙と、空の空虚な暗闇が戻ってきた。

行列を行い、ドン・トライェッラが祈り、農民たちが切に願ったにもかかわらず、その後も雨は降らなかった。大地は耕作するにはあまりにも固く、オリーブの実は水切れ状態の木の枝でひからび始めた。だが黒い顔の聖母は素知らぬ顔で、慈悲には遠く、祈りには耳を貸さず、無関心な自然のようにたたずんでいた。しかしそれでも寄進には事欠かない。だがそれは権力を恐れる寄進に似ていて、慈愛に感謝するものではない。この黒い聖母は大地のようだ。すべてのことができた、破壊することも、花開かせることも。だがだれのことも気に留めず、理解不可能な意思に従って、季節をめぐらせる。黒い聖母は農民たちにとって良くも悪くもない。それを超えた存在なのだ。彼女は収穫を干上がらせ、死ぬままにするが、同時に食べ物を与え、保護する。だから崇拝する必要がある。あらゆる家のベッドのまくら元には、四本の釘でヴィッジャーノの聖母の絵が打ち付けられ、黒い顔の中で、視線の定まらない大きな目を見開き、人生のあらゆる行為に立ち会っている。

農民の家はみな同じで、ただ一つしか部屋がない。それは台所、寝室、そしてほとんどいつも、小さな家畜用の納屋の役割もはたしている。それ専用に、家の近くに、ギリシア語起源の方言で「家畜小屋《カトイコ》」と呼ばれる、小屋がない場合のことであるが。片隅には暖炉があり、毎日畑から拾ってくるわずかな枯れ枝で料理をする。壁や天井は煤で黒ずんでいる。明かりは扉からしか入ってこない。部屋のほとんどは普通のダブルベッドよりもかなり大きな、巨大なベッドで占領されている。そのベッドで父、母、子供らの、家族全員が眠るのだ。まだ小さな子供は、乳を飲んでいる間は、つまり三、四歳まで、小さなゆりかごか、籐製のかごに入れられて、天井から、ベッドよりも高い位置に、ひもでぶら下げられる。母親は乳を与えるためにベッドから降りる必要はなく、腕を伸ばして、胸に抱き寄せればいい。そしてまたゆりかごに戻し、子供が泣き止むまで、片手で振り子のように長い間ゆする。

ベッドの下には家畜がいる。こうして空間が三層に分けられる。床に家畜、ベッドに人間、空中には乳飲み子がいるのである。私は患者の聴診をしたり、あるいはマラリアの熱で歯を打ち震わせ、湯気を出している女に注射をするために、ベッドにかがむことがあった。すると頭にはゆりかごがあたり、足の間を、驚いた子豚や鶏が不意に走り抜けるのだった。だが毎回驚かされるのは(私は村のほとんどの家を訪ねていた)、ベッドの上の壁から私を見つめてくる、決して欠くことのできない、二つの守護神の目だった。

片方にはヴィッジャーノの聖母の、人間離れした、大きな目と、眉を寄せた、黒い顔があった。もう一方には、それに相応するかのように、色刷りの複製画の中で、光る眼鏡の奥に陽気な小さな目をひらめかし、愛想の良い笑いで白い歯の列を見せる、ルーズヴェルト大統領の顔があった。私はどの家でも、それ以外の画像は見たことがなかった。王も、統領も、ガリバルディさえもなかった。あるいは我が国の他の偉人や、あってもいいだけの理由のある聖人の画像もなかった。しかしルーズヴェルト大統領とヴィッジャーノの聖母だけは必ずあった。民衆用の印刷物に印刷されたそれらが向かい合っているのを見ると、宇宙を分割する二つの権力の顔のように思えてきた。しかしその役割は正しくも逆転されていた。聖母はここでは無情で残忍な、太古の、暗い、大地の女神であり、この世界の陰鬱な女主人だった。大統領はある種のゼウス、つまり温情あふれる優しい神で、別世界の支配者だった。そして時にはまた別の画像が、この二つとともに、ある種の三位一体を形作っていた。それはドル紙幣で、あちらの世界から持ってきた最後の一枚だったり、夫や親戚の手紙で送られてきたものなのだが、聖母や大統領の下に、あるいは両者の間に、画鋲でとめられていた。それは聖霊《スピリト・サント》か、あるいは死者の王国に送りこまれた、天の使いかと思えた。

ルカニアの人たちにとって、ローマは何ものでもない。それは有力者たちの首都であり、悪意ある異国の中心である。ナポリが彼らの首都であるだろうし、実際にそうである。それは窮乏の首都で、青白い顔の中に、住民の熱に浮かされた目に、それが見て取れる。また夏、暑さのために扉が開け放たれ、だらしない身なりの女が台の上で眠る、トレド街の大階段の下の「あばら屋」の中にも、それが見て取れる。しかしナポリにはずいぶん前から王はいない。ただ船に乗るためにそこを通るだけだ。王国は終わった。この希望のない人々の王国はこの地にはない。別の世界はアメリカだ。そしてアメリカも農民には二つの本性を持つ。そこは働きに行く場所で、汗を流し、あくせく働き、多くの困難と窮乏の末にわずかのお金を貯め、時には死んでしまい、だれも思い出してくれないような場所だ。しかし同時に、何の矛盾もなしに、そこは天国、王国のある約束の地なのだ。

ルカニアの農民にとって、もしこの国家を持たない人たちがそれを持てるのだとしたら、ローマでもナポリでもなく、ニューヨークこそが真の首都なのだろう。そしてそれは彼らにとって唯一可能なありかたで、神話的なありかたでそうなのである。その二つの本性からして、労働の場としては、それはどうでもいい。そこでは他の場所と同じように生きる、馬車につながれた馬のように。そして馬車を引いてどの道を通るのかは問題ではない。天国としては、天上のエルサレムとしては、おお、それは手に触れられるものではない。海の向こうから、それに混ざり合うことなく、ただ眺めることしかできない。農民はアメリカに行くが、そのままの自分であり続ける。多くのものはそこに留まり、子供たちはアメリカ人になる。しかし他のものたち、帰ってきたものたちは、二十年後も、発った時と同じである。わずかに覚えた英語は三ヵ月で忘れ去られ、うわべの習慣は捨て去られ、農民はかつてと同じものになる。それはまるで、長い間、増水した川の水が流れ過ぎはしたが、太陽が顔を出すとすぐに乾いてしまう石のようだ。アメリカで彼らは片隅で、自分たちだけの間で生きる。アメリカの生活には参加せず、ガリアーノと同じように、何年もパンだけ食べ、わずかなお金を貯める。彼らは天国の近くにいるが、そこに入ろうとしない。そしてある日イタリアに帰ってくる。だがそれはわずかの間だけいて、休息し、仲間や親戚にあいさつするためだ。しかしわずかな土地を買うように申し出るものがいて、子供の時から知っている娘を見つけ、結婚し、六ヵ月たつと、あちらに帰る許可証が失効し、祖国に留まらざるを得なくなる。買った土地は高額で、アメリカでの長年の労働による貯蓄をすべて使って払わざるを得ず、土地は粘土質で石だらけで、税金を払う必要があり、支出に見合う収穫は得られず、子供が生まれ、妻は病気になり、わずかの間に窮乏が戻ってくる。かなり昔にそれから旅立ったはずの、いつも変わらぬ、永遠の窮乏だ。そして窮乏とともに、あきらめ、忍耐など、昔の農民の習慣がみな戻ってくる。わずかの間にこのアメリカ帰りは、他のすべての農民とまったく見分けがつかなくなる。時々表面に現れる、失った財産をひどく嘆き、恨む態度を除いては。ガリアーノはこうした帰還移民であふれている。彼らは全員、帰還の日を不幸の日と考えている。一九二九年は災難の年で、みなが大災害として語っている。それはアメリカの危機の年で、ドルが下落し、銀行が倒産した。しかしそれは全般的には、我らの移民に打撃を与えなかった。彼らはイタリア系の銀行に預金し、すぐにリラに換える習慣だったからだ。しかしニューヨークは恐慌状態になり、我らが政府の宣伝係が、なぜだか分からないが、イタリアには全員に仕事があり、豊かで、安全で、帰国すべきと触れ回ったのだった。こうしてその服喪の年に多くのものが説得され、職を捨て、汽船に乗り、帰国して、クモの巣に搦め捕られるハエのように、そこに捕らえられたのだった。そして再び農民になった、ロバや山羊を連れ、毎朝遠くのマラリア蚊でいっぱいの低地に旅立つ農民に。他のものはアメリカでしていた仕事をそのまま続けた。しかし村には仕事がなく、飢えることになった。「一九二九年め、そして俺を帰らせたものよ、呪われろ」仕立て屋のジョヴァンニ・ピッツィッリはこう言った。私に狩猟服を仕立てようとして、肩を下げたり、他のよく分からない部分の調整のために、複雑で、独特の、現代的な、アメリカ式のやり方で、インチで寸法をとっている時だった。彼は町の有名な仕立て屋にも見られないほど、頭のいい、非常に有能な職人で、五十リラを請求するだけで、今まで着たこともないような、ビロードの、素晴らしい服を作ってくれた。アメリカでは十分に稼いでいたが、今は窮乏状態にあり、子供も四、五人いて、再び立ち直る望みは持っていなかった。彼のまだ若い顔からはあらゆる活力と信頼感の痕跡が消え失せ、苦悩に満ちた絶望の表情が常に浮かんでいた。

「あちらでは理髪店を一つ持っていて、従業員も四人いましたよ。一九二九年に六ヵ月間帰国したのですが、妻をめとり、もう帰らなかったのです。そして今ではこのぼろ店しかなく、貧しさと戦う羽目になりました」と床屋が私にいった。彼は真面目な、悲しげな顔つきの男で、額には灰色の髪の毛が見えていた。ガリアーノには床屋が三軒あったが、アメリカ人の店は村の高いところの、教会近くの、未亡人の家の下にあり、いつも開いている唯一の店で、村の有力者たちがひげを剃らせていた。下ガリアーノにある、ジュリアの愛人の白子の店は、貧しい農民用で、ほとんどいつも閉まっていた。白子は耕す土地を持っていて、祝日の朝にカミソリを使うだけで、普通の週日はたまにしか開けていなかった。村の中程の広場のほうに三番目の店があったが、それも常に閉まっていた。店の主人がいつも仕事があって、外出しているためだった。人々はその店に謎めいた様子で入っていき、低い声で主人を呼ぶのだった。主人は狐のように抜け目のない顔をした金髪の男で、動作が機敏で、頭が良く、活発で、小さな目をきらめかせて、いつも動き回っていた。彼は第一次世界大戦中に衛生伍長として軍務についていて、そこで医術を学んだ。彼の公式の仕事は床屋だったが、人間の髪やひげにはめったに関わらなかった。彼は山羊の毛を刈り、家畜の病気を治し、ロバに浣腸を施し、豚を診察していたが、それ以外の彼の特技は歯を抜くことだった。彼は二リラで「臼歯を抜いて」いた、さしたる痛みも、不便もなく。彼が村にいたのは本当に幸運だった。なぜなら私は歯科の技術にはまったく通じていなくて、他の二人の医師は私以上に知らなかったからだ。床屋は注射もしていて、二人の医師が何のことかまったく知らない静脈注射までしていた。彼は脱臼した関節を元通りにし、骨折を治し、瀉血し、膿瘍を切開できた。そしてさらに薬草、膏薬、軟膏の知識があった。要するにこのフィガロは何でもできて、重宝されていた。二人の医師は彼を憎んでいた。それは必要な場合、彼は、二人が無知であるという判断を隠さなかったことと、彼が農民から愛されていたためだった。二人は彼の店の前を通るたびに、医師の職業を不法に果たしていることを告発すると脅した。そして脅すだけに留まらず、時折匿名の手紙が本当に書かれ、警告のため曹長のもとに呼び出されたのだが、床屋は策略をめぐらし、口実をもうけてその仕事を隠し、白日の下にさらすことをしなかった。初めは私のことも不審の目で見ていたが、私が裏切らないことを見て取り、友達になった。彼は本当に器用なところがあったので、私は小さな外科手術には助手として呼び、注射をしに行く役割を割り振った。もし許可を得ていないにしても、それが何だというのか。彼は上手にこなした。だがこっそりと行う必要があった。なぜならイタリアは卒業証書や学位の国であり、仕事を求め、それを苦痛なまでに守るだけに堕した文化の国だからだ。ガリアーノでは、多くの農民が、公認の医療を受けていたら一生跛行になったかもしれないのだが、この何でもこなす、偽装のフィガロのおかげで、今でもちゃんと歩いている。彼は人目を忍ぶ姿の半-魔術師で、半-医師だが、素早い足と抜け目ない心配りで、司法当局や憲兵と戦っているのだ。

アメリカ人の店、有力者たちの理髪師の店は、三つある店の中で唯一、本当の床屋のような外観を見せていた。ハエの糞で全面が曇っていたが、鏡があり、わらを詰めた椅子があり、壁にはアメリカの新聞の切り抜きが貼られ、ルーズヴェルト、政治家、女優の写真と、化粧品のポスターも貼られていた。それはニューヨークのどの通りにあったか分からないが、素晴らしい理髪店の唯一の名残だった。床屋はその店を思い返すと、悲嘆に暮れ、陰鬱になった。紳士で通っていたあちらの良き生活の中で、何が残ったのだろうか？　村の高みにあり、扉に気どった彫刻が施してあり、バルコニーにゼラニウムの鉢が並べられている小さな家と、病気がちの妻と、貧困だ。「あそこから帰らなかったなら！」彼のような一九二九年のアメリカ人たちは、むち打たれた犬のような幻滅した様子と、金冠をかぶせた歯で見分けがついた。

その金歯は「汚れ顔」の、農民風の大きな口の中で、時代錯誤的に、贅沢にきらめいていた。彼は大きな、頑丈な体の持ち主で、頑固でずるがしこそうな顔をしていた。「汚れ顔」はおそらくその皮膚の色のせいで、みなからこのあだ名で呼ばれていたが、彼は移民の戦いの勝者であり、自らの栄光の中で生きていた。彼はかなりの蓄えを持ってアメリカから帰ってきて、やせた土地を買うためにその大部分をすでに失っていたが、まだ質素な生活はできた。だがその金の真の価値は、労働ではなく、企みで得たことにあった。「汚れ顔」は夕方、畑から帰ってきて、家の戸口の前か、広場を散歩しながら、彼のアメリカでの大冒険を好んで話したが、自らの勝利をいつも喜んでいた。彼は農夫だが、アメリカでは煉瓦積み工をしていた。「ある日、鉄管の中をきれいにする仕事をさせられた。それは発破に使われるもので、土が詰まっていた。わしはそれをたがねで叩いた。だが土ではなく、火薬が詰まっていて、鉄管は手元で爆発した。この腕のところに少し引っかき傷ができたが、耳はまったく聞こえなくなった。鼓膜が破れたんだ。アメリカでは保険があるから、金が出るはずだった。わしは診察を受け、三ヵ月後にまた来るように言われた。三ヵ月たつと耳はまた良く聞こえるようになったが、事故だったのだから、もし正義があるなら、金は支払われるべきだった。三千ドル、くれるべきだった。わしは聞こえないふりをした。話したり、銃を撃ったりしても、何も聞こえなかった。目をつぶらされたが、わしはよろめき、地面に倒れた。先生方は何ともないと言い、補償金を払いたがらなかった。わしは別の診察を受け、さらにもっと多くの診察が続いた。わしは何も聞こえず、地面に倒れた。わしの金をわしに渡すべきだった。こうして二年間たった。わしは働かず、先生方は拒絶し続け、わしは何もできない、もうだめだと言い張った。すると先生方が、アメリカの第一線の先生方が納得して、二年後にわしの三千ドルを払ってくれた。正義がなされ、金がもらえた。わしはすぐにガリアーノに帰り、こうしてぴんぴんしている」「汚れ顔」はただ一人で、あらゆる科学とアメリカ全体を敵にして戦い、ガリアーノのつまらない田舎ものでしかない彼が、ただ頑固さと忍耐だけを武器にして、アメリカの先生方に勝ったことを誇りにしていた。それに加えて彼は正義が自分の側にあり、耳が聞こえないという偽装は正当な行為だと確信していた。三千ドルだまし取ったと、もし誰かが言ったら、彼は本当に驚いたことだろう。私はそれを言わないように用心していた。というのは心の底では、私は彼が間違っていると思わなかったからだ。彼は自分の冒険を繰り返し語ったが、心の内では、自分は、神の恵みで国家の敵対的力から自分を守ることができた、貧しいものの中の英雄だ、と少しは感じていた。「汚れ顔」が自分の話を語った時、私の頭には、世界を巡り歩く別のイタリア人たちと出会ったことが思い浮かんだ。彼らもまた文明社会の組織的力と戦い、国家の不条理な意思から家族を守ったことを誇りにしていた。中でもとりわけ、イギリスの、シェークスピアの生まれ故郷の、ストラトフォード・アポン・エイヴォンで出会った老人を思い出す。彼はアイスクリームの馬車をポニーに引かせていたが、そのポニーは房飾りで飾られ、体に付けられた鈴を鳴らしていた。彼はサラチーノという名で(馬車にはイギリス風にサラシーンと書いてあった)、フロシノーネの出身で、まだ耳に耳輪を付け、ローマなまりのイタリア語をたどたどしく話した。私がイタリア人であると分かるやいなや、五十年前に、兵士にならないために、イタリア王に仕えないためめに、イタリアからのがれ、それ以来帰国していない、と語り始めた。彼はアイスクリームで成功を収めた。県内の馬車はすべて彼のものだった。息子たちには勉強させた。一人は弁護士、もう一人は医者になった。だが一九一四年に戦争が始まると、イギリス王に仕えさせないために、息子たちをイタリアに送った。するとその翌年、イタリア王も彼らを徴兵する可能性が出てきた。「心配はないさ、もうやりくりずみだった、わしらは王には仕えなかった」「汚れ顔」と同様に、サラチーノ老人にとっても、これは恥ずべき行為ではなく、生涯の栄光なのだ。彼は喜んでその話をして、小馬に鞭をくれ、立ち去った。

「汚れ顔」は勝利を収めたが、彼も帰国してしまい、もう少しすれば、その金歯にもかかわらず、他の農民と見分けがつかなくなるはずだった。彼の話は自分自身に限定され、特殊であったが、アメリカについてある明確な思い出を持たせ続けていた。だが他のものたちはほどなくしてアメリカを忘れてしまった。アメリカは出発以前のもの、そして多分滞在中もそうであったもの、つまり地上の天国に戻ってしまったのだ。おそらく彼の地に残ったものたちと同様に、より実際的で、よりアメリカナイズされたものを、私はグラッサーノで見ていた。だが彼らは農民ではなく、村の生活にとらわれないよう、細心の注意を払っていた。そのうちの一人はグラッサーノで、毎日、広場に面した家の戸口で、椅子に座り、人々の行き来を見ていた。彼は中年で、背が高く、やせていて、活力にあふれていた。鷲鼻で、肌は浅黒く、鷹のような顔をしていた。いつも黒い服を着ていて、つばの広いパナマ帽をかぶっていた。金は歯だけでなく、ネクタイピン、カフスボタン、懐中時計の鎖、ペンダント、お守りの角、指輪、たばこケースにも使われていた。アメリカでは仲買人と商人をしていて、成功を収めていた。だが貧しい農民たちに奴隷商人のようなことをしていたのではないか、という疑いもある。彼は命令するのに慣れていて、村人には距離を置き、侮蔑的に眺めていた。だがまだ家のある自分の村に、三、四年にいっぺんは帰り、ドルと、乱暴な英語と、さらに乱暴なイタリア語を誇示していい気になっていた。だが彼は村に搦め捕られないように用心していた。「ここにずっといることはできるだろう」と彼は私に言った。「金はある。村長になれるだろう。村でも働く余地はある、アメリカ式にすべてをやり直して。だが失敗に終わるだろうし、すべてを失ってしまうだろう。自分の仕事が私を待っている」彼は毎日新聞を読み、ラジオを聞いていた。そして間もなくアフリカで戦争が始まると確信すると、荷造りをして、イタリア国内に釘付けになる危険性を回避するために、初めの汽船に乗って逃げてしまった。

災難の年である一九二九年以降、ニューヨークから帰ってきたものは少なく、出て行ったものもわずかだった。ルカニアの村々は、半分がこちらにいて、半分は海の向こうなので、二つに引き裂かれることになった。家族はばらばらになり、女たちはひとりぼっちになった。こちらに残ったものにとって、アメリカはさらに遠ざかり、それとともにあらゆる救済の可能性も消えた。ただ郵便だけが、あちらから送られてくるものを継続的に運んできた。それは幸運に恵まれた同郷人が親戚に贈ってくるものだった。ドン・コシミーノはそうした小包で大忙しだった。はさみ、ナイフ、カミソリ、農器具、なた鎌、かなづち、ペンチなど、普通の生活に必要な小器具がすべてあった。ガリアーノの生活は、職業上の工具に関してはみなアメリカ式で、尺度も同様だった。農民たちはセンチメートルやキログラムよりも、インチやポンドを使って話した。女たちは古い紡錘を使って羊毛を紡いでいたが、ぴかぴかのピッツバーグ製のはさみで糸を切っていた。床屋のカミソリはイタリアで見た中で最も完璧なもので、いつも農夫が持っている鋼鉄製の斧はアメリカのものだった。彼らはこうした新しい器具に何の偏見も持たず、自分たちの古い習慣との間にいかなる矛盾も感じなかった。ニューヨークから来るものを喜んで自分のものにしていた。ローマから来るものをそうするのと同じように。だがローマからは何も来なかった。今までも何も来なかったのだ、「徴税局員」とラジオの演説以外は。

この頃、演説はたくさん聞かされた。ドン・ルイジーノは集会を招集するのに忙しかった。もう十月になっていて、我が軍はマレブ川を渡っており〔イタリア軍は十月三日に、当時イタリアの植民地であったエリトリアを出て、エチオピアを侵略した。マレブ川はエリトリアとエチオピアの国境を流れていた〕、アビシニア戦争が始まっていた。イタリア人民よ、立ち上がれ！　そしてアメリカは大西洋の霧の中に、天空の島のように、どんどん遠ざかっていた。どれだけの間のことなのか。おそらく永遠に。

この戦争は農民には関係がなかった。ラジオは大声で叫び立て、ドン・ルイジーノはテラスでたばこを吹かす以外の、学校のすべての時間を使って、子供たちに大声で熱弁を振るい（それはどこでも聞こえた）、「黒い小さな顔」を歌わせ、広場では、マルコーニ〔グリエルモ・マルコーニ（一八七四―一九三七）。イタリアの物理学者。無線電信システムの開発に功があり、一九〇九年にノーベル賞を受賞。晩年はファシズムを支持していた〕が秘密の光線を発見した、それはすぐにもイギリス艦隊をすべて爆発させる、とみなに語った。そして彼と、ラジオで叫んでいる年長の同僚の教師〔ムッソリーニを指す〕は、この戦争こそ彼らのために、ガリアーノの農民のために行われていて、どれだけだか分からないが、ようやく耕す土地を手に入れられる、それはよい土地で、種をまくだけで作物が自然に育つ、と言った。ああ、二人の教師は、農民に残りのことを信じさせるには、ローマの偉大さについて大げさに話しすぎてしまった。農民たちは疑り深そうに、静かに、あきらめた様子で首を振っていた。ローマのものたちは戦争がしたくて、おれたちにやらせようとする。辛抱することだ。エチオピアの山地で死ぬのは、サウロ川の河岸にある自分の畑で、マラリアで死ぬのよりも、はるかにひどいことでもない。学校の学生たち、ファシスト青年運動の少年たち、学校の教師たち、赤十字の奥様たち、ミラーノの戦没者の母や未亡人たち、フィレンツェの婦人たち、食料雑貨商たち、商人たち、年金生活者たち、新聞記者たち、警察官たち、ローマの省庁の官吏たち、要するにイタリア人民と呼び習わされてきたすべての人たちは、この時期、栄光と熱狂の歓喜の波に襲われたようだった。私はガリアーノにいて、それを確かめる状態にはなかった。農民たちはいつもよりもずっと寡黙に、悲しげに、陰鬱になった。彼らはまず今の所有者から取り上げる必要のある、その約束の土地を信用していなかった(それは正しくない、うまく行かない、と本能的に感じているようだった)。ローマのものたちは彼らのために何かをする習慣がなかった。その企ても、いろいろと饒舌に語られるが、自分たちに関係のない、別の目的があるに違いなかった。「もしローマのものたちが戦争に使う金があるなら、四年前に落ちて、だれも直そうとしない、アグリ川の橋をなぜ直さないのか。川に堤防を作ったり、新しい泉を整備したり、残されたわずかのものを切る代わりに、森に木を植えることができるだろう。ここにも土地はある。足りないのはそれ以外のものだ」つまり戦争を、租税や山羊税のような、いつもの避けがたい災難と考えているのだ。兵士として出発する恐怖を彼らは持っていなかった。「ここで犬のように生きるのと、あちらで犬のように死ぬのは同じことだ」と彼らは言っていた。だがドンナ・カテリーナの夫を除いては、だれも志願するものはいなかった。それに戦争の目的だけでなく、そのやり方も、山の向こうの、また別のイタリアに関わるもので、農民たちとはまったく関係のないことがすぐに分かったのだ。再召集兵は村全体で二、三人と、わずかだった。それに加えて、兵役に就く兵士がいたが、司祭の年若い息子の、ドン・ニコーラもそうだった。彼はメルフィの修道士に養育されたのだが、職業軍人の下士官なので、真っ先に出征しなければならなかった。最もみじめなものたちも、食べるものがない土地なしの農民たちも、ドン・ルイジーノの演説と高い給料の約束に誘われて、労働者として行くことを希望した。だがその申請書にはいつも返事が来なかった。「わしらをどうしていいか分からないんだ」とその貧しい村人たちは言っていた。「働かせようともしない。戦争は北部の奴らのものだ。わしらは家で飢え死にすべきなんだ。そしてアメリカにはもう行けない」従って十月三日は寒々とした日になった〔イタリアがエチオピア侵略を開始した日。十万人のイタリア軍がエチオピアに攻め込んだ〕。広場の集会では、憲兵や村長の愛国少年団員たちがかろうじて集めてきた農民が二十人ほど、ラジオの歴史的演説をぼんやりと聞いていた。ドン・ルイジーノは村役場、学校、有力者の家々に国旗を掲げさせた。三色旗は太陽の光を浴びながら、風にはためき、その奇妙に派手な色が、農民の家々の扉に付けられた服喪の黒い旗の色と混じり合った。鐘も打ち鳴らされたが、鐘撞きはいつものように、悲しい死の調子に音を合わせていた。陽気な戦争がその無関心な悲しみの中で始まった。ドン・ルイジーノは村役場のバルコニーに出てきて演説した。ローマの不滅の偉大さ、その七つの丘、雌狼、軍団、ローマ文化、そして再建されるだろうローマ帝国について語った。我々の偉大さゆえに、すべてのものが我々を憎むが、ローマの敵は大地の土を噛むだろう、我々は再びローマの執政官が作った街道を凱旋行進するだろう、なぜならローマは永遠で無敵だからだ。そしてその声量の乏しい、かん高い声で、ローマについてまだたくさんのことを言ったが、覚えきれなかった。それから口を開いて、「ジョヴィネッツァ」〔一九〇九年に学生歌として作られたが、後に歌詞が変えられ、ファシズムを称える賛歌として歌われた〕を歌い始めた。そして広場で合わせて歌うようにと、威張りくさった態度で、学校の生徒たちに手を振った。バルコニーの彼のまわりには曹長と有力者たちがいて、みな歌ったが、考えの違うミリッロ医師だけはそうしなかった。下の方では、わずかな数の農民たちが壁を背にして、目を刺す太陽の光を手でさえぎりながら、無言のまま聞いていた。彼らは夜の鳥のように黒く、陰気だった。村役場の正面の、村長のいるバルコニーの近くの壁には、第一次世界大戦で死んだ死者の名前が刻まれた大理石の碑板が白く浮き出していた。小さな村なのに、その名は多かった。五十人ほどだった。ガリアーノの家のすべての名があった。ルビロット、カルボーネ、グァリーニ、ボネッリ、カルノヴァーレ、ラチョッピ、グエッリーニという具合で、どの名も欠けていなかった。確かに直接的にか、あるいは親戚関係、洗礼式の代父関係を通じてか、死者のいない家はなかった。だがそれ以上に負傷者や患者の数は多く、戦ったが無傷で切り抜けたものも多かったはずだ。それではなぜ農民は私と話しても、だれもそれについて話さないのか。その戦争や、成し遂げた偉業について、訪れた国や味わった労苦について、なぜほのめかさないのだろうか。ただ一人、私にいくばくかを語ったのは歯科医の床屋だった。だがどこでどのように医術を学んだのか示すだけのためで、それはカルソ地方〔イタリア東北部のフリウーリ＝ヴェネツィア・ジュリア州からスロヴェニアにかけて広がる石灰岩台地。第一次世界大戦の戦場となった〕で担架兵をしていた時だったのだ。血を流した、まだ身近な大戦でさえ、農民たちには関係なかった。それを堪え忍んだが、今では忘れたかのようだった。いつも自分自身の栄光を誇り、参加した戦いを子供たちに語り、傷を見せ、苦痛を嘆くものはいなかった。もし私が問いかけると、無関心に、短く答えるだけだった。それは大いなる災難であり、他のものと同様に堪え忍んだのだった。

それもまたローマの戦争だった。そしてその当時も三色旗がそれに続いてやって来た。それは理解できない、意志強固な、暴力的な、もう一つのイタリアの紋章の色で、ここでは奇妙に見えた。その赤は陽気な厚かましさを見せ、その緑は、木も灰色で、粘土の上に草も生えないこの地では、ひどくばかげて見えた。それらの色や他のものはみな、貴族の記章であり、領主の盾や町の旗にふさわしかった。そうしたものと農民たちは何の関係があるのか。彼らの色はただ一つで、悲しい目や服の色と同じで、色でさえもなく、大地や死の暗闇だった。農民たちの旗は黒かった、聖母の顔と同じように。そして他の旗は、歴史の道筋に沿って、争乱と征服に向かう、異なる文明の多彩な色を持っていた。農民たちはそれには参加していなかった。しかしそれはより強く、組織化され、強力なので、農民たちはそれに忍従するしかなかった。今日では、自分のためではないのに、アビシニアで死ぬ。それはしばらく前にイゾンツォ川流域やピアーヴェ川流域〔いずれも第一次世界大戦で、イタリア軍とオーストリア軍が戦った激戦地〕で死んだのと同様で、かつて何世紀もの間、様々な色のもとで、世界のあらゆる地で死んだのと同じだった。私はこの頃デル・ツィーオの古いメルフィ史を読んでいたが、それはミリッロ医師の家で、古い本の中から探し出したものだった。私はほとんど毎日そこにコーヒーを飲みに行っていて、ますますひげが濃くなり、無邪気で、元気いっぱいの二人の娘、マルゲリータやマリーアとおしゃべりをしていたのだ。その本は前世紀半ばのもので、地元の栄華とともに、その頃メルフィでまだ生きていた、片足が木の義足の老農夫のことを語っていた。彼はナポレオンの軍隊に徴募され、ベレジナ川〔ベラルーシ中央部を流れる川。一八一二年、ナポレオンがロシアに侵攻した後、モスクワから退避した時、ベレジナ川でロシア軍に追撃され、大打撃を受けた〕を通過する際に片足を失ったのだった。半世紀以上、その農夫はメルフィの舗石の上で足を引きずり、同郷人のために、自分ではよく知らなかったが、永遠の刻印を押した、ある文明の不条理な痕跡を背負って見せたのだった。メルフィの農夫にとって、ロシアやフランス皇帝は何の意味があったのか。ヴィクトル・ユゴーなら、歴史が彼の足を奪い、彼はそれが何だかまったく分からない、と誇張した言い方をするだろう。それに歴史は、これらの町や村がいつも甘んじて従わなければならなかったその他人の歴史は、跛行《はこう》の男の同郷人にはさらにひどい刻印を残した。なぜなら人口が多く栄えていた町、メルフィの破滅は、あたりの山岳地帯でスペインのカルロス五世軍と戦っていた、あるフランス人大尉が、たまたま自軍の軍隊と町に立てこもることに決めたために起こった(9)。ピエトロ・ナヴァッロ(10)のスペイン軍は、ロートレック(11)伯の命令に従い、メルフィを包囲し、陥落させ、そこにいたすべての住民を殺した〔カルロ・レーヴィは籠城側と攻撃側を取り違えている〕。もちろん彼らはフランスとスペイン、フランソワ一世とカルロス五世などについて何も知らなかったのだ。スペイン軍は町を徹底的に破壊し、残されたわずかのものをオラニエ公フィリップスに献上した。そしてメルフィはその直後、海戦の報酬としてジェノヴァの総督、アンドレア・ドーリアに与えられたが、住民はドーリアなど知るよしもなかった。ジェノヴァ人は自分の臣民を訪ねることに手を煩わさず、その遺産相続人もそうしなかったが、徴税局員は送りつけてきて、可能な限りの金をすべて奪い去った。こうして自分には関係のない不可解な歴史の意志のために、メルフィの農民たちはその後何世紀も、最もひどい暗黒の窮乏状態に落とされたのだった。このフランス人やスペイン人のように、訳の分

(9)　十六世紀前半、カルロス五世のスペインとフランソワ一世のフランスは、南イタリアの支配をめぐってイタリアで戦っていた。スペイン軍はメルフィに強力な守備隊を残していたが、一五二八年三月二十二日、フランス軍はメルフィを激しく攻撃し、陥落させた後、敵軍の兵士のみならず、住民を手当たり次第虐殺した。この事件は「復活祭の虐殺」として歴史に名を残すこととなった。一五三一年、カルロス五世はメルフィをフランス軍から取り戻し、周辺都市から人々を移住させ、人口増加策を行い、メルフィの管理をジェノヴァのドーリア家に委ねた。

(10)　一四六〇―一五二八。イタリアやアフリカで活躍したスペイン人の傭兵。特に爆薬の扱いに長け、攻城戦に功があった。初めはスペイン軍側で戦ったが、一五一五年からフランス軍側で戦うようになった。一五二八年、メルフィでの虐殺事件以降も南イタリアで戦ったが、勢いを盛り返したスペイン軍に敗れ、捕らえられ、ナポリで処刑された。

(11)　オード・ドゥ・フォワ(一四八五―一五二八)。フランスの貴族。数多くの軍功があり、将軍としてフランス王フランソワ一世に仕えた。メルフィでの虐殺事件以降、ナポリ攻城を行ったが、戦場で病没した。

からない動機に突き動かされて、どれだけのものたちがこの地を通り過ぎたことか。農民たちが非常に長い間、同じような経験を繰り返しさせられて、戦争に熱狂せず、あらゆる旗印を信用せず、ドン・ルイジーノがバルコニーでローマの栄光を謳《うた》っても、沈黙のまま無視するのは当然のことなのだ。

国家、神権政治、組織的軍隊は、もちろんばらばらの民衆でしかない農民たちよりも強い。従って彼らは支配されることに忍従せざるをえない。しかし根本的には敵対的なその文明の栄光や偉業を、自分のものと感じることはできない。彼らの心に触れる唯一の戦いは、文明に対して、歴史、国家、神権政治、軍隊に対して、自分を守るために戦った戦争だけだ。それは彼らの黒い旗の下に戦った、軍隊的規律や、技能や、希望がない戦いだった。不幸な戦いで、常に負けることを運命づけられていた。残忍で、絶望的で、歴史家には理解できないものだった。

ガリアーノの農民たちはアビシニアの征服には熱狂しなかったし、先の世界大戦のことは思い出さなかったし、その死者のことも語らなかった。しかしある戦いのことがすべてのものの心の頂点にあり、あらゆる口から語られた。それはすでに伝説、おとぎ話、叙事詩的物語、神話になっていた。それは山賊の反乱だった。山賊の戦いは実際には一八六五年に終わっていた。従ってもう七十年もたっていたから、その場にいて、参加したり、証人になれたもの、そしてその偉業を個人的に思い出せるものは、わずかな長老だけだった。しかし老いも若きも、男も女も、気持ちの入った、生き生きした情熱をこめて、それをまるで昨日のことのように語った。農民たちと話していると、話の主題がいかなるものであろうと、何らかの形で、すぐに山賊のことに話題がそれると見当がつくのだった。全員がそれを記憶していた。山、崖、森、石、泉、洞窟など、山賊の記念すべき偉業に結びついていないもの、あるいは隠れ家や避難所として使われなかったものはなかった。その会合場所にならなかった、人目につかない場所など存在しなかった。また彼らが脅迫状を残したり、身代金の受け渡し場所に使わなかった、田野の小礼拝堂などもなかった。「狙撃兵の墓穴」のような場所は彼らから、あるいは彼らの行為から名前が付けられていた。当時はあらゆる家が、山賊に味方するか、敵対するかだった。家の誰かが、山賊とともに低木の森にのがれたり、山賊をもてなしたりかくまったりしていた。あるいは家族の誰かが、山賊に殺されたり、収穫物に火を付けられたものは、どこにもいた。村を分割している憎悪は、その当時にさかのぼるもので、何世代も受け継がれ、未だに強固だった。しかしわずかな例外を除いて、農民は全員が山賊の味方で、時がたつにつれて、農民の空想力をこれほどまでに生き生きと刺激したその偉業は、村の親しまれている場所と解きほぐせないような形で結びつき、動物や霊魂のような自然さで日々の話に入り込み、伝説の中で育ち、神話の中の確実な真実を構成するようになった。ここで私は、しばらく前から、耽美主義の文学者や不真面目な政治家の側で流行しているように、山賊の反乱をほめたたえようとは思わない。イタリアの国家統一運動《リソルジメント》を全体的に捕らえて、歴史的観点から判断するなら、山賊の反乱は弁護することができない。自由主義的、「進歩主義的」視点からは、それは情け容赦なく抑圧すべき、過去の最後の跳ね上がりであり、不吉で残忍な運動であり、統一と自由と市民生活の敵である。そして実際にそうだったのだ。ブルボン王朝、スペイン、教皇庁が、それぞれの特殊な動機から、扇動し、焚きつけた戦いであった現実を見るなら。しかし農民たちの山賊の反乱は別のものである。前述の観点から見るなら、それは正当化できないだけではなく、理解さえできなくなる。それに農民たちもそれを評価したり、弁護したりしないし、情熱をこめて語る時も、自慢したりはしない。その歴史的動機や、ブルボン王朝、教皇、封建領主たちの利害を、農民たちは知らない。彼らにとっても、それは悲しく、痛ましく、身の毛のよだつ話なのだ。ただそれはいつも心の中にある。人生の一部をなし、空想力の詩的基盤であり、彼らの陰鬱で、絶望的な、黒い叙事詩なのだ。今日の彼らの外観もかつての山賊の姿を思い起こさせる。暗く、閉鎖的で、孤独で、額にしわを寄せ、黒い帽子に黒い上着を着て、冬はマントを羽織る。畑に行く時は、銃や斧を持って、いつも武装している。その心は穏和で、性質は辛抱強い。何世紀もの忍従が、そして事物の無益さと運命の力の感覚が、彼らの背中に重荷となってのしかかっている。しかし果てしない忍耐の末に、存在の根底に触れると、正義と自己防衛の基本的感覚が動き出し、彼らの反乱は限界を超え、節度を知らないものになる。それは非人間的反乱で、死から出発し、死しか知らず、残忍さは絶望から生まれる。山賊は正当な理由や希望もなしに、国家と、すべての国家と戦って、農民たちの自由と命を守った。不運なことに、山賊たちは、彼らの外で、彼らに敵対して展開する、歴史の無意識の道具になったのだった。そしてよこしまな大義を擁護し、根絶された。しかし山賊の反乱により、農民の文明は、敵対的で、理解もせずに永遠に従属を強いる別の文明と戦い、自分の本性を守ったのだった。だから農民たちは山賊に、本能的に、自分たちの英雄を見いだす。農民の文明は国家も軍隊もない文明だ。その戦いは反乱の勃発以外にはあり得ない。そしていつも必然的に、絶望的敗北を喫する。しかし農民の文明は永遠に生命を持ち続け、勝者たちに大地の産物を与えるが、同時に自分の尺度、自分の大地の神々、自分の言葉を押しつけるのである。

私は農民たちと話して、その顔や姿形を見た。小さくて、髪は黒く、頭は丸くて、目は大きく、唇は薄い。その古代風の外見にはローマ人、ギリシア人、エトルリア人、ノルマン人など、この地を通った他民族征服者の要素はなく、古来の土着のイタリキ人の風貌を思い起こさせた。彼らの生活は今日のものと同じ形で、はるか昔から同じように営まれ、あらゆる歴史が彼らに触れることなく頭上を通り過ぎた、と私は考えた。同じ土地で共に生きている二つのイタリアの中で、農民たちのイタリアは確実にはるかに古く、どこから来たかも分からず、おそらくずっと存在していたのだ。「私たちは慎ましいイタリアを見た《フミレムクエ・ウィディムス・イタリアム》」〔ウェルギリウス『アエネーイス』第三巻五二二—五二三行〕これが慎ましきイタリアだ。アエネアス〔ギリシア、ローマ神話に登場する、トロイアの半神の英雄。トロイア滅亡後、イタリア半島に逃れ、ローマを建国したとされている〕の船がカラブリアの岬を回った時、アジアの征服者たちにはこう見えたのだ。私はこのイタリアの歴史を書くべきだと思った。もし時の中で展開されない歴史を書くことが可能ならば。不変で永遠なるものの唯一の歴史を、つまり神話を。このイタリアは同じ季節と同じ災難が次々とめぐる中で、大地のように、その黒い沈黙の中で存在し続け、外的要素は頭上を通り過ぎ、跡を残さず、重要性を持たなかった。ただそれは何度か死の危険から身を守るために立ち上がったが、それだけが彼らの国民戦争で、もちろん敗北した。その初めてのものはアエネアスとの戦いだった。神話的物語には神話的典拠があるに違いない。その意味でウェルギリウスは偉大な歴史家である。トロイアからやって来たフェニキア人の征服者たちは、古い農民文明のそれとは正反対の価値観を持ってきた。宗教と国家、そして国家の宗教を持ってきたのだ。アエネアスの信仰心は、畑で家畜と共に生きていた古いイタリア人には理解できるはずもなかった。そして彼らは軍隊、武器、盾、紋章、戦争を持ってきた。彼らの宗教は残忍で、人身供犠を伴っていた。パルラス〔アエネアスの同盟者で、エウアンデル王の息子。アエネアスとともに敵の王トゥルヌスと戦うが、目ざましい武勲をあげた後、戦死する〕を火葬する薪の上で、敬虔なアエネアスは国家の神々への捧げ物として、囚人の喉を切り裂いた。しかしその古きイタリア人たちは農民で、宗教も供犠の習慣も持っていなかった。だからトロイア人がイタリアにやってきた時、土地の住民に不動の敵意を見いだしたが、それは文明の完全な違いによるものだった。事実、アエネアスは農民ではない住民だけに、つまりエトルリア人だけに同盟者を見いだした。エトルリア人もまた東方から来た人たちで、彼と同様にセム人で、軍事的神権政治に支えられていた。一方には神々が鍛えた、光り輝く武器を持つ軍隊がいた。もう一方には、ウェルギリウスが描写したように、農民たちの部隊がいた。彼らはいかなる神からも武器を与えられず、日々の労働に使う斧、鎌、ナイフを、防御のために手にしていた。彼らもまた、勇敢な山賊だったが、残念ながら勝つことはできなかった。イタリアは従属させられた、その慎ましいイタリアが。

　そのために死んだ、処女のカンミッラが、

エウリアロ、トゥルノ、ニーソも傷を受けて。

〔ダンテ『神曲』地獄篇　第一歌〕

そしてローマが建国され、その創設者のトロイア人の国家的軍事的神権政治が完成された。しかし勝利者であるのに、彼らは敗者の言葉と習慣を受け入れざるを得なかった。そしてローマも農民の自己防衛と衝突し、イタリキ人との長い戦いは、ローマの歩みを止める最も厳しい障害となった。ここでもイタリア人は軍事的に敗北する運命にあったが、その本性は守り、勝利者と混ざらなかった。この第二の国民戦争以降、農民文明はローマの秩序の中に閉じ込められ、その忍耐の中で眠り込んだようになった。時が流れ、異なった出来事や人物が登場する封建制文化の時代になったが、それは確かに農民の文明ではなかった。しかしながら封土の境界内の、土地に結びついた体制であり、それゆえ田舎の非国家との矛盾は少なかった。だからなぜ農民たちの間で、今日でもホーエンシュタウフェン家の王族[12]が人気があるのか分かる。彼らはコッラディーノ[13]を国民的英雄のように語り、その死を嘆くのだった。確かにその凋落の後、当時栄えていたこの地は悲惨な破滅に向かったのだった。

農民たちの第四の国民的戦いが山賊の反乱だった。この時も慎ましいイタリアは歴史的に間違い、敗北の運命にあった。もう一つのイタリアのように、ウルカヌス〔ローマ神話に登場する火と鍛冶の神。ギリシア神話のヘーパイストスと同一視された〕が鍛えた武器も、大砲もなかった。そして神もいなかった。あわれな黒い顔の聖母は、ナポリのヘーゲル流の倫理国家に対して何ができただろうか。山賊の反乱は英雄的狂気の発作、絶望がもたらした残忍さでしかなかった。勝利の希望のない、死と破壊の欲求でしかなかった。最も恐ろしい山賊団の首領の一人だったカルーソ(14)は、ある日こう言ったのだった。「世界に心臓が一つしかなければいい。おれはそれを引っこ抜いてやる」

(12)　南ドイツのシュヴァーベン地方を発祥とする王家。同家のハインリッヒ六世(神聖ローマ帝国皇帝)はシチリア王国のコスタンツァ王女と結婚し、一一九四年にシチリア王となったが一一九七年に死去した。その息子のフェデリーコ二世は一二五〇年まで国王として君臨し、シチリア王国の黄金時代を築き上げた。フェデリーコ二世の死後、シチリア王国は息子のコッラード四世に委ねられたが、同四世は一二五四年に病没し、フェデリーコ二世の庶子マンフレーディが一二五八年に王位に就いた。フランス王であるアンジュー家のシャルル一世は教皇の後押しを受け、イタリア征服に乗り出し、一二六六年、ベネヴェントの戦いでマンフレーディを破り、シチリア王国を手に入れた。

(13)　コッラード四世の息子(一二五二―六八)。父の死後、一二五四年から五八年までシチリア王。ドイツに住んでいたが、マンフレーディの死後、イタリアに南下し、王位を求めてシャルル一世と戦ったが、一二六八年、タリアコッツォの戦いで敗れ、捕らえられ、ナポリで斬首刑になった。彼の死で、ホーエンシュタウフェン家の血筋は途絶えた。

この盲目的破壊の欲求、この流血の自己破壊的絶滅の意志は、日々の労苦の穏和な忍耐の下に何世紀も潜んでいる。農民の反乱はいかなるものでもこの形を取り、心の黒い湖から生まれ、正義を求める基本的意志から発生する。山賊の反乱以降、この地は不吉な平安を再度見いだした。しかし時折、どこかの村で、国家にいかなる自分の意志も見いだせず、法に自分を守る術を認められなくて、死をかけて立ち上がり、村役場や憲兵隊兵舎に放火し、有力者を殺し、その後あきらめて監獄に向かう農民が見られるのである。

一八六〇年代の、本物の山賊はほとんど生き残っていない。ジュリアの言うところでは、その一人が近くのミッサネッロに住んでいるとのことだ。白いひげを蓄えた、九十歳の老人で、聖人とされていた。彼は恐れられていた山賊団の首領だった。今は村に住んでいて、農民から長老として敬われていた。彼に会いに行って、知り合いになれないのは残念なことだった。もう一人別のものとは、グラッサーノで出会ったことがあった。私は秘書で床屋でフルート奏者の、アントニーノ・ロセッリの店にいて、ひげを当たらせていた。その時店に、血色のいい、たくましい老人が入ってきた。彼は猟師風の、ビロードの服を着ていて、白く大きな口ひげを蓄え、青い目は向こう見ずな光をたたえ、傲然たる物腰をしていた。それまで村では見かけなかった人物だった。彼は自分の順番を待ちながらパイプを吹かし、私が誰だか尋ねてきた。私が答えると、「追放者かね?」と他のものたちと同じように言った。「ローマでは好かれてないようだな」私は何歳なのか訊いた。「かなりの歳だ。わしは山賊の反乱の時代に若者だった。十五歳の時だった、兄と一緒に憲兵を殺したのは。あんたは見たかね、あの樫の老木を、村に入る二百メートル手前の、道の脇にある木だ。あそこで憲兵と出会ったのだが、拘留しようとしたので、殺さざるを得なかった。死体は溝に隠した。だが即座に発見された。兄はすぐに捕まり、数年後にナポリの監獄で死んだ。わしは村に隠れた。七ヵ月間女装をして、ここに、アントニーノの店の上の部屋にいたんだ。その後わしも見つかったが、まだ若かったので、四年間で済ますことができた」山賊の老人は満足していて、自分自身と折り合いを付けている。昔の殺人は良心の呵責とならず、それを不可避の自然な行為のように語っていた。それは戦争だったのだ。

「道を通るあの紳士が見えますか?」開け放った扉の向こうの人物を指し示しながら、床屋が言った。「地主のドン・パスクアーレです。祖父が大きな農場を持っていました

(14)　ジュゼッペ・カルーソ(一八二〇-九二)。アテッラ出身の山賊で、頭目のカルミネ・クロッコの忠実な部下であり、多くの殺戮を行ったが、一八六三年に逮捕された。逮捕後、かれは憲兵隊に協力し、山賊を弾圧する側に回った。

が、山賊たちが来た時、小麦も家畜も与えようとしなかった。すると山賊たちは田野の家に火をつけた。まずいことに彼は憲兵の力を借りて、山賊を待ち伏せしようとした。山賊たちは彼を捕らえ、妻のもとに使いをやり、もし返してほしければ、二日以内に身代金五千リラを払うように要求した。家族は金を引き出すことを望まず、兵士たちが解放してくれることを期待した。三日目に、妻のところに手紙が届いた。中には夫の耳が片方入っていた」

山賊たちは身代金を支払わせるために、紳士たちの耳、鼻、舌を切り取っていた。兵士たちは捕まえることができた山賊の首を切り、見せしめになるようにと、村の中で、棒の先にくくりつけた。こうしてこの破壊の戦いが続いた。この地方の粘土の丘の地面には、自然の穴や洞窟がうがたれていた。山賊たちはそこに避難し、森の木のうろに、金持ちの家から強奪した金や身代金を隠した。山賊団が駆逐され、山賊がみな殺されるか投獄されると、その隠された宝は地面や森に残された。これこそ、山賊の歴史が伝説になる理由のひとつで、非常に古い信仰に結びついていた。農民の空想力が常にその存在を物語化していたところに、山賊は実際に宝を埋めたのだった。こうして山賊は地下の暗い力と一体化したのだ。

多くの人々がこの地を通過した。それゆえ犂《すき》で掘り返すと、いたるところで、本当に何かが見つかった。古い墓を掘り返すと、古代の壺、小像、貨幣が鋤《すき》の下から現れるのだ。ドン・ルイジーノもサウロ川方面の畑で見つけたものを持っていた。腐食していて、古代ギリシアのものかローマのものか分からない貨幣や、絵が描かれていない、非常に優美な形の、黒い壺がいくつかあった。山賊の宝は、かなり慎ましいものだが、私自身の目で見た。大工のラサラがたまたま見つけたもので、私に見せてくれた。ある晩、大きな切り株を炉に入れたのだが、炎の明かりで、木の中に何かが輝いているのが見えた。それは何枚かのブルボン王朝のスクード銀貨で、その古木のうろに隠してあったのだった。

しかしこれは農民にとって、大地の内奥に隠された巨額の宝の、わずかなかけらでしかなかった。彼らによれば、山の斜面、洞窟の奥、森の茂みは光り輝く金で一杯で、幸運な発見者を待っているのだ。ただ宝の探索は危険を冒さずには行えない。なぜならそれは悪魔の所業で、暗く恐ろしい力に触れるからだ。でたらめに地面を掘り返してもむだだ。宝はそれを見つけるべきものにしか姿を現さない。そしてどこにあるか知りたいなら、夢のお告げに頼るしかない。もし宝を守る地霊、つまりモナキッキョに導かれる幸運に恵まれないのだとしたら。

宝物は眠り込んだ農民の夢に黄金のまばゆい輝きを放って現れる。金の山を見て、農民はその正確な場所を把握する。森の中の、幹に印のあるモチノキの近くで、大きな四角い石の下だ。それを取りに行くしかない。だが夜に行く必要がある。昼間に行くと宝物は消え失せてしまう。また一人で行く必要がある。決して誰かほかのものに打ち明けてはならない。一言でも漏れると、宝物は失われてしまう。恐ろしいほどの危険があり、森の中には死者の霊が徘徊している。その試練に挑み、揺らぐことなく、最後まで首尾よくやり遂げる大胆なものはめったにいない。私の家からさほど遠くないところに住む、ガリアーノのある農夫が宝物の夢を見た。それはスティリアーノの少し下のアッチェットゥーラの森にあった。彼は勇気を奮い起こし、ある晩出発した。だが暗闇の中で霊魂に囲まれると、心は恐怖で縮み上がってしまった。すると木々の向こうに、遠い明かりが見えた。それは炭焼きのものだった。その炭焼きは、すべての炭焼きがそうであるように、恐れを知らず、おまけにカラブリア人だった。森の中の、炭を焼くための穴の近くで、夜を過ごしていたのだった。震え上がっているその哀れな農夫にとって、誘惑はあまりにも大きかった。彼は炭焼きに夢のことを話し、それを探すのに付き添ってほしいと頼まざるを得なかった。そこで二人は夢で見た石を一緒に探し始めた。農夫は仲間を得て少し勇気づけられ、カラブリア人はなた鎌で武装していて、勇気凛々だった。彼らは石を見つけた、何もかも、夢で見たとおりだった。幸運なことに一人増えていた。その大きな石は非常に重くて、かろうじて動かすことができた。石を持ち上げると、地面に大きな穴が現れた。農夫が身を乗り出すと、底で金が光るのが見えた。驚くほど大量の金だった。地面からはがれ落ちた小石が金貨の上に落ちて、金属性の音を立て、農夫の心を喜びで満たした。その深い穴に降りて宝物を取ってくることが問題だったが、ここでまた農夫は勇気を失い、仲間に下に降りて、金貨を渡してくれるように頼んだ。彼は上にいて、それを袋に入れるはずだった。分けるのはそのあとだった。炭焼きは悪魔も霊魂も恐れていなかったので、穴に降りた。だが不意にその光り輝く黄金は輝きを失い、黒くなり、金は突然炭に変わってしまった。

夢の指示を追うよりも、より簡単で、失望も少ないのは、大地の秘密を知っている小さな存在に隠し場所を教えてもらい、案内させて、宝物を見つけることだ。その存在、モナキッキョは、洗礼を受けずに死んだ子供たちの霊魂だ。農民たちはしばしば、かなり遅くまで洗礼を受けさせないので、この地にはそうした子供たちがたくさんいる。私が子供の治療に呼び出される時、十歳くらいでも、十二歳くらいでも、母親が初めに訊くことは、「死ぬ危険がありますか？　そうならすぐに司祭を呼んで、洗礼を受けさせますから。今まで受けてこなかったのです。でも死にかけていても、そうならないでほしい」モナキッキョは空中に住む、とても小さくて、陽気な存在だ。速い速度であたりを駆け回り、人間にあらゆるいたずらを仕掛けて大喜びする。眠っている人の足をくすぐり、ベッドのシーツを引っ張り、目に砂ぼこりを吹き付け、ぶどう酒がたくさん入っているコップをひっくり返し、風の中に身を隠して、紙を舞いあげ、干してある洗濯物を落として汚し、座ろうとしている女の椅子をずらし、想像できないような場所にものを隠し、牛乳を固まらせ、つねり、髪を引っ張り、蚊のように刺したり、耳元をうるさくする。だが彼らは無邪気なのだ。その損害は深刻なものではなく、いつも遊びのような様相を呈し、たとえ煩わしくても、深刻な事態にはならない。彼らは跳ね飛ぶような、風変わりな、おどけた性格で、とらえどころがない。頭には体よりも大きい、赤い頭巾をかぶっている。もしそれをなくすと大変なことになる。明るい性格は消え去り、それを取り戻すまで、涙を流し、嘆くことをやめない。そのいたずらから身を守る唯一の方法は、頭巾を捕まえることだ。もしうまく捕まえられれば、頭巾を失った哀れなモナキッキョは足下に身を投げ出し、涙を流して、返してくれるよう、しつこく頼むだろう。

さてこのモナキッキョは、その気まぐれと子供っぽい陽気さの陰に、大いなる英知を隠している。彼らは地面の下にあるものをすべて知っており、宝物の隠し場所を心得ている。モナキッキョは赤い頭巾なしには生きられないので、それを取り戻すためなら、宝物の隠し場所を教えると約束するだろう。だが彼らに案内させずに、頭巾を返してはならない。頭巾が手元にある限り、モナキッキョは言うことを聞くが、その貴重な頭巾を受け取るやいなや、飛び跳ねて逃げ出し、しかめ面をして、喜びのあまり狂ったように飛び回り、約束を反故にするのだ。

この地の精、あるいは妖精はひんぱんに見られるが、捕まえるのはとても難しい。ジユリアも、その女友達のパッロッコラも、そして多くの農民もその姿を見ていた。しかしその頭巾をつかみ、宝物の場所まで案内させたものはだれもいなかった。グラッサーノにカルメーロ・コイロという、二十歳くらいの、若くたくましい人足がいた。彼は角張った顔をしていて、陽に焼けていたが、夕方、ぶどう酒を飲みに、プリスコ旅館にしばしば来ていた。肉体労働をしていて、畑で日雇いをしたり、道路工事で働いていた。しかし彼の情熱、彼の理想は自転車競技選手だった。ビンダ〔アルフレード・ビンダ（一九〇二－八六）。一九二二年から三六年にかけて活躍した自転車選手で、ジーロ・ディタリアで五回優勝した〕やグエッラ〔レアルコ・グエッラ（一九〇二－六三）。一九二八年から四四年にかけて活躍した自転車選手。ビンダのライバルと目された〕の偉業を読んで、想像力に火がつき、自由時間はみな、がたがたの古い自転車に乗って過ごし、日曜日は練習のために、村のまわりのすさまじい上り坂やきついカーブを走った。彼は時には、暑さとほこりの中を、マテーラや、ポテンツァまで遠征した。彼には本当に力と、忍耐心と、心肺能力が備わっていた。彼は自転車で北部イタリアに行き、自転車競技選手になりたいと思っていた。もし心を決めたなら、私の知り合いのスポーツ記者に紹介する、彼は偉大なるアルフレード・ビンダの友人で、伝記を書いている、と私が彼に言うと、彼は有頂天になった。そしていつもプリスコ旅館の台所に、希望に満ちた顔で現れるのを見ることになった。その頃カルメーロはイルシーナに続く道を、他の労働者と組んで、修繕する仕事をしていた。その道はビリオーソ川に沿っていたが、それはマラリアを発生させる汚れた水の小さな川で、岩の間を流れ、はるか彼方のグロットレの先で、バセント川に合流していた。掘削作業員たちは、働くのが不可能な暑さの盛りの刻限には、自然の洞窟に入って昼寝をすることにしていた。その渓谷では、たくさんの洞窟が大地一面に穴をうがっていて、かつては山賊のお気に入りの隠れ家になっていた。しかし洞窟には一体のモナキッキョがいた。そのおどけものの妖精はカルメーロとその仲間にいたずらを仕掛け始めた。彼らが労働と暑さで半分死んだようになって居眠りを始めると、鼻を引っ張り、藁でくすぐり、小石を落とし、冷たい水を振りかけ、上着や靴を隠し、眠らせないようにして、口笛を吹き、いたるところで跳ね回った。まるで拷問だった。労働者たちはそれが大きな赤い頭巾をかぶって、洞窟のあちこちに、電光の速さで姿を現すのを見て、何とかして捕まえようとした。しかしそれは猫よりも素早く、狐よりも悪賢かった。その頭巾を奪うことは無理だとすぐに分かった。そこでいくらかでもその煩わしい遊びをのがれ、休息を取るために、他のものが寝ている間、交代で一人が見張りをし、もし運良くそれを捕まえられないにしても、少なくともモナキッキョを遠ざけておくようにした。だがすべてはむだだった。その捕らえがたい妖精は前と変わらずにいたずらを続け、労働者たちの空しい怒りを陽気にあざ笑った。彼らは困り果てて、仕事を指揮する技師に助力を求めた。彼は教養のある紳士で、自分たちよりもうまく、手に負えないモナキッキョを静められるはずだった。技師は現場監督を助手にしてやって来た。二人とも狩猟用の二連銃を持っていた。二人がやってくるのを見て、モナキッキョは洞窟の奥でしかめ面をし、あざけり笑った。みながそれをはっきりと見た。モナキッキョは子山羊のように跳ね回った。技師は弾をこめた銃を構え、発砲した。弾はモナキッキョに当たったが、銃を撃ったもののほうに跳ね返り、空気を切り裂くすさまじい音を立てて頭をかすめた。一方妖精は狂乱の喜びにとりつかれ、さらに高く跳ね飛んだ。技師は二発目を撃たずに、手から銃を落とした。そして現場監督、労働者、カルメーロとともに、恐怖に駆られて、一目散に逃げ出した。それ以来、その人足たちは屋外の陽の光の下で横になり、顔を帽子で覆って寝たのだった。またイルシーナ周辺の山賊の洞窟はみなモナキッキョで一杯なので、彼らはあえて足を踏み入れようとしなかった。

それにカルメーロは、スポーツマンタイプで、頑固そうな雰囲気を漂わせているが、こうした奇妙な出会いをするのは初めてではなかった。彼の話によると、数ヵ月前、夜遅く、ビリオーソ川から、村の高みにある自分の家に帰ろうとしていた。彼と一緒に、財務警察の軍曹である叔父もいた。私も休暇でやって来た、その人の良い下士官と顔見知りになっていた。叔父と甥は谷につけられた急な道を登っていた。そこは私がその頃しばしば散歩をしたり、絵を描いていた場所だった。冬の晩で、寒く、空は雲で覆われ、完全な暗闇だった。彼らははるか遠く、イルシーナの下方のあたりのビリオーソ川で釣りをしていて、遅くなり、夜になってしまったのだった。だが叔父は自動拳銃を、二十四連発のモーゼルを持っていたので、悪しき出会いも恐れることなく、落ち着いて歩いていた。道を半分ほど登ると、農家の近くに樫の木が二本立っている地点の、細道の真ん中で、大きな犬が向かってくるのが見えた。彼らはその犬を見分けた。そこの農場に住んでいる、友人の農夫の犬だった。犬は威嚇するように吠え立て、道を通そうとしなかった。その名を呼び、なだめようとし、最後には脅しつけた。だがどうにもできなかった。

った。犬は怒り狂った様子で、口を開けて飛びかかり、かみつこうとした。二人は窮地に陥った。他に助かる手段がなかったので、叔父は武器を取り出し、二十四発の銃弾をすべて撃ち込んだ。ピストルを撃つたびに、犬は大きな赤い口を際限なく開き、まるで丸パンのように、銃弾を一発ずつ飲みこんだ。そして一発ごとに大きくなり、ふくれ上がり、巨大化して、さらに激しく向かってきた。二人はもうだめかと思った。しかしその時、聖ロッコとヴィッジャーノの聖母を思い出し、助けを求め、大きな十字を切った。巨大化した犬はもう家の大きさになっていたが、不意に動きを止めた。二十四発の銃弾がその胃の中で、恐ろしい音を立てて一発ずつ爆発し、犬はシャボン玉のように破裂して、空に消えてしまった。道は開け放たれ、叔父と甥はすぐにカルメーロの母の家にたどり着いた。その年老いた母は魔女で、しばしば死者の魂と会話し、モナキッキョと出会い、墓地で本物の悪魔と時間を過ごすような人だった。だが実際には彼女はやせた農婦で、きれい好きで、いつも機嫌が良かった。

この見捨てられた土地の、こうしたあばら屋のあたりの大気は霊魂で満ちている。だがすべてがモナキッキョのように意地悪で風変わりであるわけではなく、悪魔のように悪意があるわけでもない。良き守護霊、天使もいるのだ。

十月の終わり頃のある晩、夕暮れ時に、膿瘍の再治療のため、ある農夫がやってきた。

私は書斎の床の上に、包帯と汚れた脱脂綿を投げ捨て、掃き出すようにと、ジュリアを呼んだ。こうした場合、ジュリアはガリアーノの風習に従い、ゴミを戸口から道の真ん中に掃き出していた。みながそうしていて、あとは豚が面倒を見て、きれいにしていた。しかしその晩は、ジュリアがそのゴミを掃き寄せ、家の中の扉の脇に残したのが目に留まった。私はなぜ家の中に残すのか尋ねた。確かに衛生を配慮したものではなかった。「もう夕方になったからです」とジュリアは答えた。「捨てることはできません。天使が絶対に怒るからです」そして彼女はそうしたことを知らない私に驚いて、説明した。「夕暮れ時、どこの家にも、空から天使が三体降りてきます。一体は扉の前に、もう一体はテーブルに、三番目はベッドのまくら元に立ちます。家を見張り、守るのです。一晩中、狼も悪霊も中に入れません。もし私がゴミを扉から捨てたら、姿の見えない天使の顔にゴミを投げつけることになります。天使は怒って、もう戻って来ないでしょう。明日の朝捨ててきます、太陽が昇って、天使が帰ったあとで」

夜は天使に、昼間はジュリアの魔女的英知に守られるという、この霊的雰囲気の中で、私は時を過ごした。霊魂と動物が住むその孤独を味わいながら、私は病人を治療し、絵を描き、本を読んだ。私はほとんど一日中家にいることで、有力者たちの陰謀や執着からできる限り身を遠ざけることに成功していた。しかし朝は、署名するために村役場に行くので、いつも彼らと会っていた。私はドン・ルイジーノが手に棒を持ってたばこを吹かしているバルコニーの下を通ったし、朝食後、ミリッロ医師の家にコーヒーを飲みに行く時、そして特に夕方、新聞や郵便物の到着を出迎える全体集会の時にも、彼らと顔を合わせていた。十月も毎日が同じようにして過ぎ去った。最初の寒さがやってきて、雨が降った。しかし風景が緑色になることはなく、相変わらず、黄色がかった白いわびしさが支配していた。天気のいい日はしばしば、絵を描きに外出した。しかし特に家の中で、書斎かテラスで仕事をした。私は静物画を多く描いたが、子供たちにしばしばポーズを取らせた。子供たちは私の家に来るようになり、毎日家の中を走り回っていたのだ。私は農民の肖像画も描きたいと思った。しかし男たちは畑で仕事があり、女たちは頼まれてうれしがりはしたが、身をかわしていた。ジュリアも、ポーズを取ってくれと頼んでも、時間がないと言った。それを妨げる、何か訳の分からない理由があることが分かった。ジュリアは私を主人と思っていて、私のいかなる要求も拒むはずはなかった。それにしばしば、非常に自然な態度で、私が求めようとも思わなかった世話を進んでしてくれた。私は風呂に入るために、バーリからほうろう引きのたらいを取り寄せていた。私は朝それを寝室に持ち込み、体を洗っていた。ジュリアが子供と一緒に用事を片付けている、台所の扉は閉めていた。それがジュリアにはとても奇妙に思えたので、ある朝扉を開け、私が裸なのに少しも動ぜず、背中に石けんをつけたり、体を拭くのを手伝う人がいなくて、どうして風呂に入れますかと言ってきた。司祭のもとでこうした世話に慣れていたのか、あるいは女が戦士の体を清め、油を塗っていた、ホメロスの時代からの古い伝統なのか、私には分からなかった。だがその時から、ざらざらの頑丈な手で、背中に石けんを塗り、こすってもらうのが避けられないことになった。魔女は私が性的関係を求めないことにも驚いていた。「いい体をしているわ」と私に言った。「完璧だわ」しかしあえてこだわらずに、それ以上は言わなかった。このことに関しては動物的受動性に慣れていて、何か分からない理由があると思い、私の冷淡さを尊重していた。「なんてきれいなの」と言った。「あなたは太っていて、きれいだわ」ここでは、東方の国々と同じように、太っていることが美しさの最初の印だった。おそらく太るためには、有力者で権力を持つことが必要であり、栄養不良の農民には不可能だったからだ。だからジュリアは私のために、いかなる奉仕もしようとしていたのだが、肖像を描くから、ポーズを取ってほしいと求めると、不可能なことのようにして断った。私はその嫌悪に何か魔術的理由があると理解したが、彼女もそれを認めた。肖像画は描かれた人物から何かを、その心像を抜き取ってしまう。そしてそうして抜き取ることで、画家はポーズを取った人物に絶対的力を振るうことができる。これこそが、多くの人が写真を撮られることさえ嫌うことの、意識されていない原因である。サンタルカンジェロ出身のジュリアはまさに魔術の世界に生きているのに、私の絵を恐れていた。それはその描いた似姿を、蠟《ろう》の彫像のように、邪悪な魔術を用いて害をなすのに使えるからではなく、むしろ彼女から心像を取りだすことで行使できる影響力や権力を恐れていたのだ。それは私が毎日絵を描くことで、人々や事物や木々に影響力を及ぼしているのと同じことだった。この彼女の魔術的恐れに打ち勝つには、恐怖よりも強力な魔術を使う必要があることも分かった。それはより上位の、直接的力、つまり暴力以外のものではあり得なかった。そこで私は彼女を殴ると脅し、そのまねをした。おそらくそれはまね以上のものだったのかもしれない。ジュリアの腕は私のものより頑丈でないことはなかった。だが私の手が上げられるのを見て、その手を感じ取ると、ジュリアの顔は至福のきらめきで覆われ、幸福そうな笑顔がはじけて、狼のような歯があらわになった。私の予想していたとおり、絶対的な力で支配されることほど、彼女に望ましいことはなかった。ジュリアは不意に子羊のように従順になり、辛抱強くポーズを取った。彼女は力という、議論の余地ない主題に直面して、正当と認められている、自然な恐れを忘れたのだ。こうして私は黒いショールを羽織ったジュリアを描くことができた。そのショールは蛇のような、古風な、黄色い顔を縁取るようにして覆っていた。また子供を腕に抱いて、横たわる姿の、大きな絵も描いた。もし感情が表れないような形で、母親らしさを示すやり方があるなら、これが彼女なりの方法だった。肉体的な、地上的愛着、諦念に満ちた、苦い哀れみ。風に叩かれ、水に浸食された山のようで、そこに緑色の優美な小丘が盛り上がっているのだ。ジュリアの子供は小太りで、丸々していて、気立てのいい、優しい性格だった。まだ少ししかしゃべれなくて、部屋の中をバローネを追ってちょこちょこ歩く時、言っていることはほとんど分からなかった。彼に贈呈した干しイチジク、パン、お菓子はバローネと分けていた。ニーノはつま先で立ち、指で食べ物を握りしめ、犬が届かないように、手をできる限り高く持ち上げた。しかし犬は彼よりずっと大きくて、ふざけながら陽気に跳ね飛び、彼を傷つけないように用心しながら、手から干しイチジクを奪った。

バローネが床に寝ていると、ニーノはその上にまたがり、一緒に遊んだ。子供が遊び疲れて寝てしまうと、犬はクッションのようにその下に身動きせずに留まり、起こすことを恐れて息を詰めていた。こうして何時間も台所の床の上にいた。仕事や用事があるにもかかわらず、日々は最もわびしい単調さの中で過ぎていった。時間も、自由も、愛もない、その死の世界で。孤独をより深くし、見つめ、追いかけてくるだけの、実体のない霊魂が無限にあふれかえるよりも、ただ一つの現実的存在があれば、それは私にとってはるかに生き生きしたものになっただろう。動物や事物の絶えることのない魔術が、不吉な魔法のように心にのしかかってくる。それから解放されるには、他の魔術的方法しか存在しない。ジュリアは愛の秘薬と愛の魔法を教えてくれた。しかし力の表現に他ならない魔術ほど、自由の拡張である愛に反するものはないだろう。その場にいる人の心を縛りつける呪文、そして遠くの人を縛る呪文があった。ジュリアがとても効き目があると請け合った呪文は、その場にいない、山や海の彼方の人に有効で、その人をとりこにした。他のことをすべて放棄し、愛に突き動かされ、戻ってきて、呼びかけに答えるようにさせた。それは詩の形を取っていて、魔術の規則に従い、表現力豊かな詩句と、愚かなほど魔女的な詩句が交互に並んでいた。

星よ、遠くからおまえを見て、近くからあいさつを送る
おまえの顔のところまで行って、口につばを吐く。
星よ、あの人を死なせないでおくれ
帰らせておくれ
私と一緒にいるようにしておくれ。

夜、家の戸口で、願をかける星を見つめながら、それを唱える必要がある。私は何度か試みたが、役に立たなかった。私は足下にバローネを従えながら、扉に寄りかかって空を見ていた。十月は過ぎ去り、暗い空には私の生まれ月の星が、冷たく輝く射手座の星々が、光っていた。

答えがない言葉だけが渦巻く、感情の麻痺状態の中で、その星座の下での孤独な倦怠の中で、マテーラの警察から一通の手紙が突然届いた。それは私が絵を完成するために、何日間かグラッサーノに行くことを許可するものだった。それには、私が自分自身と付き添いの憲兵たちの、往復旅費を払う条件がついていた。それはすでに完全に忘れていた申請書への答えだった。突然ガリアーノへの移動が決まった時、私はマテーラに電報を送り、描き始めた絵が何枚もあり、完成させる必要があるので、十日間ほど出発を遅らせてほしい、と要請した。それは口実で、その延期を得ることで、最終的にグラッサーノに残ることを期待していたのだ。その電報に返事はなく、私は出発せざるを得なかった。しかし芸術上の理由は下級警察官にも重きをなした。そしてうれしいことに、三ヵ月以上の熟考の末に、思いがけなく、この予期せぬバカンスがやってきたのだ。

私はマテーラ警察の、私たちの係の職員を知らなかった。だが悪い人たちではないに違いなかった。その不運な場所には、きっとブルボン王朝の懐疑主義に毒され、決まり切った仕事しかしない、警察の使い古しの歯車を送り込むのだろう。情熱を持った若者でないことは確かだ。しかし幸運なことに、その勤め人の古い頭には、若者のヒステリー的熱意をかき立てた、学校の先生の文化は、民衆の大学の理想主義は、まだ入り込んでいなかった。その考えによると、国家とは、その論議の余地ない倫理性において、ほぼ彼らのような人格であり、やはり彼らと同じような個人的道徳観を持ち、その道徳観は小さな野心、小さなサディズムと技巧をもって、すべての人に義務づけられるべきである、だが同時に俗界のものには不可解で、強大で、神聖であるべきだ、ということだった。このように偶像と一体化することで、彼らは愛を交わすのと同じような肉体的至福を味わっていた。そしてこれが、部分的にだが、ドン・ルイジーノの感情だった。しかしそのマテーラの良き警察官は、関係書類を少なくとも三ヵ月間眠らせることが良きしきたりであることを知っていただけなのだろう。ドン・ルイジーノは自分の臣下に恩恵を与える王のように、好意的なほほえみをたたえながら、その知らせを伝えた。彼は国家であり、それゆえその警察の遅ればせの寛大さも彼のものであり、その日、慈父のような国家であると感じられることを幸せに思った。しかしその幸福感にはわずかばかり、村役場の嫉妬が忍び込んでおり、それ以外にも何か別の漠とした不快感が入り込んでいて、その幸福感を曇らせていた。わずか数日間のことなのに、なぜこの男は出て行くことがそんなにうれしいのか。ガリアーノよりもグラッサーノのほうがいいのか？

ドン・ルイジーノは国家の体現者としては、流刑囚がさらにひどい扱いを受けるべきで、その滞在を楽しむようなことがあってはならない、と考えていたが、ガリアーノの村民としては、ガリアーノの筆頭市民としては、県内の他の村よりも居心地が良くあってほしいと切望し、流刑囚も居心地がいいと言明すべきである、と考えていた。こうした矛盾するねたみ深い考え方をしていたものの、心の底にはこの地方のとても古い第一の美徳が存在していた。つまりもてなしの心である。農民が見知らぬよそ者に、名前も訊かずに扉を開け、少ししかない自分のパンを食べるように勧める、もてなしの心である。このことに関しては、すべての村が勝利を競う。おそらく身分をやつした神である外国人の旅人に、開かれた友情を示すのに、あらゆる村が誇りを持っているのである。ドン・ルイジーノにしてみれば、私は出発することを喜ぶべきではなかった。それに私がかの地の有力者たちに、彼のことを悪く言う危険性はないだろうか、県都の偉大な全能の心に最も近い、かの人々に。それにもし私が帰らなかったら、転地させるやり方を見つけたら、だれが彼の思い込みの病を治療してくれるのか。そしてだれが彼の敵のジビリスコ医師から患者を奪い、怒りで憤死させてくれるのか。要するにドン・ルイジーノは彼なりに、その乾いた子供っぽい心で可能な限り、私を愛し、私の出発を残念に思っていた。私の楽しみは、もはやここではできなくなった散歩ができるという見込みから来ているだけで、仕事以外の理由でグラッサーノに魅力があるわけではない、絵を完成したらすぐに、彼の保護下に喜んで戻ってくるだろうと言って、私は彼を安心させた。こうして翌日の朝早く、私は大きな絵の包み、携帯画架、絵の具箱、バローネ、そして二人の憲兵を伴って出発した。道筋は知っていた。それは自分の部屋の中でする旅に少し似ていた。普通私は後ろを振り返って、かつて生活したところに戻るのは好きではなかった。しかしグラッサーノには愉快な良い印象を持っていた。そこには数ヵ月間の完全な孤独のあとにたどり着いた。そこで初めて、星、月、植物、動物、人の顔を再び見たのだった。私の思い出には、そこは自由の土地として固定されていた。長期間の隔離は感覚からの乖離をもたらす。それはあるものには、ある種の聖なる状態と同じものになる。そしてそれから普通の生活に戻ることは、病気からの回復期のように、いつも何か激しく苦痛なものを伴う。グラッサーノの荒れ果てた乾いた土地とその窮乏、優しさと官能性の欠如したその風景、その単調なわびしさ。そうしたものはこの戻る過程にとっては、より苦痛の少ない、最良のものだった。私は居心地が良いと感じ、そこを愛した。

その朝、アメリカ人の車に乗って、墓地の向こうの曲がり角を曲がると、禁じられた土地が、サウロ川への下り道が、スティリアーノの山が目の前に開け、大きな喜びが押し寄せてきた。そして河岸の分かれ道で、見知らぬ顔が一杯の郵便バスを待っていた時、何とうれしそうにバローネが跳ねたことか。スティリアーノ、アッチェットゥーラ、サン・マウロ・フォルテと、ガリアーノにやって来た時の村々が、逆向きに撮影された映画のように出てきて、バスの停留所に着くたびに、農民や女たちが乗り降りし、森を通り、想像上の人々が住んでいる家の前を通った。するとようやくはるか彼方に、バセント川の白く広い河床と、グラッサーノの駅の小さな建物が現れた。そこからバスはグロットレ、マテーラ方面に発ち、私はカーブとほこりだらけの十八キロの道を、グラッサーノまで運んでくれる別の交通手段を待った。グラッサーノの車は、ターラントからの列車の到着に合わせて、いるかもしれない客を乗せるために、ずっとあとになって降りてくるはずだった。私は砂利だらけの河床を眺めた。そこでは橋の一番目のアーチの部分が洪水で流され、何年も前から修復を待っていたが、それがなされることはなかった。目の前には、変化に乏しい、木が生えていない大地が、大きくうねるようにして持ち上がり、そこにグラッサーノの山がそびえ立ち、そのてっぺんに、まるで蜃気楼のように、非現実的に、村が広がっていた。それは前に見た時よりもずっと現実離れしていて、空中に浮かんでいるかと思えた。なぜなら私の不在中に、家々の壁が真っ白に塗られたばかりで、まるでおびえた羊の群れが一ヵ所に固まって、山の灰黄色の頂を通り過ぎるかのように見えたからだ。

ようやく遠くから車のクラクションの音が聞こえ、山の斜面をほこりの雲が降りてくるのが目に入った。車は壊れた橋の脇に作られた、木の板の仮設橋の上をよろめきながらやって来て、駅に着いた。運転手は三ヵ月前に私をガリアーノまで連れてきた男で、私とバローネを認め、最初の歓迎のあいさつを投げてきた。汽車は汽笛を鳴らしながらやって来て、一人の乗客の乗り降りもなしに出て行った。だがまだナポリ、ポテンツァからの列車を待たなければならなかった。それはすぐに来るはずだったが、大きく遅れていた。私は少しも急いでいなかった。おそらくもう来ることのないその谷の底に留まり、午後の静けさの中を散歩したり、上流も下流も、山の間に消えていく、広大な乾いた河床の、石の上に座ったりしたが、それは決していやなことではなかった。私は用意してきた食べ物を食べ、ひたすら待った。さらに一時間たって、ナポリからの汽車も空のまま到着した。私は車に乗り、登坂を開始した。十八キロの道にはカーブが数百あり、地面はこぶだらけで、穴もうがたれており、切り株の残る乾いた畑では、通り抜ける風がほこりを舞いあげていた。ずっと走る中で、一本の木も見あたらなかった。車は少しずつ高度を稼ぎ、村から五百メートルのところまで来たが、カーブのため車はあらゆる方向に鼻先を向けるのだった。しかし乾いた畑が丸く盛り上がっているため、視界はほとんどいつも閉ざされていた。そして大地の傷のような、大きな地割れのところにやってきた。それを越えるために、大きく回り道をしなければならなかった。それは「むくろ谷」と呼ばれていたが、病気で死に、食べることのできない家畜の死体を、投げ込むのに使われていたためだった。その骨が底のほうで白く見えていた。もう村はすぐ近くだった。墓地が見えてきた。急斜面に作られていて、墓がすべて見えた。まるで山の斜面で干すために、ハンカチが広げられ、その白い模様が浮き出しているかのようだった。そしてローズマリーの小高い茂みがある、小道の入り口が見えた。初めの頃、私はいつもそこに座り込み、何時間も一人で本を読んでいたが、不意に山羊が姿を現し、私を不思議そうに見るのだった。そして七十年前に、今は年老いた山賊が、その下で憲兵を殺した木が見えた。そして最後の曲がり角を曲がると、小さな土の塚があり、その上に、大きな木の十字架とキリストの像が立てられていた。小さな坂を登り切ると、家々が両脇に迫り、道が狭くなった。大きなクラクションの音を響かせ、戸口に背を押しつけて身をかわす人々の間を通り抜けて、私たちはようやくプリスコ旅館の前に到着した。主人の雷のような声が私たちを迎えた。彼は妻と息子たちを呼んだ。「カピタ、グアリオ、ドン・カルロが帰ったぞ！」すると一瞬のうちに、みなが興奮して、元気よく、にぎやかに、私のまわりに集まってきた。とても親しみにあふれる家族だった。主人は五十代で、たくましく、機敏で、いつも仕事で動き回り、どなっていた。髪の毛を短く刈り込んだ頭は丸くて、目は素早く、抜け目なく動き、四日間伸ばしたひげが顔を黒く覆っていた。彼は行商人と商談し、近くの村々と取引していて、進取の気性に富み、陽気な活力を発散していた。夫がやかましく、不作法なのに反比例して、プリスコ夫人は物静かで優しかった。彼女は背が高く、恰幅が良く、黒い服を着ていて、母性愛にあふれ、その騒動にも動ずることなく、焼いたパンにオリーブ油を垂らして、私に出してくれたが、その声は聞こえなかった。長男は「カピターノ」〔隊長の意〕と呼ばれていたが、それは村の子供すべてからボスと認められていたからだ。彼は十三、四歳で、背が低く、足を引きずっていたが、その狡知と早熟さで子供たちを支配していた。彼の目はきらきらと、官能的に輝いていたが、抜け目なさも感じさせ、顔は青白くやせていて、ひげが生え始めていた。何でも一瞬のうちに理解し、早口で、はしょってしゃべり、仕種で意味を伝えた。彼は同年代のものすべてに、言うことを聞かせた。私は彼の歳ごろで、特に商売や取引に関して、彼ほど素早く考えを理解するものや、足し算や割り算を即座に行うものを見たことがなかった。また数取りのカード遊びスコーパを、彼ほど敏速にこなすものもいなかった。カードが台の上に置かれる暇もないほどだった。村中で彼の名が呼ばれるのが聞こえたし、いたるところで、そのやせた、機敏な、小さな体と、不自由な足の運びが見られた。その下の息子はカピターノと正反対だった。背が高く、きゃしゃで、物憂げで、優しそうな顔に大きな目が見開かれ、ほとんど口をきかなかった。彼は妹たちと同様に、母親似だった。私がまだプリスコ家の人たちにあいさつをし終わらないうちに、床屋のアントニーノ・ロセッリが義弟のリッカルドと一緒にやってきた。私の到着直後にやってきた友人たちが、私の来訪を彼らに知らせたのだった。アントニーノは黒髪で、黒い口ひげを蓄えた、床屋兼フルート奏者で、あらゆるグラッサーノの住民と同様に、遠くに出て行くことを夢見ていた。彼の希望は、私の秘書として、ヨーロッパ中、私について来ることだった。そして私のひげを剃り、絵を描くためにキャンバス、絵の具、筆を用意し、モデルを探し、私の絵の売買に携わり、退屈な時はフルートを吹いて私を元気づけ、病気の時は看病する予定だった。要するに、ヴィットリオ・アルフィエーリ〔一七四九―一八〇三。イタリアの劇作家。自由の希求と圧政への反抗を主題に数多くの戯曲を書いた。青年時代にヨーロッパ各地を放浪した〕が古きカスティリア高地を回った際、忠実なエリアを得ていたよりも、ずっとましになるはずだった。おそらくこの彼の希望を叶えてやることもできたはずだった。しかし、ああ、これも人生の多くの可能性の一つで、怠惰や愚かさや不注意のために生かすことなく、そのままにしてしまったのだ。彼は本当に優秀な若者だったが、おそらく私の趣味からすると、やや立派すぎる床屋であり、フルート奏者だった。私がローマからやって来たばかりの頃、ある密やかな訪問のあとで〔一九三五年八月二十日に、恋人のパオラ・レーヴィ（オリヴェッティ）が会いに来たことを指すと思える〕、私はひとりぼっちになった。アントニーノは私が悲しんでいると思い、私を慰めようとして、友人とともにやって来て、窓辺でセレナードを奏でてくれた。彼のフルートに、バイオリンとギターが合わさり、夜の大きな静けさの中で、ものうげに響いたのだった。

リッカルドはヴェネツィアの水夫で、オデッサ港に行き来していた彼の船の船員全員とともに、流刑にされたのだった。その船がトリエステ港に入港した時、ロシアの宣伝パンフレットが発見されたからだった。彼は金髪で、背が高く、スポーツマンタイプで、四〇〇メートルの水泳チャンピオンだった。目は青かったが、間が離れていて、鳥のように、ほとんどこめかみあたりにあった。私は彼と初めて会った時、その顔をデ・ピシス〔フィリッポ・デ・ピシス（一八九六―一九五六）。イタリアの画家。初期は形而上学派の影響を受けたが、その後独自の境地を切り開いた〕の肖像画で見ていて、見分けることができた。リッカルドはグラッサーノに適応していて、妻を見つけていた。アントニーノの妹のマッダレーナと結婚していて、子供が生まれるのを待っていたのだ。従って彼の生活は家族単位で、流刑囚というよりも、グラッサーノの村人の暮らしだった。それにグラッサーノの流刑囚はかなり自由だった。村の所属地域全体を好きなように散歩できたが、その範囲はとても広かった。そして村役場には週一回出頭するだけで良かった。夜間外出禁止令は少しも厳しくなかった。リッカルドは穏和で感じの良い若者で、彼のヴェネト方言を聞くのは好きだった。この義兄弟のあとに、彼らの友人たちがやってきた。職人、大工、仕立て屋、そして農夫が何人かいた。

グラッサーノの農民は、ガリアーノに比べると、あまりよく知らなかった。それはそこに短期間しかいなくて、医者の仕事をしていなかったというだけでなく、彼らはおそらくより閉鎖的で、謎に満ちていたからだ。ガリアーノでは農民の大部分は小土地所有者だ。だがグラッサーノは大土地所有制の地域で、農民は他人の土地で働いていた。この二つの状況下では、窮乏状態にはさほど差がない。というのは、あちらでもこちらでも、どちらかがより大きな窮乏状態にあるとは考えられないからだ。グラッサーノの農民は収穫の前払い金で生活しているが、収穫時に借金を払えることはめったになく、年を経るごとにそれが積み重なり、悲惨な貧窮の網の目にさらに搦め捕られることになる。ガリアーノの農民は自分の畑を耕しているが、自分たちの栄養をまかない、徴税局員に税を支払えるだけの収穫は得られない。たまたま出来の良い年に貯金できたわずかなリラは、マラリア治療のために、医師や薬に使われてしまう。それゆえ彼らも栄養不良を余儀なくされ、場所を変えて状態を良くすることは考えられなくなる。こちらもあちらも、人生に実際の差異はないのだ。ただガリアーノには、わずかな有力者を除けば、農民しかいないのに、グラッサーノはかなり大きな村なので、ある種の中間層がかなりいる。それは職人であり、特に大工である。村にある大工の工房のすべてが、いったいだれのために働いているのか、私はしばしば自問することになった。実際にはみな少しか仕事がなくて、かつかつで生活していたが、この中間層の存在が村の生活に独特の彩りを添えていた。職人たちは一日中、いくつかある工房の戸口にいた。それらの工房にはほとんど仕事はなかったが、アメリカ製の素晴らしい工具が備え付けられていた。農民たちは明け方と夕暮れ時に姿を見るだけで、非常に遠い存在で、遠い彼らの世界に追放されていると思えた。

アントニーノは良き床屋であり、消息通として、グラッサーノのニュースを教えてくれた。だが多くはなかった。アメリカからの帰国者が、前に述べた金鎖の男の例にならって、ニューヨークに逃げてしまった。国防義勇軍の指揮官がアフリカに出征したが、それが村で唯一の志願兵だった。労働者として行くことを申請したものは、ガリアーノと同じように、その望みを叶えられず、嘆いていた。新たに流刑囚がやってきていた。ダルマツィアのスロヴェニア人で、船の模型や蠟の小像にいたるまで、何でも作れた。三ヵ月前の私の不意の移動は、まだ大きな論議の的になっていた。それはあらゆる出来事がそうであるように、地元の政党の争いになっていた。権力を握るグループに敵対するものたちは、私が権力に反対するものたち、例えばオルランド氏、あるいは大工のラサラのところに出入りしていたから、マテーラに告発して移動させた、と非難した。権力を握るグループは、野党のものたちこそが匿名の手紙を書き、私を出発させた、それは移送させたと非難するだけのためだった、と言い返した。対立する双方にとって、私の移動はグラッサーノの伝統的もてなしに大いに反する、と映っていたのだ。実際のところ、私を移動させたのはどちらでもなかった、と私は信じている。しかし論争は激しさを増し、長年積み重なった憎しみと遺恨をさらに募らすことに寄与した。私にはこうしたことは関係なかった。まだ光が残っている時間を利用して、少し散歩し、慣れ親しんだ場所をまた見たかった。そこで若者のグループを連れて外出した。ガリアーノから来ると、よく似たグラッサーノの窮乏もほとんど豊かさに見え、人々の生気あふれる様や、プーリア風の早口の異なった方言は、活気あふれる町にいるという錯覚さえ抱かせるのだった。品揃えの良くない、暗くて貧しい店であるにせよ、私はようやくいくつかの商店を見ることになった。広場の、コッレフスコ男爵の宮殿風の邸宅の前には、行商人の露店もあり、布地、カミソリの刃、陶製の壺、台所用品を売っていた。また本を並べた馬車もあった。カピターノや、子供たちや、農民の手にあるのを見たのと同じ本だった。フランス王家、山賊の生涯、コッラディーノの物語、年鑑、暦などだった。その向こうにカフェがあった。本物のカフェで、ビリヤードの台があり、収集家が買い求めるような、一連の成形ガラスの瓶が棚に並べられていた。それらのラベルには、ヴィットリオ・エマヌエーレ二世〔一八二〇―七八。一八四九年にサルデーニャ王国国王になり、一八六一年に統一されたイタリア王国の初代国王になった〕、ガリバルディ、マルゲリータ王妃〔一八五一―一九二六。イタリア国王ウンベルト一世の王妃で、初代のイタリア王妃。強固な保守思想の持ち主だったが、芸術を愛好したことでも知られている〕、ボールを掲げる裸の女性、あるいは片手にピストルを持つ裸の女性が印刷してあった。しかしプリスコ旅館とカフェの間の二百歩ほどの道をあちこち歩くと、グラッサーノの歓楽街は終わってしまう。右も左も、上も下も、両脇に農民のあばら屋が立ち並ぶ、小道や小階段や細道以外は何もない。ここのあばら屋はガリアーノのものよりもさらに貧しくみじめで、部屋はより小さく、家に付属した菜園はなく、家と家が死の危険にさらされているかのように、ぴたりと身を寄せあっている。ここでも、ガリアーノよりもずっと数の多い山羊や羊が、ゴミだらけの道を跳ね回っている。ここでも顔色の悪い、半裸の、腹がふくれた子供たちが、ゴミの中を、追いかけっこをしている。女たちはベールをかぶらず、民族衣装も着ていない。しかしここでも、その顔は土色で、表情は硬く、動物的だ。ここでも忍耐と忍従が、人間の顔や荒涼たる風景に書き込まれている。ただここでは外世界との接触が多いために、逃避へのより切実な欲求が大気中にあふれているが、希望を持ち得ないことにより、幻滅が募るのだった。

私は知っている道を一人で上っては下って、村の頂上で風にさらされている教会に着いた。ルカニアの州境を越えて大きく広がっている、地平線全体をまた見たかったのだ。足下には黄色っぽい屋根の村の家々があり、その先で山の斜面が灰色にうねって、バセント川まで降下し、正面にはアッチェットゥーラの山がそびえている。そこから下流に下ると、姿は見えないが、フェッランディーナがあり、アッチェットゥーラの北には、ドロミーティ山塊を思わせるピエトラ・ペルトーサがそびえ、川の流れがその背後に隠れている。その反対側では、ビリオーソ川の向こうに、不定形の土の海があり、山賊やモナキッキョの洞窟がうがたれ、毛が生えたような丘の上にイルシーナの村が載っている。はるか彼方の村々も、この海にばらまかれた帆船のように、いたるところにかい間見えるが、下の方にはサランドラとバンツィも見える。この乾いた土地で、遠い昔に、水晶よりも澄んでいて、ぶどう酒や子山羊が捧げられるにふさわしいような泉がそこにあったなどとは想像もできない〔ホラティウス『頌歌』第三巻一三で歌われている「バンドゥシアの泉」を指す。バンツィ付近にあったと考えられている〕。他のより近い村々は、港を目指して帆走しているようで、それは正面の、聖アントニオの礼拝堂の背後の、砂漠にばらまかれた二本の木の方にある、グロットレの方面に向かっているようだ。この単調に波打つ、果てしない土地に、しばらく前から小麦が植えられている。それはみすぼらしい小麦で、種子や、他の支出や、労力に見合うものではなかった。この風景を初めて見た時は夏で、収穫の時期だった。どの方向も、辺り一面が、太陽に照らされて金色に輝いていた。そして遠くの脱穀機の音だけが、あたりの静けさをかき乱していた。だが今ではすべてが灰色で、他のいかなる色もこの孤独な単調さを脅かしてはいなかった。

日が暮れて、雨がぱらぱら落ちてくるまで、私はそこにずっと留まっていた。そして急いで旅館まで下りていった。そこではもう何人かが食事を待っていたが、旅の馬車引き、行商人、そしてパッポーネがいた。もう戸口の外でも、プリスコのプーリア訛りの叫び声と、パッポーネのナポリ方言のどなり声が、他の声を圧倒して聞こえた。彼らはいつものように、言い争いの遊びをしていた。パッポーネはバニョーリの果実商で、グラッサーノでは良い梨ができるので、しばしば商取引に来ていた。私はすでに夏に知り合いになっていた。彼はプリスコの親友で、愛情を示すために絶え間なくののしり合っていた。「浮きうんこめ」とパッポーネはどなった。するとプリスコが言い返した。「首に旗を立てているじゃないか、この悪臭野郎」そしてこうして、目で脅し、笑いながら、大声で、延々と続けるのだった。パッポーネは元修道士で、丸々と太っていて、食いしん坊で、彼なりのユーモア感覚を持っていた。彼はコックとして、特別な技巧を持っていた。そしてプリスコ夫人をコンロの前から追い出し、マッケローニ用にマリナーラ・ソースを、自分で作った。私もいつもお相伴にあずかったが、今まで食べた中でも最上のものだった。また大げさな身振りをしながら、奇抜な話を語る技巧にも優れていた。だが彼の話はあまりにもみだらで、好色で、坊主じみていて、そのどれも本当に書くことはできない。その晩食卓で聞いた話も無理だった。今まで聞いた話の中でも、最も無邪気なものと思えたのだが。

私はようやく会食者を得ることができた。それは楽しかった。私は再び自由人に戻ったかと思えた。その頃私は一人で食卓につくのにうんざりしていたので、どんなに見知らぬ会食者でも、一人でいるよりはましだと思っていた。夕食は質素なものだったが、私にはとても美味であり、パッポーネの話は、高名で、退屈な、フィレンズオーラ〔アニョロ・フィレンズオーラ（一四九三―一五四三）。イタリアの詩人、劇作家。『愛の論議』という短編集も書いている〕の短編よりもずっと機知に富んでいた。私たちは食事をし、プリスコはシャツの袖をまくり上げ、テーブルに肘をつき、ぶどう酒のコップを片手に、汗をかきながら、大声で、臨機応変に、私たちにつきあった。すると新たな会食者が入ってきた。顔見知りの、ブリンディシの服地商だった。彼は太った、大柄な巨人で、大きな鼻、目、耳、唇を持ち、人食い鬼のような顔をしていて、ふくらんだほほを動かし、大きな音を立てながら食べた。彼は少なくとも四人分は食べた。というのも服地を買わせようと、一日中女たちに熱弁を振るったあとで、食事は夕方に一回と決めていたからだった。その並外れて強靭な顎と、顔を伝う汗と、異様な巨人の恐ろしい外観にもかかわらず、彼は友人のパッポーネと同じくらい礼儀正しく、ユーモアに富んでいた。こうしてテーブルについたものはみな、騒々しく、陽気に食事をしたのだった。

カピターノと、その弟と、彼の友人のボッチャが、部屋の片隅で「ガッツェッタ・デッロ・スポルト」〔一八九六年、ミラーノで創刊されたスポーツ新聞〕の古い号を熱心に読んでいた。ボッチャは子供の時の病気で、やや知恵遅れ気味になった若者で、村役場に雇われていた。ブリンディシの人食い鬼はそのようにスポーツに熱中するのが嫌いで、すぐに大声で、カピターノを直接攻撃し始めた。「カピタよ、スポーツしかないんだな。アフリカ戦争とスポーツか。他に何もないのか。だがそのスポーツが何なんだ」カピターノは受け流そうとした。「カルネーラ〔プリーモ・カルネーラ（一九〇六―六七）。イタリアのボクサー。一九三三年から三四年にかけてヘビー級の王座についた〕さ。世界チャンピオンだ」商人は大声で笑い出し、テーブルの上のコップを震わせた。「おまえたちのカルネーラはガリバルディと同じだ」それはあまりにも的確な指摘だったので、カピターノは答えられなかった。巨人は続けた。「みんなペテンだ。カルネーラが勝ったのは、あらかじめ示し合わせていたからだ。ガリバルディのようなやつなんだ。歴史は変わりはしない。おまえたちの学校の本で、山ほど作り話を教えるが、真実は別のところにある。フランチェスキエッロ王〔フランチェスコ二世（一八三六―九四）。一八五九年から六一年まで両シチリア王国の国王だったが、イタリア統一の動きの中で軍事的に敗北し、王国を失った〕がナポリから去るよう強いられて、ガエータに退いた時、ガリバルディと赤シャツの友人たち〔一八六〇年、イタリアの国家統一のため、ガリバルディとともに戦った義勇軍、千人隊のことを指す。千人隊は赤いシャツを着ていた〕は攻勢に出たが、みな陽気で、大胆で、勇気に満ちあふれていた。ガエータの城壁からは、大砲の砲撃があった。しかし彼らはまったく気に留めていなかった。先頭に軍旗と軍楽隊を押し立てて、結婚式にでも行くような様子だった。フランチェスキエッロ王はガエータの城内から、砲撃の効果がないことを見て、考えた。『あいつらは頭がおかしいのか、あるいは何か変なことがあるのか。わしが自分で大砲を撃ってみることにするぞ』そしてその通りにした。砲弾を取ってこさせ、大砲に詰めさせ、王自らの手で撃った。ズドン！　砲弾が落ちてくるのを見ると、ガリバルディと彼の赤シャツ隊は二発目を待つことなく、しっぽを巻いて逃げ出した。というのも、前のものはみな空砲だったのだ。ガリバルディは示し合わせていたんだ、カルネーラのように。王が本物の砲弾を撃った時、ガリバルディはこう言ったのさ。『ここ、ガエータはうまくない。さあ、みんな、テアーノに行こう』こうしてテアーノに向きを変えたんだ」

パッポーネ、プリスコ、馬車引き、商人たちは、みないっせいに笑った。ここではガリバルディは人気がない。そしてカルネーラの栄光は完全に葬り去られた。カピターノも負けを認めざるを得なかった。ただボッチャだけが、髄膜炎を患っていたので、すぐに話の筋をつかめずに、一人平然としていた。まさにこの欠点のために、彼は村役場で職を得ていた。彼は書類を整理し、門番や使い走りの役割をはたしていた。ここでは障害者は好意的に見られていて、人々の庇護を得ていた。それに、こうした場合よくあるように、ボッチャは少し頭の回転が遅いにしても、鉄の記憶力を持っていた。それは彼の情熱の赴くところに限られてはいたのだが。つまりスポーツと法律に。彼は近年のイタリア全土のサッカーチームの、全メンバーの名前を暗記しており、喜びに目を輝かせながら、連禱のように暗唱するのだった。だが彼のもう一つの情熱の方がより生き生きとしていた。法律と、弁護士と、裁判が、彼を恍惚とさせ、悦楽で満たすのだった。彼は県内のすべての弁護士の名と、その有名な裁判の弁論の一節を暗記していたが、それは彼だけに留まらなかった。法廷の雄弁術はここではかなり一般的に愛好されていたからだ。だが二、三年前の事件は、ボッチャの人生で最も重要で歓喜あふれる出来事となった。境界に関するささいな裁判で、法務官裁判所の分遣部がまさにグラッサーノで審理を行い、マテーラの最も偉大な弁護士、高名なるラトロニコ弁護士がやって来たのだ。ラトロニコの弁論を、ボッチャはすべて暗記していた。そして最も感動的な箇所で、敬愛のあまり、身を焦がしながら、それを繰り返さない日はなかった。「アッチェットゥーラの狼たちよ、サン・マウロの犬たちよ、トリカリコのカラスたちよ、グロットレの狐たちよ、そしてガラグーソのヒキガエルたちよ！」ラトロニコは熱弁を振るいながら、こう言ったのだ。ボッチャにはこの箇所が、全世界の雄弁術の最も高い飛翔と思えた。「ガラグーソのヒキガエルたちよ！」彼はその日の気分によって、悩ましげに、大げさに、この言葉を繰り返した。「まさに、そうさ、ガラグーソのヒキガエルだ、なぜならあの人たちは沼地の水辺に住んでいるからだ。なんて演説だろうか！」

食卓にはパッポーネのソースであえたマッケローニ以外に、脂肪が少なくて、風味がよいハムが、大きく切って並べられていた。それは北部の私たちのハムとはかなり味が違っていたが、とてもおいしかった。私はそのことでプリスコをほめたが、彼によるとそれは山の中で作られるハムで、彼自身がはるかに遠い、高地の村々の農家で探してきたものだった。とても小さなハムで、一キロ四リラだった。町では少なくとも五倍はすると私が言うと、彼の活発な精神がすぐに商売を思いついた。もし私に販売をまかせられる友人がいるなら、私と彼でハムを売る会社を作ろうと申し出たのだ。彼が山を回ってハムを買い占めるから、私は代理人を通じて、それを売るのだ。控えめな量しか見つからないかもしれないが、年を重ねれば、生産量を増やせるかもしれない。私にはまったく商売勘がなかったから、そのためにこの提案が素晴らしいと思えたのだろう。私はこう答えた。ガリバルディの話が出たのだから、私も彼のようにしよう。彼は私と同じような状況で、ろうそくを作って売った。ろうそくとハムではさしたる違いもないので、それに従事するよう、試みよう。私は目新しいことをする熱気に突き動かされ、世界の最も変わった国々に、様々なものを輸出している、輸出商の友人に手紙を書いた。しばらくして、ハムには関心がないという返事が来た。最上のものであるにせよ、大衆が慣れているものとは品質が違っているし、少量の商品には不釣り合いな販売組織を作らなければならないだろう。それよりもエニシダを探せないだろうか、今の自給自足の時代に、とても大きな需要がある。エニシダはこの砂漠地帯の唯一の花で、乾いた藪となってどこにでも生えていて、山羊のえさになっている。しかしルカニアで商売をする私の熱意は冷めてしまい、その後の進展はなかった。

仲間といるこの初めての晩は、商取引の計画、楽しい小話、そしてガリバルディを歴史的に批判することで、あっという間に過ぎてしまった。ブリンディシの人食い鬼は自分の小型トラックで寝るために引き下がった。夜の間に服地を盗まれないよう、より厳しく監視するためだった。馬車引きたちは暗闇の中を、トリカリコに向けて旅立った。パッポーネと私だけがプリスコの客だった。そこでその夜は、だれとも部屋を分かち合うことなく、一部屋ずつ占領できた。翌朝は早く起きたかった。天空の町のように、空にそびえるグラッサーノの姿を、下から、駅から見たグラッサーノを描くために、下の方に、バセント川のあたりまで下る計画を立てたのだ。アントニーノは私の意向を知って、同行すると申し出た。明け方に彼はキャンバスと画架を運ぶためのラバを連れ、戸口で私を待っていた。一緒に来たがった友人たちの一群もいた。リッカルド、モナキッキョにつきまとわれた自転車狂の人足のカルメーロ、大工、仕立て屋、農夫が二人、そして子供が二、三人いた。空は灰色で、風が吹いていたが、雨は降らなそうだった。その雲から降り注ぐ冷たい光のもとで、事物はよりくっきり見えて、太陽のむごい灼熱の下よりも、単調なわびしさがより少なくなっていた。私の絵には好ましい天気だった。プリスコの下の息子も合流した。カピターノは戸口であいさつをした。彼の跛行の足には、その道のりは長すぎた。跳ね回るバローネを先導にして、私たちは急な細道を下り始めた。道路のカーブや回り道を避けながら、八キロから十キロほどで、谷の底まで行ける道だった。八月のある日、これと同じ道を、ほとんど同じ仲間とともに、バセント川に水浴に行ったことがあった。そこは川の孤立した湾曲部分で、川が池になってよどんでおり、ポプラの木が数本生えていた。その木々は気まぐれからそこに落ちて根を下ろしたかのようで、奇妙にも別の風景に属しているように見えた。真夏の午後の熱い大気の中で、みな裸になり、川に飛び込んだ。仲間たちは岸辺の泥の中の、穴に逃げ込んだ魚を手で追いかけていた。そしてその原始的なやり方で、何匹か捕まえた。魚はボウフラを食べるはずなので、川での漁は禁じられていた。だが禁令を気にかけるものはだれもいなかった。一年中少ししか食べ物がないので、グラッサーノの貧民にとって、魚料理は天の恵みに思えるのだ。その後私たちは、蟬が鳴き、蚊がうなる中で、粘土の酷暑の照り返しを受けながら、体を乾かした。今は大気はさわやかだ。だが風景は変わっていなくて、黄色っぽい色が灰色になっただけだ。私たちは仕事に適すると思える場所に着いたので、足を止めた。アントニーノは私に必要な絵の具を手渡す特権にこだわっていたので、その場に留まり、刈り株を食べるラバを見張るために、少年も一人残った。それ以外のものたちは、奇跡の漁を期待して、川まで下った。私は描き始めた。

そこからの風景は今までで一番絵画的な風情に乏しかった。それゆえ、とても気に入った。木も藪も岩も、静止した仕種でポーズを取っているものは何もなかった。生命を生む自然、あるいは人間の仕事の、身振りも、愛すべき美辞麗句もそこにはなかった。ただ見捨てられた土地が単調に広がり、その上に白い村があった。そして家々の上の灰色の空には、どことなく天使を思わせる形をした、小さな雲が低くかかっていた。

仲間たちは何も取れずに、川から帰ってきた。彼らは私の絵のまわりに集まり、無から生まれたグラッサーノを見て驚いた。農民たちは生半可な教養がもたらす偏見を持っていないので、一般的に、絵を見ることができる、と私は思っていた。私は描いている絵について、彼らに意見を訊くのを習慣にしていた。私が仕事を続けている間に、友人たちは火を起こし、持ってきた食べ物を温め、地面に座って食べ始めた。風に飛ばされないように、いくつか大きな石をくくりつけた、画架の上の絵を見ながら。食べ終えると、雨が降り始めたので、帰るしかなかった。絵はほとんど終わっていたので、毛布に包んでラバの背に載せ、小雨の中を歩き出したのだった。

村では素晴らしい知らせが待っていた。やせた馬にひかせた馬車に乗って、俳優の一座がやってきたのだ。何日か滞在して、演ずるはずだった。劇が見られるのだ。蠟引きのテント地に覆われた馬車が広場にいて、中には場面の背景や幕を丸めたものを載せていた。俳優たちがそのまわりで慌ただしく働いていた。そしてプリスコ旅館で金を使うのを避けるため、農民の家で、泊めてくれるところを探していた。家族の一座だった。父が座長、母が筆頭女優で、二十歳前の娘が二人いて、その夫たち、そして親戚も一人いた。みなシチリア人だった。座長はすぐにプリスコ旅館に入ってきて、熱がある妻に与える、何か温かいものを求めた。その晩は演ずることができなかった。おそらく明日も。しかし何日か滞在する予定だった。座長は中年で、すでに少し太っていて、頬はたるみかけており、大げさな身振りで話し、ザッコーニ〔エルメーテ・ザッコーニ（一八五七―一九四八）。二十世紀前半のイタリアを代表する俳優。自然主義的演技を得意とした〕の模造品のようだった。私が画家だと知ると、必要な背景を描いてくればとてもうれしいと言った。彼の備品は、馬車で運ばれ、雨や太陽にさらされて、ほぼ無に帰していた。彼はかつて良い劇団にいたのだが、生きるために放浪の生活を始めた、妻や娘と一緒に、みな最上の女優だ、と私に語った。シチリア中の町を回った。ここルカニアには来たことがなかった。大きくて豊かな町を選んで滞在していた、期間はまちまちだが、あがり次第だった。だが少ししか稼げなくて、生活は苦しい、娘の一人が妊娠していて、もうじき演じられなくなる。私は喜んで背景を描こうと言った。しかしその後村で紙か布と、必要な絵の具を探したが、残念なことに何もできなかった。いずれにせよ、私は二日間演じられる舞台に招待された。そして一座を紹介してくれた。家族の中で普通の俳優の雰囲気を持っているのは父親だけだった。女たちは女優ではなく、女神だった。母と二人の娘はそっくりだった。大地の中から出てきた、あるいは雲の間から降りてきたかのようだった。彼女らの大きな黒い目は、彫像のおぼろで、うつろな目のようだった。その大理石のような顔には、黒く濃い眉毛と、唇の厚い、赤い口が刻まれていて、白く太い首の上に不動のままのっていた。母親は大柄で、豊満で、古代のヘーラー女神の、もの憂げな官能性を持っていた。娘たちはやせていて、動きがなめらかで、風変わりな扮装から、彩り鮮やかなぼろ着をまとった、森のニンフのようだった。

私は劇を見るための、夜間外出許可を申請しようと、憲兵隊のもとに急いだ。グラッサーノ村長のザガレッラ医師は、ドン・ルイジーノとは違って、警察の役割を好まず、流刑囚のことは憲兵隊にまかせていた。彼は真面目な、教養ある医師で、彼ともう一人の医師、つまり特に優秀だと評判のガラグーソ医師のおかげで、グラッサーノは県内で唯一、マラリア対策で何事かを実行し、何らかの成果をあげている村になったのだ。この二人の医師は、その同僚たちが多少なりとも、ガリアーノの二人の藪医者に似ているようなこの地方の村々にあって、幸運な例外であった。まさにこのために、私は今回の旅の主たる目的の一つとして、彼らを訪ね、具体的経験から得られる忠告を求めようと決めていたのだ。

二人とも貴重な助言をくれて、統計数字を見せてくれた。ここ数年来、グラッサーノでは組織的な予防措置が取られていた。また実質的には県当局のいかなる支援もなく、特別な補助金もなしに、干拓工事が行われてきた。悪性マラリアの症例はほとんどなくなっていた。そして最近の二年間、新規患者も大幅に減少した。ここではマラリアは考えられるよりもずっとひどい災いである。すべての人に襲いかかり、完全には治療できず、一生持ち続けることになる。仕事の障害になり、一族は弱り、衰弱する。わずかな蓄えは霧散する。そこから暗い窮乏が、希望のない隷属が生まれる。病はこうした木を切った粘土質の土地の窮乏、放置された川の窮乏、資力のない農業の窮乏から生まれ、その病がまた窮乏を生み、悪循環に陥る。それを根絶するには大規模な事業が必要だろう。ルカニアの四つの大河、つまりブラダノ、バセント、アグリ、シンニ川と他の小さな川に、堤防を築かなければならない。山の斜面を木で覆わなければならない。優秀な医師、病院、治療設備、予防手段をいたるところに配さなければならない。しかしザガレッラとガラグーソが言うように、限定された措置でもそれなりの効果はあるだろう。ただそれに専念するものが誰もいなくて、農民は病気にかかり、死に続けているのだ。

天気が秋の天気になった。上演前の三日間、雨が降り、田野に絵を描きに行けなくなった。私は村を散歩し、知り合いを訪ね、部屋で仕事をした。プリスコが狩りに出かけ、この地方の赤毛の狐を三匹と水鳥を一羽、仕留めてきた。私は鳥と狐を描き、カピターノの肖像画を描いた。ある日、狐を描いている時、私は仕事を中断し、窓から道を眺めた。昼寝の時間で、旅館では皆が休んでおり、完全な静寂が支配していた。私は階段を駆け下りる、裸足の慌ただしい足音を聞きつけた。プリスコがシャツの袖をまくり上げ、裸足のまま、大急ぎで道に飛び出し、正面の戸口に稲妻のように滑り込むのが見えた。彼は無言のまま、手にナイフを持って出てきた。窓を開けると、大きなわめき声が聞こえてきた。正面には車庫があり、旅の馬車引きたちが滞在していた。プリスコは自分の部屋で午睡をしていたのだが、いつも目を半分開け、耳をそばだてて寝ているので、馬車引きたちがパッサテッラをしている正面の家で、何かまずいことが起きているのに気づいた。何かがひらめくのを見て、彼は靴を履かず、言葉も発せずに、猫のように素早く駆けつけ、傷つけようとナイフを振り上げたものの手から、ナイフをひったくることができたのだった。

パッサテッラはここでは一番ありふれた遊びだ。それは農民の遊びだ。祝祭の期間や、冬の長い夕べに、彼らはぶどう酒蔵に集まり、その遊びをする。だがしばしばまずい結果になる。その日のように、いつもナイフを抜くわけではないが、ののしり合いや喧嘩になる。パッサテッラは遊びというよりも、農民の雄弁術の試合のようなもので、積年の恨み、憎しみ、抑圧された権利を、果てしないほのめかしで吐き出す。簡単なカードのゲームで、パッサテッラの王となる勝者とその助手が決められる。王様は全員が金を出して買ったぶどう酒の瓶の支配者になる。彼は自分の気まぐれ通りにコップにぶどう酒を注ぎ、気に入らないものには飲ませないようにできる。助手はコップを差し出すが、拒否権も持っている。つまりコップを唇に運ぼうとするものを邪魔できる。王様も助手も自分の意志と拒否権を正当化しなければならないが、長々と論駁することで、それを行う。そこには皮肉と抑圧された情熱が交互に現れる。時には遊びは無邪気なもので、酒が飲めないものだけに飲ませたり、酒好きなものだけに飲ませないという、いたずらで終わる。しかししばしば王様や助手が持ち出す理由の中に、遠回しに時間をかけてほのめかされる憎しみや利害が現れ、農民たちの狡猾さ、不信、心の底からの本音が示されるのだ。カード遊びとぶどう酒の瓶が交互に何時間も繰り返されると、ぶどう酒と暑さで顔が赤くなり、昔の情熱が目を覚ますが、それは皮肉で研ぎ澄まされ、酔いで重くなっている。もし喧嘩にならないのだとしたら、それはみなが語られたことの苦さ、被った侮辱のつらさを知っているからである。プリスコは農民の唯一の娯楽であるこの遊びをよく理解していて、注意していたのだ。

ナイフの件での中断の後、私は狐の絵を描き終え、散歩をしに外出した。雨は上がり、村の空にはモツを焼く匂いが立ちこめていた。それは道の真ん中に置かれた火ばちの上で焼かれていて、一切れ二ソルディで売られていた。私は小さな階段を上って、村の高みを目指し、ガリアーノに発つ前に最後の日々を過ごした家にたどり着いた。そこはプリスコ旅館を出て、最終的に落ち着こうとした家だった。その私の家は二階にあり、大きな一部屋に窓が二つあって、ナポリ出身の未亡人が貸してくれたものだった。一階は大工の工房だった。大工の妻のマルゲリータが私の面倒を見てくれていて、とても好意的だった。そして今も、私がやってくるのを遠くに見て、歓迎のために駆け寄ってきた。「戻ってきたのね。ここにいられるの？」私がまた出発すると聞いて、彼女はがっかりした。マルゲリータは老女で、こぶだらけの大きな甲状腺腫で首が変形していたが、顔には善意があふれていた。彼女は村で最も頭が良くて教養のある女の一人だと考えられていた。それは小学校を五年まで通い、教わったことを完璧に記憶していたからだ。私の部屋に来た時には、かつての学校で教わった詩を繰り返してみせた。それはサプリ遠征〔愛国者カルロ・ピサカーネのサプリ遠征を題材に、詩人ルイージ・メルカンティーニ(一八二二―七二)が一八五七年に書いた詩「サプリの落ち穂拾い女」のことを指す〕やアーメンガルドの死〔十九世紀のイタリア文学を代表する作家アレッサンドロ・マンゾーニ(一七八五―一八七三)が一八二二年に書いた悲劇『アデルキ』の中の一節〕だった。部屋の真ん中に直立し、体の脇に沿って腕を真っ直ぐ伸ばし、哀歌のように朗唱した。そして難しい言葉を説明するために、時々中断した。マルゲリータは親切でやさしかった。「もし母さんから遠く離れていても、悲しんではいけません。一人母さんをなくしても、もう一人見つかったでしょう。私が母さんになりましょう」と彼女はしばしば言っていた。甲状腺腫があったが、彼女は本当に母親らしかった。二人息子がいて、もう大きくなり、家庭を構えていた。一人はアメリカにいた。息子のことはいつも喜んで話し、孫の写真を見せてくれた。しかしある日、別の子供はいなかったのですかと尋ねると、もう死んでしまった、三番目の、お気に入りの息子のことを思い出し、感極まって、泣き出した。彼女は涙を流しながら、その息子の話をしてくれた。この息子は三人の中で一番かわいかった。一歳半になろうとしていた頃には、黒い巻き毛を持ち、目は生き生きと輝いていて、話もできた。そして何でもすぐに分かった。ある冬の日、地面に雪が積もっていたので、マルゲリータはその子供を近所の婦人に預けた。婦人は薪拾いをするのに、その子を野原に連れて行った。夕方になって、その婦人は一人で、取り乱して帰ってきた。まだ少ししか歩けないその子を数分間残して、森の小道で枯れ枝を拾った。しかし帰ってくると、子供はいなかった。辺り一帯を探し回ったが、子供の跡はなかった。狼か、森の別の獣に捕まったに違いなく、もう決して見つからないと思えた。マルゲリータとその夫、すべての農民、そして憲兵たちはすぐに出発し、その日の夜と、その後何日か、一メートル刻みですべての田野を捜索した。しかし子供は見つからず、捜索は三日後に打ち切りになった。四日目の朝、マルゲリータは失望落胆して、田野を一人で歩いていたが、ある小道の曲がり角で、大きくて美しい、顔の黒い女と出会った。それはヴィッジャーノの聖母だった。彼女はこう言った。「マルゲリータ。泣くのはやめなさい。おまえの子供は生きています。森のあちらの、狼の溝にいます。家に帰り、仲間と一緒に行きなさい、見つかりますから」マルゲリータは走って帰り、農民たちと憲兵を従えて、聖母が示した場所に行った。雪の中の、狼の溝には、彼女の子供がいて、すやすやと寝ていた。その寒さの中でも、体は温かく、頬はバラ色だった。母親は子供を抱いて、目を覚まさせた。憲兵も含めて、皆が泣いた。子供の話によると、顔の黒い女の人が来て、四日間そこの溝に一緒にいて、乳を飲ませ、暖かくしてくれた、とのことだった。家に帰った時、マルゲリータは夫に言った。「この子は他の子と違う。ヴィッジャーノの聖母が狼の溝で乳を飲ませてくれた。いったいどんな人間になることか。グロットレの占い師のところに行きましょう。当時グロットレに占い師がいて、何でも見通した。私たちはそこに行き、一リラ払うと、その占い師はまるで見てきたかのように、起きたことすべてを語った。でも顔を曇らせて、子供は六歳の時、階段から落ちて死ぬだろうと言った。残念ながらそうなってしまった。私のあわれな子は六歳の時に階段から落ち、死んでしまった」マルゲリータは涙を流した。

宙にさらわれた子供たちはほかにもいたが、黒い聖母のおかげで見つかっていた。あるものは数ヵ月姿を消し、聖アントニオの礼拝堂の脇にある、二本の木の枝の上で発見された。それは村から十キロほど離れていて、グラッサーノとグロットレの間にあった。悪魔がその上まで運んだが、聖アントニオが世話をしてくれていたのだった。しかし私が家族まで知っていたのは、マルゲリータの子供の場合だけだった。

ついに上演の晩がやってきた。雨は止み、村の下方に下りて行く時には、星が輝いていた。劇に使えるような広間や大広間はなかった。そこで半地下の洞窟が、ある種の酒蔵が選ばれ、その土を固めた床の上に、学校から長椅子が運び込まれた。奥に小さな舞台が作られ、古い幕が垂れ下がっていた。その大部屋は農民で一杯で、驚き、感心しながら劇の開始を待っていた。上演されたのはガブリエーレ・ダンヌンツィオの『覆い隠された真実』〔ダンヌンツィオが一九〇五年に書いた悲劇。アブルッツォ州のある名家の娘が、母の死を継母の仕業と疑い、復讐を企てるが、それが家の崩壊につながってしまう〕だった。もちろん私はこの美辞麗句ばかりの劇が、経験のない俳優で演じられることにうんざりさせられると見込んでいた。その晩の楽しみは、気晴らしと目新しさだけだと思っていた。しかしものごとは違うふうになった。その神がかった女たちはうつろな目を大きく見開き、まるで彫像のように、固い不動の情熱を動作にみなぎらせ、素晴らしい演技をした。彼女たちはその数メートルほどの幅の舞台の上で、巨人のように見えた。その悲劇のあらゆる美辞麗句、国語純化主義、大げさな空虚さは消え失せ、実際には戯曲では十分に表現できていなかった、ダンヌンツィオの作品であるべきもの、ただそれだけが残った。それは時のない大地の世界での、固着した情熱の残酷な事件だった。アブルッツォ出身の詩人の作品が、あらゆる耽美主義から解放され、初めて素晴らしいと思えた。この種の純化は女優たちによるよりも、まず観衆に負っていることに、私はすぐ気づいた。農民たちは強い関心を示して、劇の事件を分かち合った。語られる山、川、村はここから遠くはなかった。だからそれを知っていたし、ここと同じような土地で、その名を聞いて同意の叫び声を上げたのだった。悲劇に出てきて、出来事の背後に感じられる霊魂や悪魔は、こちらの洞窟や粘土の土地に住むのと同じ霊魂や悪魔だった。すべてが自然になり、観衆によってその真の環境に連れ戻された。それは農民たちの閉ざされた、絶望的な、表現のない世界だった。その晩、俳優と観衆によって、すべてのダンヌンツィオ主義が悲劇から取り去られ、粗野で基本的な内容だけが残り、それを農民たちが自分のものだと感じたのだった。それは幻想だったが、真実を示していた。ダンヌンツィオは彼らの一人だった。しかしイタリア文学者であり、彼らを裏切らずにはいられなかった。彼はここから、表現のない世界から、出発したが、それに現代詩という光り輝く衣装を着せようとした。だがそれは表現力であり、官能性であり、時の感覚だった。そこでその世界を単なる修辞学的道具に、その詩を空虚な言語学的形式主義に堕落させたのだ。彼の試みは裏切りであり、失敗でしかなかった。この混成の婚姻からは怪物しか生まれなかった。シチリア人の女優たちとグラッサーノの農民たちは自発的に対極の道を進んだ。その人為的衣装を取り去り、彼らなりのやり方で村落的中核を見つけたのだ。そしてそれに感動し、熱狂した。耽美主義的空虚さの中でうまく溶け合っていなかった二つの世界が、元に戻って分裂した。というのは、そのいかなる接触も本来は不可能であり、その無用な言葉の波の下に、農民たちは、真の死と運命を再び見出したのだった。

翌日私は、ニューヨークに住む高名なジャーナリストの弟である、オルランド氏〔オルテンシオ・ルッジエーロのこと。その兄のアメリーゴは『岐路に立つアメリカ』(一九三四)という本を著した〕に、朝食に招かれた。彼は背が高く、真面目で、憂鬱げだった。彼は村はずれの一角にある、自分の小さな宮殿風の邸宅に隠棲していた。現在の有力者たちとは敵同士で、地元の問題からはできる限り距離を置いていた。私は彼の兄の、アメリカに関する本の表紙画を描いていた。これが知り合うきっかけで、彼は私にあらゆる思いやりを示した。彼はまだ古いルカニアの習慣を保持していて、妻は一緒の食卓で食べず、私たちだけにした。私たちは農民、マラリア、農業について、そして南部問題の様々な局面について話し合った。私はその日、ある流刑囚に、トリーノ出身の小柄な会計士に会っていた。彼は労働組合に雇われていたが、彼の言うところによると、贖罪の羊としてここに送られてきた。それは労働組合の金庫から基金が盗まれて大騒ぎになったためだったが、彼の上司である指導者の仕業だった。彼はグラッサーノのある大土地所有者の帳簿をつける仕事を見つけていて、その帳簿をみせてくれた。その広大な農地では、政府の指導に従って、小麦しか栽培していなかった。出来の良い年でも、肥料と労力をかけているにもかかわらず、種子の九倍の収穫しか得られなかった。そうでない年には、収穫はずっと少なかった。時には種子の三、四倍にしか達しなかった。小麦に執着することは、経済的には狂気の沙汰だった。このあたりの土地はアーモンドとオリーブしか受けつけなかった。だから何よりも森と牧草地に戻すべきだ。また農民はかつかつの給料しか得られなかった。私は到着した日を思い出すが、収穫期で、女たちが長い列を作り、バセント川の川べりの畑から、果てしない道を通って、村まで登ってきていた。まるで地獄の亡者のように、頭に小麦の袋を載せていて、激しい陽の光に叩かれていた。村まで一袋運ぶと一リラだった。そして下の方の畑には、マラリアがはびこっていた。しかし、私はオルランドと語り合ったのだが、この地の諸悪の根源は大土地所有制であり、土地を解放するには、大土地所有制を廃すればいいという決まり文句には、根拠がない。ガリアーノの小土地所有者の状態は、この地の土地のない農民の状態より良くないどころか、おそらくさらにひどいのだ。それでは現在の状況下で何をすべきなのか。「何も」とオルランドはその深い、南部的悲嘆を込めて言った。それはこの地の最良の、最も人間的な思想家、自分のことを好んで「無の政治家」と呼んでいた、ジュスティーノ・フォルトゥナート〔一八四八―一九三二。政治家として南部問題に取り組むのと同時に、歴史家として、南部問題に関する多数の著作を書いた〕の失意の言葉を繰り返したものだった。私は毎日、何度、あらゆる農民の会話の中で、この続けて発される言葉を聞いたことだろうか、と考えた。たとえば「何も」とガリアーノの農民が言うように。「何を食べたんだい?」「何も」「何を希望している?」「何も」「何が出来る?」「何も」いつも同じ言葉で、否定の仕種とともに、目が天の方に向けられるのだ。また会話でいつも出てくる別の言葉はクライである。これはラテン語のクラスに由来し、明日、を意味する。待ち望まれること、来るべき事、なされるべき事、変えられるべき事はみなクライ(明日に)である。しかしクライは「決してない」を意味するのだ。

オルランドの失意は自分の土地の問題を真剣に考える南部人すべてに共通のものだが、それはあらゆる人の場合がそうであるように、深く根づいた劣等感から生まれていた。おそらくこのために、彼らは自分の土地とその問題を完全に理解することが不可能なのである。なぜなら自分でも気づかずに、あとになってするならともかく、現時点ではどうしてもしてはいけない比較から出発しているからである。もし農民文明を劣った文明と考えるなら、すべては無力の感覚か、権利回復の要求になってしまう。そして無力と権利要求は、生き生きしたものをまったく生み出さなかったのである。

グラッサーノでのわずかな日々は絵と劇と友人の間で一瞬のうちに過ぎてしまい、また出発しなければならなくなった。ある朝早く、灰色の、雨が降りそうな空の下、戸口で車が私を待っていた。プリスコ、その子供たち、アントニーノとリッカルドがやかましく挨拶する声に送られて、私はその村にさよならを言ったが、その後そこに帰ることはなかった。

ガリアーノはまた私を捕らえて、中に閉じ込めた。まるで岸辺で日光浴をしてぐずぐずしていた蛙を、沼の緑の水が取り込んだかのようだった。村は以前よりもさらに遠くて、孤立していると思えた。外世界からはいかなる音も、私のもとに届いてこなかった。ここには俳優も商人も立ち寄らなかった。魔女はいつものように、年齢のない、黒い、大きな体のまま、戸口で私を待っていた。ドン・ルイジーノは広場で私を待っていたが、また私を支配下に置くことに満足していた。患者たちは私を自分のあばら屋で待ち構えていたが、一週間放っておいたので、その数は増えていた。こうしてまた、以前のように、同じ日が続く日常が始まった。

寒くなり始めていた。断崖の底から、風が冷たく渦を巻いて上がってきて、あらゆる方向から押し寄せるかのように、絶え間なく吹きつけ、骨の中を通り抜け、うなり声を上げながら、暖炉の煙突の中に消えていった。私は夜一人で家にいて、その音を聞いていた。それは間断のない叫び声、うなり声、うめき声で、大地の精がすべて一緒になり、失意の監禁生活を嘆いているかのようだった。雨がやってきたが、長々と、大量に、果てしなく降った。村は白っぽい霧に覆われ、それは谷間にもよどんでいた。丘の頂がそのとろけたような白い霧から顔を出していたが、形のない倦怠の海に浮かぶ島々のようだった。粘土は溶け始め、斜面をゆっくりとしたたり落ち、下の方に滑り落ちていった。それは液状化した世界を流れる、灰色の土の川だった。私の部屋では、テラスに落ちる雨のしずくが、ぴんと張られた革の上に落ちるかのように、金属音を響かせ、それに風が笛のような響きやうなり声を合わせるのだった。まるで砂漠に張ったテントの中にいるかのようだった。窓からは明るさが一定しない、暗い光が入ってきた。丘はそのわびしさの中で、苦しい眠りをむさぼっているようだった。ただバローネだけが屋外の雨の中を、妖精のように、うれしげに走り回り、濡れた大地のにおいをかぎ、跳ね飛びながら家に入ってきて、濡れた体からしずくを振り払うのだった。激しい逆風が煙突の煙を室内に押し戻した。ある農婦がロバの背に載せて、森から運んできた、ビャクシンなどの薪の、かおりは良いが、目を刺す煙が、部屋に充満した。寒さに凍えるままになるか、あるいは煙で涙を流すか、どちらかだった。煙に目をいたぶられながら、その崩壊の水っぽい雰囲気の中で、私は時間が過ぎるままにまかせた。するとその後雪が降ってきて、女たちの手は寒さで赤くなり、白いベールの上に、黒い羊毛のマンティラが羽織られるようになった。より揺るぎのない不動性とより深い沈黙が、山々の孤独な広がりの上に、さらに厚く積み重なるように思えた。

ある晩、激しい風がいくらか、切れ目の晴れ間を運んできた時、布告役人のラッパが響き、太鼓を叩く音がした。墓掘り人がすべての家をまわり、奇妙な声で、布告を繰り返していた。彼は語尾をのばした、甲高い、独特の言い回しを使っていた。「女たちよ、子豚治療人がやってきた。明日朝、七時、子豚を連れて、フォンターナのティンボーネ〔泉の小山の意〕に集まりなさい。女たちよ、子豚治療人がやってきた」その朝、天気は不安定だったが、低い雲の間に、青空の切れ端が見えていた。雪はほとんど溶けていた。風が吹き寄せたあちこちに、しみのように残っているだけだった。私は早く家を出て、目的地に向かった。

フォンターナのティンボーネはほとんど平らな、幅の広い空き地で、粘土の小山の間にあった。そこは昔の水源の近くで、教会を右に折れて、村から少し出たところにあった。そこに着いた時、まだ空が灰色なのに、すでに人で一杯だった。老いも若きも、ほとんどの女がそこにいた。多くのものが、犬のようにひもでつないだ雌豚を従えていた。それ以外のものは、付き添いであったり、治療を見に来たりしていた。白いベールと黒いショールが風にはためいていた。大きなざわめきが、話し声、叫び声、笑い声、豚の鳴き声から成る騒音が、冷たい大気の中に広がっていた。女たちはみな顔を赤くして興奮していた。心配と、熱烈に待ち望む気持ちが入り乱れていた。子供たちは走り回り、犬は吠え、大騒ぎになっていた。ティンボーネの中央に、ほとんど二メートルはありそうな、がっしりした男が立っていた。その顔は紅潮し、髪は赤く、目は青く、大きな口ひげは垂れていて、古代の野蛮人を、たまたまこの黒髪の人々の村にやってきたウェルキンゲトリクス〔前七二―前四六。ガリア人の一部族アルウェルニ族の族長で、古代ローマの軍隊と戦い、苦しめた。戦いの末投降し、ローマで処刑された〕を連想させた。彼が子豚治療人だった。子豚を治療するとは、繁殖用に飼わないものを去勢することだった。そうすればよりよく太り、肉も上質になった。雄豚については、それほど難しいことではなく、農民はまだ若豚の時に自分で行っていた。しかし雌豚は卵巣を取らねばならず、上級の外科手術が必要だった。従ってこの儀礼は、半分聖職者で半分外科医の、子豚治療人により行われていた。その数は非常に少なく、特殊な技術で、父から息子に受け継がれていた。私が見たのは有名な子豚治療人で、父も祖父も子豚治療人だった。二年に一度の周期で村々を回り、仕事をしていた。彼は非常に優秀だという評判だった。手術のあと、豚が死ぬことはほとんどなかった。しかし女たちは、慣れ親しんだ家畜を危険にさらすことと、愛着のために、やはり不安に震えていた。

赤毛の男は空き地の中央に力強く立ち、ナイフを研いでいた。手を自由にするために、長いマット用の針を口にくわえていた。針穴に通したひもが、胸から垂れていた。彼は新たなる犠牲を待っていた。女たちは彼を囲んでちゅうちょしていた。初めに家畜を診てもらうようにさせようと、大きな叫び声や非難の言葉を発しながら、それぞれが近所の人や友人を押し出していた。子豚も待ち受けている運命が分かっているようで、前足を突っ張ったり、ひもを引いて逃げだそうとして、その人間に似た声で、恐怖に震える娘のように悲鳴を上げていた。ある若い女が自分の豚といっしょに前に進み出ると、助手役の二人の農夫がすぐに、恐怖に駆られて泣き叫び、暴れる、そのピンク色の子豚を捕まえた。足をしっかり押さえつけると、それを地面に打ち込んだ棒に縛りつけ、腹を上に横たえた。雌豚は鳴き、若い女は十字を切って、ヴィッジャーノの聖母に助けを求めた。他の女たちもみなそれに和して、祈りの言葉をつぶやいた。手術が始まった。子豚治療人は先の曲がったナイフで、風のように素早く、豚の脇腹に切れ目を入れた。その切り口は深く正確で、腹腔まで届いていた。血がほとばしり出て、泥と雪に混ざった。だが男は間髪を容れず、傷口の中に手首まで手を突っ込み、卵巣をつかんで外に引き出した。雌豚の卵巣は靭帯で内臓と結びついている。左の卵巣を見つけたら、次は、新たな傷をつけることなく、右の卵巣を取り出すことが課題になった。子豚治療人は初めの卵巣を切り取ることなく、大きな針で豚の腹の皮の上に留めた。こうしてそれがどこかに行かないようにしてから、二つの手で内臓を引き出し、巻き取って玉のようにした。

傷口からは何メートルもの、ピンク、紫、灰色の内臓が出てきて、腹膜網の付着点には青い血管と黄色い脂肪のかたまりが見えた。そして内臓はまだ出てきて、いつまでも終わらないかと思えた。その時、あるところで、内臓に付着して、もう一つの卵巣が、右の卵巣が出てきた。すると男は今出てきた小球を、ナイフを使わずに、強く引っ張って引きちぎり、皮の上に留めてあったものものもそうした。そして振り返りもせずに、それを背後にいる自分の犬に投げた。それは四頭の、大きな、白いマレンマ犬で、赤い、凶暴な目と、房状の大きな尾を持ち、狼の牙から守るために、鉄の出っ張りのついた首輪をはめていた。犬たちは投げられるのを待ち構えていて、血だらけの卵巣を空中で捕まえ、地面にかがみ込んで、したたり落ちた血をなめた。男は仕事の手を休めなかった。卵巣を引きちぎると、指で押して、内臓を一つずつ腹に押し込んだが、それが空気でタイヤのようにふくらんでいて、なかなか入らない時は、強引に詰め込んだ。すべてが元の位置に納まると、赤毛の男は大きな口ひげに隠れている口の中から、糸を通した針を取りだし、一針刺して、外科医結びで糸を結び、傷口を閉じた。雌豚は束縛を解かれると、一瞬どうしていいか分からないようだったが、すぐに立ち上がり、体を揺さぶり、悲鳴を上げながら、空き地を走り始めた。女たちがそのあとを追ったが、若い女主人は、不安から解放され、子豚治療人への代金二リラを探して、スカートの中のポケットを探った。手術は全部で三、四分もかからなかった。そしてすでに他の豚が助手たちに捕まり、背中を下に地面に横たえられ、供犠の支度をととのえられていた。そして初めの光景が繰り返された。一頭、また一頭と、朝の間中、中断なしに、雌豚は治療された。空は晴れてきて、冷たい風が吹き、あちこちに雲の切れ端を吹き寄せていた。空中に血の臭いが立ちこめた。犬はもうその生きた肉に飽きていた。地面と雪は赤く染まり、女たちの声はさらに高くなった。そして雌豚が一頭地面に横たえられるたびに、それに反応し、同情して、治療された雌豚と治療を待つ雌豚が、泣き女の合唱のように、一緒に悲鳴を上げた。しかし人々は陽気で、豚はどれも死にそうになかった。もうお昼になっていた。その驚くべき子豚治療人は全身を伸ばして立ち上がり、まだ治療の残っているわずかの豚は午後に回すと言った。女たちは豚にひもをつけて、意見を言い合いながら、立ち去り始めた。子豚治療人は稼いだ金を数えながら、犬を従えて、未亡人の家に食事に行った。私も彼のあとに出て行った。何日間か、村ではそれしか話題にならなかった。何か合併症で、治療を受けた雌豚が死ぬという不安があった。しかしすべてはうまく行き、みなは胸をなで下ろし、あらゆる不安は消え去った。子豚治療人はその日の夕方、祝福に包まれながら、スティリアーノに旅立った。ドルイド僧風の赤い口ひげをたくわえ、犠牲用のナイフを携えて。

すでに夜はとても早く訪れるようになっていた。シューシューパチパチ音を立て、風を吸い込み、煙を吐き出す暖炉の前で過ごす夕べは、長く、悲しかった。その間、バローネは風のうなり声と、遠くの狼の呼び声に耳を立てていた。農夫たちの仕事はさらに少なくなっていき、悪天候の日は畑に行っても無駄だった。彼らは家の中で、かろうじて燃やされている火の近くにいるか、ぶどう酒の地下貯蔵庫で顔を合わせ、パッサテッラにいつまでも興じるのだった。幸運なことに、ドン・ルイジーノも、その大衆的な、雄弁術の遊びに夢中だった。彼はもう一人の教師、P弁護士、ボローニャの永遠の学生、四、五人の地主、そしておそらく自分の民主主義精神を示すためと、数あわせをするために、村役場の守衛か、アメリカ帰りの床屋と、午後いっぱい、酒蔵にこもっていた。夕方も遅くならないと外には出てこず、足はふらふらして、目はうるんでいた。今では彼に出会う危険を冒さずに、広場を横切れた。しかし数日前から、最良の遊び仲間で、権力の象徴、つまり権力を分かち合うのに必要かつ不可分なものがいなくなっていた。それは憲兵隊の曹長で、噂によると、この収奪し尽くされた村で四千リラほどかき集め、他のより豊かな村への転任を申請したのだった。

新しい曹長は前任者とは正反対だった。彼はバーリ出身で、まだ若くて、金髪に青い目をしており、少年のように見えた。学校を出たばかりだった。彼は法の正義に奉仕することを確信し、望み、真正の熱意を傾けていた。彼はあふれんばかりの理想主義と公平無私な態度で、本当に未亡人や孤児を保護しようと思っていたが、みじめな狼と狐の巣に落ち込んだことを、遅からず気づかされることになった。数日間で村のすべての有力者を知り、彼らの争いと情熱を知り、農民への憎悪に気づかされ、窮乏のことを知ると、自分自身は、その慣習と刑罰の免除と忍従の網の目に対して何もできないことを悟り、その若い心が苦渋で満たされたのだった。広場で出会うと、悲嘆に暮れて私を見た。「ああ、先生、なんて村でしょう」と話しかけてきた。「まともな人間は二人しかいない。あなたと私です」私はできる限り慰めた。「二人以上いますよ、曹長。それにソドムとゴモラを天の怒りから救うには、二人の義者だけで十分だったではないですか。でもここには農民の中にも義者はいますし、すぐに知り合いになれるでしょう。それにドン・コシミーノもいるではないですか」

ドン・コシミーノは背中のこぶを隠す黒い長上着を着て、郵便局の窓口の後ろに座っていた。彼はすべての人の話を聞き、その鋭いが憂鬱げな目で見つめ、善意が苦くあふれ出る笑い方でほほえんだ。彼は自分の意志で、私や他の流刑囚に、検閲に回される前の、到着したての手紙をこっそりと手渡すようになっていた。「手紙が一通あります、先生」彼は窓口越しにささやいた。「もっと遅くなって、誰もいない時に来てください」

そして用心のために、手紙を新聞の下に隠して渡した。彼は到着した私たち宛の手紙をすべて取りのけ、検閲のためにマテーラに送らなければならなかった。そして一週間後にそこから戻ってきて、配達されるはずだった。ドン・コシミーノのおかげで、私はすぐに葉書を読むことができ、警察に送るようにと、それを間違いなく彼に返した。手紙の場合は、家に持ち帰り、注意深く開けた。もし封筒が破けることなく、跡が残らずに、うまく行った場合は、翌日ドン・コシミーノのところに持っていった。こうすれば、検閲部が仕事がないことに驚く危険を冒さずにすんだ。誰かがこのせむしの天使に、その好意を求めたわけではなかった。彼は自然な善意から、自発的に行っていたのだ。私は初めの頃は、彼を危険にさらすのではないかと恐れ、ほとんど申し訳なく思っていた。だが恩情あふれる権威的な態度で、手紙を手に押し込み、受け取るようにさせたのは彼の方だった。こちらから送る手紙も検閲のため、マテーラに送らなければならなかった。ここにも大幅に遅れるといううっとうしさがあった。ここではドン・コシミーノは、最大限の善意を発揮しても、役に立てなかった。この頃、検閲に変化があった。警察が過剰な仕事を抱えていたためか、投函される手紙の検査を村長にまかせたのだ。それはドン・ルイジーノの権威と栄光を増大させた。封をした手紙をドン・コシミーノのもとに届けて、マテーラに送ってもらう代わりに、今は開封したまま村長のところに持っていかなければならなかった。村長はそれを読み、宛先に直接送る任務を引き受けていた。この新しいやり方は郵便の速度を早めるはずで、そのために導入されたと思えた。しかしそれに由来する利点は、その場で検査されるというわずらわしさより大きくはなかった。特に一日に十回以上出会う、好奇心旺盛な子供じみた男に、細かな私事や内面をすべて知られるというわずらわしさよりは。ドン・ルイジーノはその仕事を形式的に果たすこともできたはずだった。手紙にざっと目を通して、できる限り早くやっかい払いすることで。しかしそれは望むべくもなかった。手紙の検閲は彼にとって新しい名誉であり、彼の潜在的サディズムと推理小説風の空想を満足させる、予期せぬ道具であった。この頃に新たな流刑囚が到着していた。ジェノヴァの大オリーブ油商で、政治的理由ではなく、職業上の嫉妬か、取引の競合のために、ここに送られてきたのだった。彼は快適な生活に慣れた老人で、心臓に重病があり、実際的であると同時に、感情が豊かな、立派な人物だった。彼は初めの頃、家族から遠く離れ、不自由な生活を強いられて、本当に苦しんでいた。彼は数が多く、複雑な、すべての取引を、不意に中断せざるを得なくなったので、たくさんの指示を発するように強いられた。そこで商人の間で慣例となっている、いつもの言葉遣いと短縮表記で、いくつかの手紙を書いた。敬愛なる、あなたの、今月七日の、その他。そして数字、日付、小切手の番号、支払い期限などを、延々と書き連ねた。それは世界で最も害のない手紙だった。しかしドン・ルイジーノは商業用語を知らず、新しい権威に舞い上がっていた。彼はその未完の言葉や数字が秘密の暗号だ、とすぐに想像し、訳の分からない重大な陰謀をたどっていると思った。彼は手紙を送らずに、存在しない隠された意味を見つけ出すために、それを解読しようと何日も無駄に過ごし、その間、善良なオリーブ油商を監視下に置いた。彼はマテーラの警察にその手紙を送ったが、自制できなくなり、そのジェノヴァの老商人相手に、遠回しの脅迫を次々に行いながら、激しい言い争いをした。何日か後に気を静めたが、自分の疑いには根拠がないと、完全に納得したとは思えなかった。私には、ものごとはそう進まなかった。私が手紙を渡すと、ドン・ルイジーノはそれを家に持ち帰り、注意深く読んだ。その後何日か、出会うたびに、私の文学的素養をほめた。「なんて文章がうまいんでしょう、ドン・カルロ。本当の小説家ですな。私はあなたの手紙を少しずつ読むんです。本当に楽しいです。三日前のものは、写していますよ。傑作ですな」ドン・ルイジーノは私の手紙をみな写していた。それが本当に文体を称賛するためなのか、警察的熱意なのか、あるいは両方なのか、分からない。この作業には多くの時間がかかって、私の手紙はなかなか送られなかった。

十二月も深まると、雪が戻ってきて、畑は見捨てられたまま眠りにつき、農民は村から出ず、道がいつになく活気づいていた。夕方になると、風に流され、引き裂かれる、煙突の灰色の煙の下で、暗い道では、ささやき声や、足音や、会話の声が聞こえ、子供たちが群れをなして走り、クポ・クポのかすれた音が、初めて暗い空に響いた。

クポ・クポは鍋や空き缶で作る原始的な楽器で、上部の空いた部分を、太鼓のように、革を張ってふさぐ。革の真ん中には木の棒をくくり付ける。その棒を右手で上下にこすることで、単調なつぶやきのような、振動する、ぼんやりした、低い音が得られる。子供たちは全員、クリスマスの十五日前にクポ・クポをこしらえ、群れをなして、このただ一つの伴奏音で、一つしかメロディーのないある種の哀歌を歌って回った。彼らは長くて意味のないわらべ歌を歌ったが、それにある種の美しさがないわけではなかった。しかし特に有力者の家の戸口で、セレナードや即興のほめ言葉を歌った。歌でほめられた人は、その報酬に、干しイチジク、ブドウ、フォカッチャ、小銭など、クリスマスの贈り物をしなければならなかった。暗くなり始めるとすぐに、いつも同じリフレインが始まった。大気はその引きずるような、哀れっぽい音で満たされ、子供の声であふれた。クポ・クポのグロテスクで強烈なリズムに乗って。
遠くからこんな歌が聞こえた。

輝く星の下で歌った
ドンナ・カテリーナは美しい人
もし望むなら、クポ・クポ鳴らせ

心の底から歌った
ミリッロ先生は学者さん
もし望むなら、クポ・クポ鳴らせ

フォークについて歌った
ドンナ・マリーアは女王様
もし望むなら、クポ・クポ鳴らせ

こうしてどこの戸口でも、憂鬱な騒音をまき散らすのだった。私のもとにもやってきて、果てしなく続く歌を歌い、最後にこう終えた。

バルコニーで歌った
ドン・カルロは男爵様
もし望むなら、クポ・クポ鳴らせ

この貧しい歌とクポ・クポの音は、貝殻の中に聞きとれる海の音のように、暗い道に響いた。それは冬の冷たい星々とともに響き始め、揚げ物の匂いと物寂しい陽気さが漂う、クリスマスの空に消えていった。「昔はこの時期に、羊飼いたちが村に来ていた」とジュリアは言った。「クリスマスに教会で『幼子イエスが生まれた』をザンポーニャ〔羊の革で作った留気袋に数本の音管をつけ、リードを空気で振動させて音を出す、バグパイプに似た民族楽器〕で演奏した。でもかなり前に道筋を変えて、こちらの方は通らなくなった」だが実際に、クリスマスの少し前に、ある羊飼いが子供を連れ、ザンポーニャを携えて、やって来た。だが仲間にあいさつをするために、一日泊まっただけで、教会には来なかった。彼は友人の家にいたが、それは煉瓦積み工の母親で、私を一人で訪ねてきたことがあった、ロサーノおばあさんの家だった。その晩、彼女のもとで集まりがあり、道を通りかかると、中に入るように招かれ、ぶどう酒とフォカッチャを勧められた。部屋の家具は片付けてあり、二十人ほどの若い農夫や娘たちが、老女の孫や親戚たちが、ザンポーニャのもの悲しい音に合わせて踊っていた。それは一種のタランテッラ〔南イタリアの民衆の踊り。激しいリズムの音楽に合わせて踊る〕で、踊り手たちは自らくるくる回りながら、指先を触れ合わせるだけだった。ある種の回転の踊り、あるいはリズムのある求愛のようだった。するとみなが動きを止め、若い農夫とその婚約者である老女の娘が、手を取り合って部屋の中央に進み出た。娘は背が高くて、たくましく、頬が紅潮していた。彼女が重い荷物を頭に載せて、平均を取って道を歩いているのを、私はよく見かけていた。それはセメントの袋、煉瓦でいっぱいの手おけ、そして天井に使う長くて大きい梁などだったが、彼女はそれに手を添えることもなく、枯れ枝のように運んでいた。兄の煉瓦積み工の仕事を手伝っていたのだ。みなが口をつぐんで、二人を見つめた。ザンポーニャが新たに、鼻にかかった、すすり泣くような、哀れっぽい、動物的なタランテッラを演奏し始めた。二人の婚約者は生来のダンスの感覚を持っていた。それはまるで中世の宗教劇のようだった。二人は慎重な足取りで近づきながら、踊り始め、不意に背中を向けて回転し、距離を取って丸く回り、足を踏み鳴らしてリズムを取り、目と仕種で気むずかしさと拒否を示した。そして歩調を早め、すれ違いながら体を寄せ、手を取り、コマのように回り始めた。そしてリズムがどんどん速くなり、輪が縮まって、つま先旋回する中で、腰をたたきつけ、体をぶつけ合った。そしてようやく向かい合わせになり、手を腰に当てて踊った。愛の決闘、偽りの拒絶の無言劇は終わり、愛のダンスが始まりそうだった。しかしここでみなが手を叩き、ザンポーニャは演奏をやめ、踊り手たちは大きく息をつき、顔を紅潮させ、目を輝かせながら、仲間と椅子に座った。ぶどう酒のコップが回され、暖炉の揺れる光の中で少しおしゃべりが続いた。そしてザンポーニャの奏者は旅立っていった。私がいた一年の間で、私が知る限り、これがガリアーノで踊られた唯一の踊りだった。

そしてクリスマス・イブがやってきた。大地には雪と見捨てられた気配が降り積もっていた。風が不吉な鐘の音を運んできた。それは空から降ってくるかのようだった。私が通りかかると、家々の戸口から、祈願と祝福の言葉が降り注いできた。子供たちはグループになって、クポ・クポの最後の物乞いに回っていた。農夫や女たちは有力者の家々に贈り物を届けるため、あちこちを歩き回っていた。ここでは貧しい者が富裕者に敬意を示すのが昔からの習慣で、それは当然のものとして、傲慢な態度で受け取られ、お返しはされなかった。その日は私もぶどう酒、オリーブ油、卵、籠いっぱいの干しイチジクなどを受け取らなければならず、私がそれを強制的な十分の一税として受け取るのではなく、むしろ受け取りを避けて、代わりに、できる限り何か贈り物をしようとするのを見て、贈り主たちは驚くのだった。もし東方の三博士の逸話と逆のことをする伝統が私に意味がないなら、そして私の家には手ぶらで入ることができるというなら、私は何と奇妙な有力者だろうか。その東方の有力者たちが、星を追いかけて、大工の息子に自分の富を捧げるために来たなら、それは世界の終末が迫っている印だった。だがキリストがやってこなかったこの地では、東方の三博士を見かけることもなかったのだ。

　ドン・ルイジーノは、祝祭の印として、その晩、私は遅くまで外出していいし、望むなら、真夜中のミサにも出席できる、と親切にも知らせてよこした。私はちょうど真夜中に、教会の前の、農民や女たちや有力者たちの人混みの中にいた。私たちはサラサラの雪の中で足を踏み鳴らしていた。空は晴れ、星が輝いていて、幼子イエスが生まれようとしていた。しかし鐘は鳴らず、教会の扉は鎖で閉ざされ、ドン・トライェッラは影も見えなかった。私たちはじりじりしながら、三十分間、その閉ざされた扉の前で待った。いったい何が起こったのか。司祭長は病気か、あるいはドン・ルイジーノが叫んでいるように、酔っぱらっているのか？　結局村長は司祭長の家に子供を使いに出し、呼び寄せることにした。それから数分すると、大きな雪用の長靴を履き、手に大きな鍵を持って、ドン・トライェッラが小道を下りてくるのが見えた。彼は遅れたことに何かいいわけをつぶやきながら、扉に近づき、鍵を回し、扉を開いて、祭壇のろうそくに火をつけに走った。私たちもみな中に入り、ミサが始まった。音楽も賛美歌もない、あわただしくみすぼらしいミサだった。そしてミサが終わり、「行きなさい、集会は終わった《イテ・ミサ・エスト》」が発せられると、ドン・トライエッラは祭壇から降りて、私たちが座っている長椅子の前を横切り、説教壇に登って、説教をしようとした。

「親愛なる兄弟たちよ」と彼は始めた。「親愛なる兄弟たちよ、兄弟よ」そしてここですぐに中断し、口の中で訳の分からない言葉をつぶやきながら、すべてのポケットを探り始めた。そして眼鏡をかけ、それをはずし、また鼻にかけ、ハンカチを取りだして汗を拭き、天を仰ぎ、視線を下げて聴衆を見て、ため息を漏らし、頭をかいて非常にとまどっていることを見せ、おお、とか、ああ、とか言葉を発し、手を組み合わせ、その手をほどき、パーテルの祈りをぶつぶつ唱え、絶望した表情で、ようやく口を閉じた。何が起きたのか？ ドン・ルイジーノは顔を真っ赤にして、金切り声を上げ始めた。「酔っぱらっている、クリスマスの夜なのに」ドン・トライエッラは説教壇からまた話し始めた。「親愛なる兄弟たちよ、私は牧者の魂を持ってここに来ました。あなたたちと少し語り合うためです。この聖なる祝祭の機会に。あなたたちは私の愛しい群れなのですから。それは愛情あふれる牧者の言葉をあなた方にもたらすためです。

注意深く、善意あふれる、研究熱心な牧者《ソリキティ・エト・ベニグニ・エト・ストゥディオシ・パストリス》の言葉を。私は本当に説教を用意しました。あえて謙虚な心で申し上げるのをお許し願いたいが、それは良く書けていました。私はそれを読み上げるために書き留めました。もう記憶力が衰えているからです。それをポケットに入れたのです。でも、ああ、もう見つかりません。なくしたのです。内容は思い出せません。どうしましょう？　私の信者たちよ、私の言葉を待っているあなた方に、何が言えるでしょうか？　ああ、言葉が浮かんでこないのです」ここでドン・トライエッラはまた口をつぐみ、考え込んでいるかのように天井を仰ぎ、身動きしなかった。下に並ぶ長椅子では、農民たちがどうしていいか分からないが、興味をかき立てられて、待っていた。しかしドン・ルイジーノは自分を抑えきれずに、怒り狂って立ち上がった。「恥さらしだ。神の家への冒瀆だ。ファシストよ、私のもとに来い」農民たちはだれを見ていいのか分からなかった。ドン・トライエッラは恍惚状態から醒めたかのように、その場にひざまずき、説教壇の縁に取り付けてある木の磔刑像に目を向け、祈るために手を合わせ、こう言った。「イエスよ、私のイエスよ、私が自分の罪でいかなる窮状に陥ったか、お分かりでしょう。助けてください、私の主よ！　この苦境から脱け出させてください、イエスよ！」そして天恵に恵まれたかのように、司祭長は勢いよく立ち上がった。彼は磔刑像の足下に隠してあった紙片を激しい勢いでつかむと、こう叫んだ。

「奇跡だ、奇跡だ！　イエスが聞き入れてくださった。助けてくださった。説教をなくしてしまったが、もっといい物を授けてくださった。私の貧しい言葉など、なんの意味があろうか。私の言葉の代わりに、遠くからやって来た別の言葉を聞いてください」そして見つけた紙を読み始めた。だがドン・ルイジーノは聞いていなかった。今では聖なる義憤と冷たい怒りの爆発にとらわれていて、さらに叫び続けた。「ファシストよ、こちらに来い。冒瀆だ。クリスマスの夜に教会で酔っぱらっているんだ。さあ、こちらに来い」そして彼の学校の七、八人のバリッラ少年団員と愛国少年団員に、あとに続くように合図して、「黒い小さな顔」を歌い始めた。

村長と少年たちが歌っていたが、ドン・トライエッラには聞こえないようで、読み続けた。奇跡の紙はアビシニアから来た手紙で、司祭たちに育てられ、みなが知っている、ガリアーノ出身の軍曹からのものだった。「これはあなた方のあるものの言葉です、この村の息子で、私の子羊の中で最もいとしいものの。これに比べれば、私の貧しい説教は何の価値もありません。これを見つけさせてくださったイエスは、奇跡をなされたのです。さあ、聞いてください。『聖なるクリスマスが近づいてきて、私の考えはガリアーノに、そこにいるあらゆる友人と仲間のもとに飛びます、きっと私たちの小さな教会に集まり、聖なるミサを聞いていることでしょう。私たちはここで、不信仰な人々に、我らの聖なる宗教をもたらすために戦っています。この異教徒たちを真の信仰に回心させるために、永遠の平和と至福をもたらすために戦っています』など、など」手紙はしばらくこの調子で続き、あらゆるものへのあいさつと、特に名前を挙げられている村の多くのものへのあいさつで終わっていた。農民たちはこの地上世界の外の、アフリカからの知らせを喜んで聞いていた。ドン・トライェッラはここで、戦争と平和の概念をたくみにすり替えて、自分の祈りへのきっかけにした。「クリスマスは平和の祝祭ですが、私たちは戦争をしています。でも手紙がいみじくも書いていたように、この戦争は戦争ではなく、人間にとって唯一、真の平和である十字架の勝利のための、平和活動なのです」ドン・トライェッラはこの調子でさらに続けた。説教は大騒ぎの中に消え失せつつあった。ドン・ルイジーノと少年たちは「黒い小さな顔」から「ジョヴィネッツァ」に移り、それを歌い終えると、また「黒い小さな顔」に戻った。しかし農民たちがついてこず、司祭長が騒ぎに気づかないふりをして、話し続けるのを見て、村長は入り口に向かい、こうどなった。「教会の外に出ろ。この場所は冒瀆されている。ファシストよ、私のもとに来い」彼はバリッラ少年団員と愛国少年団員を引き連れ、友人も従えて、外に出ると、取り巻きとともに教会のまわりを回り、交互に「黒い小さな顔」と「ジョヴィネッツァ」を歌って、説教の間中そうしていた。ドン・トライェッラはまったく動ぜずにいた。彼は教会の中で居心地悪く感じていない唯一の人だった。ただいつもと違って、青白い顔に、頬だけを赤く染めていた。「『地上の善意の人たちに平和を《パクス・イン・テラ・ホミニブス・ボナエ・ウォルンタティス》』、私のいとしい息子たちよ。『地上に平和を《パクス・イン・テラ》』、これは神の知らせであり、私たちはこの戦争の年に、特別の悔恨と信仰心を持って聞かなければならないのです。聖なる御子はまさにこの時間に、この平和の言葉をもたらすために生まれたのです。『地上の人たちに平和を《パクス・イン・テラ・ホミニブス》』だから私たちは、それにふさわしいと感じられるように、身を清めなければならないのです、自省をしなければならないのです、清い心を持って神の言葉を聞くに値するように、自分の義務を果たしたか自分に問いかけなければならないのです。だがあなた方は悪意を抱き、罪人で、教会には来ないし、祈禱はしないし、低俗な歌を歌うし、冒瀆の言葉を吐くし、子供に洗礼を受けさせないし、告解をしないし、聖体拝領をしないし、主の使徒を尊敬しないし、神のものを神に返さないので、平和はあなた方から遠くにあるのです。『地上の人たちに平和を《パクス・イン・テラ・ホミニブス》』あなた方はラテン語を知らないでしょう。何を意味していますか。『地上の人たちに平和を《パクス・イン・テラ・ホミニブス》』とは今日、クリスマス・イブに、あなた方は習慣通りに、子山羊を一匹、贈り物として自分の牧者に持ってくるべきだったのです。だがあなた方はそうしなかった。それはあなた方が不信心だからです。それゆえあなた方は『善意のもの《ボナエ・ウォルンタティス》』ではないのですから、つまり善意がないのですから、平和も、主の祝福も得られないのです。そこでよく考えなさい、あなた方の司祭長に子山羊を持ってきなさい、彼に地代を払いなさい、前の年からのものがあるでしょう、もし神に哀れみを持って見つめてほしいなら、手を額に当て、心に平和を吹き込みなさい。もし自分の親しいものやいとしい祖国の運命におびえる戦争が終わってほしいなら、世界の平和が戻ってほしいなら」そして冗談と権利要求とラテン語の引用を混ぜながら、彼はこの調子で続けた。「黒い小さな顔」が入り口から聞こえてきて、祈りの言葉をより引き立てた。司祭長の合図で、鐘撞きの少年が鐘のひもを引き、その死者のための甲高い音で、村長の歌声を打ち消そうとした。やかましい音が響き、みながうちひしがれる中で、説教はようやく終わった。ドン・トライエッラは説教壇から降りると、右も左も見ずに、教会の外に出た。私たちもそのあとに続いた。外ではドン・ルイジーノがまだ歌い続けていた。黒いマントを羽織った農夫が、教会の前で、鞍を載せたラバの端綱を持って待っていた。その農夫は司祭長を迎えにガリアネッロから来ていた。そこでもクリスマスのミサをあげることになっていたのだ。ドン・トライエッラは教会の扉を閉め、鍵をポケットに入れ、農夫の助けを借りてラバによじ登り、出発した。雪の中を二時間、断崖につけられた小道を行かなければならなかった。ガリアネッロではその年、幼子イエスは午前四時頃に生まれた。ドン・トライエッラはそこでも奇跡を繰り返したが、そのへんぴな分離集落には村長も有力者たちもいなかったので、すべてはとてもうまく行き、農民たちは説教に熱狂して、今度だけは貧しい司祭長もしかるべき敬意を払われて、好きなだけ飲むことができた。彼は今回は本当に酔っぱらってしまい、三日後にならなければ、ガリアーノに帰って来なかった。私は他のものと教会の前に残ったが、事件に意見を言い始めたものたちの輪からは、すぐに離れた。ミリッロ医師だけは、甥の行為がいやになって首を振っていたが、他の有力者たちは全員、村長を支持し、司祭長を当局に訴えようとしていた。「やっとやつをやっかい払いできる」とドン・ルイジーノが甲高い声で叫んだ。「いい機会だ」ドン・トライェッラが、スタンダール的な遅刻の演出をして、書いた説教をなくし、説教壇でとまどってみせて、奇跡を準備したのか、だれも分からなかった。そしてそれが、単なる敬虔な教化の目的でなされたのか、その雄弁術的策略を用いて、聞くものの心に最大の効果を与えるために行われたのか、あるいは同時に、機知に富んだやり方で敵をからかい、自分自身をも笑いものにして、自分を嫌い、迫害していると思っている人々の背後で楽しむ意図があったのか、だれにも分からなかった。だが確かに彼は酔っていなかったし、もしいつもより少し飲み過ぎていたとしたら、それは明晰さと機知を取り去るどころか、付け加えたのだった。しかしドン・ルイジーノは、司祭長が酔っていて、話は本当に支離滅裂で、それ全体が不祥事であると確信していた。これは哀れな老人司祭にとって、破滅のもとだった。翌朝はクリスマスで、休日だったのに、告発状が送られた。県庁と警察と司教に宛てられていた。するとしばらくして、調査のため、トリカリコの二人の司祭が司教から派遣されてきた。意見を求められたものたちはみな、司祭長に不利な証言をしたと思える。私だけが彼をかばおうとしたが、私にはいかなる権威もなかった。司教は、ドン・トライエッラが自分の本来の場所であるガリアネッロに住むようにし、ガリアーノ教区の選考試験には参加することを禁じる、と決めた。だがこれはあとで起きたことだった。

その朝、空は灰色で寒く、農民たちは遅くまで寝ていた。煙突はいつもよりもずっと多く煙を吐いていた。おそらく薪のせ台の間に置いた鍋で、子山羊の肉でも料理していたのだろう。それは一年で最大の祝祭であり、みせかけの平和と想像上の豊かさの、楽しい日だった。それは一年の別の時には不可能なことも、言ったり実行したりできる、特別な日だった。ジュリアはこざっぱりした服装で家にやってきた。ショールはしみが抜かれ、ベールはアイロンがかけられたばかりで、子供もいつもよりましな格好をしていた。子供は大きな狩猟靴を引きずっていたが、それは何歳か年長の、他の子供のものだった。私はじりじりしながらジュリアを待っていた。彼女の魔女の知識の中で、ある部分全体が、そして一番重要な部分が、その日だけに教えてもらえることになっていた。

サンタルカンジェロ出身の魔女は、惚れさせるためや、病気を治すための、あらゆる魔法や呪文を教えてくれた。しかしいつも死の魔法を、病気にして殺す魔法を、教えるのを拒否してきた。「ただクリスマスの日だけに、厳重な秘密にして、だれにも繰り返さないという誓いのもとで、言うことができます。聖なる日である、その日だけに。一年の残りの日では、とんでもない大罪になります」しかしそれでも私は何度も何度も頼み、絶対に秘密にすると言い張らなければならなかった。ジュリアは身をかわしていたが、それは結局のところ、クリスマスであっても、まったく罪にならないわけではなかったからだ。私の思慮分別は信頼に値する、悪魔が私たちをあざ笑うことはない、と私は厳粛に誓わなければならなかった。ようやく彼女はその恐ろしい呪文を私に手ほどきする気になったが、それはただ言葉の力だけで、人間の生きている部分すべてを少しずつ攻撃し、打撃を与え、乾燥させ、干上がらせて、墓場送りにしてしまうのだった。ここでその恐ろしい呪文のどれかを書くべきだろうか、こうした時代には、読者にとても有益と思えるものを。ああ、だめだ。クリスマスではないし、私は誓いに縛られているのだ。一年の終わりがやって来た。私は習慣通りに、真夜中を待とうと思った。私は息を吐き、パチパチ、ジュージュー音を立てる、暖炉の火を前に、一人で台所にいた。外は風と雪の嵐がうなり声を上げていた。私はコップにぶどう酒を注いでいたが、何に乾杯できただろうか？　この時のない土地では、私の時計は止まり、外のいかなる鐘の音も私のところまで届いて、時の経過を教えてくれなかった。こうして、いつだったのか定かではないが、一九三五年が終わった。合法的なわずらわしさでいっぱいの、うっとうしい年が。そして前と同じ年が、一九三六年が始まった。それはかつてのすべての年と同じであり、これからの年とも同じだった。その無関心の、非人間的な流れの中で。そしておまけに不吉な印とともに始まった。日蝕が起きたのだった。

日蝕は天空の印だ。ペストで病んだ太陽が、そのベールで覆われた目で、崩壊の戦争を始めた世界を見つめていた。この下の世界には罪があった。それはその頃になされた、窒息ガスによる大量虐殺という罪だけではなかった。農民はそれに対して頭を振るという反応を示した。彼らはいかなる罪にもあがないが必要なことを知っていたからだ。しかし無実の人も有罪のものも一緒になって、あらゆる人が償うべき、もっと根源的な罪がなされた。太陽は顔を曇らせて、そのことを警告した。「悲しい未来が我々を待っている」とみなが言っていた。

毎日が寒くて、生気を欠いていた。太陽は白い山々の上に、青白い顔をして、息も絶え絶えに昇ってきた。酷寒と飢えに追い立てられて、狼が村に近づいてきた。バローネは不思議な感覚で、それを遠くから感じ取り、異常なほど落ち着きのない、興奮した状態になった。毛を逆立て、家中をうなりながら走り回った。爪で扉をひっかき、外に出たいと合図した。扉を開けてやると、夜の闇の中に消え、朝まで姿を見せなかった。その狼に対する興奮に、憎しみや恐れがあったのか、あるいは愛と欲望なのか、またその夜の逃亡が狩りなのか、あるいは古い友人同士の森の中での会合なのか、私にはよく分からなかった。確かにその頃の夜は、谷のあちこちで、猟犬の鳴き声や、奇妙な吠え声がするのを、北風が運んできた。バローネは翌朝、どこにいたのか知らないが、びしょ濡れになり、泥に汚れたまま、疲れ切って帰ってきた。火のそばに横になると、片目だけ開けて、下から上へ、私を眺めた。

村を横切る狼もいた。朝、雪の上に、足跡が残っていた。ある晩、私はテラスから、自分の目でそれを見た。やせた大きな犬が不意に闇から出てきて、風で揺れる街灯の明かりの下に一瞬立ち止まり、顔を上げて空気の匂いを嗅ぎ、ゆっくりとした、静かな足取りで陰の中に姿を消したのだった。

それは猟師たちにはいい季節だった。勢子《せこ》を使ったイノシシ狩りに参加するために、アッチェットゥーラの向こうまで出かけるものもいた。たくさん出没しているとのことだった。だがガリアーノではその年は、一頭も取れなかった。大多数のものは、畑が休みなのを利用して、ビロードの上着を着て、ぴかぴかの猟銃を持ち、狐やウサギ狩りに出かけ、しばしば狩猟袋をいっぱいにして戻ってきた。農民はウサギの右後ろ足の骨で、その骨髄を焼けた針金で焼き切ったあと、葉巻の吸い口を作った。老人たちは宗教的とも言えるていねいさでそれを吸った。冷たい空気でひびが入らないようにするためで、黒光りするようになるまで、そうしていた。ある農夫の老人が、何の病気を治療したか忘れたのだが、尊敬に値するような色の、吸い口を贈ってくれようとした。それは彼が二十年間吸い続けたものだった。この贈り物を私が喜んだと、村中に知れ渡ると、みなが競って、穴が空いているがまだ素材のままの、その骨を贈ってくれた。そして私も粘り強く、それを黒くしようとした。村の道のあちこちを、私のみすぼらしいローマ葉巻を吸って歩きながら。

雪が道を閉ざしているので、新聞も郵便もやってこなかった。断崖の間に浮かぶ島は、大陸との接触をすべて失ってしまった。日々の移り変わりは、雲と太陽の変化だけでしか感じられなかった。新しい年は眠り込んだ切り株のように、身じろぎもせずに横たわっていた。変化のない時間の中では、記憶にも、希望にも、場所はなかった。過去と未来はもはや死んでしまった季節のようだった。私にとっても、すべての明日が、時間が尽きる時まで、あの農民の不確実な「クライ」と同じになってしまった。それは歴史や時間から遠く離れた、空虚な忍耐から成っていた。何と言葉は欺くことだろうか、その内部に矛盾を抱えながら！　この時間のない荒野では、方言が、いかなる言語よりも、時の尺度を表す言葉を豊かに持っている。その不動の、永遠の「クライ」より先の、毎日が、それぞれ名前を持っている。「クライ」はいつも明日のことを指す。あさってはペスクライと言う。その次の日はペスクリッレだ。さらにその次はペスクルフロ、次いで、マルフロ、マルフローネと続く。そして七日目はマルフリッキョだ。しかしこうした厳密な言い方は、何よりも皮肉の響きを持つ。これらの言葉はある特定の日を指すのに使われるのではなく、むしろ全部であるリストをなし、それ自体が奇怪なものなのだ。それはクライの永遠の霧の中で、区別をすることの無用さを明確に示している。確かに私も、未来のマルフロ、マルフローネ、マルフリッキョから何も待ち望まなくなり始めた。煙でくすぶる台所で、過ごす夕べの孤独を破るものは、何もなかった。時々巡察の憲兵が訪ねてきて、私が家にいるか、「形式的に」確認し、ぶどう酒を飲んでいく以外は。家の所有者は、部屋の下にある搾油場の、搾油機の音で、しばしば迷惑をかけるはずだと言っていた。そこには、菜園の側の、家に続く小さな階段の脇にある扉を通って、中に入るようになっていた。夜の間も搾油機は動かし続ける、と家の所有者は言った。目隠しをしたロバが丸く輪を描きながら、古い石臼を挽き始めると、家は震え、床から轟音が絶え間なく上がってきた。しかしその年、オリーブの収穫はとても少なくて、搾油機は全部で二、三日しか使われず、その後は前と同じように静まりかえったままで、私の夜を妨げることはなかった。

ただ一度だけ、夕食のあとに、曹長とP弁護士がカード遊びをしに来たことがあった。

私が一人きりなのを知っていて、少し仲間がいたら喜ぶと思ったのだ。これからもしばしば来て、楽しい時を過ごすつもりだった。私はそれが日々の習慣になり、カード遊びのわずらわしい言動で時が過ぎてしまうことを恐れた。その頃は一人でいて、本を読んだり、仕事をすることを好んでいたのだ。

本を読んで、夜を追い払う
それは私にはより良いことに思える
チェスやバックギャモンで遊ぶよりも
〔ジェフリー・チョーサー、詩集『公爵夫人の本』からの引用〕

しかしながら、私は彼らの善意を汲んで、悪い遊びにもいい顔をし、際限なくラミーをして夜を過ごした。しかし彼らはその後やって来なかった。ドン・ルイジーノが彼の取り巻きの誰かから、この訪問のことをすぐに知ったのだ。私には何も言わなかった。だが曹長と広場で激しい言い争いをして、流刑囚と仲良くしていると非難し、告発して、移転させると脅したのだ。こうして、患者と農民を除くと(農民は自由に私のところに来られた、なぜなら本当に、人間とみなされていなかったからだ)、誰も私を訪ねて来なくなった。ただミリッロ医師は例外だった。彼は他人と違う行動が好きで、年老いた叔父であるという身分であったため、甥を恐れることがなかったのだ。

こうして私は自分自身と、自分の時間を自由に使えることになった。しかし有力者の仲間がいなくても、子供たちは仲間だった。子供たちは数多くいて、あらゆる年齢層に及んでおり、どんな時間にも扉をノックしてきた。まず初めに彼らを引きつけたのは、純真で素晴らしいバローネだった。そして私の絵に心を打たれた。キャンバスに、魔法のようにして、画像が現れ、それが家や丘や農民の顔であることに、驚くのをやめなかった。彼らは私の友達になった。家に自由に入ってきて、絵のモデルになり、描かれることに誇らしげだった。私がいつ野原に絵を描きに行くか、知らせ合い、群れをなして家に迎えに来た。いつも二十人ほどいて、絵の具箱、画架、キャンバスを運ぶことを最大の名誉と考えていた。そのために喧嘩し、暴力を振るったりしたが、私が抗弁のできない神のように間に入り、判断して、選んだ。お気に入りのものが絵の具箱を持った。一番重いので、称賛に値するとみなされ、みなが持ちたがったのだ。そのものは騎士のように自己を誇示し、大満足で、誇らしげに気取って歩いた。ジョヴァンニ・ファネッリという、八歳か十歳の少年が、だれよりも絵に熱狂した。彼の顔は青白く、黒い大きな目を持ち、首は細くて長く、皮膚は女のように白かった。子供たちはみな空になった古い絵の具のチューブや毛のすり切れた絵筆をほしがり、それを遊びに使った。ジョヴァンニも自分の分を手に入れたが、まったく別な風に使った。私に何も言わずに、ひそかに画家の仕事を始めたのだ。彼は私のすることを非常に注意深く観察した。彼は私が下塗りしたキャンバスを枠に張るのを見た。この作業を私は自分でしていたので、彼は描くことと同様に、それを芸術上必須のことと考えた。そこで彼は棒きれを探し、何とかくっつけた。この不揃いの、ゆがんだ木枠に、どこからか見つけてきた古いシャツの一部を張り付け、何か分からない、どろどろしたものを塗りたくり、それを下塗りとした。ここまで来て、彼は難しいことをやり遂げた気になった。空のチューブの残りと、パレットの残りかすと、すり切れた絵筆を使って、彼は私の絵筆の走らせ方と塗り方をまねながら、彼のキャンバスに絵を描いた。彼はすぐに顔を赤らめるような、内気な子供で、強く望んではいたものの、あえて私に自分の絵を見せようとしなかった。私は他の子供たちに聞いて、それを見た。普通の幼児的な絵ではなく、模倣でもなかった。それは形のないもの、色のしみだったが、魅力に欠けるわけではなかった。ジョヴァンニ・ファネッリが画家になったのか、あるいはそうすることができたのか知らない。しかし残りのだれにも、働くことから自然にやってくるはずの啓示に対する、彼のような信頼感を見たことがなかったのは確かだ。つまり決して失敗しない魔術の呪文のように、あるいは耕され、種をまかれたら、必ず実りをもたらす、大地の労働のように、その技巧の繰り返しを信じる気持ちのことだ。

この子供たちは、クリスマスにクポ・クポを鳴らして、群れをなして歩き回っていたものたち、あるいは道で出会っても、鳥の群れのようにすぐに逃げてしまう子供たちと同じだったが、グラッサーノのカピターノのような、ボスはいなかった。彼らは活発で、頭が良く、悲しげだった。ほとんど全員が下手なつぎが当たったぼろを身にまとい、上の兄弟のお下がりの上着を着ていたが、長すぎる袖を手首のところでまくっていた。彼らは裸足か、穴のあいた、大人用の、大きな靴を履いていた。みな顔色が悪く、マラリアで黄色い顔のものもいて、やせこけ、目は黒くて、じっと凝視してくるが、空虚で、どこまでも深く澄んでいた。無邪気なもの、ずるいもの、純真なもの、意地悪なものなど、あらゆる性格が見られたが、熱で燃えているかのように目を輝かせて、みな活発に動き回った。全員が早熟な人生を生きていて、歳とともに、時の単調な牢獄で衰弱してしまうはずだった。どんなところでも、私は、静かに動き回る彼らに取り囲まれた。彼らからは、無言の信頼感と、口に出さない欲望が伝わってきた。彼らは、私の持ち物やすることのすべてを、恍惚として称賛した。私が捨てるほんの些細なものも、空箱や紙片でも、彼らには宝物であり、激しく争って奪い合った。求めもしないのに、どんな奉仕でもしようとして、走り回った。田野に出かけ、夕方になって、野生のアスパラガスの束や、木に生えるキノコを持ってきてくれた。それらは味がなく、筋張っていたが、ここらでは、他のものがない時は、食べていたのだ。また遠くまで、ガリアネッロのあたりまで遠征して、野生のオレンジの苦い実を持ってきたこともあった。それはあちらにある、村全体でただ一本の木に実ったもので、絵に描くようにとのことだった。彼らは友達だったが、とても慎み深く、引っ込み思案で、警戒心が強く、言うまでもなく沈黙に慣れており、自分の考えを隠した。彼らはまるで、素早くて捕まえられない山羊のように、自分たちが生きている、そのとらえどころのない、不思議な、動物の世界にどっぷりと浸かっていた。そのうちの一人のジョヴァンニーノは髪が黒く、色白の少年で、目は丸く、顔はいつも驚いているようで、大人用の帽子をかぶっていた。羊飼いの息子で、黄褐色の山羊といつも一緒だった。その山羊は黄色い目をしていて、まるで子犬のように、どこでも彼についてきた。私の家に他の子供たちと来る時は、山羊のネンネッラも台所に入ってきて、塩を求めてあたりを嗅ぎ回った。バローネは山羊を尊重することを学んだ。絵を描きに外出する時、ネンネッラは子供たちの列のあとから、跳ねながらついてきたが、バローネは先頭に立ち、抑えきれない自由な感覚に有頂天になり、吠え声を上げた。私たちが立ち止まると、ジョヴァンニーノはネンネッラの首に抱きつきながら、私の仕事を見ていたが、山羊はやがて跳ね飛んで自由になり、エニシダの茂みを食べに、遠くに走っていった。私はその後、煩わされないように、子供たちを追い払い、彼らは嫌々遠ざかったが、蚊の群れが私のまわりでうなり、最後の太陽の光がバラ色に、長々と尾を引く夕方頃に戻り、絵が終わったのを見届け、それを意気揚々と掲げて、家まで戻るのだった。今は雪が地面を覆っているので、この子供たちの行列は終わってしまった。しかし子供たちは家に私を探しに来て、台所の暖炉の火で暖まり、テラスに遊びに上がる許可を求めるのだった。特に三、四人が、ほとんどいつも私のまわりにいた。一番小さな子はパッロッコラの息子で、私の家から数メートル先のあばら屋に住んでいた。年齢は五歳くらいで、頭は大きくて丸く、鼻は短く、唇は厚く、体は小さくて、きゃしゃだった。その母のパッロッコラは、同じように大きな頭を持ち、それが司祭の持つ杖に似ていたので、パッロッコラというあだ名がついたのだが、彼女も村の農婦‐魔女の一人だった。だが一番醜く、一番気立てが良くて、みなの中では一番謙虚だった。平たく広がった鼻、大きく開いた鼻の穴、不格好な口、まばらな髪の毛、黄色っぽい、ざらざらした肌、そして大きな顔。本当に異様な顔つきだった。体は小さく、ずんぐりしていて、ぼろを不格好に身にまとい、ベールをかぶっていた。しかし良い女性だった。洗濯女をして生活していたが、必要な時は願いを拒むことはなく、広場のように大きなベッドに、憲兵や若者を迎え入れるのだった。私は毎日、自分の家の正面の戸口で彼女を見かけた。そして冗談で、あなたが好きだから、私のことを拒まないでほしいと言った。パッロッコラはその果皮のように厚い皮膚で可能な限りだが、喜びで顔を赤らめ、「あなたはだめです、ドン・カルロ。私は不作法ですから《イオ・ソ・ザンブラ》」と言った。つまりパッロッコラはザンブラ、粗野な田舎ものだというのだ。しかし女人食い鬼のような顔をしながら、彼女は親切だった。子供は一緒にいるただ一人の子で、他のものたちは死んだか、遠くにいた。その子たちも彼女に似ていた。

もう一人の忠実な友はミケリーノだった。十歳ほどの少年で、欲張りで、狡猾で、もの寂しげで、輝きのない、黒い目を持ち、遠い昔からの悲嘆を受け継いでいて、その見捨てられた村の真の典型かと思えた。しかしだれよりも私のもとにやってきたのは仕立て屋の息子たちで、特に一番下のトニーノがつきまとってきた。彼は内気だが、機敏で、利口で、体つきはほっそりとしていて、黒髪の小さな頭は刈り上げてあり、留め針の頭のような、生き生きとした、小さな目を持っていた。父親は息子たちをとても愛していて、良き職人であり、ニューヨークの仕立て屋であった誇りから、他の子供たちよりもましな状態で育てようとしていた。しかし祖国に帰ってきても、すべてがうまく行っていなくて、農民より金を持っているわけでもないので、いったい何ができただろうか？

子供たちは他のものたちと同じように育っていた。彼は一針縫いながら、苦々しく考えた。彼らを紳士にする希望はもはやないし、ますます大きくなる扁桃腺とアデノイドの肥大増殖を、しかるべく治療する金もないのだ。そしてトニーノもまたモナキッキョのように元気だが、彼には父親の幻滅の影響が見て取れた。

こうした子供たちのすべてに、どこか特別なものがあった。何か動物的なものと大人の人間的なものがあって、生まれた時から、忍耐の重荷と、ぼんやりとした苦痛の意識をすぐに持ったかのようだった。彼らの遊びは、どこの国でも同じような、町の庶民の子供の遊びとは違っていた。動物だけが彼らの仲間だった。彼らは閉鎖的で、口を閉ざすことを知っており、子供らしい純真さの下に、不可能な慰めを軽蔑する、農民の得体の知れない不可解さを隠していた。また見捨てられた世界で、少なくとも魂だけは守ろうとする、農民の恥じらいも持っていた。彼らは全般的には、町の同年代の子供たちよりも、ずっと頭が良く、早熟だった。彼らはものごとを素早く、直感的に把握し、外世界の未知のものを理解し、称賛する意欲に満ちていた。彼らはある日私が書いているのを見て、教えてもらえないかと頼んできた。学校では棒で叩き、葉巻を吹かし、バルコニーでおしゃべりして、愛国的演説をするばかりで、何も教えてくれないのだった。みな学校に行っており、教育は義務だったが、そうした教師では、読み書きのできないまま卒業するのが落ちだった。こうして彼らは夕方、自発的に、何度かやって来て、私の台所で文章を書くようになった。ものごとを直接教えることへの、生来の嫌悪から、私は彼らに時間も割かなかったし、面倒も見なかったことを後悔している。良い教師なら、信じられないほど熱意にあふれる、これだけ素晴らしい学生を、ほかで見いだすことなどなかっただろうと思う。

予期しない、時代錯誤なものとして、カーニヴァルの季節がやって来た。ガリアーノでは、これに関しての祭りや遊びはない。それゆえ私はその存在を忘れていた。ある日、大通りを歩いていると、広場の向こうで、奥の方から白い服を着た幽霊が三体、素早く坂を駆け上がってくるのが見えたので、それを思い出したのだ。彼らは大股で駆け寄り、凶暴な動物のように叫んだが、その自分の声にさらに興奮していた。彼らは仮装した農民だった。全身真っ白だった。頭には藁の帽子か、端を片側に垂らした白い靴下をかぶり、白い羽根飾りをつけていた。顔は白く塗られていた。彼らは白いシャツを着て、靴も白い色で覆われていた。手には羊の革を乾燥させ、棒のように丸めたものを持ち、それを威嚇的に振り回して、逃げ切れなかった人の頭や背中を打った。解き放たれた悪魔のようだった。狂乱と乱打が許される唯一の機会であるために、彼らは凶暴な熱狂にとらわれていたが、その技巧を駆使する雰囲気の中で、さらに錯乱して、見当もつかない行動に走った。私は若者たちが大きなニンニクの球根で叩いて回る、ローマの聖ヨハネの夜を思い出した。しかしそれはみなが集団で豊穣を願う、幸福な夜で、巨大なカタツムリ料理の皿を前にした馬鹿騒ぎの夜でもあった。花火が上がり、歌が歌われ、踊りが踊られ、夏空の寛容なぬくもりの中で愛が交わされた。だがガリアーノの叩き手たちは孤独であり、強いられた陰鬱な狂気の中で孤立していた。彼らはその労苦と隷属を、逸脱と凶暴さが許される、幽霊の自由さで埋め合わせしていた。三体の白い幽霊は、手の届く範囲のものを、一切区別なしに、情け容赦なく叩いていた。というのも、この時だけは、有力者や農民の区別なく、すべてが許されているからで、彼らは斜めに飛び跳ねながら道全体を支配し、狂気にとりつかれ、悪魔憑きのように叫び、跳ね飛びながら白い羽根を揺らした。まるで血を流さないアモック〔マレー語を語源とする言葉で、この場合は狂騒状態に陥った人を指す〕か、聖なる恐怖のダンスの踊り手のようだった。彼らは現れた時と同じように、高みの、教会の後方に消えてしまった。すると子供たちも顔を黒く塗りたくり、焼いたコルクの栓でひげを描いて、道を回り始めた。ある日、そうした扮装の子供たちが二十人ほど、家にやって来た。私が本当の仮面で変装するのは簡単だと言うと、そうしてくれと頼んできた。私は作業に取りかかり、白い紙を筒状にして、目のところに穴を空け、おのおのに仮面を作った。それは顔よりも大きくて、顔がすっぽり隠れた。なぜだか分からないが、おそらく農民の不吉な仮面が頭にあったせいか、あるいは望まないのに、土地の精霊につき動かされたのか、それをみな同じに作ってしまった。白と黒を使い、眼窩と鼻の穴は黒く塗り、唇なしに歯だけ描いて、どくろの顔になってしまったのだ。子供たちはびっくりするどころか、とてもうれしがり、それを急いでかぶり、バローネの顔にもつけて、村のあらゆる家に向かって、走り去った。すでに夕方になっていて、その二十ほどの幽霊は、暖炉の赤い明かりと、ゆらゆら揺れる石油ランプで照らし出され始めた家に、叫びながら乱入したのだ。女たちはびっくりして逃げ出した。なぜならここでは、あらゆる象徴が現実で、その二十人ほどの子供たちはその晩、本当に死の勝利を体現していたのだった。

日々がゆっくりとだが、長くなり始めた。一年の走り方が逆になった。雪は、雨と晴れの日に席を譲った。春はさほど遠くなかったので、太陽が蚊を連れ戻す前に、マラリアとの戦いに可能なことをすべて行うよう、前もって準備しなければ、と私は考えた。赤村で自由に使える、限られた手段だけでも、いくらかの成果は得られるはずだった。赤十字に問い合わせて、「パリの緑」消毒薬を手に入れ、居住地の近くにあるいくつかの水たまりを消毒する必要があった。古い泉に排水溝をつける作業をし、キニーネ、アタブリン、プラズモシンを備蓄し、子供用に薬品入りの小粒チョコレートを準備し、季節が良くなっても切らさないようにすることなどが必要だった。これらはみな簡単で、法に照らし合わせても、必要なことだった。私はこのことを何度も村長に話した。しかしドン・ルイジーノは私の忠告を承認しはしても、用心して何も実行しないようにしている、とすぐに分かった。そこで彼に責任を負わすため、なすべきことのすべてを書き留めようと考えた。私は二十ページほどの、一種の覚え書きを作り、村の職務範囲でできることも、ローマに要請すべきことも含めて、なすべき仕事すべての、正確な詳細を書いた。そして村長に手渡した。彼は覚え書きを読み、それを喜び、私をほめた。そして明日マテーラに行く用事があるので、それを県知事に見せる、きっと助けてくれるだろう、とほほえみながら言った。ドン・ルイジーノはマテーラに行き、戻ってきて、すぐに私に伝えに来た。閣下は私の仕事に歓喜し、マラリア対策に必要なものはすべて供給されるだろう、そして私にも、他の流刑囚にも、間接的に、恵みがもたらされるだろう、と言ったのだ。ドン・ルイジーノは顔を輝かせ、私がいることを誇りに思った。すべてがうまく進んだように見えた。

村長が帰ってきてから三、四日後に、マテーラの警察から電報が来て、私がガリアーノで医学に携わり、治療をすることを禁止した。それに違反した場合は入牢刑だった。この不意の禁令が、私の覚え書きと過剰な熱意の、唯一の実際的結果であったのかどうか、私には分からない。多くの農民はそう考えていた。「わしらはいつもマラリアに捕まっていなければならない。もしそれを取り除こうとしたら、あんたは追放されちまう」あるいは他のものたちの意見のように、村の医師たちの策略のせいかもしれなかった。またただ単に、私があまりにも人気者になることを、警察が恐れたからかもしれなかった。というのも、奇跡の医者という私の評判は高まっていたからだ。しばしば非常に遠い村からも、診察してもらおうと、患者が来ていたのだ。その電報は夕方、憲兵が持ってきた。

翌日の夜明け頃、村ではまだだれも禁令を知らない頃、馬に乗った男が家の扉を叩いた。「すぐに来てください、先生」と男は言った。「弟の具合が悪いんです。おれたちは下の方のパンターノに住んでます。ここから三時間の道のりです。馬を連れてきました」パンターノはアグリ川方面の地区で、遠く離れ、孤立していた。そこにはあたりで唯一の農場があり、農民が村から離れて、畑で暮らしていた。私は村から出られないし、もう医師の仕事も禁じられているから、一緒には行けない、と答えた。ミリッロ医師か、ジビリスコ医師のもとに行くよう、私は勧めた。「あの藪医者どもか。何もない方がましだ」男は頭を振り、立ち去った。

雨まじりの、冷たいみぞれが降ってきた。私は午前中ずっと家にいて、警察への手紙を書いていた。私は禁令に抗議し、撤回を求め、新たな命令を待つ間、少なくとも今治療中の患者を途中で放り出すことのないように認めてほしい、そして住民のために、マラリア撲滅の戦いに必要な処置に、関わり続けることを許可してほしいと書いた。この手紙に返事は来なかった。

二時頃、テーブルから立とうとしていると、馬の男が帰ってきた。彼はパンターノまで戻っていた。弟の具合は悪化し、本当に重体なので、何としてでも助ける処置をしてほしい、と言った。私は、一緒に来てほしいと言い、村長に特別許可を求めるために、ともに外出した。ドン・ルイジーノは家にいなかった。姉の家にコーヒーを飲みに行ったのだ。私たちはそこで、長椅子に座っている彼を見つけた。私は事情を説明した。「それは不可能です。マテーラからの命令は絶対です。この件の責任は取れません。ここにいて、コーヒーでも飲んでください、先生」農夫は頭が良くて、覚悟を決めていたから、引き下がらずに、言い張った。私の保護者のドンナ・カテリーナは、私たちの側についた。マテーラの命令は、彼女の計画をすべて霧散させ、敵であるジビリスコ医師に好き勝手にさせることを意味した。彼女はそれをとがめることを止めずに、叫んだ。「みな匿名の手紙のせいです。いったい何通書いたことか。ジビリスコは先週マテーラに行きました。あそこでは、あなたがこの村にとって神の恵みであることを知りません。でも私にまかせてください。私たちも県庁では影響力があります。禁令は長くは続きません。なんて残念なことでしょう」そして彼女は私をコーヒーとお菓子で慰めようとした。しかし問題は差し迫っていて、ドンナ・カテリーナは味方であっても、ドン・ルイジーノは耳を貸そうとしなかった。「できませんな。私には敵が多すぎます。もしこのことが知れたら、職を失います。警察の命令には従わなければなりません」かつての教師のドン・アンドレーアは、うたた寝をし、お菓子を盗み食いしながら、村長に賛成した。話は長引き、結論は出なかった。村長は大衆受けする行動が好きだったので、その農夫の前で拒絶するのは不本意だったが、恐れがすべてに打ち勝っていた。「それに別の医者がいるでしょう。彼らに来てもらうよう、試してみなさい」「何の役にも立たないね」と農夫は言った。「それは正しいわ」とドンナ・カテリーナは大声で言った。「叔父は歳を取りすぎている。そしてもう一人のものは、語る価値もない。それにこの天気で、あの道では、行きたがらないでしょう」農夫は立ち上がり「探しに行ってくる」と言い、出て行った。

彼は二時間ほど外にいて、その間に家族会議は続き、結論は出なかった。私はドンナ・カテリーナに後押しされていたが、村長の恐怖を打ち負かすことはできなかった。この一件は、彼にはあまりにも目新しく、責任が重すぎた。すると農夫が手に二枚の紙を持って戻ってきた。その顔には、多くの戦いの後に得た、成功への満足感が漂っていた。「二人の医者は来られない。病気だから。二人に声明を書かせた。だからドン・カルロを来させてほしい。これを見てください」そして二枚の紙をドン・ルイジーノの目の前に差し出した。農夫は熱弁を振るうという犠牲を払い、おそらく脅しつけることまでして、二人に書かせることに成功したのだ。天気が悪く、年齢と健康状態を考えると、パンターノまで行くことは物理的に不可能である、と。それは確かに老人のミリッロ医師にとっては真実だった。だが村長は納得せず、話が続いた。未亡人の義兄である、村役場の書記が呼び出された。彼は立派な男で、私を行かせるべきだと考えた。ミリッロ医師も来た。彼は自分の職業的適格を疑われたので、不機嫌だったが、私を行かせることには反対しなかった。「ただ先払いさせなさい。パンターノまで走らなければならないのだから。二百リラでもいやだね」だが時がたち、新たにコーヒーが運ばれ、フォカッチャが出ても、同じところで堂々巡りをしていた。そこで私は曹長を呼ぶことを思いついた。もし彼が私の旅の責任を個人的に取ることを望むなら、村長は深く関わらずにすむので、賛成するかも知れなかった。そして事態はそう動いた。曹長は事情を聞くと、私はすぐに発っていい、信用しているので、護衛もつけない、と言った。また人間の命はいかなる考慮も超越する、とも言った。みながほっとした。ドン・ルイジーノもその決断には満足していると言い、善意を示すために、マントと長靴を私のために探させた。彼の考えでは、その険しい峡谷を降りるのに必要なのだ。そうしているうちに、夕方になった。私は村の外の農場で眠る許可と、明日以降に帰る許可を取らなければならなかった。そしてようやくみなのあいさつと、助言の声に送られて、私は農夫と馬とバローネとともに歩き始めた。

天気は良くなっていた。みぞれと雨は止んでいた。強い風が空を吹き払い、ちぎれながら流れる雲の間に、丸い月がくっきりと見えた。村の急な舗道が終わると、マドンナ・デリ・アンジェリのティンボーネのあたりで、馬を手綱で引いていた農夫が立ち止まり、馬に乗ってくれるように言った。ずいぶん前から馬には乗っていなかったので、夜にこの崖を降りるには、足で行ったほうが良かった。彼が馬に乗り、私は徒歩で、早足で行く、と伝えた。彼はまるで世界がひっくり返ったかのように、びっくりして私を見た。田舎ものの彼が馬に乗り、紳士の私が徒歩で行くのだ。そんなことはあり得ない。私は説得するのに骨を折った。そしてようやく、嫌々ながら、私の決意に従った。そしてパンターノに向かって駆け降りることが、本当に始まった。私は急な小道を大股で降り、馬が後ろにぴたりとついてきた。私は背中にその熱い息を感じ、耳には、ひづめが泥をはね返す、ビシャビシャという音が入ってきた。私は夜の大気と、沈黙と、体の動きに心をかき立てられ、軽い高揚感を覚えながら、その未知の土地を、追い立てられるようにして進んだ。月が空を満たし、地上にあふれ出したかのように思えた。そしてその月のように遠い土地は、静かな光で白く輝いていたが、木も草もなく、例によって水に痛めつけられて、掘り下げられ、溝をつけられ、穴が空けられていた。粘土質の土地は円錐、洞窟、起伏、傾斜地になって、光と影の作用で奇妙な形に変化しながら、アグリ川の方に落ち込んでいた。私たちは口もきかずに、長い年月と地震が手を加えた、この迷宮の中で、道を探し求めた。この幽霊のような風景の中を、私は重さを失って、鳥のように飛んでいるかと思えた。

二時間以上、駆け降り続けると、静けさの中に、長い犬の遠吠えが聞こえてきた。粘土地帯を脱けると、傾斜した平野に出て、その奥の波打つ土地の彼方に、農場の白い影が見えた。どこの村からも離れた、その家で、私の連れとその弟は、それぞれの妻と子供たちとともに、孤立して暮らしていた。しかし戸口では、ピスティッチの三人の猟師が待っていた。彼らは前の日に、川のあたりで狐狩りをするために来ていたのだが、友達に付き添おうとして泊まっていたのだ。二人の妻もピスティッチの出で、姉妹だった。二人とも背が高く、黒く大きな目をしていて、気品ある顔立ちで、長いスカートに白黒の縁飾りのある、自分の村の民族衣装を着ていて、とても美しかった。頭はベールで覆っていたが、白と黒のリボンをつけていて、奇妙な蝶々のように見えた。私のために最上の食物と、牛乳と、新鮮なチーズを用意していて、到着するやいなや、人間を対等の関係にする、昔からの卑屈でないもてなし方で、勧めてくれた。彼らは私を一日中、救世主のようにして待っていた。しかしすぐに手の施しようがないことが分かった。穿孔ができた腹膜炎で、患者は危篤状態であり、もし手術の仕方が分かっていて、それができたとしても、助けられなかったと思えた。患者の苦痛をモルヒネ注射で緩和することしかできず、あとは待つだけだった。

その家には二部屋あり、大きな開口部でつながっていた。向こうの部屋には病人がいて、兄と女たちが徹夜で看病していた。こちらの部屋では、大きな暖炉に火が起こしてあり、火のまわりに三人の猟師が座っていた。反対側の隅には、私のために、背が高くて柔らかなベッドが用意してあった。私は時々病人のもとに行き、火のまわりにいる猟師たちと小声で話をした。真夜中になると、私は服を着たまま、休むためにベッドによじ登った。しかし眠ることはできなかった。

私はベッドに横になっていたが、空中に組まれた足場の上にいるようだった。ベッドのまわりの壁全面に、殺されたばかりの狐の体がぶら下げられていた。その野生の匂いが鼻に流れ込み、炎の明かりが赤く揺らめく中で、その鋭くとがった顔が見えた。手を少し伸ばせば、洞窟と森の匂いがする、その毛皮に触ることができた。扉からは、瀕死の病人のうめき声が、絶え間なく聞こえてきた。「イエス様、助けてください。お医者様、助けてください。イエス様、助けてください。お医者様、助けてください」それは間断のない、苦悶の連禱のようだった。また、祈りを唱える、女たちのささやき声も聞こえてきた。暖炉の火は揺らめき、長い影が風に揺られるかのように動くのが見えた。そして三人の猟師は、帽子をかぶったまま、黒い影となって、暖炉のまわりでじっとしていた。死が家の中にあった。私はこれらの農民を愛していたから、自分の無力を苦痛に感じ、恥ずかしく思った。それではなぜ、かくも大きな安らぎが、私の中に降りてきたのだろうか。私はあらゆるもの、あらゆる場所から切り離され、いかなる決断からも遠いところにいて、時間の外の、よその無限空間にさまよっている気がした。私は自分が、他の人間には分からないように隠されている、新芽のように、木の皮の下に隠されている、と感じた。私は夜に耳を澄まし、不意に世界の中心そのものに入り込んだように感じた。今までに味わったことのない、巨大な幸福感が私の中にあり、それが私全体を満たした。そして無限の絶頂感の、流れるような感覚が入り込んできた。

夜明け頃、病人は最期を迎えつつあった。哀願と呼吸はあえぎ声に変わり、それも少しずつ弱まり、断末魔の苦しみのあとに止んだ。病人が死ぬやいなや、女たちは見開かれた目に目蓋をおろし、涕泣《ていきゅう》儀礼を始めた。羽を閉じたままの、その優雅な、二羽の白黒の蝶は、不意に二体の復讐の女神に変身した。彼女たちはベールとリボンを取り去り、服を乱し、爪で顔を血が出るまでひっかき、大きな歩調で部屋中を踊ってまわり、壁に頭を打ち付け、唯一の非常に高い音調で、死者の物語を歌い始めた。そして時々窓に顔を出し、その唯一の音調で、田野と世界に死を知らせるかのように叫んだ。それから部屋に戻り、踊りと叫びをまた始めた。それは埋葬まで、四十八時間、休みなく続くはずだった。それは長々と続く音調で、いつも同じで、単調で、悲痛だった。抵抗できないような身体的不安にとらわれることなしに、それを聞くのは不可能だった。その叫び声は胸を詰まらせ、内臓に入り込んでくるようだった。私は泣き出さないために、あわただしくいとまごいをして、バローネとともに、早朝の光のもとに出た。

空は晴れていた。昨晩の、幽霊のような、粘土質の土地と平原が、まだ灰色の空の下で、孤立して、裸のまま、目の前に広がっていた。私はその静かな広がりの中にあって、自由だった。まだ昨夜の幸福感が、自分の中に感じられた。私は村に帰らなければならなかったが、今のところは杖を陽気に振り回し、犬に口笛を吹きながら、その田野をさまよった。バローネは何か目に見えない野生動物に興奮していたようだった。私は少し寄り道をして、ガリアネッロに立ち寄ることにした。それまでその分離集落を訪ねる機会がなかったのだ。それは草木のない丘の上にある、大きな家の固まりで、マラリアの川からさほど高くないところにあった。そこには四百人ほどが住んでいたが、道はなく、医師も、産婆も、憲兵も、それ以外の役人もいなかった。しかしそこにも時々、徴税局員が、U・Eという、赤いイニシアルをつけた帽子をかぶって現れるのだった。住民が待ちかまえているのを見て、私はびっくりした。私がパンターノに行ったのを知って、帰りに通るのを待ち望んでいたのだ。農夫たちと女たちが私を出迎えようと、道に出ていた。奇妙な病気にかかった患者たちは、私に見えるようにと、戸口に運び出されていた。まるでパリの裏町のような光景だった。かなり前から、医師はだれもこの地に来なかった。まじないでしか治療されなかった古い病気が、それらの体に蓄積され、腐った木に生えるキノコのように、異様に増殖した。私はあばら屋を回って、午前中のほとんどを過ごした。やせこけたマラリア患者や、慢性的なろう孔患者や、壊疽《えそ》の患者がいたが、私は処方箋を出せなかったので、何らかの助言を与えるに留め、もてなしのぶどう酒を飲んだ。私を一日中、留めておきたがったが、村に帰らなければならなかった。住民は少しの道のりを送ってきて、また帰ってくるように頼んだ。「さあ、どうかな。可能なら、また来ましょう」私はこう言ったが、帰ることはなかったのだ。私はガリアネッロの新たなる友人たちを道に残し、崖の間を、家に向かって登り始めた。

太陽は高く輝き、空気は生暖かかった。大地はこぶや小山に覆われていて、その間を道は曲がりくねりながら、連続的に登っていた。時にはわずかな下りもあったが、遠くを見晴らすことはできなかった。ある曲がり角で、曹長が姿を現した。彼は憲兵と一緒に私を迎えに来たのだった。私は彼らとともに、また登り始めた。エニシダの藪の上で、小鳥が跳ね飛んでいた。大きな黒ツグミで、私たちが通ると、空高く飛び上がった。「撃ってみたいですか」と曹長は私に訊き、マスケット銃を手渡した。私が撃ったツグミは羽しか残らず、それがゆっくり空に舞っていた。体に比して大きい、その弾に当たったので、体は粉々になったと思えた。立ち止まって探すことはしなかった。

ガリアーノに戻ると、農民たちの顔つきから、何かが発酵しつつあることに気づいた。私の留守中に、医師の業務が禁止され、前日パンターノに行くのに、時間が無駄に費やされたことを、みなが知ったのだった。農夫が死んだという情報は、何かよく分からない不思議な電信で届いたかのように、もうすでに伝わっていた。その死者は村人全員の知り合いで、愛されていた。何ヵ月も、私がそこで治療した中で、彼が初めての、唯一の死者だった。もし私がすぐに行けたなら、確実に命は助かっていただろう、とみなが考えていた。彼の死の原因はただ一つ、遅れたことと、村長のためらいだった。もし何時間か前に到着しても、外科手術の道具や経験もなかったし、間に合うように移送できる可能性は少なかったし、移送先もサンタルカンジェロしかなかったし、私は多くをできたとは思えない、と言うと、彼らは信じられないと言わんばかりに頭を振った。私は彼らにとって奇跡の治療者だった。だから間に合うように到着すれば、不可能なことはなかったはずだ。彼らにとって、今回の出来事は、ある悪意の悲劇的確証でしかなかった。その悪意とは、今後私が彼らを助けることを妨げる、禁令から生じたのだった。農民たちはかつて見たことがないような表情をしていた。ある恐ろしい決心が、ある決意に満ちた絶望が、彼らの目をより黒くしていた。彼らは猟銃や斧で武装して、家から出てきた。「おれたちは犬なのか」と彼らは言った。「ローマの連中は、おれたちを犬のように死なせたがっている。おれたちには一人の良きキリスト教徒がいる。ローマの奴らはそれを取り上げようとしている。村役場を燃やし、村長を殺そう」

反乱の風が村に吹き荒れていた。深いところにある正義の感覚が傷つけられた。その穏和で、受け身で、あきらめた人々は、政治論議も政党理論も受けつけなかったが、山賊精神が新たに生まれるのを感じた。この抑圧された人々の爆発は、このようにいつも激しく、はかなかった。ある人間的動機から、昔からの強固な怒りが表面に出てくる。そして税関の番小屋や憲兵隊の兵舎に火を放ち、有力者たちの喉をかき切る。一瞬スペイン風の凶暴性が生まれ、残忍で、血まみれの自由が生まれる。そして無関心のまま監獄に行く、まるで何世紀も待っていたものを、一瞬のうちに吐き出してしまったかのように。

もし望んだら、その日、私は何百人かの山賊の頭になり、村を占領するか、野原に逃げ出すことができたかも知れなかった(今ならこの考えは気に入るが、一九三六年では、まだ時が熟していなかった)。しかし私は彼らを静めようと努めた。そしてひどく骨を折って、何とか説き伏せた。銃や斧は家にしまわれた。しかし彼らの顔から険しさは取れなかった。ローマの連中は、国家は、彼らをあまりにも深いところで傷つけ、仲間の一人を死なせた。農民たちは死の重みをもって、遠いローマの手を感じたが、踏みつぶされたくはなかった。彼らの最初の衝動は、ローマの象徴とその手先への、即座の復讐であった。だがもし私が復讐を思いとどまらせたなら、他に何ができるのか。ああ、いつもと同じように、何もできない。しかし今回は、その永遠の無に忍従することはなかった。

翌日、その怒りと血を求める願いが部分的に収まると、農民たちが集団で私のところに来た。彼らは虐殺を思いとどまった。復讐の憎悪を解き放つ時は、捌《は》け口なしに過ぎ去ってしまえば、長続きするはずはなかった。しかし彼らは少なくとも、私が彼らの医療を正当に続けられるようにしようと願い、全員が署名する請願書をその目的で作ろうと決めていた。部外者であり、敵でもある、国家に対する彼らの反感には、自然な権利意識や、真の国家とはどうあるべきかという本能的な直感が伴っていた(それは奇妙に思えるだろうが、そうではない)。つまり共通の意志が法になるべきという考えだ。「正当な」という言葉はここでは最も使われるものの一つだが、審議され、成文化されたものという意味ではなく、真の、本当のものという意味なのだ。ある人が正しく振る舞うなら、それは「正当な」人だ。ぶどう酒に混ぜものがしていないなら、それは「まっとうな」ぶどう酒だ。全員が署名した請願書は彼らには本当に正当なものと思え、それゆえそういうものとして実際に力を持つべきである。彼らは正しい。しかし私はむしろ彼らのほうがよく知っていることを、説明しなければならなかった。彼らはまったく「まっとう」ではない力を相手にしようとしているが、それと同じ武器を使って戦うことはできない、もし彼らが暴力で劣るなら、武力を背景にしない権利においてはさらに弱いだろう、請願書は結局、私をすぐに別のところに移すことで終わるだろう。だからもし請願書を出すのがいいことと考えるなら、そうするがいい、しかし私の移転以外のものを得られるという幻想は持たないほうがいい。彼らは分かりすぎるほど分かった。「この村の問題が、おれたちの命と死が、ローマの奴らの手にある限り、おれたちはいつも獣だ」請願書の案は捨てられた。しかしそのことは、抗議もなしに、そのままやり過ごすには、あまりにも重要だった。そして暴力でも、法的にも、意思を表明できなかったので、芸術で表現することにした。

ある朝、二人の若者がやってきて、いわくありげな様子で、医者用の白衣を貸してほしいと頼んできた。私は何に使うのか、訊かなかった。秘密だった。だが次の日に分かるはずだった。翌日の夕方には返しに来る、とのことだった。翌日、広場を散歩していると、人々が村長の家の方に走り、その前に小さな人の輪ができているのが見えた。私もそこに行くと、人々が通してくれた。すると男たち、女たち、子供たちから成る熱心な観客の輪の中で、足場も舞台もない、道路の舗石の上で、演劇が始まった。あとで知ったのだが、毎年、この四旬節の始まりの時期に、農民たちは即興の喜劇を上演するのが習わしだったのだ。かなり稀《まれ》だったが、時には宗教的題材を扱ったり、あるいはシャルル・マーニュの騎士たちの武勲や、山賊の武勇伝も扱っていた。しかし一番多いのは日々の生活を題材にした、滑稽な喜劇だった。今年は、まだ最近の出来事に心が揺らいでいたので、農民たちは感情を詩的に吐露する、風刺劇を思いついた。

俳優たちは女性役も含めて、すべて男性だった。私の友人の若い農夫たちだったが、その素晴らしい化粧のため見分けがつかなかった。劇は俳優たちが即興で作り上げた、単純な一幕ものだった。男女から成るコロスが病人の到着を告げた。そして担架に乗せられて、病人が運ばれて来た。顔は白く塗られ、目は黒く隈取りされ、頬は黒く塗られていて、死者の落ちくぼんだ頬を表していた。病人には泣きじゃくる母親が付き添っていて、ただ一言、「我が子よ、我が子よ」としか言わなかった。この言葉を劇の間中、絶え間なく繰り返したが、それは単調で悲しい伴奏のようだった。コロスに呼び出されて、病人の脇に白衣の男が現れた。それは私のものだと分かったが、その男は治療の準備を始めた。ところが山羊のようなあごひげを生やし、黒い服を着た老人が、それを邪魔しに現れた。この白と黒の二人の医師は、善と悪の魂の象徴だが、担架に横たわるその体のまわりで、天使と悪魔のように争い、皮肉で辛らつな台詞を投げつけ合った。天使が優位に立ち、敵を黙らせるようにすると、怪物のような、恐ろしい顔のローマ人が走って来て、白い男を追い払った。黒い男、つまりベスティアネッリ教授は(バスティアネッリの訛った形で、彼はこのあたりの農民の間でも有名だった)、その場を支配した。カバンから大きなナイフを取り出すと、手術を始めた。病人の服を大きく切り、手を素早く動かして、中に隠してあった豚の膀胱を、その傷口から取りだした。そして勝ち誇って、コロスのほうに向き直ったが、コロスは恐怖の言葉や抗議のつぶやきを漏らすばかりだった。黒い男は膀胱を誇らしげに振り回し、叫んだ。「これが心臓だ」そして大きな針をそれに刺すと、血が勢いよくほとばしり出た。母親とコロスの女たちは死者のために涕泣儀礼を始め、劇は終わった。

だれがそれを書いたのか、分からなかった。おそらく一人ではなく、何人かいて、多分俳優全員だったのだろう。即興の台詞は、最近彼らの心を揺さぶった問題に関係していた。しかし農民たちの細かな気配りのため、暗示は直接的すぎず、危険になることもなく、それでいて鋭く切り込んでいて、理解できた。そして特に、風刺と抗議を超えて、芸術的センスがそれを引っ張っていた。それぞれが自分の役を生きていた。泣きじゃくる母親はギリシア悲劇の絶望するヒロイン、あるいはヤコポーネの聖母〔ヤコポーネ・ダ・トーディ（一二三六頃―一三〇六）はイタリアの宗教詩人。イエスの死を嘆く「悲しみの聖母」（スターバト・マーテル）の作者として知られている〕のようだった。病人は本当に死んでいるような顔をしていた。黒服のペテン師は残忍な喜びをみなぎらせながら、心臓から血をほとばしらせた。ローマ人は恐ろしい怪物で、国家を体現する竜だった。コロスは絶望的な忍耐を発揮して、その現場に居合わせ、意見を述べた。それは民衆芸術の貧しい残滓にまで退化した、古典的定型、古代の芸術の記憶なのだろうか、あるいは自発的な、独創的再生なのだろうか、それとも人生が劇場のない悲劇に他ならないこの地での、自然な言葉なのだろうか？

上演が終わると、死者は担架から起き上がり、俳優たちは小道を素早く駆け下りて、ジビリスコ医師の家に向かった。そしてまた劇が始まった。その日、ミリッロ医師の家、教会、憲兵隊の兵舎、村役場の前、そして広場や道のあちこちで、上ガリアーノでも、下ガリアーノでも、劇が何度も上演された。そして夕方になり、天使の上着が勝ち誇ったようにして私のもとに返され、みなが家に帰ったのだった。

詩的な吐露は心を静めなかったし、怒りを取り去ることもなかった。農民たちは禁令を馬鹿げたこととみなし、それを考えに入れることを拒否した。彼らは治療のために、前と同じように私を探し求めた。ただ夕方、暗くなってから来て、扉を叩く前に、周囲を見回し、道に人気がなくて、スパイがいないか、確認していた。彼らはしつこく言い張ったし、必要性にも強く迫られていたので、彼らに関わることなく、そのまま送り返すのは、実質的に不可能だった。私は彼らの固い秘密保持と連帯意識を確信していた。私を裏切るよりも、殺されることを選ぶはずだった。しかしそれでも、私の医術は必然的に、かなり縮小されてしまった。まず助言をするだけに留めなければならなかった。私が在庫として持っていた、ありふれた薬は与えることができた。それ以外のものは、処方箋が書けなかった。あるいはナポリに親戚がいて、薬を送らせることができるようなものだけに、処方箋を書いた。包帯を巻くことも、簡単な外科手術もできなくなった。それは一目で分かるから、秘密が露見する可能性があったのだ。このことこそ隠れなければならない状態が心に火をつけた。村から倦怠感が消えた。禁令は、有力者たちの単調な生活の、死んだ水面に、気まぐれな石のように落ちてきた。ジビリスコ医師は勝ち誇っていた。彼が「機械仕掛けの神《デウス・エクス・マキナ》」であったのか、あるいはそうでなかったのか（分からないのだが）、彼は有頂天になっていた。老人のミリッロ医師の感情はより複雑で、矛盾していた。彼の職業上の誇りと利害からすれば、私との競争がなくなったのは喜ばしいことだった。しかしかつての良きニッティ主義者であり、古い自由主義者としては、警察の横暴を明確に非難しないわけにはいかなかった。結局のところ、彼は異なった二つの喜びを享受できたので、一番幸運だった。自分の利益という物質的なものと、正直に遺憾の意と友情を表明できるという精神的なものを。ドンナ・カテリーナにとって、この事件は大きな敗北だった。彼女の計画は霧散した。彼女の支配欲は敵の目の前で屈服させられた。彼女はかんかんに腹を立てていて、「あの私の弟のばか者ときたら」とまで言った。「いつも弱腰で、自分では何もできない、私がマテーラに行って、県知事と話してきます」彼女こそ、私の大事な同盟者だった。ドン・ルイジーノはどうしたらいいのか、分かっていなかった。姉と、人々の意見に押されて、行動したいと思い、「村の幸福のために」コネを動員する可能性もあった。しかし、旗色を明確にすることで、当局と敵対することを恐れていた。だから言葉だけでもドンナ・カテリーナの党派に与する以外は、何もしないことに自らを押しとどめていた。要するに有力者たちは教皇派と皇帝派のように、二つに割れていた。一方は人々と同盟する側にいたが、もう一方は孤立していた。しかしマテーラの神聖ローマ帝国の強力な支持を受けていた。ドン・ルイジーノはこの逆風をぬって、たくみに切り抜けていた。彼は村長であり、それがどんなものであろうと、法の守護者だった。しかし法に関しては、奇妙な考えを持っていた。彼はある晩、下女を使って私を呼び出してきた。娘が喉を痛がっていた。明らかにジフテリアだった。私は行かない、治療が禁止されているから、と伝言を伝えた。するとまた外交使節を送ってきた。彼のところには行ってもよかった、村長なので、すべての規則の上にあるからだった。娘さんは診察しましょう、彼の同意の下に、必要のある農民をすべて同じように治療できる、という条件なら、と私は言い返した。今は娘を治療してほしい、それから考えよう。明確な許可を与えることはできない、しかし目をつぶることはできる。もちろん娘のジフテリアは、父親の多くの想像上の病気の一つだった。しかしこうして、その後ずっと有効な妥協がなされ、私は半分だけの医師になった。それは明瞭ではない、中途半端な合意のもとになされ、秘密を保てるという範囲内でだけ可能だった。私は医療をすべて止め、絵だけに専念したいと思った。しかしガリアーノにいる限り、それは不可能だった。もちろんこの非合法で秘匿された状況には不都合なところがあった。そのため、非常に骨を折って静めた怒りを、また燃え上がらせかねない出来事が、再度起きることになったのだった。

ある晩、ガリアネッロから、腕を縛った一人の若者が、農民たちにつき添われてやって来た。若者は指の間を鎌で切っていた。ひもを取ると、血が激しく吹き出して、壁にまで飛び散った。指の動脈が切れていた。鉗子で断端を探し出し、縫い合わせる必要があった。しかしあとで知られてしまうので、私はその小さな手術ができなかった。そこでその若者をミリッロ医師のもとに送り、書状を添えて、私が治療の際に助手になると申し出た。そうすることで、彼が自分の名で私を隠すことに力を貸し、彼には不可能だと思われた手術を私にさせてくれると思ったのだ。しかし老医師は腹を立て、自分でできるので、助けの必要はないと言って寄こした。翌日、朝早く、昨晩の若者が、ロバに乗り、兄につき添われて、私のもとにやって来た。顔が蠟のように白かった。若者は一晩中、血を失い続けた。手を診てみた。老医師は皮膚を一点、でたらめに縫い合わせることで満足していた。切れた動脈を探そうともしなかった。昨晩なら簡単だったことも、今では難しくなっていた。そして私は禁止されていたので、他人の仕事には介入できなかった。彼らはミリッロ医師のもとにも、ジビリスコ医師のもとにも行きたがらなかったので、車を使って、アメリカ人のフィアット509で、より良い外科医を求めて、すぐさま、スティリアーノか、さら遠くに行くしかなかった。彼らは実際にそうしたのだが、兄は決然とした大胆な男だったので、車に乗る前に、広場の村役場の前に農民たちを集め、現在の状態に大声で、長々と苦情を述べたて、村長、有力者たち、ローマの政治家たちを呪い、威嚇した。それは記憶すべき光景で、農民たちは同意した。また不安な一日となった。

ジュリアは禁令を気にも留めなかった。「好きなようになさりなさい」と彼女は言った。「あなたに対して何ができますか。それに医者をさせなくても、同じように治療できるでしょう。魔術師になりなさい。今ではすべてを学び、何でも知っている。それを邪魔することはできませんよ」

実際その頃、ジュリアや、家に来る他の女たちに教えられ、農民の家や病人の枕元で毎日見たおかげで、私は民衆の魔術と、それを医学に応用するやり方について、熟達していた。私は本当に彼女の忠告通りにすることが可能だった。それに彼女は、物憂げで、意地悪そうな、冷たい目で私を見つめて、真剣に言った。「魔術師になるべきですよ」だがジュリアは私が歌うのを聞いて、同じような真剣さで言ったのだった。「あなたが司祭様でなくて残念です。とてもいい声をしているのに」彼女にとって司祭とは、それにふさわしい形で、みなのために、神への賛歌を歌う俳優でしかなかった。司祭と医師と魔術師。ジュリアにとって私は、オリエントのロフェの、聖なる治療者の、すべての力を合わせ持つものだったのだ。

民衆の魔術はすべての病気を少しずつ治療していた。それもほとんどいつも、ただ呪文やまじないの力だけで。それにはある特定の病気に関する、特別な、特殊なものと、包括的なものがあった。私の信ずるところでは、あるものは地元で生まれたものだった。しかし他のものは魔術的呪文の古典集成に属するもので、いつ、どのようにしてか、分からないが、この地に伝えられたものだった。その古典的魔除けの中で、最も一般的なのはアブラカダブラだった。患者を訪ねると、紙の上か、金属の小さな板の上に、三角形の呪文が書かれているか、刻まれていて、それが普通はひもで首に下げられているの

A
A B
A B R
A B R A
A B R A C
A B R A C A
A B R A C A D
A B R A C A D A
A B R A C A D A B
A B R A C A D A B R
A B R A C A D A B R A

を、非常にひんぱんに見ることになった。

農民たちは初めはその魔除けを隠そうとし、それを身につけていることを私に詫びた。なぜなら医師たちはそうした迷信を軽蔑し、理性と科学の名において、それらを激しく非難するのが習わしであることを、彼らは知っていたからだった。理性と科学が、俗悪な魔術と同じような、魔術的性格を持つことが可能なところでは、それもいい。しかしここでは、理性と科学は、耳を傾けられ、崇拝される神にはまだなっていないし、そうなることもないと思える。

そこで私はアブラカダブラを尊重し、その古さと、曖昧で不思議な単調さに敬意を表し、敵になるよりもむしろ同盟者になろうと思った。農民たちはそのことで私に感謝し、おそらくそれから本当に恩恵を受けていた。またこの地の魔術はまったく無害なものだった。そして農民たちは公的な医療との間にいかなる矛盾も感じていなかった。すべての病人に、それぞれの病気ごとに、必要のない場合でも、処方箋を書くことは、魔術的習慣である。もし処方箋が昔のようにラテン語で書かれているなら、あるいは少なくとも判読しがたい字で書かれているなら、なおさらのことである。処方箋の大部分は、それが実際に調剤されていなくても、アブラカダブラのように、ひもで首につるされていれば、それだけで治療効果があるのである。

アブラカダブラ以外にも、全般的効能を持つものはたくさんあり、変化に富んでいた。カバラ的記号、占星術的記号、聖人の画像、ヴィッジャーノの聖母、貨幣、狼の牙、ヒキガエルの骨などである。すべてが伝統的用具一式をなしていた。より独創的なのは個々の病の治療法である。子供の回虫は言葉の力だけで魔法にかけることができる。

聖なる月曜日
聖なる火曜日
聖なる水曜日
聖なる木曜日
聖なる金曜日
聖なる土曜日
日曜日は復活祭だ
虫はみな地面に落ちろ！

そしてこれを反対に唱えるのだ。

聖なる土曜日
聖なる金曜日

聖なる木曜日
聖なる水曜日
聖なる火曜日
聖なる月曜日
日曜日は復活祭だ
虫はみな地面に落ちろ！

この順番通りと逆順の、二重の呪文は、病人の前で三回、続けて唱えられる。そして魔法にかかった回虫は死に、子供は治る。これは明らかに古代から伝わる呪文で、ラテン語の初期の文書に残っている古代ローマのまじないとキリスト教的要素が混交したものである。

黄疸はここでは「アーチの病」と呼ばれる。つまり虹の病のことで、人間はその影響で色を変え、太陽のスペクトルのように、黄色が支配的になるのである。それではどのようにして「アーチの病」になるのだろうか。虹は空を移動するが、その二本の足を地面につけて、田野のあちこちで動かす。もし虹の足が干してある洗濯物を踏みつけると、その服を着るものは、虹が注ぎ込んだ力のために、虹の色をうつされ、病気になる。また別の説では(初めの病原仮説のほうがより普及していて、信頼できる)、虹に向かって小便をしてはいけない。小便が描く放物線は空のアーチ状の虹に似ていて、それを反映し、人間の体全体が一種の黄色い虹になるのである。黄疸を治すためには、病人は朝早く、村はずれの丘に連れて行かれなければならない。そして黒い柄のナイフを、初めは縦に、次いで横に、十字の印を形作るようにして、額にあてる。そのつぎに、同じようにして、体のすべての関節に、十字架ができるようにして、ナイフをあてる。そして十字の印を作るごとに、簡単な呪文を唱える。この作業はいかなる関節も省くことなく、三回繰り返される。それを三日間続けて行うのである。すると虹は色を変えながら引き下がり、病人の顔は白に戻るのである。

丹毒への呪文はそれだけでは効き目がなくて、銀と一緒にしなければならない。農民はそのために家に古いスクード銀貨を保存している。丹毒はこの地ではかなり多いのだが、患者が赤くふくれ上がった皮膚の上に、大きな銀貨をのせていない姿は見たことがなかった。

また骨をくっつける呪文、頭痛、腹痛、歯痛の呪文もある。あるいは苦痛を別の人に、さもなければ動物か、植物か、物体に移す呪文もある。そして邪視や魔法から逃れる呪文もある。だがここでは気づかないうちに、医学からその反対のものに、病気にしたり死なせるやり方に移っている。あるいは民衆魔術のまた別の、非常に重要な部門、つまり愛を強制したり、愛から逃れるやり方に移っている。前にも述べたように、この最後の部門については、私は多くを目撃しているし、おそらくそれよりもさらにひんぱんに、犠牲になっていたと思える。その場ではすぐに気がつかなくても、ずっとあとになってから、不幸な情熱の力が湧き上がったのは、その媚薬や魔法のためではなかったなどと、だれが言えただろうか。だがその当時はむしろマリーア・Cのような魔女の直接的攻撃から身を守らなければならなかった。彼女は娘が病気だと偽って、夫が畑に出ている時に私を呼び寄せた(夫は嫉妬のための殺人で監獄に入っていたことがあった)。彼女は未亡人の夫を不思議な病で殺していたその人だった。みなの言うところでは、小さな娘はその死者の子供だった。娘はかわいらしくて、礼儀正しかった。だが母親は恐れを抱かせるような容貌をしていた。背が低く、ずんぐりしていて、髪の毛は青黒く、真っ直ぐで、頭の真ん中の分け目で二つに分かれていたが、額の幅が非常に狭くて、髪の生え際が、やはり黒くて密な眉毛にほとんどくっつきそうだった。その下には、短い鼻に、鼻孔が大きく開いた、小さな、野獣のような顔があり、肉感的な小さな口からは、とがった白い歯がのぞいていた。しかし黒い髪と眉毛に強調された、その青白い顔には、狂気に満ちた、大きな目がらんらんと輝いていた。目と目の間が離れていて、こめかみに届くまで広がり、瞳の色は青緑色で、澄み切っていて、熱帯の腐った木々に囲まれ、湖岸には危険な流砂のある湖を思わせた。

「魔術師になればいい。もうここのやり方で治療できるのですから」私は隠れて医療を続けた。しかし魔術的療法に異を唱えないよう、気をつけていた。事物のあらゆる関係が感応力と魔術であるこの地では、薬もその魔術的な中身でのみ力を持っていた。それが正しく、厳密で、科学的であっても、そして神秘的姿勢と結びついていなくても。残念ながらキニーネはあらゆる力を失っていた。なぜならそれは、農民たちにとって、信頼を失った、理解できない、気どった科学に属していたからだ。それを受け入れさせるには、権威を振るって押しつける必要があり、嫌々ながら飲んでいるので、効き目がなかった。私はより強力で、影響力のある、新しい薬と換えるようにしていた。例えばアテブリンやプラスモチンで、科学的薬効と同時に、魔術的影響力もあったので、いつも素晴らしい効き目があった。

キニーネを除けば、農民たちはすべての薬を信頼して受け入れていた。ただ在庫がなかったり、高すぎることはあった。あるいは医師や薬剤師が、いつもの搾取に利用していた。この地域の、ほこりまみれの、古い薬局では、薬局であっても、調剤された薬が処方箋通りなのか、あるいはそうならよりましだが、薬効のない粉の混ぜ合わせなのか、見当がつかなかった。従って常に特殊な調合薬に頼るほうが良かったが、それは高額だった。そしてそうした場合にも、不都合がないわけではなかった。パッロッコラの息子が病気になったことがあった。悪性の嚢胞だった。家畜が多いこの地では、炭疽はしばしば見られる病気で、かなり多くの患者がいた。私は夕方に診察をした。だが私のわずかばかりの血清の手持ちは尽きていて、村では売っていなかった。ぐずぐずせずに、近道を通って、すぐにサンタルカンジェロに行き、薬局で血清を手に入れるよう、私は彼女に言った。「お金はありますか？」「三十リラあります。洗濯の仕事をしたので、憲兵たちが払ってくれたばかりです」アンプルが一つ八・七五リラであることを、私は知っていた。お金は十分だった。「三つ買いなさい、そうすれば安心だ」炭疽は悪性の病気で、ただ血清をふんだんに使うことだけで治療できた。夕方だった。パッロッコラは夜に道を歩くことをいとわなかった。「小道には幽霊がいて、私を通さないでしょう」しかしそれでも、日の出のかなり前に発ち、ずんぐりした足にもかかわらず、気がかりな母親の急ぎ足で、走るように道を行った。行きに十キロ、帰りに十キロかかった。だが午前中には家に帰ってきた。しかしアンプルは二つしかなかった。私はびっくりしたが、彼女は事情を説明した。薬剤師はいくらお金を持っているか訊いたのだ。「三十リラ」「それではアンプルが二つだ。読めるかね？　一つ十五リラだ。ここに書いてある」そこには八・七五リラと書いてあった。こうしたやり方が、これらの村々の、小市民階級の封建的特権として使われていた。幸いなことに、アンプルは二つで足りたのだった。

パッロッコラはとても貧しかった。大きなベッドと、「田舎女」のみじめな魅力以外は何も持っていなかった。医療と医薬はただでもらえるべきだった。貧窮者のリストにも入っているべきだった。そのリストは存在し、村役場のどこかの棚に隠されているはずだった。しかし全般的な、完全な困窮状態にあるこの村では、そのリストは短かった。おそらく四、五人しかいないはずだった。様々な口実をもうけて、だれにも貧窮者の資格を認めていなかった。さもなければ、医師や薬剤師に、しかるべき貢ぎ物を捧げるものがいなくなってしまう。まったく点検を受けることなく、そのリストを作っている彼らに。これもまた習慣で認められている、国家に結びついた、避けがたい、古来の悪の一つで、それから身を守るすべはなかった。「もし読み書きを知っていたら、ここまでだまし取られることもないだろう。今では学校があるが、何も教えない。ローマの連中は、おれたちが獣のような状態にいてほしいのだ」しかしこの金を強奪されている農民たちは、つまりセニーゼから徒歩で一日かけて、わずかばかりのセロリを売りに来るものたち、あるいは海辺の悪性マラリアで、生産者に死者が出ているようなメタポント(15)から、素晴らしい一籠のオレンジを売りに来るようなものたちは、「結婚指輪の日」に金をはぎ取られているのだ。実際のところ、村には金はほとんどなかった。すでに少しずつ金商人に略奪されていたのだ。彼らは毎年山奥の村々まで回っていたが、特に五月、六月の小麦の収穫期直前に、農民たちが蓄えを使い尽くし、借金を重ね、どう生活していいか分からなくなる時にやって来ていた。だが今回は、金の供出は義務である、そうしなかったものにはひどい刑罰が待っている、教皇も教会のすべての金を出すように命令している、とみなに信じ込ませていた。こうして農民たちはこの新たな苛政をあきらめて受け入れ、祖国の祭壇に金を捧げたのだった。ジュリアも、パッロッコラも、結婚指輪を取り上げられた。昔の結婚と、海の向こうに消えた夫の思い出の品を。

ジュリアの夫は、後に十七人持つことになる子供のうちの長男を連れて、アルゼンチンに旅立ち、その後何の便りもよこさなかった。しかしある日手紙が来て、読んでくれるように、私のところに持ってきた。それはイタリア語とスペイン語が入り交じった言葉で書かれていて、チヴィタヴェッキアから出されていた。それは長男からの手紙で、ほぼ二十年間消息不明だったが、ブエノス・アイレスで成長していて、アビシニア戦争に参加するため入隊したことを知らせていた。彼は母親のことを思い出したのだった。父親については何も触れていなかった。イタリアから出国する前に、何とか休暇を得て、会いに来たい、あいさつしたい、と思っていた。しかし休暇が取れなかったので、写真を同封してきた。そして時々アフリカから手紙を書いてきた。私はジュリアの言うことを口述筆記して、返事を書いていた。やがてある手紙が来て、戦争はもうじき終わる、そこで妻にふさわしい娘をガリアーノで探してほしいと、母親に頼んできた。選ぶのはジュリアの役目だった。帰ったらすぐ、結婚するつもりだった。いかなる幼年時代の思い出も残らない前に出発したこの若者にも、他の移民と同様に、アメリカはいかなる痕跡も残さずに通り過ぎていた。そして彼は見たこともない村に帰ってくるはずだった、名前しか知らない、魔女の母親が選んだ、知らない女と結婚するために。ジュリアはガリアーノの女たちの表裏を知り尽くしていたので、私の家のほぼ前に住んでいる、あまり美しくないが、頑丈で、とても内気な農婦を選び、花嫁とともに、息子の帰還と結婚式を待ったのだった。

(15)　イタリアのエチオピア侵略に対し、国際連盟は石油、石炭などの禁輸措置を取った。これに対抗して、ファシスト政府は国民に金銀の供出を呼びかけ、一九三五年十二月十八日を「結婚指輪の日」と定めた。この呼びかけにより、金三十七トン、銀百十五トンが集まったと言われている。

四月は太陽が照り、雨が降り、雲が流れる、狂った月だった。遠い身震いのような、何かが大気中にあったが、それはおそらく他のところでは、春を告げるものだった。しかしこの地には、再生する生の香気はやって来なかったし、雪から解放され、愛情あふれる陽光と緑の中で息づいている、北部の幸福な大地の植物の膨張も見られなかった。寒さは終わり、強い風が吹いていたが、土手には草は生えていなかったし、花も、スミレもなかった。風景は何も変わっていなかった。粘土はあたり一帯に、いつものように灰色に広がっていた。何かが欠けていた、その年の生命自体が。そしてこの欠落の感覚が心を悲しみで満たした。天気が良くなるにつれて、村の道はまた人気がなくなった。男たちは一日中、遠くの、目には見えない畑にいた。子供たちは山羊と一緒になって、水たまりで水しぶきを上げていた。私はビロードの服を着て、何もせずに散歩をしたり、屋上のテラスで絵を描いていた。家々からは女たちの声と子豚の鳴き声が交互に響いてきた。女たちがこの地の風習に従って、子豚に石けんをつけ、ブラシでこすり、洗っていて、子豚が水をいやがる赤ん坊のように泣きわめいていたのだ。

ある晩、私は上ガリアーノと下ガリアーノの間のよく知っている上り下りの道を歩いて、家路についていた。私はところどころで立ち止まり、遠くの山々を機械的に眺めた。私はその山肌のあらゆるしみやしわを記憶していた。あまりにも長く知っているため、ほとんど目に留まらなくなっている、親しい人たちの顔のようだった。私は灰色の空と風の中で、何か特定のものを見ることなしに、あたりを眺めていた。私はあらゆる感覚を失い、時の外に出て、永続する受動性の海に全身を包まれ、そこからもう脱け出せないように思った。私はその頃にはもう人気がなくなっていた泉の前にしばらく座り、その受動性の海の空虚な音を聞いていた。すると私のもとに、郵便配達人がやってきた。彼女は年老いていて、病気で、やつれていて、咳と窮乏で息も絶え絶えだったが、毎日手紙のカバンを頭にのせて、村の道を忙しく行き来していた。彼女は電報を持ってきた。それは検閲でひどく遅れて届いたのだが、近親者の死を知らせていた。私は家に戻った。しばらくすると、私の家族の緊急の要請に従い、警察が、家庭の重大な理由により、私が数日間、厳重な監視のもとで、自分の町に帰還するのを許可している、と知らされた。私はマテーラでバスに乗るために、明け方に出発することができた。マテーラまでは、村の警備員のドン・ジェンナーロがつき添うはずだった。

こうして私は日々の無感動な流れから引き離され、緑の田野を、車で走ったり、汽車に乗って、また動き回ることになった。その旅はあまりにも悲しくて、ほとんど記憶に残らなかった。私はまた遠くからグラッサーノの山と、退屈なまでに天使的なグラッサーノの村を見た。それからグロットレとミリオニコを越えて、マテーラに向かい、バセント川、ブラダノ川、グラヴィーナ川の間の、私には未知の土地に入ったが、そこはさらに不毛で、わびしく、見捨てられていた。マテーラでは護衛の準備のために、何時間か待つ必要があった。そのときに町を見たのだが、姉の感じた恐ろしさがいかに正しいか分かった。しかし私はその悲劇的美しさに、驚嘆の念も抱いたのだった。ようやく私は一人の警官とともに汽車に乗り、夜と昼を費やして、イタリア半島全体を北上した。私は数日しか自分の町にいなかったが、いつも二人の警官がつき添った。彼らは夜も私を監視するはずだったが、実際には私が家の中に急ごしらえで用意した部屋で寝たのだった。旅の痛ましい理由は別にしても、町への滞在は憂鬱だった。私は町をまた見て、昔からの友人たちと話し、一時的にせよ、多様で動きの激しい生活に参加することに、生き生きとした喜びを期待していた。しかし自分の中に超然とした無関心があり、それをどのように克服したらいいのか分からなかった。それは無限の距離感であり、参加の難しさで、私が再度見つけた財産を享受するのを妨げた。多くのものが慎重に私を避け、他のものは、危険にさらさないために、私のほうから会うのを避けた。またより勇気があり、揺るぎない、別のものたちは、私の監視人たちと、彼らの夜の報告書を恐れずに、私に会いに来た。しかし彼らとも、完全な触れあいを再度見いだすことは難しかった。私の中の一部分が、その利害、野心、行動、希望の世界と、もはや関係がなくなっていると思えた。彼らの生活は私のものではなく、心に触れてこなかった。こうしてその短い日々は一瞬のうちに過ぎ、私は新たな二人の護衛と旅立つことになったが、それは苦でなかった。その二人の警官はこの任務を得るため、長々と策略を巡らしていた。なぜなら旅行の期間を利用して、家族を訪ねる時間を見つけようと考えていたからだ。二人のうちの一人はやせたシチリア人で、ローマに妻がいた。ローマに着いて、乗り継ぎのために数時間待つことになると、裏切らないようにと私に頼んできた。というのは妻のもとに留まろうと思っていたからだった。私は彼を安心させた。数日間を十分楽しむがいい、彼の同僚だけで、監視には十分だろう。彼は挨拶をすると、姿を消した。

もう一人の警官はガリアーノまでつき添ってきた。まだ若くて、髪は黒く、額が少しはげ上がっていて、上品な物腰をしていた。彼は現在の仕事をひどく恥じていたが、自分はアグリ渓谷の、モンテムッロの、かなりの名家の出身だと言った。私はその後、ガリアーノで、彼の話がすべて本当だと知った。彼の父は盲目だったが、県内全域で知られていて、金持ちだった。ルカニア中の様々な、遠隔の村にも、広大な農地を持っていて、貸し出していた。彼とその有名な馬のことは、すべての人が知っていた。その馬は、五十キロも離れている各地の農場を訪ねるために、あらゆる道のりを、案内なしに、ただ一頭で、彼の父を連れて行った。彼は八人兄弟で、年上のすべての兄弟は勉強し、大学を卒業していた。父親が死ぬと、家の事業はすぐにめちゃくちゃになった。兄弟たちはみないい職に就いていた。しかしこの警官のデ・ルーカは末っ子で、まだ高校生だった。彼は勉強を中断し、しきたり通りに、警察に入る以外に、道が見つからなかった。だが彼はその職業にうんざりしていた。高校を卒業して、別の職を見つけたかった。私が助けてくれないだろうか？　こうして私の監視人は自分の不幸を語ったのだった。ローマには兄弟や叔父たちがいて、みなどこかの省庁に勤めていた。彼らを訪ねたかったが、私を放免するわけには行かなかった。彼は一緒に来てくれるように頼んだ。こうして私は勤め人の家の客間をいくつか見ることになった。私はみなに彼の友人だと紹介され、どこでもコーヒーのもてなしを受け、自分自身についてあいまいな答えをしなければならなかった。デ・ルーカは親戚のことでも自分を恥じていた。彼が警官をしているとは、誰も知らないし、誰も知ってはならなかった。彼らにとって、デ・ルーカは北部の町でいい職に就いており、私は彼の同僚なのだった。

汽車は首都を離れ、南の方に私たちを運んでいた。夜だったが、私は眠れなかった。

固い長椅子に座りながら、過ぎ去った日々、あの違和感、そして今近づきつつあるあの村々の生活に対する政治家たちの完全な無理解について、私は考えていた。みなが私に南イタリアの情勢を尋ねてきた。私はみなに自分が見たことを語った。そしてみなが興味深く聞いていたにしても、私が言ったことを本当に理解しようとしたものは、わずかしかいないと思えた。彼らは様々な意見を持ち、気質も異なっていた。最も熱狂的な過激主義者から、最も厳格な保守主義者までいた。その多くは天賦の才の持ち主で、みなが「南部問題」について考え、問題の解決法や計画を持っていた。しかしその解決法や計画と同様に、それを表現する用語や言葉が、農民の耳には理解不可能だろうし、農民たちの生活や必要は彼らには閉ざされた世界で、それに入り込もうとも配慮していないのだった。彼らは結局のところ全員が、多少なりとも無意識的な、国家の崇拝者だった（それが今でははっきりと分かったと思う）。自分のことを知らない心酔者だった。彼らの国家が現在のものであろうと、未来に切望するものであろうと、関係なかった。両者の場合とも、それは人間や民衆の生活を超越する何ものかとして理解される国家だった。専制的か、あるいは慈父のように賢明か、さもなければ独裁的か、民主主義的かにかかわらず、それは常に統一的で、中央集権化され、遠くに存在する。ここに政治家と私の農民たちが、相互に理解し、理解されることの不可能性がある。ここに、政治家たちのしばしば衒学的な表現に隠された、単純なものの見方の原因がある。そして決して生きた現実に即していない、図式的で、部分的で、すぐに風化してしまう、彼らの解決法の抽象性の原因がある。ファシズム統治下の十五年間が、すべてのものに南部問題を忘れさせた。そして今それをまた提起しなければならないのだとしたら、何か別のものを媒介にしてしかできなくなっていた。政党、階級、あるいは人種を、一般的な媒介の虚構にするしか。あるものはそれを純粋な経済的、技術的問題としてしか捉えず、公共事業、干拓、必要な工業化、内国植民地化について語るか、かつての社会主義的計画、「イタリアの再生」について述べた。他のものはそこに悲しい歴史的遺産、ブルボン王朝的隷属の伝統しか見ず、自由主義的民主主義がそれを少しずつ取り除くはずだった。また別のものは、南部問題が資本主義的抑圧の特殊例であり、プロレタリアート独裁が即座にそれを解決する、としたり顔で言った。さらに別のものたちは真の人種的劣等性を考えていて、北イタリアの無用の長物として南イタリアを語り、この現実の苦痛な状態を避ける対策を、高所から研究していた。だが全員にとって、国家は、何かを、神意にかなった、有益で、とても役立つ何かをなすべきだった。だから私が、彼らの意図するような国家は、どんなことにも障害となると言うと、私をびっくりして見つめるのだった。国家が南部問題を解決することはあり得ない、それは私たちが南部問題と呼ぶものが国家の問題に他ならないからだ、と私は言った。一方にファシズムの国家主権主義、自由主義的国家主権主義、社会主義的国家主権主義が、そしてイタリアのような小市民階級の国で発生しようとする未来の別の形の国家主権主義があり、もう一方に農民たちの反国家主権主義があるが、その間には深い溝があるし、将来もあり続けるだろう。そして農民たち自身がその一部だと感じる国家形態を作り出せる時にだけ、それを埋めることができるだろう。公共事業や干拓はとても良いことだが、問題を解決することはできない。内国植民地化は控えめな物質的成果をもたらすだろうが、南部だけでなく、イタリア全体が植民地になってしまうだろう。中央集権化された計画は大きな実際的結果を生み出すだろうが、いかなる旗印のもとでも、敵対する二つのイタリアのままだろう。私たちが話している問題は、あなた方が考えているよりもずっと複雑だ。それには三つの異なった側面があるが、それはある現実が見せる三つの顔であって、ばらばらにして理解したり、解決することはできない。まず第一に、私たちは二つの大きく異なる文明の共存状態に直面しており、そのどちらも相手を同化することはできない。田舎と町、キリスト教以前の文明とキリスト教を超えた文明が対峙している。そして後者が前者に、自分の国家を基盤とした神権政治を押しつけ続ける限り、対立は続く。現在の戦争とこれからの戦争は、その大部分がこの長い年月を経た対立の結果であり、現在その最も厳しい段階に達しているのだが、それはイタリアだけではない。農民の文明は常に敗北するだろうが、完全に押しつぶされることはなく、忍耐のベールの陰で保存され、時折爆発することだろう。そして致命的な危機が永遠に続くだろう。山賊が、農民の戦争が、その証拠だ。そして前世紀のそれが最後のものになることはないだろう。ローマがマテーラを支配する限り、マテーラは望みがなく、無政府主義的で、ローマは望みがなく、専制主義的になる。

問題の第二の側面は経済的なものである。つまり貧窮の問題だ。この地方の土地は徐々に疲弊している。森は切られ、川は急流化し、家畜はまばらになっているが、木を植え、牧草地を作り、森を維持する代わりに、不適合な土地で小麦を栽培することに固執している。資本も、産業も、貯蓄も、学校もなく、移民は不可能になり、税金は法外で、堪え難い。そしていたるところにマラリアが蔓延している。こうしたことすべての、かなりの部分は、国家の善意と努力の結果である。農民たちのものでは決してなく、彼らに貧窮と不毛の地しか作らなかったあの国家の。

そして最後に問題の社会的側面がある。大土地所有制、大地主が、大きな敵であると言われている。確かに大土地所有制のあるところでは、それは慈善的な制度ではない。しかしナポリやローマやパレルモにいる大地主が農民たちの敵であるにしても、彼が最大の、最も堪え難い敵ではない。彼は少なくとも遠隔地にいて、すべてのものの生活に毎日のしかかってくるわけではない。農民たちの真の敵は、彼らにあらゆる自由と文明的生活の可能性を妨げているものは、村の小市民階級だ。彼らは身体的にも、道徳的にも、堕落した階級だ。自らの職務を果たすことができず、ささいな強奪や、封建的権利の退化した伝統でのみ生きている。この階級が除去され、交換されない限り、南部問題の解決は考えられないだろう。

三重に重なり合った側面を持つこの問題は、ファシズム以前にも存在した。しかしファシズムはそのことにもはや言及せず、それを否定して、それを最も先鋭化させた。なぜならファシズムとともに、小市民的国家主権主義が完全に確固たる地位を占めたからだった。今日私たちは、将来、いかなる政治的形態が準備されているか予見できない。しかしイタリアのような小市民階級の国では、そして小市民階級のイデオロギーが町の人民階級を汚染している場合には、ファシズムの後に現れる政治体制は、それがゆっくりした進化によるにせよ、暴力行為によるにせよ、そしてとりわけ過激で、外見上は革命的な政治体制に見えても、残念ながら、こうした小市民的イデオロギーを再度主張するように連れ戻されるだろう。生活から、同じくらいか、よりかけ離れた、偶像崇拝の、抽象的国家を再度作り、新しい名前と旗印の下に、イタリアの永遠のファシズムを永続化させ、さらに悪化させるだろう。農民革命なしにはイタリアの真の革命はあり得ないし、逆も言える。二つのことは同じだ。南部問題は現在の国家の中では解決できないし、それと根本的に対立することなしには、後に現れる国家の中でも、解決は不可能だ。それは国家の外でのみ解決できるだろう、もし私たちが新しい政治的理念と新しい国家形態を作ることができるなら。それはまた農民の国家でもあるだろう。その国家は農民を強制された無政府主義と、必然的な無関心から解放するだろう。それは南部イタリアの力だけでは解決できない。そうした場合は内戦に、新たなる山賊の戦いになるだろうし、それはいつもの通り、農民の敗北と全般的な大惨事で終わるだろう。ただイタリア全体の作業で、その根本的な革新によってだけ可能なのだ。私たちが新しい国家を考え、作り出すことができるようにする必要がある。それはファシズムの国家でも、自由主義的な国家でも、共産主義的な国家でもない。それらは形がまったく違っていても、実質的には国家主義的宗教と同じものなのだ。私たちは国家の理念の根本原理を、それの基盤となる個人の概念を考え直すべきである。そして個人の法制上の、抽象的な、伝統的概念に換えて、私たちは生きた現実を表現し、個人と国家の間の乗り越えることのできない超越性を廃絶するような、新しい概念を構築すべきである。個人は閉ざされた実存ではなく、関係であり、あらゆる関係が集まる場所である。個人がその外では存在できない、この関係の概念は、国家を規定する概念と同じである。個人と国家はその本質において一致し、双方が存在するために、日々の実践においても、一致にいたるようにしなければならない。この政治の逆転は無意識のうちに成熟しつつあるが、農民の文明に暗に含まれており、ファシズムと反ファシズムという悪循環から脱け出す唯一の道である。この道は自治という名で呼ばれている。国家は無数の自治体の集合、有機的な連邦でしかあり得ない。農民にとって、国家の細胞、つまりそれを通して多岐にわたる集団的生活に参加できる唯一のものは、農村地帯の自治的な市町村以外にはありえない。これが南部問題の相互依存的な三つの側面を同時に解決できる、唯一の国家形態なのである。これこそが、一方が他方を圧迫したり、重圧を加えることなしに、二つの異なる文明の共存を許し、可能な限り、貧窮から解放される最上の条件を作り出し、大地主と地元の小市民階級のあらゆる権力と機能を廃することで、農民が自分のためと、万人のために生きることを可能にする、唯一の国家形態なのである。しかし農村地帯の市町村の自治は、工場、学校、都市、あらゆる形態の社会生活の自治なしには存在しえない。私が一年間の地下生活で学んだのは、こうしたことである。

私はこのような話を友人たちにし、夜、汽車がルカニアの地に入りつつある時に、熟考していた。これはその後、流刑と戦争の体験をへて、私が発展させるべき考えの、初めの兆しだった。私はこの考えを反芻しながら眠りについた。

ポテンツァを通り過ぎて、汽車がブリンディシ・ディ・モンターニャの切り立った斜面の間に入った時、私は太陽の光で目を覚ました。何かいつもと違うものがあたりにあったが、それをまだ理解することはできなかった。私たちはバセント渓谷に入り、ピエトラ・ペルトーサ、ガラグーソ、トリカリコの孤立した、小さな駅を通過し、その後しばらくしてから、目的地のグラッサーノの駅に到着した。そこで降りて、いつもの通り、二、三時間、郵便バスの到着を待たなければならなかった。駅に人影はなかった。私は護衛と話しながら、県道をあちこち散歩した。グラッサーノは山の上からまたあいさつを送ってきた。定期的に見る、親しみあふれる姿だったが、その外貌は変わっていた。すると私は目覚めた時、客車の窓から見た風景が、変わった様子だった理由に気づいた。丘はゆったりと波打ち、ところどころに亀裂を走らせながら、墓地と村まで、いつものように盛り上がっていた。しかしいつも灰色と黄みがかった色をしていた大地が、すべて緑で覆われていた。それも不自然で、予想できなかったような緑色だった。私がいなかった数日の間に、ここでも春が爆発していた。しかし他の場所では、陽気な調和と希望に満ちていたその色が、ここではどこか人工的で、暴力的だった。日焼けした農婦がつける口紅のように、わざとらしいところがあった。スティリアーノに向かって登っていく時も、同じような、金属的な緑色がつきまとってきて、葬送行進曲に響く調子外れのトランペットのようだった。サウロ川に向かって下り始めると、山々が、牢獄の鉄柵のように、私の背後を閉じ、ガリアーノへの登りが始まった。白い粘土の上に、小さな緑色のしみが、あちこちに散らばり、太陽の光でさらに鮮やかに、異様に輝いていた。まるで何か叫んでいるかのようだった。引き裂かれて、乱雑にまき散らされた、仮面の破片のように思えた。

村に着いた時は、ほとんど夕方になっていた。私の護衛のデ・ルーカは、みなが知っていた。自分と家族について、彼が話したことは本当だった。賢い馬に乗った盲目の男の息子は、ほとんど同郷人として迎えられ、出発前に何か食べていくように誘うものが何人もいた。だが彼は急いでいた。馬を借りるのに成功すると、彼は馬にまたがり、モンテムッロに向けて出発した。一晩中馬に乗って、たどり着くはずだった。

一時期、町に滞在した後に、またガリアーノを見ると、そのブルボン王朝的な、不動の雰囲気の中で、村は以前よりもさらに小さく、より悲しげに見えた。ここにまだ二年間もいなければならないのだ！　将来も同じ日が連なるという倦怠感が、心に不意にのしかかってきた。私はあいさつの声と、戸口からの「お帰りなさい」という声に迎えられながら、家に向かった。ジュリアに預けたバローネが、領主のように広場の真ん中に陣取り、やかましくほえながら、幸せそうに駆け寄ってきた。私はジュリアが家にいると思っていた。しかし家は空っぽで、火は消えていて、夕食に用意されたものは何もなかった。私は彼女を呼びに、子供を使いに出した。来ることはできない、明日も、その後も、もう来るのを待たないでほしいとのことだった。しかしその理由は言わなかった。そこで私は何かを食べるために、村の道を未亡人のところまで上らなければならなかった。その後、ドンナ・カテリーナから事情を聞いた。私の不在中に、ジュリアの愛人である白子の床屋が、何の根拠もないのに、嫉妬の炎を燃やして、もし私の家に帰ったら、カミソリで首を切る、と私の魔女を脅したのだった。彼女は震え上がり、私に会ったり、あいさつをすることもしなくなった。ずっとあとになってから、恐怖が過ぎ去ると、道で会った時に、立ち止まって私と話すようになったが、謎めいた、奇妙なほほえみを浮かべ、控えめで、少しだけうれしそうだった。だが仕事を放棄した理由は、まったく口にしなかった。

ドンナ・カテリーナは新しい女性を見つけるために全力を尽くした。「ジュリアよりもいい人がいます。今は仕事がありますが、何とか来るようにさせたいです」その間に、村のわずかばかりの魔女たちが私を訪ねてきた。だが私はドンナ・カテリーナのお気に入りを待つことに決めていた。そうして送り返した女たちの中に、六十歳ほどと思える老女がいたが、雇ってくれるようにとりわけしつこく言いつのった。あとで彼女がほぼ九十歳だと知って、驚いた。彼女はドン・ルイジーノの八十二歳の父親の愛人で、私に惚れ込んだのだった。こうして私は知らず知らずのうちに、今まで知り合う機会のなかった、最も年老いたパルカ〔ローマ神話の運命の女神。ギリシア神話のモイラに相応する。普通は三柱の女神を一組として表される〕にむさぼられる危険を冒したのだった。そしてようやく村長の姉がよこした女、マリーアがやって来た。彼女もジュリアと同様に魔女だったが、さらにそれらしくて、古典的な魔女だった。軟膏を塗り、箒にまたがって空を飛ぶ魔女のような外観をしていた。彼女にはサンタルカンジェロの魔女のような、威厳に満ちた動物性はなかった。四十歳ほどで、かなり背が高く、やせていて、細面で、しわがたくさんあり、鼻は長くとがっていて、顎の先は鋭く突き出していた。動作は素早く、仕事は早くて、手慣れていた。彼女は内部の火で焼かれているようだった。それもある種の、満足することのない渇望で、落ち着きのない、悪魔的な官能性で。彼女は私に暗い炎に満ちたまなざしを投げかけてきた。私はすぐに、彼女にはジュリアの古風な受動性はない、彼女とは距離を置かなければならない、と悟った。従って彼女といる時はいつも、親しげな言葉はかけなかった。だがそれでも彼女は良き女性だった。

私が村にいなかった間、ジュリアの逃亡以外に、新たな事態が発生していた。ドン・ジュゼッペ・トライェッラが立ち去っていた。彼は最終的には、ガリアネッロのマラリアの蔓延するあばら屋の間で死ぬようにと追い出されていた。クリスマスの夜の一件が果実を結び、ドン・ルイジーノが勝利していた。司教がガリアーノ教区への選考試験を行ったのだが、トライェッラがそれに参加するのは禁じられたのだった。彼の後継者のドン・ピエトロ・リグアーリが、もうすでに、ミリオニコからやって来ていた。彼は広場近くの主要道路沿いに、快適な家を見つけ、家政婦と、驚くほどの量の食料品を携え、そこに居を構えていた。私は帰ってきた翌日に、広場で彼と出会ったが、彼は愛想よく笑いかけながら近づいてきた。彼はすでに私のことをよく知っていて、知り合いになれるのはうれしい、家にコーヒーを飲みに来てください、と誘った。川沿いの村に追いやられた、人間嫌いの、哀れな司祭長に、外観、振る舞い、心ばえがまったく反対の人を選ぶのだとしたら、確かにドン・ピエトロ・リグアーリ以外のものを選べなかっただろう。彼は五十歳前後で、背丈は中くらいで、体は大きく、太っていたが、顔色が悪く、黄みがかっていた。目は黒く、スペイン人風で、抜け目がなさそうだった。顔は大きく、頑丈そうで、鼻は少し湾曲し、唇は薄く、髪の毛は黒かった。どこかで見たことがある、知っている誰かと似ている、という印象を持った。よく考えてみると、その印象は正しかった。司祭長のドン・リグアーリは典型的な顔、その当時の最もイタリア人的な顔をしていたのだ。それは俳優と高位聖職者と床屋を混ぜ合わせた顔、ムッソリーニとルッジェーロ・ルッジェーリ〔一八七一―一九五三。著名な俳優で、舞台や映画で大活躍をした〕の間にあるような顔だった。ドン・ピエトロ・リグアーリはこのあたりの村の出で、おそらく農民出身だった。その顔は狡猾さと鋭敏さにあふれ、物腰はいわくありげだった。彼はある種の威厳を持って堂々と歩き、服は清潔で、帽子の房飾りは真っ赤で、指にはルビーのついた指輪をはめていた。

彼の家に入った時、大量のサラミ・ソーセージ、サルシッチャ、ハム、プローヴォラ・チーズ、プロヴォーネ・チーズがあるのに驚かされた。天井の梁からは干しイチジク、ペペローネ、たまねぎ、ニンニクをわらで編んだものがぶら下がり、保存食やジャムの瓶、オリーブ油やワインの瓶が、食器棚をふさいでいた。ガリアーノのいかなる有力者の家も、これほど食料が豊富ではなかった。家政婦が扉を開けに来た。四十歳ほどで、背が高く、やせていて、考えを読み取ることができない、硬い顔をしていた。全身黒い服で、白いカラーをつけ、頭にはベールをかぶっていなかった。あとで知ったのだが、このいかめしい女性はモンテムッロ出身の農婦で、優秀な料理人であり、口さがないうわさでは、司祭長のものと推測される四人の子供の母親で、その子供たちは県内のあちこちの寄宿学校にいるはずだった。ドン・リグアーリは部屋を案内してまわり、貯蔵食料を嘆賞させた。「いつか私のところに贖罪に来てください」彼はこう言って、新鮮なバターを見せた。それはガリアーノには存在せず、私もここに来てからは見たことがなかった。「私の家政婦はパスタを上手に作ります。それが分かるでしょう。今は座って、コーヒーを飲みましょう」私たちがコーヒーを飲み終えると、司祭長は村について語り始め、自分の印象を述べ、私の印象を尋ねた。「ここではすることがたくさんあります」と彼は言った。「たくさんありますとも。すべてをしなければならないほどです。教会はひどい状態だし、鐘楼を建てなければなりません。農地の収穫物は納められないか、そのつど少しばかりで、遅れがちです。でも何よりも、宗教心がありません。洗礼さえ受けていない子供たちがたくさんいます。そして病気になったり、瀕死の状態にならない限り、だれも気にしません。毎日のミサには数人の老人しか来ないし、日曜日のミサでも教会はほとんど空っぽです。人々は告解をしないし、聖体拝領もしません。こうしたことは変えなければならないし、見ていてご覧なさい、すぐに変わります。当局はこうしたことにかかわらず、状況を悪化させることしかしません。彼らは唯物論者で、戦争のことしか語りません。(16)彼らはファシズムで国を支配していると思っています。哀れな人たちです。ラテラーノ条約以降、彼らはもはや支配者ではなく、唯一の宗教的権威である私たちがそうなのです。ラテラーノ条約とはこういうことを意味します。つまり今はものごとの指揮は私たち司祭の役割なのです。もし村長がまだ支配できると信じているなら、それは幻想です！」ドン・ピエトロ・リグアーリはここで口をつぐんだ。しゃべりすぎたことを悔いたかのようだった。しかし彼の言葉を私が告げ口することはない、私とは話しても大丈夫だと理解し、私の機嫌を取ろうとした。そこで流刑囚の問題を語り始め、政治的見解や信仰の区別なしに、司祭として彼らを助け、慰めを与える義務について話した。そうしたことはみな素晴らしかったが、彼のいわくありげな物腰や、その声音が、慈愛心よりも、利害や計算につき動かされているということを、あまりにも明瞭に物語っていた。そしてこのとても長い前置きのあとで、ようやく私を呼んだ理由を話し始めた。「この人々を再度宗教に導かなければなりません、さもなければ支配を切望する無神論者の手に落ちてしまいます。別の信仰を持つ人も、これを認めるべきです」そして彼は意味ありげに、私をちらりと見た。「それに加えて、どんな人でも恵みに与ることは可能です。しかしここの農民たちを教会に連れてくるには、ミサがより魅力的になり、空想力をさらに刺激する必要があります。教会は貧しく、何もなくて、言葉だけでは多くを引きつけません。農民たちが主の家にまた通うようにするためには、音楽が必要でしょう。私はミリオニコからオルガンを取り寄せ、昨日教会に運び込ませました。まさに私たちにふさわしいものです。でも一つ難しいことがあります。演奏者です。村にはその楽器を弾ける人がいません。その時私はあなたのことを考えたのです、何でもできて、とても教養があるあなたです。私たちはみな同じ主の子供なのですから！」私が断る口実になると彼が恐れていたいくつかの理由は、私の頭をよぎりもしなかった。確かにピアノの勉強をしたが、長い間鍵盤に手をのせていない、と私は説明した。試してみてもいいが、定期的にオルガン奏者を務めることはできない。だが彼が喜ぶなら、一、二度なら助けることができる。誰か歌う人がいるなら、伴奏くらいはできるだろう。だが演奏するなら、楽譜を取り寄せなければならない、と私は言った。私たちはその楽器を見に、教会まで道を上った。それは祭壇の脇に、見栄えよく置かれていて、すでに子供たちの好奇心をかき立てていた。司祭長は幸せだった。私が断ることを恐れていたので、私の予期せぬ弱腰な態度は彼をより大胆にさせた。彼は教会のひび割れた、裸の壁を示して、言った。「ここには絵が必要ですね」私はその考えが気に

(16)　一九二九年ローマ教皇庁とファシズム政権下のイタリア王国との間で結ばれた政教条約。一八七〇年のローマ統合(イタリア王国の完全統一)以降、教皇庁は同国を認めず、断絶状態にあったが、同条約により、バチカン市国の独立と、イタリアにおけるカトリック教の宗教的重要性が認められた。

入らないことはなかった。「どうでしょうか、いつか教会全体にフレスコ画を描きましょうか。私はまだここに二年以上いなければならないのですから、それを考えるのに十分な時間があるでしょう。壁の状態があまり良くないのは残念です。でもモルナスキの嫉妬心をかき立てたくはありませんね、とてもいい男ですから」実際のところ、教会の天井はフレスコ画で装飾されていた。水色の空に金色の星がちりばめられ、壁と天井を分ける装飾帯が描かれていた。その仕事は数年前、ミラーノの画家のモルナスキが行っていた。彼は金髪の若者で、その当時、村から村へ移動して、あちこちで教会の装飾の仕事をしていた。彼は仕事が終わるまでその場所に滞在し、その後別の場所に移った。しかしガリアーノで彼の放浪の人生は終わってしまった。彼は天井の装飾に来たのだが、租税事務所職員の仕事を提示され、確実なもののために不確実なものを捨て、行政職のために芸術を捨てて、モルナスキはもうこの地から発たずに、絵筆を放棄したのだった。彼は控えめで、世間から遠ざかっていて、礼儀正しく、ガリアーノに定住している唯一のよそ者だった。彼とは何度か顔を合わせたが、いつもていねいな態度だった。

「モルナスキが手伝ってくれるでしょう」と司祭長が言った。明らかに、数日間で、村のすべてを学んでいた。彼は無関心な群れを牧舎に再び導くための、目の前に開けた素晴らしい見通しに興奮していた。ああ、だが私もまた彼にとっては、迷える子羊で、その良き司祭は、空想に火がつけられたことに引きずられて、よりバラ色な事態を切望し始めた。たとえば、当然のことだが、司教も出席できそうな、厳粛な儀式だ。彼はその時、このことを言わなかったが、私が見て取った限りでは、そのことで身を焼かんばかりだった。ドン・リグアーリは狡猾で、如才がなく、その後私に言うことになった、数多くの明瞭なほのめかしの初めてのものを、いわくありげな暗示に留めて語るだけだった。だからその時は、私が一人で生活していることが残念である、とても若いのだから、妻をめとることを考えなければならない、と言っただけだった。教会を出ると、彼は次の日曜日に、昼食に誘った。「来てください、先生、哀れな司祭と贖罪をしに」台所に積み重ねられていた、貯蔵食料を見ていたので、贖罪はさほど厳しいものではないという希望を抱かせた。モンテムッロ出身の、いかめしい、母親らしい家政婦は、実際に完璧な料理人であることを示した。ここ一年ほど、これほどおいしい食事はしていなかった。特にこの地方の習わし通りの、唐辛子を使った、赤い、自家製のサラミが美味だった。それ以来、司祭長は私にまとわりついて離れなかった。私の家に訪ねてきて、肖像画のためにポーズをし、贈り物としてくれるように頼んできた。ドン・ルイジーノはこの熱心さに嫉妬したが、ドン・リグアーリは心得ていて、確実に何らかの福音書的口実を用いて、彼をおとなしくさせた。ある日、司祭長は私の家で、ナイトテーブルの上に、プロテスタント版の聖書があるのを見つけた。彼はまるで蛇を見たかのように、ぎょっとして飛び上がった。「なんて本を読んでいるんですか、先生。捨ててください、お願いだから」彼はとても親しげな態度を取るようになり、私に会うたびに、母親っぽい、心を動かす態度で言うのだった。「洗礼を受けましょう、そして結婚しましょう。私に任せてください」

私はある日曜日、彼の招待にお返しをして、今回は「贖罪」が本当のものにならないように、私の魔女のマリーアにあらゆる能力を発揮させた。その二日前の金曜日にポエリオが死んでいた。ひげを蓄えた老人で、かなり前から病気になっていて、私の診察を受けたがっていたが、ジビリスコ医師の代父だったので、そうできなかったのだ。日曜日に荘厳な葬儀が営まれ、スティリアーノの司祭長と、やはりその地の司祭が列席していた。そこで私は招待をこの二人にまで広げなければならなかった。一人は太っていて、大きく、もう一人はやせていて、小さかったが、二人ともドン・リグアーリと同じ種類の人間で、贅沢な生活に慣れていて、抜け目なく、有能で、農民の生活を知り尽くしていた。私はこの三羽の奇妙な鳥とすばらしい昼食を取ったのだが、彼らは、貧しい農民しか死なない、今日のように立派な葬儀はせいぜい年に一回だ、と嘆くのだった。

その間に、わずかばかり、教会音楽の楽譜が届いたので、私は何度か楽器の練習に行った。聴衆の純真さが頼みだったが、あまり多く間違えずに、ミサの伴奏ができると思えた時、私はドン・リグアーリと、次の日曜日を演奏の日に決めた。だがただ一度だけです、と私は彼に言った。私は歯医者の床屋が、耳で聞いてピアノをぽろぽろ弾くと知ったので、彼の方が私よりもよくこなすと確信していた。そこで、彼がさほど教会に入りたくないのを知ってはいたが、もう拘束されている一回目以降は、彼にその仕事を任せる、と私は決めていた。

日曜日、教会は一杯だった。私が演奏するという情報を司祭長が広めたので、誰もそのめったにない見せ物を逃すまいと思ったのだった。白いベールをかぶった女たちが、戸口のところまでひしめき合っていた。そして中に入れないものがたくさんいた。はるか昔から教会に来ていない人たちもやってきていた。さらにS弁護士の長女の、ドンナ・コンチェッタが、妹と来ていた。S弁護士は裕福で、憂鬱げな地主で、私は夕方、よく広場で会っていた。ドンナ・コンチェッタは弟が死んだため、ほとんど一年間、自らに外出禁止を課していた。彼女は家から出ず、私はその姿を見たことがなかった。今日のミサのために、誓願を破ることを決意し、長椅子の最前列に座っていた。彼女はガリアーノで一番美しい女性と見なされていたが、それは本当だった。十八歳の娘で、背は低く、聖母のような、丸い、完璧な顔をしていて、物憂げな、大きな目を持ち、髪は黒く、まっすぐで、豊かで、額の真ん中できっちりと二つに分けられ、肌は真っ白で、小さな口は赤く、首はほっそりとしていて、優美で内気な雰囲気を漂わせていた。ベールをかぶった群衆の中にいる彼女を見たのが、唯一の機会だった。声は聞けなかった。だが農民たちはすでに計画を立てていた。「あなたはもうガリアーノ人だ」としばしば言ってきた。「ドンナ・コンチェッタと結婚なさい。村で一番きれいで、金持ちの、相手が決まっていない独身女性だ。あなたにぴったりだ。そうすればあなたが出て行くこともなくて、ずっといっしょにいられる」そこで私も好奇心をかき立てられて、隠された婚約者を見たいと思ったのだ。

女たちはミサに熱狂した。「なんていい男だろう！」外出すると、通りがかりにこう声をかけてきた。しかし司祭長が音楽の持つ宗教的力に抱いていた信頼は、誇張されたものであることが分かった。床屋が私よりもかなり上手に伴奏したにもかかわらず、その日以降、教会はまたほとんど無人の状態になってしまった。だがドン・リグアーリはめげなかった。一日中、農民の家を訪問し、子供に洗礼を施し、少しずつだが、何らかのものを得ているようだった。

つかの間の、奇妙な春は終わっていた。緑は、ばかげた幻のように、十日ほどしか続かなかった。わずかな草は、太陽の光と、不意の夏をもたらす五月の焼けつく風にさらされ、枯れてしまった。風景はいつもの、石灰質の、白い、単調なものに戻ってしまった。かなり前に、私が到着したときのように、静かな粘土の広がりの上で、暑さのために、空気が波打っていた。そしてこの荒廃した、白っぽい海の上で、いつも、同じ形をした雲が灰色の影を作って揺れ動いているように思えた。私はこの大地のあらゆるくぼみ、あらゆる色、あらゆるひだを知っていた。新たな暑さの到来で、ガリアーノの生活はかつてよりずっとゆっくりになったと思えた。農夫たちは畑にいて、家々の影は舗石にけだるく伸びていて、山羊たちは陽光の下に足を止めていた。永遠の無為が、死者の骨の上に築かれた村の上に広がっていた。私はすべての声と、すべての物音と、すべてのささやき声を聞き分けることができた。それを、はるか昔から知っていて、限りなく繰り返され、将来も限りなく繰り返されるであろうものとして、聞き分けていた。私は絵を描き、患者を治療し、働いていたが、無関心の極点に到達していた。自分が乾いたクルミの中に閉じ込められた虫のような気がした。愛情からは遠く離れ、単調さという宗教的殻の中で、私はやって来る年月を待っていたが、よって立つ基盤がなく、自分の声さえ奇妙に響く、不条理な大気の中で、宙ぶらりんになっていた。

戦争も終わりに近づいていた。アディス・アベバは陥落していた。帝国はローマの丘に登り、ドン・ルイジーノは人気のない、悲しい集会を催して、ガリアーノの丘にもそれを登らせようと努めた。もう死者は出ず、彼の地にいるわずかのものの帰還が待たれていた。ジュリアの息子は、すぐに戻る、花嫁と結婚式の用意をしてほしい、と手紙を書いてきた。ドン・ルイジーノは背が伸びたように感じた。まるで皇帝の冠が彼の頭上をも通り過ぎたかのようだった。農民たちは、約束されたにもかかわらず、その不当に略取された、伝説的な土地には、自分たちの場所はないと考えていた。そしてアグリ川の河岸に降りるときは、もうアフリカのことは考えなかった。

ある日、お昼頃、広場を通りかかった。太陽は明るく、くっきりと輝き渡り、風がほこりをつむじのように舞いあげていた。ドン・コシミーノが郵便局の戸口にいて、遠くから手で、大きく合図をしていた。私が近くに行くと、彼は陽気な、愛情あふれる目つきで私を見つめた。「良い知らせですよ、ドン・カルロ。現実にならないような希望を持たせたくはないんですが、今し方、マテーラから電報が来ました。ジェノヴァの流刑囚を釈放するように命じています。彼を呼びに人をやりました。午後も待機するように命じています。釈放する他の流刑囚の名前を、電報で送ってくるはずです。あなたの名前があることを願っています。アディス・アベバを占領したための恩赦でしょう」私はその日の午後、ずっと郵便局の戸口にいた。時々電報のカチカチいう音が響き、ドン・コシミーノが窓口から顔を出すのだった。明るく顔を輝かせて、せむしの天使は名前を呼んだ。私の名前は一番最後に来た。もう夕方になっていた。二人の共産主義者、つまりピーサの学生とアンコーナの労働者以外は、全員が釈放された。広場の有力者たちはみな私のまわりに集まり、催促しないのに与えられた自由にお祝いを述べた。この予期せぬ喜びはやがて私の中で悲しみに変わり、私はバローネと家に向かった。

流刑囚はみな翌朝に旅立っていった。私は急がなかった。私は発ちたくなくて、残るためにあらゆる口実を見つけた。患者がいて、急に見捨てることはできなかったし、仕上げる絵があった。送るものが山ほどあり、無数の絵を梱包しなければならなかった。私は木箱を作らせ、バローネ用に檻をあつらえさせねばならなかった。バローネはひもから脱け出すのがとてもうまく、単純に汽車に乗せるにはあまりにも野生味があり過ぎた。私は十日ほど残っていた。

農民たちは私に会いに来て、言った。「出発しないでください。ここに残ってほしい。コンチェッタと結婚なさい。村長になれるでしょう。ずっと私たちといるべきです」私の出発の日が近づくと、私を乗せる車のタイヤをパンクさせると言い出した。「また帰ってくる」と私は言った。だが彼らは頭を振った。「もし出発したら、もう帰って来ない。あなたはいいキリスト教徒だ。私たち農民と一緒にいてほしい」私は厳粛に、帰ることを誓わなければならなかった。私は誠心誠意約束した。しかし今でも、その約束を果たせないでいる。

ようやく私はみなにいとまごいをした。未亡人、布告役人の墓掘り人、ドンナ・カテリーナ、ジュリア、ドン・ルイジーノ、パッロッコラ、ミリッロ医師、ジビリスコ医師、司祭長、有力者たち、農民たち、女たち、子供たち、山羊たち、モナキッキョとその他の幽霊、これらのみなにあいさつをし、ガリアーノの村役場に絵を一枚、記念に残した。いくつもの箱を積み込ませ、家の扉に大きな鍵で戸締りをして、カラブリアの山々、墓地、パンターノ、そして粘土の土地に最後の視線を投げた。そしてある明け方、農民たちがロバを連れて畑に向かう頃、バローネの檻とともに、アメリカ人の車に乗り、出発した。グラウンドの下の曲がり角を曲がると、ガリアーノは姿を消し、もう二度と見られなかった。

私は通行許可証を携え、普通列車で旅をしなければならなかった。だから旅行はとても長く続いた。私はマテーラにまたやってきて、サッシと博物館を見た。墓地のように白い石が散らばる、プーリアの平原を横切り、バーリを通って、暗闇の中で神秘的に見えたフォッジャを通過し、小さな行程に区切りながら、北に向かって走った。アンコーナではカテドラルまで上り、長い間見ていなかった海を眺めた。晴れた日で、丘の高みからは、水が遠くまで広がっているのが見渡せた。ダルマツィアから涼しいそよ風が吹いてきて、海の穏やかな背に細かな波でしわを寄せた。私はぼんやりと考え事をした。この海の生命は人間の無数の運命と同じだ、同じ波の中で永遠に停滞し、同時に変化することなく動いている。そして愛情と不安を交えて、あの不動の時間と、見捨ててきたあの黒い文明のことを考えた。

しかし汽車はすでに、幾何学的に区分されたロマーニャ地方の畑を通り、ピエモンテ州のブドウ畑に向けて、私を運んでいた。そして亡命と、戦争と、死にあふれる、謎に満ちた未来へ私を運んでいた。しかしその時、それは、果てしない空に浮かぶ、定まらない雲の一片のように、わずかしか見えていなかったのだった。

フィレンツェ、一九四三年十二月〜一九四四年七月

著者から編集者へ

親愛なるジュリオ、

きみも知っているとおり、私の『キリストはエボリで止まった』はつぎのような言葉で始まっている。「戦火が荒れ狂い、『歴史』と呼ばれるものがめまぐるしく移り変わる、多くの年月が流れた」そしてまた今、戦争と歴史の、事物と人間の転変の、長い年月が過ぎ去った。その年月は数字では書き表せないほど中身が詰まっていて、濃密で、革新的だった。なぜなら、その生き生きしたあらゆる瞬間は、現実の出来事がいつもそうであるように、永遠のものだったからである。きみは一九四五年当時の、灰色がかった、貴重な紙を使った、あの初版から十八年後に、この本に新しい衣装を着せようとしている。あの頃、きみの出版社は、戦争で中断を余儀なくされた活動を再開した時で、レオーネ・ギンズブルグは死に、私たちはみな離散していた。また私がこの本を書いてからは、二十年たっている。私はその後何が起こるか知らずに、この初めの言葉を書き、記憶の糸をたどって、過去の出来事を書き連ねた。だがそれはまた、時間と運命に関する、詩的で、果てしない広がりを持つ現在性でもあったのだ。執筆当時はフィレンツェの家にいたが、それは暗闇と野獣が支配する、原初の森に戻った町の道を駆け抜ける、凶暴な死から逃れる隠れ家だった。おそらくこの十八年、あるいはこの二十年は、一つの時代であり、また一瞬の瞬間でもあったのだ。

当時はあらゆる時が最後の瞬間になり得、それ自体が、最後で唯一の瞬間であった。当時は装飾や、実験や、文学の余地はなかった。ただ事物の中や、事物を超えた外で、本当の真実だけに場所が残されていた。そして愛についても同じで、常に中断され、無防備な状態に置かれたが、ただそれだけが、世界を支えるべきもので、それなしには世界は溶解し、消滅するのだった。

家は隠れ家であり、この本は死を不可能にする、能動的な防御手段だった。その後私は、この本を全部読み返したことはない。客観的に見るなら、私の頭の中では、それは純粋なエネルギーの若々しい像として残っており、それは情愛深く、ものうげに視線が注がれ、判断が下されても、そうしたものには破壊されないのである。それでは、木の皮の下に隠れた新芽のような状態で、他の場所の事物を初めて見ながら歩き回っていた、あの当時の私とは何ものだったのだろうか？　あの見捨てられた粘土の土地で、農民たちの世界の、はるか昔からの不動性の中で、山羊の目にじっと見つめられた、あの当時の私とは？

それはおそらくまた別の、未知の、まだ自己形成がなされていない若者で、偶然と時代が、あの地方に追いやり、家畜たちの黄色い目、女たち、男たち、子供たちの黒い目のもとに置いたのだろう。

数え切れない、眠れない夜の涙が、
うつろにした黒い目よ、
見つめるのだ、
魂の奥底を

それは別の場所で、別の自分の中に、自分を見つけるためであり、歴史の外で歴史を、時間の外で時間を、事物の前に苦しみを、そしてナルキッソスの泉の外で、乾いた土地の人々の中に自分自身を見つけるためではなかったのだろうか？　あるいはそうでなければ、初めての、ひそかな、青年時の、信頼の行為を果たした、今日と同じ私だったのだろうか？

確かにその若者（おそらく私だったのだ）は自らの体験で、現実の中に、未知の土地、未知の言葉、労働、労苦、苦痛、窮乏、風習を見出しただけでなく、また動物と魔術、解決されていない昔からの問題、権力に対抗する力を見つけただけでもない。それどころか、実際に存在する他者性、無限の現在性、共存としての存在の仕方、あらゆる関係が集中する場所としての個人、無限の可能性が封じられている不動の世界、外に出て動き回る用意を整えている、幾世紀にも及ぶ黒い青年期、さなぎの中の蝶をも見出したのだった。そしてさらに、この出来事の個別の永遠性、私たちそれぞれの中にあるルカニア、父性的な支配者の体制と戦う、そして自らを排他的現実と主張する、過去の死んだ体制と戦う、形式、生活、制度になる用意が整っている生命力をも発見したのだった。

その若者の唯一の幸運は、その時代から非常に自由であり、その時代から引き離され、本当に同時代人でいられたことだった（年齢、教育、性格、否定的世界を受け入れられない性向などのために）。だが単に無制限の同時代性の中の同時代人ではなく、事実に根ざした同時代人で、共に生き、自己形成し、知り合う幸運を得た、新しい、小さな、目立たない人たちの同時代人なのである。こうして彼は、言葉では形容しがたい、思春期の世界とともに、思春期の少年であり、劇的で、崩壊しそうな解放を成し遂げた、若々しい世界とともに、青年であり、地上のあらゆるルカニア的地域の、同士的存在とともに、成熟することで、成人となったのである。

このために『キリストはエボリで止まった』は、まず第一に体験であり、絵画と詩であり、次いで理論と、真実がもたらす喜びであった（『自由の恐怖』〔カルロ・レーヴィの初めての評論集。一九三九年に書かれたが、一九四六年に発刊された〕とともに）。それは最終的には、新たな、同じような体験が、情愛深い結晶化作用の過程を経て、可能性を広げる時に、開かれた物語になるはずだった。そしてこの種の体験はその後何冊かの本で繰り返され、著者の心、体、言葉を変えた。それは新しい意識を即座に得られる時代の、人々の変化とともに起こったのだった。この過程は所与のものとの自己同一化でも、客観性への逃避でもないし、そうはなり得ず、むしろ継続的に愛を見分けることである。それは、だれよりもいとおしいロッコ・スコテッラーロ〔一九二三-五三。バジリカータ州トリカリコ出身の詩人。社会主義思想の持ち主で、農民とともに農地の占拠運動などを行った〕が『酸っぱいブドウ』の中で、マテーラの監獄で同室の十八人の仲間に、この本を読んで聞かせた経験を書いているところで言ったように、類似性であり、自分と類似していることへの愛である。

このために『キリストはエボリで止まった』は、今、考えてみると、長い歴史の最初の契機であり、それは変化しながら続き、私の内部で、事物や事実の中で、人々の心の中で、私が書き、これから書く本の中で（もちろんきみが出版するのだ）、変わり続けるのである。私が同時代性と、共存と、あらゆる現実の統一性を生きることができる限り、そして文学の外で、仕種、顔つき、言葉の意味を、単純な、詩的自由として理解できる限りにおいて。

ローマ、一九六三年六月

カルロ・レーヴィ

訳者解説

生い立ち

カルロ・レーヴィは一九〇二年一一月二九日に北イタリアの工業都市トリーノで生まれた。父のエルコレ・レーヴィは布地商として成功を収めたユダヤ系イタリア人で、母のアンネッタ(・トレヴェス)も裕福なユダヤ系の布地商の娘だった。父のエルコレは小学校卒だったが、活力あふれる人物で、英語を独学で学び、ヨーロッパ中を旅して商取引をしていた。母のアンネッタは穏やかな性格だったが、高名な社会主義者であった弟のクラウディオとともに、社会主義的な考え方を持っていた。カルロは四人兄弟で、姉のルイーザ(一八九八年生)以外に、弟のリッカルド(一九〇四年生)と、妹のアデーレ・レオニルデ(レッレ)(一九一二年生)がいた。一家はカルロが生まれてまもなく、トリーノ郊外の高級住宅地、ベッツェッカ街のヴィッラ(別荘建築)に引っ越した。彼は恵まれた環境の中で幼少期を過ごし、裕福な家庭の子弟が通う名門校、アルフィエーリ古典高校の中等部、高等部で学んだ。彼はこの頃、母や姉の影響で、文学作品を数多く読んでいたが、絵画にも興味を持ち、この分野で非凡な才能を見せていた。一九一七年、カルロ・レーヴィはトリーノ大学医学部に入学した。母方の伯父が医師であり、姉のルイーザもすでに医学部に入学していたことが、この進路選択に影響したと思える。彼は血液の循環に関する卒業論文を書き、高い評価を得て、ミケーリ教授の助手となり、医師としての道を歩み始めようとしていた。だが大学在学中、彼は二つの決定的な出会いを経験していた。その一つは自由主義思想家のピエロ・ゴベッティ(一九〇一—二六)との出会いだった。ゴベッティはレーヴィより一歳年長だったが、若くしてその才能を開花させ、一九一八年一月に、イタリアの停滞した文化の革新を狙った季刊誌「新しい活力」を発行していた。ゴベッティは当時トリーノ大学法学部の学生だった。二人は友だちになり、レーヴィはゴベッティが一九二二年に発刊した雑誌「自由主義革命」に寄稿した。二人の友情はゴベッティの早すぎた死まで続いた(一九二六年、フランスで病没した)。

もう一つの重要な出会いは画家のフェリーチェ・カゾラーティ(一八八三—一九六三)とのそれである。カゾラーティはウィーンの「分離派」の影響を受けた象徴主義的画風の画家だったが、後に「魔術的レアリズム」と称される画風を確立した。彼は一九一七年にトリーノに移住してきて、一九二二年にゴベッティの「自由主義革命」のグループに加わり、そこで若きレーヴィと知り合ったのだった。レーヴィは自分の芸術の方向を模索中で、カゾラーティから大きな影響を受けた。レーヴィは一九二三年にトリーノのクワドリエンナーレ展に絵画を出展しているが、さらに画家としての研鑽を続け、翌年はヴェネツィアのビエンナーレ展に出展した。また何度かパリに滞在し、モディリアーニらと親交を深め、影響を受けた。一九二九年一月にトリーノで「トリーノの六人展」が開催された。これはレーヴィを含む六人の新鋭画家の作品を集めた展覧会で、好評裡に迎えられ、イタリア各地を巡回することになった。レーヴィは医師の道を捨て、画家として生きる決意をした。

この間、イタリアの政治情勢は急展開を遂げていた。第一次世界大戦後の経済危機を経て、労働争議が活発化し、トリーノのフィアットの工場でも、労働者による工場占拠が行われた。社会主義的思想の台頭に資本家たちは危機感を覚えていたが、そうした危機感に応えるべく、ムッソリーニのファシスト党が力を伸ばした。そして一九二二年一〇月の「ローマ進軍」により、ファシスト党は権力を掌握し、ファシズムの独裁体制を作り上げた。これに対抗して、イタリアではすぐに反ファシズム運動が生まれたが、ゴベッティの自由主義者のグループも、共産党とともに、反ファシズム運動の中核を形成した。レーヴィの芸術活動はファシズム統治下の、自由が制限された中で展開される運命を背負わされた。

一九二四年レーヴィはユダヤ系の社会主義者の兄弟、カルロ・ロッセッリ(一八九九―一九三七)、ネッロ・ロッセッリ(一九〇〇―三七)と知り合った。彼らはゴベッティの知り合いで、叔父のクラウディオ・トレヴェスと政治活動をしており、一九二六年に反ファシズム活動の咎《とが》で逮捕され、シチリア島北部に位置するリパリ島に流刑に処されたが、一九二九年に脱出し、チュニジアを経てパリに逃れ、そこで、他の政治的亡命者らとともに、反ファシズムの政治団体「正義と自由」を結成した(なおロッセッリ兄弟は反ファシズム運動の中心人物として、ファシズム政府に敵視され、一九三七年にフランス北部の町バニョール・ド・オルヌで、二人とも殺害された)。

カルロ・レーヴィはロッセッリ兄弟と連絡を取り合い、一九二九年にはネッロ・ロッセッリと協力し、「政治闘争」という雑誌を出したが、長続きしなかった。また「正義と自由」のロゴマーク(燃える炎の形をしている剣)をデザインしたのはレーヴィであり、彼はやがてトリーノにおける同グループの中心的存在になっていった。一九三〇年、ミラーノの「正義と自由」グループが逮捕され、トリーノのグループの重要性が増した。レーヴィはパリにひんぱんに行き、連絡を取り、情報を交換し、グループの活動を支えた。一九三二年、奨学金を得て、パリにレオーネ・ギンズブルグがやって来た。ギンズブルグはロシア文学者だったが、トリーノの若い反ファシズム活動家を束ねるような存在だった。彼はロッセッリ兄弟らとひんぱんに接触し、トリーノに帰って、「正義と自由」の活動を支える中心人物になった。レーヴィはギンズブルグの早すぎる死（一九四四年二月）まで、活動をともにし、厚い友情を結ぶことになった。

一九二九年の「トリーノの六人展」以降、カルロ・レーヴィは新進画家として認められ、イタリアではミラーノ、ローマ、海外ではパリ、ロンドン、そしてアメリカのサンフランシスコやロサンゼルスでも作品が展示され、名前が知られるようになった。しかし転機が訪れた。一九三四年三月一三日、反ファシズム活動の咎で、ギンズブルグらの「正義と自由」のグループが逮捕されたが、その中にカルロ・レーヴィも含まれていた。彼はトリーノのヌオーヴェ刑務所に入れられ、厳しい尋問を受けた。そして二年間の戒告処分付きで、五月九日に釈放された。だが「正義と自由」のグループは警察に厳しく監視され、内部にスパイがいたこともあり、活動の実態が警察に筒抜けになっていた。

流刑

一九三五年五月一五日、トリーノ、ミラーノ、ローマで八十人以上の反ファシズム活動家が逮捕された。カルロ・レーヴィもトリーノで逮捕され、初めはヌオーヴェ刑務所で尋問された。だが今回、警察はグループ内のレーヴィの役割を把握しており、簡単に釈放することはなかった。彼は五月二三日にローマのレジーナ・チェーリ刑務所に移送され、さらに厳しい取り調べを受けた。そして七月一五日に他の五人の被告人とともに、三年間の流刑の判決を受けた。その中には作家のチェーザレ・パヴェーゼ、そしてレーヴィの恋人パオラ・レーヴィ(オリヴェッティ)の弟であるアルベルト・レーヴィも含まれていた。カルロ・レーヴィはルカニア(現在のバジリカータ州)のグラッサーノに流刑にされることになった。

レーヴィは一九三五年八月三日にグラッサーノに到着した。この村は本文にも書かれているように、街道沿いの大きな村で、へんぴな場所ではなかった。しかし突然流刑地が変更され、九月一八日に、僻地の寒村であるアリアーノ(本文中ではガリアーノという名になっている)に移送された。本書『キリストはエボリで止まった』は彼がアリアーノに到着した場面で始まっている。だが注意したいのは、彼はすでに一ヵ月半ほどルカニアに滞在していて、この地の現実に接していたことである。それ故アリアーノについて書く時、グラッサーノとの比較が出てくる。またアリアーノに関する部分で、詳しい説明がないまま、グラッサーノの例を挙げているところもある。この辺は、初めはやや分かりにくいかもしれない。

ファシズムの時代、多くの政治犯が刑務所に投獄される代わりに流刑になったが、流刑地が途中で変更されるのは稀だった。本書の中では明確に書かれていないのだが、レーヴィの場合に、めったに起きない例が生じたことには理由があった。それは恋人のパオラ・レーヴィの訪問である。彼女は八月二〇日から九月二日までグラッサーノにいた（八月二三日から二七日までは、やはり流刑になった弟アルベルト・レーヴィを訪ねて、近くの町、フェッランディーナに滞在した）。この彼女の訪問を地元の警察が問題視した。カルロ・レーヴィは艶福家として知られていて、一九二〇年代にはマリーア・マルケジーニと、パリで知り合ったヴィティア・グーレヴィチという二人の恋人がいた。パオラ・レーヴィとは一九三〇年代の初めから恋人関係であったようだ。だが彼女はアドリアーノ・オリヴェッティを夫に持つ人妻で、二人の子供もいた。地元の警察はこの不倫関係を問題視し、「ファシズムの家族政策に反する傾向の関係」を容認できないとして、レーヴィをさらにへんぴな村に移したのだ。

カルロ・レーヴィの家族は家族意識が強く、困った時には団結した。カルロがローマに移されると、母親のアンネッタと妹のレッレは七月初めから末頃までローマに滞在し、カルロと面会して励ました。そして流刑が決まると、トリーノの家族に連絡して必要なものの準備をさせ、絵の道具など、大量の荷物を送った。彼女らは八月にカルロを訪ねたパオラ・レーヴィと連絡を取り、カルロの様子を尋ねた。そしてカルロがアリアーノに移送される前日の九月一七日に、姉のルイーザがグラッサーノにやって来た。彼女はアリアーノに移動し、一〇月四日まで同地に滞在し、世話を焼き、カルロを励ました。長男のカルロは家の女たちから非常に大事にされていたのである。

レーヴィは一九三五年九月一八日から一九三六年五月二五日までアリアーノに滞在した。本文にもあるが、この滞在期間中、彼は二度にわたって、短期間アリアーノを離れている。だがこの期間を除いて、彼は約八ヵ月間アリアーノに住んだ。これは今まで縁のなかった未知の土地を知るには、長い期間と言えないかもしれない。だがレーヴィはこの期間を十分に利用して、村の人々の心のひだにまで分け入り、イタリア文学史上に残る傑作を生み出したのだ。

流刑を終え、トリーノに帰ってからのカルロ・レーヴィの生活は必ずしも楽なものではなかった。彼はファシズムの警察の監視を受けながら、画家の活動に精力を注ぎ、ジェノヴァ、ミラーノなどイタリア各地で展覧会を催し、さらには映画のシナリオを書く仕事にも携わった。また一九三七年には恋人のパオラ・レーヴィとの間に娘のアンナが生まれている。だが一九三七年六月にフランスで「正義と自由」を支えていたロッセッリ兄弟が殺されたことで、彼が関わっていた反ファシズム活動は大きな打撃を受けた。

また一九三八年にはユダヤ人の人権を制限する「人種法」が制定され、ユダヤ系の反ファシズム活動家カルロ・レーヴィには常に監視がつき、息苦しい生活を強いられるようになった。一九三九年六月、レーヴィはトリーノを捨て、パリに移住した。パオラと子供たちも一緒だった。しかし一九三九年九月に第二次世界大戦が始まり、翌年六月には、ドイツ軍によりパリが占領された。レーヴィは家族とともにノルマンディー地方のラボールに逃れたが、戦争のため生活は困難になり、彼はアメリカ移住も考えた。だが結局パオラと子供たちは帰国することになり、一九四〇年八月にフィレンツェに向かった。レーヴィは南仏に留まったが、彼も結局帰国を決意し、翌年にイタリアに戻った。そして彼もフィレンツェに住むようになった。

一九四二年六月、「正義と自由」の流れを汲む政党、行動党がローマで秘密裏に結成された。行動党は反ファシズム・レジスタンス運動の大きな軸の一つとなり、ファシズムからのイタリア解放に大いに力を尽くした。カルロ・レーヴィはフィレンツェにおける行動党の中心メンバーとなり、同地における反ファシズム活動を指導した。だが一九四三年四月、レーヴィは逮捕され、フィレンツェのムラーテ刑務所に入れられ、厳しい尋問を受けた。しかしすでにイタリアは海外の戦争で負けており、ファシズム体制は動揺していた。そして七月二五日にムッソリーニが失脚し、逮捕され、ファシズム体制は崩壊した。翌日レーヴィは釈放されたが、イタリアの枢軸国側からの離脱を恐れたドイツが、九月八日にイタリアを占領した。反ファシズムの諸勢力を集めた国民解放委員会は、イタリアの解放をめざして、ドイツ軍とファシスト軍にゲリラ戦を仕掛け、レジスタンス闘争が始まった。レーヴィは地下に潜ることを余儀なくされ、後援者の家々を転々とすることになった。このドイツ軍、ファシスト軍とのゲリラ戦の時期に、本書『キリストはエボリで止まった』が書かれたのである。

『キリストはエボリで止まった』の執筆

本書は一九四三年九月から一九四四年七月にかけて書かれた。流刑体験から約七年後のことだった。この時期、カルロ・レーヴィはピッティ広場に面する隠れ家に身を潜めていた。彼はパオラや子供たちとは離れて隠れ家に暮らし、本の執筆に専念した。その当時のフィレンツェは「暗闇と野獣が支配する、原初の森に戻った」状態で、「凶暴な死が」荒れ狂っていた。レーヴィはファシズムの警察から追われ、明日をも知れぬ身であり、死は身近にあった。彼は居心地のいい書斎で、余裕のある心理状態で執筆に専念したのではなかった。だがこの作品には、著者の切羽詰まった状況は感じられない。著者は未来だけを見据えていて、自分が残せるものの中で、大きな価値のあるものを記録し、伝えようとしている。

『キリストはエボリで止まった』は、北イタリアの豊かな工業都市出身の知識人が、一九三〇年代の南イタリアの貧しい村に強制的に移住させられ、そこの人々の生活にショックを受けるが、今まで知らなかったその現実を自分なりに咀嚼し、豊かな感受性を発揮して、詩情豊かに描き出した点で評価されている。本書は戦争が終わった一九四五年に出版され、あまり知られていなかった南イタリアの農民の現状を、イタリア全国の人々に広く知らしめる役割を果たしたとされている。

イタリアの文学界の動きを見てみると、一九三〇年代に、ファシズム統治下の社会の閉塞状況を、リアリズムの手法で描く作品、いわゆるネオレアリズモの作品がいくつか出版され、高い評価を受けた(例えばモラヴィアの『無関心な人々』(一九二九)、ベルナーリの『三人の労働者』(一九三四)、パヴェーゼの『故郷』(一九四一)などである)。第二次世界大戦の終結後、反ファシズム運動とレジスタンス体験を経て、ネオレアリズモ文学は一気に開花する。ヴィットリーニ、カルヴィーノ、プラトリーニ、カッソーラ、フェノリオなどが、反ファシズム運動やレジスタンス闘争を主題にした作品を次々に発表し、文学界を席巻したのである。彼らはその後イタリア文学を支える中心的作家になったのだが、その中でカルロ・レーヴィの『キリストはエボリで止まった』はネオレアリズモの代表作として迎えられた。それは何よりも、ファシズム統治下の南イタリアの寒村で、支配層がいかに横暴に振る舞い、農民がいかに抑圧されていたか、現実に即してリアルに描かれていたからである。また南イタリアの民衆の魔術的な風俗習慣が細かく描写され、そこに独自の価値を持つ古い文化が存在すると指摘したことも、共感を呼んだ。さらにこの作品がイタリアの南北格差の問題、いわゆる南部問題を北イタリアの人たちに分かりやすく提示し、その解決がいかに緊急の課題であるか訴えかけている点も評価された。それは様々な方面から批判を受けたものの、まだ戦後イタリアの復興の方向が定まっていない時期に(つまり資本主義陣営に属するか、社会主義陣営に属するか、論戦がなされていた時期に)、大きなインパクトを持ったのである。

本書の刊行から約七十年後の今日、この作品を読み返してみると、本書のイデオロギー的部分は後景に退き(残念ながら「南部問題」は未だ解決されたとは言えない)、人間的部分が前面に出てくるように思える。著者はすべてが破壊される戦争の末期にこの本を書いたが、本書に感じられるのは追いつめられた切迫感ではなく、不思議な明るさである。本書に登場する人々、特に農民の描写を読むと、そこには貧しいものへの単なる共感ではなく、彼らの内面の豊かさを尊重する気持ちが感じられる。それは極限状況下に置かれた著者が抱いた、人間という存在への信頼感、人間愛と読めるだろう。これこそが、カルロ・レーヴィが未来に見た希望だった。流刑という暗い現実を書いているにもかかわらず、この作品に奇妙な明るさがあるのは、何よりも彼が自分自身に自信を失わずに、自分の理想を、こうあってほしいという願望を、作品に投影したためだろう。それは絶望的状況に置かれた人間が、未来に向けて投射する希望に裏打ちされている。現状が暗ければ暗いほど、未来は明るさを増す。それが著者の人間に対する信頼の表れなのだ。

山　賊

ここで本書のより深い理解のために、頻出する山賊について説明したい。ヨーロッパでは一般的には、山賊は、封建的土地所有制が崩壊し、資本主義的土地所有制に移行する過渡期に現れるとされている。今まで村落共有地として使われてきた野原や森が私有化されると、そこを利用していた、土地を持たない下層農民は経済的基盤を失ってしまう。こうした農民を吸収できるほど、都市の工業が発達しているなら、彼らは工場労働者になるだろう。だが十八、十九世紀のイタリアでは、工業は未発達で、この種の農民は農村経済からはじき出された。これらの貧困農民層の中から、貧しさに耐えられずに法を犯し、山中に逃げ込み、山賊化するものが出てくる。彼らは公権力の及ばない山中を根城に、周辺の農村を襲い、農作物や家畜を略奪した。あるいは強盗を働いたり、身代金目当ての誘拐を行った。中部、南イタリアでは、各地の山中にこうした山賊団が形成され、治安を脅かす存在になっていた。

だが時にはこうした山賊団が、ロマン主義的色眼鏡を通して、義賊視されることもあった。略奪や誘拐が土地の有力者に向けられる時、住民はそれまで自分たちがこうむった不正を正す正義の執行者を山賊の中に見たからである。こうして時がたつと、本書に見られるように、山賊は神秘のベールに包まれ、不正に反抗するシンボルとなるのである。

だが一八六一年のイタリア統一以降、バジリカータ州全域で猛威を振るった山賊の反乱については、自然発生的な山賊とは区別しなければならないだろう。サヴォイア王家に倒されたブルボン王朝の残党が、旧体制の復古を狙って、山賊団に肩入れしたからである。バジリカータ州における「山賊大反乱」の立役者は伝説の山賊、カルミネ・クロッコ(ドナテッリ)(一八三〇―一九〇五)だった。彼はバジリカータ州リオネーロの出身で、貧しい少年時代を過ごした。彼はブルボン王朝の両シチリア王国の兵士として兵役に就いていたが、問題を起こして投獄されたことをきっかけに、一八五九年に脱走して、故郷のヴルトゥレ山中で山賊になった。だが翌年イタリア統一の戦いが始まり、サヴォイア王家側のガリバルディ将軍が南イタリアにやって来た。クロッコは罪の赦免を期待してガリバルディ軍に加わり、ブルボン王朝軍と戦ったが、期待した赦免は得られなかった。そこでヴルトゥレ山中に戻り、再度山賊になった。

この頃山中に入って山賊になるものは少なからずいた。新しい国家が成立したが、農民に約束されていた農地の分配は行われず、税は高くなり、物価は高騰し、兵役は義務制になった。農民の目には、北イタリアからやって来た新たな支配者が、状況を悪化させたと映ったのである。新たな体制の中で生活が困難になった農民の中には、山中に逃げ込むものがおり、それに行き場を失った旧ブルボン王朝の兵士たちが加わった。山賊たちはイタリア王国軍の兵舎を攻撃し、武器を奪い、ヴルトゥレ山周辺の町を襲った。市庁舎を攻撃し、牢獄を解放し、文書館を破壊し、自由主義者を殺害した。やがてクロッコの山賊団は総勢千二百人を数えるまでになり、彼は「クロッコ将軍」と呼ばれるようになった。

戦いに負けたブルボン王朝の残党は新国家の転覆を狙い、スペイン軍人ホセ・ボルヘスを派遣して、山賊団を旧体制回復に利用しようとした（一三ページ、訳注参照）。ボルヘスはクロッコとヴルトゥレ山中で会い、スペイン軍、オーストリア軍が援軍にやって来ると説き、山賊団の指揮権の委譲を迫った。クロッコはそれに応じなかったが、協力してイタリア王国軍と戦い、各地で勝利した。だが州都ポテンツァの攻撃を主張したボルヘスと意見が合わず、ボルヘスと袂を分かった。

イタリア王国政府は山賊団の跋扈《ばっこ》を新秩序への脅威と見なし、戒厳令を敷き、軍隊を増強した。そして一八六三年に山賊取り締まりのためのピーカ法を制定し、山賊の人権の制限と逮捕権の強化を図った。またさらに軍隊を増強し、最盛期には全軍の半数にあたる十二万人を南イタリアに派遣した。山賊団は各地で掃討され、クロッコは窮地に陥った。彼は教皇に頼ろうと考え、十数人の仲間とともに教皇領に逃げ込む計画を立てた。そして一ヵ月ほど山中を行軍した末、四人の仲間とともに教皇軍に捕らえられ、投獄された。彼は終身刑の判決を受け、刑務所内で死んだが、獄中で自伝を執筆し、それは後に出版された。

山賊大反乱はバジリカータ州の住民にとって、社会を揺るがす大事件だった。一八六一年から六五年まで、山賊討伐にあたったイタリア王国軍は四百六十五人の死者を出したとされているが、山賊の側の死者は五千二百十二人、逮捕者は五千四十四人、自首したものは三千五百九十七人とされている。バジリカータ州の全域で死者が出ており、やがてそれは伝説化した。人々は国家には期待できない正義を、個人の力で果たそうとした山賊たちに、ある種の英雄を見た。だが山賊たちは討伐されるべき対象であり、しかも彼らの行為は、必ずしも正義にかなったものではなかったのだ。

民俗学的要素

本書の中には興味深い民俗学的要素が数多く書かれている。例えばモナキッキョだ。これは洗礼を受けずに死んだ子供たちの霊だとされている。南イタリアの人々にとって、洗礼を受けずに死んだ子供の霊は天国には行けず、地上をさまよう。大人の場合は悪霊になって人々に害をなすが、子供の場合はたわいもないいたずらをし、時には地下の宝物のありかを教える。このモナキッキョに似た存在は南イタリアの各地に見られる。それは例えばナポリ周辺ではムナチエッロと呼ばれ、プーリア州ではスカッツァムッリエッドゥルと呼ばれるが、やはり妖精的な性格を持った存在で、十九世紀、二十世紀の民俗学者らにより研究され、本に書かれている。レーヴィはこの無邪気な妖精モナキッキョが人々の暮らしの中にどのように現れるのか、生き生きと描いている。本書の魅力の一つに、この民衆の間の民俗学的要素が、実生活にどのように根付き、体験されているのか、具体的に書かれていることがあげられる。モナキッキョは今日では単なる迷信だろうが、こうしたことを信じて生きていた人たちがかつて存在したのである。著者はそのことに新鮮な驚きを覚え、興味をかき立てられ、人々に話しかけて情報を集め、民俗学者のように、本書に書き留めたのだ。

本書で書かれている人狼についても、イタリア各地で確認できる。満月の晩に人狼に変身して外に出て行き、帰ってきた時に、扉をノックしても、必ず三度目にならなければ開けてはならない、といういましめも、アブルッツォ州やシチリア島で採取されている例と同じである。また愛の秘薬（フィルトロ）も、地方による違いはあるにせよ、南イタリアの各地で見られるものだ。また薬草やその他の材料を使った、様々な魔術的な薬の作り方も、民俗学的研究の対象として様々な地域で採取されている。さらには病気を治療する呪文、人を思いのままに支配する呪文などもある。また本書には出てこないが、糸やひもなどの道具を使って、病気の治療をしたり、他人に呪いをかける魔術もある。レーヴィはこうした魔術的要素が、人々の中でどのように生きているか、やはり生き生きと語っている。

さらにレーヴィは三〇八ページで、涕泣《ていきゅう》儀礼、つまり泣き女の風習について語っている。レーヴィはパンターノの農夫を治療するため、月明かりを頼りに、夜の崖を駆け下り、遠い道のりを、農夫の家まで必死になって駆けつける。この場面の描写は本書の白眉で、あたりを取り巻く自然が著者の心に感応して応える様が、詩的に、生き生きと描かれている。農夫の息が絶えると、「その優雅な、二羽の白黒の蝶は、不意に二体の復讐の女神に変身した。彼女たちはベールとリボンを取り去り、服を乱し、爪で顔を血が出るまでひっかき、大きな歩調で部屋中を踊ってまわり、壁に頭を打ち付け、唯一の非常に高い音調で、死者の物語を歌い始めた」この涕泣儀礼とはギリシア・ローマ時代から南イタリアで受け継がれてきた葬送の儀礼の一つだが、今ではほとんど廃れている。だがカルロ・レーヴィの時代にはまだ生きた現実で、実際に行われていたのだ。この髪をふりほどき、顔に傷をつけて血を出し、嘆きの言葉を述べて死者を追悼する風習は古代ギリシア人が築いた町パエストゥムで出土した壁画にも描かれている。二千年以上も前から変わらない風習なのだ。

『キリストはエボリで止まった』は文学者だけでなく、民俗学者にも大きな影響を与えた。彼がこの本に書いた風俗、習慣は後にエルネスト・デ・マルティーノらの民俗学者の調査対象となった。デ・マルティーノは一九五〇年代にバジリカータ州で調査を行い、民衆の間の魔術的風習や涕泣儀礼に関する著作を残している。

現在のアリアーノとグラッサーノ

アリアーノとグラッサーノでは、今、『キリストはエボリで止まった』を中心にした村おこし運動が展開されている。村の中に、作品の舞台となった建物や場所を説明する陶製の碑板が多数掲げられているのだ。本書の読者は村を散歩しながらこの陶板の説明を見て、作品を追体験できるようになっている。陶板の指示に従いながら、レーヴィが初めて滞在した未亡人の宿、教会、広場、「狙撃兵の墓穴」、郵便局、兵舎、村長の家、村長の姉の家などを見ることができる。そして村の外れにはレーヴィが住んでいた家が保存されている。

それは二階建ての建物で、一階部分は煉瓦の外壁をそのまま用いており、二階の外壁は白く塗られている。村の中ではかなり立派な建物で、外部の者がアリアーノに向かって道路を上がってくると、まず村の入り口で出くわす、人目を引く建物である。

現在この家は記念館として保存されている。一階部分は、本文にもあるように、住居ではなく、オリーブの実をひく石臼があり、納屋として使われていたが、現在は農民の生活の道具や家具を集めた、一種の民俗学博物館のようになっている。レーヴィの見た石臼はいまでも内部に保存され、オリーブの油を搾った道具も集められている。さらに農民が使った食器、鍋類、民族衣装、家畜につけた鈴などが展示され、かつての農民の部屋が再現されている。その部屋には背の高い大きなベッドが据え付けられ、ベッドカバーがまくり上げられていて、その下に家畜を寝かせられるスペースがあることが示され、さらにベッドの上に赤ん坊用のゆりかごがつり下げられている。レーヴィが書いたように、空間を三つに分けてうまく利用していたのである。また本文に出てくるヴィッジャーノの聖母の画像も、ベッドの上の壁に掲げられている。レーヴィが書いた、かつての農民の家が忠実に再現されている。

二階には部屋が三つある。レーヴィはそれらの部屋を台所、寝室、アトリエとして使っていたと書いているが、今は家具はないものの、部屋の構成は彼が書いているままである。台所には煙が逆流すると書かれた暖炉があり、その先には寝室に使った部屋があり、さらに窓が五つあると書かれた、アトリエの部屋がある。トリーノの美しい別荘建築の家で育ったレーヴィには質素すぎる家かもしれないが、日本人の感覚では、生活に大きな不便はなかったと思える。外につけられた階段を登ると屋上のテラスに出られる。屋根のほぼ全面が広いテラスになっていて、そこから、さえぎるものがないまま、広大な大地がはるか彼方まで見渡せるのだ。垂直に切り立った粘土質の崖が延々と続き、世界を覆っている。緑の乏しい、月世界の光景のような、その寂寥感に胸が締め付けられる。ほかの場所では見られない、絶対的な無を思わせる風景である。この景色を目の前にして、レーヴィの孤独は募ったかもしれないが、画家としては、この風景に刺激を受け、創作意欲をかき立てられたことと思える。

グラッサーノはアリアーノよりもはるかに大きな村なので、『キリストはエボリで止まった』に関連する建物や場所は旧市街の一部に集中している。ここでもそうした建物や場所に碑板をはめ込み、訪れるものに便宜を図っている。旧市街にあってひときわ目立つ建物、それがかつてのプリスコ旅館である。クリーム色と茶色の外壁の、二階建ての建物で、かつての村のメインストリートに面している。今は『キリストはエボリで止まった』に関する記念館になっていて、様々な資料が展示されている。またレーヴィが歩いたメインストリート、彼が通った床屋のアントニーノ・ロセッリの家も残されている。そして旧市街の坂を上っていくと、丘の頂上に、鐘楼のそびえ立つ教会が見える。マドレ教会である。この教会からも絶景が望める。緑の丘がうねり、どこまでも続いている。四方をさえぎるものが何もない。そして四方に広がる丘は、アリアーノのような粘土質の崖ではなく、草木の生えたなだらかな土のうねりなのである。悠久の大地と呼ぶにふさわしい風景が眺められる場所なのだ。

アリアーノやグラッサーノの住民は本書のおかげで村が有名になったことをすなおに喜んでいる。だが本書に登場した人物たちはどうだろうか。現在この本の登場人物はほとんど他界してしまった。だがその子孫はまだ生きている。文学研究家のヴィート・アンジェロ・コランゲロはアリアーノで調査を行い、『ガリアーノの人々』(一九九四)という本を著したが、アリアーノではすべての人が本書に好意的であるわけではないと書いている。なぜならこの作品には文学的虚構が用いられているからだ。例えば本書に登場する「魔女」ジュリア・ヴェネレ（本名ジュリア・マンゴ。一八九二年、アリアーノ生まれ。一九一〇年にニコーラ・ヴェンネリと結婚。一九七一年没）だが、彼女の末子ルイージはレーヴィの書いたジュリア像に不満を持っている。彼女は夫との間に数多くの子供をもうけ、そのうちの五人が成人したが、本書で書かれたように、「十五人の男を相手に、十七回妊娠し」たことはなかった、としている。またジュリアの魔女的側面の記述にも不満を持っている。だが本書に登場するジュリアはレーヴィが村で知った魔女像を反映しており、おそらく何人かの魔女の典型例を組み合わせて、ジュリアという人物を創造したと思える。

村長のルイージ・マガローネ（本名ルイージ・ガランボーネ）とその姉のカテリーナ（本名クリスティーナ・ガランボーネ）も本書の記述に不満を持った。彼らは本書ではある種の敵役であるがゆえに、そうした観点からデフォルメされることは避けがたかったと思える。例えば村長は権威主義的で、女性的な甲高い声の、不快な人物で、小学校教師の職にありながら、子供の教育には関心がなかった、とされている。一方コランゲロがアリアーノで調べたところでは、ルイージ・ガランボーネは商人の息子で、一九二四年から三一年まで臨時教員として働き、その後正教員になったという人物で、教師としては優秀であり、社交的で、子供には優しく、学校の時間外でも子供の相手をしていたという。レーヴィはムッソリーニが教員をしていた経歴を持ち、ファシズムがムッソリーニを頂点とする教員たちに担われた体制だった、という考えを本書で表明しているので、こうした点を強調するため、本書の村長像を作ったと考えられる。また姉のクリスティーナは、レーヴィに親切にしたにもかかわらず、悪く書かれたことに不快感を示し、特に夫に関する記述に腹を立てていたという。彼女は一九九三年に亡くなったが、「カルロ・レーヴィの本は我が家の不名誉である」と常々言っていたという。記録文学的な作品でモデルと目された人は、その作品に描かれた自分の像に対して、概して不満を抱き、不快感を覚えるものである。作品に現れた人物は、作者の手でデフォルメされた側面を持つという可能性は、心にとめておかなければならないだろう。

戦後のカルロ・レーヴィ

最後に戦後のカルロ・レーヴィの歩みについて簡単に述べておこう。レーヴィが滞在していたフィレンツェは一九四四年八月に解放された。彼は行動党の代表として、反ファシズムの諸勢力が結集した国民解放委員会に入り、機関誌「人民の国家」の編集に携わった。そして戦争が終わった一九四五年六月、ローマに移り、行動党の機関誌「自由なイタリア』の編集長になった。さらに同年『キリストはエボリで止まった』がエイナウディ社から出版され、好評裡に迎えられてベストセラーになり、海外でも出版されて、レーヴィは作家として時の人になった。

　一九四六年、国民投票により王政が廃止され、制憲議会が開かれることになった。レーヴィは制憲議会の議員に立候補したが、当選せず、さらには一九四七年、路線対立のため、行動党は解散された。レーヴィはそれ以降、政党に属さず、政治評論を新聞、雑誌に寄稿して政治活動を続けていった。彼は一九五八年上院に立候補するが、当選できなかった。だが一九六三年に再挑戦し、見事当選し、一九六八年にも再当選して二期十年間上院議員を務めた。彼は文化財の保護や環境保全の分野で力を尽くしたが、外交委員会のメンバーとして、外交面でも活躍した。

　レーヴィは政治家の仕事をしながら、芸術家としても活動した。一九四六年ローマで個展を開くと、翌年にはニューヨークで、アメリカで初めての個展を開いた。さらには一九四八年のヴェネツィア・ビエンナーレ展で、展示室の一室をすべて自分の作品で飾る栄誉を受けた。そしてその後も画家としての活動は絶えることなく続けられ、イタリアや世界の各地で毎年のように重要な展覧会が開かれ、イタリアを代表する画家として名声を確立した。一九七四年、つまり彼の死の前年には、マントヴァのテ宮殿で二百点に及ぶ絵画を集めた大規模な回顧展が開かれた。彼の芸術活動の集大成とも言える企画だった。

作家活動も絶え間なく続けられた。一九四六年、『キリストはエボリで止まった』より前に書かれていた評論集『自由の恐怖』が出版された。一九五〇年には小説『時計』が出版され、高い評価を受けた。一九五五年にはシチリアに関するルポルタージュ的評論『言葉は石』、一九五六年にはロシアを旅したルポルタージュ『未来は古い心を持つ』、一九五九年にはドイツについてのルポルタージュ『シナノキの重なる夜』を出版した。一九六四年にはサルデーニャを旅した記録『蜜の味は終わった』が出版された。レーヴィの作家活動の特徴はその多様性にある。小説のみならず、ルポルタージュ、政治評論を書き、しかも詩集も出している。文学者でも、こうした広い分野で作品を出し続けるのは難しいが、レーヴィは政治家、画家として活躍しながら、作家活動を続けたのだ。そのエネルギーには驚かされる。

カルロ・レーヴィは一九七三年網膜剥離のため入院し、何度も手術を受けた。この頃から彼の健康状態は不安定になり、一九七五年一月四日、帰らぬ人となった。遺言により、彼はアリアーノに葬られた。

本書の中に書かれているが、アリアーノの墓地は村はずれの一番高い場所にある。村の坂道を上っていくと、墓地の壁と鉄格子の入り口が見えてくる。三十年ほど前にアリアーノを訪れた時、彼の墓所は墓地の外れにあり、あまり手入れもされていなくて、ずいぶん寂しい場所に葬られた、という印象を持った。ユダヤ系であるが故に、他のキリスト教徒とは少し距離を取って埋葬されたのかと思った。だが今回訪れてみると、墓所の位置は変わらないが、墓地の中に二つも立て看板が立てられ、彼の墓所の場所を示し、作家について説明が書かれている。外部からの訪問者への配慮がここでもなされている。

彼の墓所は墓地の外れにあるが、煉瓦で囲いができていて、以前ほど寂しい感じはしない。平たい石の板に生没年と名前だけが書かれている、とてもシンプルな墓所だ。だが墓石を覆い尽くさんばかりに、たくさんの小石が置かれている。墓を詣でたものが、記念に置いていったものだ。これがユダヤ的な習慣なのか、よく分からないが、前日の雨で小石が濡れて、きれいに光っていた。地下に眠るカルロ・レーヴィと訪れたものの心が通い合っているような錯覚に陥った。レーヴィは粘土質の崖の村で、多くの読者の愛を感じながら眠っているのである。

本書は Carlo Levi: *Cristo si è fermato a Eboli* (Einaudi, TL Scrittori, 1945, 1963, 1990) の全

訳である。本書は一九五三年に岩波書店から、清水三郎治氏の翻訳により出版されているが、岩波文庫に収録されるにあたって、本訳者が新たに訳出した。本書は改行が少なく、読みにくい点もあるかと思ったが、原著者の文章のリズムを尊重するため、原文通りにしてある。また本文中の注は読者の便宜のため、訳者がつけたものである。本文中に村という言葉が出てくるが、イタリアでは日本のような市町村の区別はなく、すべてコムーネ(自治体)という言葉で表現される。本書では小さな自治体を示すために、あえて村という言葉を使用した。

本書の出版にあたっては岩波文庫編集長の入谷芳孝氏に大変お世話になった。この場を借りてお礼の言葉を述べたい。

二〇一六年八月

竹山博英

キリストはエボリで止《と》まった
カルロ・レーヴィ作

2016年10月18日　第1刷発行

訳　者　竹山博英《たけやまひろひで》

発行者　岡本　厚

発行所　株式会社　岩波書店
〒101-8002　東京都千代田区一ツ橋2-5-5
案内　03-5210-4000　営業部　03-5210-4111
文庫編集部　03-5210-4051
http://www.iwanami.co.jp/

印刷・理想社　カバー・精興社　製本・松岳社

ISBN 978-4-00-377011-5　　Printed in Japan

読書子に寄す

——岩波文庫発刊に際して——

岩波茂雄

真理は万人によって求められることを自ら欲し、芸術は万人によって愛されることを自ら望む。かつては民を愚昧ならしめるために学芸が最も狭き堂宇に閉鎖されたことがあった。今や知識と美とを特権階級の独占より奪い返すことはつねに進取的なる民衆の切実なる要求である。岩波文庫はこの要求に応じそれに励まされて生まれた。それは生命ある不朽の書を少数者の書斎と研究室とより解放して街頭にくまなく立たしめ民衆に伍せしめるであろう。近時大量生産予約出版の流行を見る。その広告宣伝の狂態はしばらくおくも、後代にのこすと誇称する全集がその編集に万全の用意をなしたるか。千古の典籍の翻訳企図に敬虔の態度を欠かざりしか。さらに分売を許さず読者を繋縛して数十冊を強うるがごとき、はたしてその揚言する学芸解放のゆえんなりや。吾人は天下の名士の声に和してこれを推挙するに躊躇するものである。このときにあたって、岩波書店は自己の責務のいよいよ重大なるを思い、従来の方針の徹底を期するため、すでに十数年以前より志して来た計画を慎重審議この際断然実行することにした。吾人は範をかのレクラム文庫にとり、古今東西にわたって文芸・哲学・社会科学・自然科学等種類のいかんを問わず、いやしくも万人の必読すべき真に古典的価値ある書をきわめて簡易なる形式において逐次刊行し、あらゆる人間に須要なる生活向上の資料、生活批判の原理を提供せんと欲する。この文庫は予約出版の方法を排したるがゆえに、読者は自己の欲する時に自己の欲する書物を各個に自由に選択することができる。携帯に便にして価格の低きを最主とするがゆえに、外観を顧みざるも内容に至っては厳選最も力を尽くし、従来の岩波出版物の特色をますます発揮せしめようとする。この計画たるや世間の一時の投機的なるものと異なり、永遠の事業として吾人は微力を傾倒し、あらゆる犠牲を忍んで今後永久に継続発展せしめ、もって文庫の使命を遺憾なく果たさしめることを期する。芸術を愛し知識を求むる士の自ら進んでこの挙に参加し、希望と忠言とを寄せられることは吾人の熱望するところである。その性質上経済的には最も困難多きこの事業にあえて当たらんとする吾人の志を諒として、その達成のため世の読書子とのうるわしき共同を期待する。

昭和二年七月

《イギリス文学》〈赤〉

ユートピア　トマス・モア　平井正穂訳
完訳カンタベリー物語　全三冊　チョーサー　桝井迪夫訳
ヴェニスの商人　シェイクスピア　中野好夫訳
ジュリアス・シーザー　シェイクスピア　中野好夫訳
十二夜　シェイクスピア　小津次郎訳
ハムレット　シェイクスピア　野島秀勝訳
オセロウ　シェイクスピア　菅泰男訳
リア王　シェイクスピア　野島秀勝訳
マクベス　シェイクスピア　木下順二訳
ソネット集　シェイクスピア　高松雄一訳
ロミオとジューリエット　シェイクスピア　平井正穂訳
リチャード三世　シェイクスピア　木下順二訳
対訳シェイクスピア詩集　―イギリス詩人選(1)　柴田稔彦編
失楽園　全二冊　ミルトン　平井正穂訳
ロビンソン・クルーソー　全二冊　デフォー　平井正穂訳
ガリヴァー旅行記　スウィフト　平井正穂訳

ジョウゼフ・アンドルーズ　全二冊　フィールディング　朱牟田夏雄訳
ウェイクフィールドの牧師　―むだばなし　ゴールドスミス　小野寺健訳
幸福の探求　―アビシニアの王子ラセラスの物語　サミュエル・ジョンソン　朱牟田夏雄訳
対訳バイロン詩集　―イギリス詩人選(8)　笠原順路編
対訳ブレイク詩集　―イギリス詩人選(4)　松島正一編
ブレイク詩集　寿岳文章訳
ワーズワース詩集　田部重治選訳
対訳ワーズワス詩集　―イギリス詩人選(3)　山内久明編
アイヴァンホー　全二冊　スコット　菊池武一訳
高慢と偏見　全二冊　ジェーン・オースティン　富田彬訳
説きふせられて　ジェーン・オースティン　富田彬訳
エマ　全二冊　ジェーン・オースティン　工藤政司訳
シェイクスピア物語　全二冊　チャールズ・ラム　メアリー・ラム　安藤貞雄訳
対訳テニスン詩集　―イギリス詩人選(5)　西前美巳編
デイヴィッド・コパフィールド　全五冊　ディケンズ　石塚裕子訳
ディケンズ短篇集　小池滋　石塚裕子訳
オリヴァ・ツウィスト　全二冊　ディケンズ　本多季子訳

大いなる遺産　全二冊　ディケンズ　石塚裕子訳
鎖を解かれたプロメテウス　シェリー　石川重俊訳
対訳シエリー詩集　―イギリス詩人選(9)　アルヴィ宮本なほ子編
ジェイン・エア　全二冊　シャーロット・ブロンテ　河島弘美訳
嵐が丘　全二冊　エミリー・ブロンテ　河島弘美訳
クリスチナ・ロセッティ詩抄　入江直祐訳
教養と無秩序　マシュー・アーノルド　多田英次訳
ハーディ テス　全二冊　井上宗次　石田英二訳
ハーディ短篇集　井出弘之編訳
緑の館　―熱帯林のロマンス　ハドソン　柏倉俊三訳
宝島　スティーヴンスン　阿部知二訳
ジーキル博士とハイド氏　スティーヴンスン　海保眞夫訳
プリンス・オットー　スティーヴンスン　小川和夫訳
新アラビヤ夜話　スティーヴンスン　佐藤緑葉訳
若い人々のために　他十一篇　スティーヴンスン　岩田良吉訳
バラントレーの若殿　スティーヴンスン　海保眞夫訳
マーカイム・壜の小鬼　他五篇　スティーヴンスン　高松雄一　高松禎子訳

- 怪談 —不思議なことの物語と研究　ラフカディオ・ハーン　平井呈一訳
- 心 —日本の内面生活の暗示と影響　ラフカディオ・ハーン　平井呈一訳
- サロメ　ワイルド　福田恆存訳
- 人と超人　バーナド・ショー　市川又彦訳
- ヘンリ・ライクロフトの私記　ギッシング　平井正穂訳
- 闇の奥　コンラッド　中野好夫訳
- コンラッド短篇集　中島賢二編訳
- 対訳 イエイツ詩集　高松雄一編
- 月と六ペンス　モーム　行方昭夫訳
- 読書案内 —世界文学　W・S・モーム　西川正身訳
- 世界の十大小説　全二冊　W・S・モーム　西川正身訳
- 人間の絆　全三冊　モーム　行方昭夫訳
- 夫が多すぎて　モーム　海保眞夫訳
- サミング・アップ　モーム　行方昭夫訳
- モーム短篇選　全二冊　行方昭夫編訳
- お菓子とビール　モーム　行方昭夫訳
- ダブリンの市民　ジョイス　結城英雄訳

- ロレンス短篇集　河野一郎編訳
- 荒地　T・S・エリオット　岩崎宗治訳
- 悪口学校　シェリダン　菅泰男訳
- パリ・ロンドン放浪記　ジョージ・オーウェル　小野寺健訳
- 動物農場 —おとぎばなし　ジョージ・オーウェル　川端康雄訳
- 対訳 キーツ詩集 —イギリス詩人選(10)　宮崎雄行編
- 深き淵よりの嘆息 —『阿片常用者の告白』続篇　ド・クインシー　野島秀勝訳
- 20世紀イギリス短篇選　全二冊　小野寺健編訳
- イギリス名詩選　平井正穂編
- 中世イギリス英雄叙事詩 ベーオウルフ　忍足欣四郎訳
- タイム・マシン 他九篇　H・G・ウエルズ　橋本槇矩訳
- モロー博士の島 他九篇　H・G・ウエルズ　橋本槇矩・鈴木万里訳
- トーノ・バンゲイ　全二冊　ウェルズ　中西信太郎訳
- 回想のブライズヘッド　全二冊　イーヴリン・ウォー　小野寺健訳
- 愛されたもの　イーヴリン・ウォー　中村健二・出淵博訳
- 白衣の女　全三冊　ウィルキー・コリンズ　中島賢二訳
- 夢の女・恐怖のベッド 他六篇　ウィルキー・コリンズ　中島賢二訳

- 対訳 英米童謡集　河野一郎編訳
- 完訳 ナンセンスの絵本　エドワード・リア　柳瀬尚紀訳
- 灯台へ　ヴァージニア・ウルフ　御輿哲也訳
- 夜の来訪者　プリーストリー　安藤貞雄訳
- イングランド紀行　全二冊　プリーストリー　橋本槇矩訳
- アーネスト・ダウスン作品集　南條竹則編訳
- スコットランド紀行　エドウィン・ミュア　橋本槇矩訳
- 狐になった奥様　ガーネット　安藤貞雄訳
- ヘリック詩鈔　森亮訳
- たいした問題じゃないが —イギリス・コラム傑作選　行方昭夫編訳
- 英国ルネサンス恋愛ソネット集　岩崎宗治編訳
- 文学とは何か —現代批評理論への招待　全二冊　テリー・イーグルトン　大橋洋一訳

《アメリカ文学》〔赤〕

- ギリシア・ローマ神話 付インド・北欧神話　ブルフィンチ　野上弥生子訳
- 中世騎士物語　ブルフィンチ　野上弥生子訳
- フランクリン自伝　松本慎一・西川正身訳
- スケッチ・ブック　全二冊　アーヴィング　齊藤昇訳

アルハンブラ物語 全二冊　アーヴィング　平沼孝之訳
ウォルター・スコット邸訪問記　アーヴィング　齊藤昇訳
ブレイスブリッジ邸　アーヴィング　齊藤昇訳
完訳 緋文字　ホーソーン　八木敏雄訳
ホーソーン短篇小説集　坂下昇編訳
哀詩 エヴァンジェリン　ロングフェロー　斎藤悦子訳
黒猫・モルグ街の殺人事件 他五篇　ポオ　中野好夫訳
対訳 ポー詩集 ―アメリカ詩人選(1)　加島祥造編
黄金虫・アッシャー家の崩壊 他九篇　ポオ　八木敏雄訳
ポオ評論集　八木敏雄編訳
森の生活（ウォールデン） 全二冊　ソロー　飯田実訳
市民の反抗 他五篇　H・D・ソロー　飯田実訳
白鯨 全三冊　メルヴィル　八木敏雄訳
幽霊船 他一篇　ハーマン・メルヴィル　坂下昇訳
草の葉 全三冊　ホイットマン　酒本雅之訳
対訳 ホイットマン詩集 ―アメリカ詩人選(2)　木島始編
対訳 ディキンソン詩集 ―アメリカ詩人選(3)　亀井俊介編

不思議な少年　マーク・トウェイン　中野好夫訳
王子と乞食　マーク・トウェーン　村岡花子訳
人間とは何か　マーク・トウェイン　中野好夫訳
ハックルベリー・フィンの冒険 全二冊　マーク・トウェイン　西田実訳
新編 悪魔の辞典　ビアス　西川正身編訳
ヘンリー・ジェイムズ短篇集　大津栄一郎編訳
大使たち 全二冊　ヘンリー・ジェイムズ　青木次生訳
ワシントン・スクエア　ヘンリー・ジェイムズ　河島弘美訳
荒野の呼び声　ジャック・ロンドン　海保眞夫訳
シカゴ詩集　サンドバーグ　安藤一郎訳
大地 全四冊　パール・バック　小野寺健訳
シスター・キャリー 全二冊　ドライサー　村山淳彦訳
響きと怒り 全二冊　フォークナー　平石貴樹・新納卓也訳
アブサロム、アブサロム！ 全二冊　フォークナー　藤平育子訳
楡の木陰の欲望　オニール　井上宗次訳
日はまた昇る　ヘミングウェイ　谷口陸男訳
ヘミングウェイ短篇集 全二冊　谷口陸男編訳

怒りのぶどう 全三冊　スタインベック　大橋健三郎訳
ブラック・ボーイ ―ある幼少期の記録 全二冊　リチャード・ライト　野崎孝訳
オー・ヘンリー傑作選　大津栄一郎訳
アメリカ名詩選　亀井俊介・川本皓嗣編
20世紀アメリカ短篇選 全二冊　大津栄一郎編訳
孤独な娘　ナサニエル・ウエスト　丸谷才一訳
魔法の樽 他十二篇　マラマッド　阿部公彦訳
青白い炎　ナボコフ　富士川義之訳
風と共に去りぬ 全六冊　マーガレット・ミッチェル　荒このみ訳

《ドイツ文学》〔赤〕

- ニーベルンゲンの歌 全二冊　相良守峯訳
- ラオコオン —絵画と文学との限界について—　レッシング　斎藤栄治訳
- 若きウェルテルの悩み　ゲーテ　竹山道雄訳
- ヴィルヘルム・マイスターの修業時代 全三冊　ゲーテ　山崎章甫訳
- イタリア紀行 全三冊　ゲーテ　相良守峯訳
- ファウスト 全二冊　ゲーテ　相良守峯訳
- ゲーテとの対話 全三冊　エッカーマン　山下肇訳
- 群盗　シラー　久保栄訳
- 三十年戦史 全二冊　シルレル　渡辺格司訳
- ヘルダーリン詩集　川村二郎訳
- 青い花　ノヴァーリス　青山隆夫訳
- 夜の讃歌・サイスの弟子たち 他一篇　ノヴァーリス　今泉文子訳
- 完訳 グリム童話集 全五冊　金田鬼一訳
- 水妖記（ウンディーネ）　フーケー　柴田治三郎訳
- O侯爵夫人 他六篇　クライスト　相良守峯訳
- 影をなくした男　シャミッソー　池内紀訳
- ハイネ 歌の本 全二冊　井上正蔵訳
- 流刑の神々・精霊物語　ハイネ　小沢俊夫訳
- 冬物語 —ドイツ—　ハイネ　井汲越次訳
- ユーディット 他一篇　ヘッベル　吹田順助訳
- 芸術と革命 他四篇　ワーグナア　北村義男訳
- 水晶 他三篇 —石さまざま　シュティフター　手塚富雄・藤村宏訳
- ブリギッタ・森の泉 他一篇　シュティフター　宇多五郎・高安国世訳
- みずうみ 他四篇　シュトルム　関泰祐訳
- 美しき誘い 他一篇　シュトルム　国松孝二訳
- 聖ユルゲンにて・後見人カルステン 他一篇　シュトルム　国松孝二訳
- 村のロメオとユリア　ケラー　草間平作訳
- 夢小説・闇への逃走 他一篇　シュニッツラー　池内紀・武村知子訳
- 花・死人に口なし 他七篇　シュニッツラー　番匠谷英一・山本有三訳
- リルケ詩集　高安国世訳
- ドゥイノの悲歌　リルケ　手塚富雄訳
- ブッデンブローク家の人びと 全三冊　トーマス・マン　望月市恵訳
- トオマス・マン短篇集　実吉捷郎訳
- 魔の山 全二冊　トーマス・マン　関泰祐・望月市恵訳
- トニオ・クレエゲル　トオマス・マン　実吉捷郎訳
- ヴェニスに死す　トオマス・マン　実吉捷郎訳
- 講演集 ドイツとドイツ人 他五篇　トーマス・マン　青木順三訳
- 車輪の下　ヘルマン・ヘッセ　実吉捷郎訳
- デミアン　ヘルマン・ヘッセ　実吉捷郎訳
- シッダルタ　ヘッセ　手塚富雄訳
- 美しき惑いの年　カロッサ　手塚富雄訳
- 若き日の変転　カロッサ　斎藤栄治訳
- 幼年時代　カロッサ　斎藤栄治訳
- 指導と信従　カロッサ　国松孝二訳
- マリー・アントワネット 全二冊　シュテファン・ツワイク　高橋禎二・秋山英夫訳
- ジョゼフ・フーシェ —ある政治的人間の肖像　シュテファン・ツワイク　高橋禎二・秋山英夫訳
- 変身・断食芸人　カフカ　山下肇・山下萬里訳
- 審判　カフカ　辻瑆訳
- カフカ短篇集　池内紀編訳
- カフカ寓話集　池内紀編訳

肝っ玉おっ母とその子どもたち　ブレヒト　岩淵達治訳
天と地との間　オットー・ルートヴィヒ　黒川武敏訳
ほらふき男爵の冒険　ビュルガー編　新井皓士訳
憂愁夫人　ズーデルマン　相良守峯訳
短篇集 死神とのインタヴュー　ノサック　神品芳夫訳
悪童物語　ルウドヰヒ・トオマ　実吉捷郎訳
芸術を愛する一修道僧の真情の披瀝　ヴァッケンローダー　江川英一訳
ウィーン世紀末文学選　池内紀編訳
大理石像・デュランデ城悲歌　アイヒェンドルフ　関泰祐訳
改訳 愉しき放浪児　アイヒェンドルフ　関泰祐訳
ホフマンスタール詩集　川村二郎訳
陽気なヴッツ先生 他一篇　ジャン・パウル　岩田行一訳
蜜蜂マアヤ　ボンゼルス　実吉捷郎訳
インド紀行 全二冊　ボンゼルス　実吉捷郎訳
ドイツ名詩選　生野幸吉・檜山哲彦編
蝶の生活　シュナック　岡田朝雄訳
聖なる酔っぱらいの伝説 他四篇　ヨーゼフ・ロート　池内紀訳

ラデツキー行進曲 全二冊　ヨーゼフ・ロート　平田達治訳
暴力批判論 他十篇 —ベンヤミンの仕事1　ヴァルター・ベンヤミン　野村修編訳
ボードレール 他五篇 —ベンヤミンの仕事2　ヴァルター・ベンヤミン　野村修編訳
人生処方詩集　エーリヒ・ケストナー　小松太郎訳
三十歳　インゲボルク・バッハマン　松永美穂訳

《フランス文学》〔赤〕

ラブレー第一之書 ガルガンチュワ物語　渡辺一夫訳
ラブレー第二之書 パンタグリュエル物語　渡辺一夫訳
ラブレー第三之書 パンタグリュエル物語　渡辺一夫訳
ラブレー第四之書 パンタグリュエル物語　渡辺一夫訳
ラブレー第五之書 パンタグリュエル物語　渡辺一夫訳
トリスタン・イズー物語　ベディエ編　佐藤輝夫訳
日月両世界旅行記　シラノ・ド・ベルジュラック　赤木昭三訳
ロンサール詩集　ロンサール　井上究一郎訳
エセー 全六冊　モンテーニュ　原二郎訳
ラ・ロシュフコー箴言集　二宮フサ訳
タルチュフ　モリエール　鈴木力衛訳

完訳 ペロー童話集　新倉朗子訳
クレーヴの奥方 他二篇　ラファイエット夫人　生島遼一訳
カラクテール —当世風俗誌 全三冊　ラ・ブリュイエール　関根秀雄訳
偽りの告白　マリヴォー　鈴木力衛訳
贋の侍女・愛の勝利　マリヴォー　佐藤実枝・井村順一訳
カンディード 他五篇　ヴォルテール　植田祐次訳
孤独な散歩者の夢想　ルソー　今野一雄訳
危険な関係 全二冊　ラクロ　伊吹武彦訳
美味礼讃 全二冊　ブリアーサヴァラン　関根秀雄・戸部松実訳
恋愛論 全二冊　スタンダール　杉本圭子訳
赤と黒 全二冊　スタンダール　桑原武夫・生島遼一訳
パルムの僧院 全二冊　スタンダール　生島遼一訳
ヴァニナ・ヴァニニ 他四篇　スタンダール　生島遼一訳
知られざる傑作 他五篇　バルザック　水野亮訳
谷間のゆり　バルザック　宮崎嶺雄訳
「絶対」の探求　バルザック　水野亮訳
サラジーヌ 他三篇　バルザック　芳川泰久訳

艶笑滑稽譚 全三冊　バルザック　石井晴一訳
レ・ミゼラブル 全四冊　ユーゴー　豊島与志雄訳
死刑囚最後の日　ユーゴー　豊島与志雄訳
エルナニ　ユーゴー　稲垣直樹訳
モンテ・クリスト伯 全七冊　アレクサンドル・デュマ　山内義雄訳
三銃士 全二冊　デュマ　生島遼一訳
カルメン　メリメ　杉捷夫訳
メリメ怪奇小説選　杉捷夫編訳
愛の妖精（プチット・ファデット）　ジョルジュ・サンド　宮崎嶺雄訳
ボオドレール 悪の華　鈴木信太郎訳
ボヴァリー夫人 全二冊　フローベール　伊吹武彦訳
感情教育 全二冊　フローベール　生島遼一訳
聖アントワヌの誘惑　フローベール　渡辺一夫訳
紋切型辞典　フローベール　小倉孝誠訳
椿姫　デュマ・フィス　吉村正一郎訳
パリ風俗 サフォ　ドーデ　朝倉季雄訳
プチ・ショーズ —ある少年の物語　ドーデ　原千代海訳

シルヴェストル・ボナールの罪　アナトール・フランス　伊吹武彦訳
ジェルミナール 全三冊　エミール・ゾラ　安士正夫訳
水車小屋攻撃 他七篇　エミール・ゾラ　朝比奈弘治訳
氷島の漁夫　ピエール・ロチ　吉氷清訳
マラルメ詩集　渡辺守章訳
脂肪のかたまり　モーパッサン　高山鉄男訳
ベラミ 全二冊　モーパッサン　杉捷夫訳
モーパッサン短篇選　高山鉄男編訳
地獄の季節　ランボオ　小林秀雄訳
にんじん　ルナアル　岸田国士訳
ぶどう畑のぶどう作り　ルナアル　岸田国士訳
博物誌　ルナール　辻昶訳
ジャン・クリストフ 全四冊　ロマン・ローラン　豊島与志雄訳
ベートーヴェンの生涯　ロマン・ロラン　片山敏彦訳
フランシス・ジャム詩集　手塚伸一訳
三人の乙女たち　フランシス・ジャム　手塚伸一訳
贋金つくり 全二冊　アンドレ・ジイド　川口篤訳

続コンゴ紀行 —チャド湖より還る　アンドレ・ジイド　杉捷夫訳
ムッシュー・テスト　ポール・ヴァレリー　清水徹訳
若き日の手紙　フィリップ　外山楢夫訳
精神の危機 他十五篇　ポール・ヴァレリー　恒川邦夫訳
朝のコント　フィリップ　淀野隆三訳
シラノ・ド・ベルジュラック　ロスタン　辰野隆・鈴木信太郎訳
海の沈黙・星への歩み　ヴェルコール　河野與一・加藤周一訳
恐るべき子供たち　コクトー　鈴木力衛訳
地底旅行　ジュール・ヴェルヌ　朝比奈弘治訳
八十日間世界一周　ジュール・ヴェルヌ　鈴木啓二訳
海底二万里 全二冊　ジュール・ヴェルヌ　朝比奈美知子訳
結婚十五の歓び　新倉俊一訳
モーパン嬢 全二冊　テオフィル・ゴーチエ　井村実名子訳
シェリ　コレット　工藤庸子訳
生きている過去　レニエ　窪田般彌訳
フランス短篇傑作選　山田稔編訳
シュルレアリスム宣言・溶ける魚　アンドレ・ブルトン　巖谷國士訳

《東洋文学》〔赤〕

- 王維詩集　小川環樹・都留春雄・入谷仙介選訳
- 杜甫詩選　黒川洋一編
- 李白詩選　松浦友久編訳
- 蘇東坡詩選　小川環樹・山本和義選訳
- 陶淵明全集　全二冊　松枝茂夫・和田武司訳注
- 唐詩選　全三冊　前野直彬注解
- 玉台新詠集　全三冊　鈴木虎雄訳解
- 完訳 三国志　全八冊　小川環樹・金田純一郎訳
- 金瓶梅　全十冊　小野忍・千田九一訳
- 完訳 水滸伝　全十冊　吉川幸次郎・清水茂訳
- 紅楼夢　全十二冊　曹雪芹・高蘭墅補・松枝茂夫訳
- 西遊記　全十冊　中野美代子訳
- 菜根譚　洪自誠・今井宇三郎訳注
- 浮生六記 —浮生夢のごとし　沈復・松枝茂夫訳
- 阿Q正伝・狂人日記 他十二篇（吶喊）　魯迅・竹内好訳
- 駱駝祥子 —らくだのシアンツ　老舎・立間祥介訳

新編 中国名詩選　全三冊　川合康三編訳

- 聊斎志異　全二冊　蒲松齢・立間祥介編訳
- 陸游詩選　一海知義編
- 李商隠詩選　川合康三選訳
- 柳宗元詩選　下定雅弘編訳
- 白楽天詩選　全二冊　川合康三訳注
- ヒトーパデーシャ —処世の教え　ナーラーヤナ・金倉円照・北川秀則訳
- アタルヴァ・ヴェーダ讃歌 —古代インドの呪法　辻直四郎訳
- マハーバーラタ ナラ王物語 —ダマヤンティー姫の数奇な生涯　鎧淳訳
- バガヴァッド・ギーター　上村勝彦訳
- 朝鮮詩集　金素雲訳編
- 朝鮮短篇小説選　全二冊　大村益夫・長璋吉・三枝壽勝編訳
- 尹東柱詩集 空と風と星と詩　金時鐘編訳
- アイヌ神謡集　知里幸惠編訳
- アイヌ民譚集 付 えぞおばけ列伝　知里真志保編訳
- サキャ格言集　今枝由郎訳

《ギリシア・ラテン文学》〔赤〕

- ホメロス イリアス　全二冊　松平千秋訳
- ホメロス オデュッセイア　全二冊　松平千秋訳
- イソップ寓話集　中務哲郎訳
- アンティゴネー　ソポクレース・中務哲郎訳
- ソポクレス オイディプス王　藤沢令夫訳
- ヒッポリュトス —パイドラーの恋　エウリーピデース・松平千秋訳
- バッカイ —バッコスに憑かれた女たち　エウリーピデース・逸身喜一郎訳
- ヘシオドス 神統記　廣川洋一訳
- ヘーシオドス 仕事と日　松平千秋訳
- アリストパネース 蜂　高津春繁訳
- アポロドーロス ギリシア神話　高津春繁訳
- 黄金の驢馬　アープレーイユス・呉茂一・国原吉之助訳
- アベラールとエロイーズ 愛の往復書簡　沓掛良彦・横山安由美訳
- オウィディウス 変身物語　全二冊　中村善也訳
- 恋愛指南 —アルス・アマトリア　オウィディウス・沓掛良彦訳
- ギリシア奇談集　アイリアノス・松平千秋・中務哲郎訳

- ギリシア・ローマ神話 付 インド・北欧神話　ブルフィンチ　野上弥生子訳
- ギリシア・ローマ名言集　柳沼重剛編
- ローマ諷刺詩集　ペルシウス ユウェナーリス　国原吉之助訳
- 内乱 —パルサリア 全二冊　ルーカーヌス　大西英文訳

《南北ヨーロッパ他文学》〔赤〕

- ダンテ 神曲 全三冊　山川丙三郎訳
- ダンテ 新生　山川丙三郎訳
- 抜目のない未亡人　ゴルドーニ　平川祐弘訳
- 珈琲店・恋人たち　ゴルドーニ　平川祐弘訳
- 夢のなかの夢　タブッキ　和田忠彦訳
- ルネッサンス巷談集　フランコ・サケッティ　杉浦明平訳
- カルヴィーノ イタリア民話集 全二冊　河島英昭編訳
- パロマー　カルヴィーノ　和田忠彦訳
- カルヴィーノ アメリカ講義 —新たな千年紀のための六つのメモ　米川良夫 和田忠彦訳
- 愛神の戯れ —牧歌劇『アミンタ』　トルクァート・タッソ　鷲平京子訳
- タッソ エルサレム解放　A.ジュリアーニ編　鷲平京子訳
- わが秘密　ペトラルカ　近藤恒一訳
- ペトラルカ 無知について　近藤恒一訳
- 無関心な人びと 全二冊　モラーヴィア　河島英昭訳
- 故郷　パヴェーゼ　河島英昭訳
- 流刑　パヴェーゼ　河島英昭訳
- 祭の夜　パヴェーゼ　河島英昭訳
- 月と篝火　パヴェーゼ　河島英昭訳
- シチリアでの会話　ヴィットリーニ　鷲平京子訳
- 山猫　トマージ・ディ・ランペドゥーサ　小林惺訳
- 休戦　プリーモ・レーヴィ　竹山博英訳
- ウンベルト・エーコ 小説の森散策　和田忠彦訳
- タタール人の砂漠　ブッツァーティ　脇功訳
- 七人の使者・神を見た犬 他十三篇　ブッツァーティ　脇功訳
- ドン・キホーテ 前篇 全三冊　セルバンテス　牛島信明訳
- ドン・キホーテ 後篇 全三冊　セルバンテス　牛島信明訳
- セルバンテス短篇集　牛島信明編訳
- ドン・フワン・テノーリオ　ホセ・ソリーリャ　高橋正武訳
- 葦と泥 付 バレンシア物語　ブラスコ・イバニェス　高橋正武訳
- 人の世は夢・サラメアの村長　カルデロン　高橋正武訳
- 恐ろしき媒　ホセ・エチェガライ　永田寛定訳
- 作り上げた利害　ベナベンテ　永田寛定訳
- エスピノーサ スペイン民話集　三原幸久編訳
- 三大悲劇集 血の婚礼 他二篇　ガルシーア・ロルカ　牛島信明訳
- プラテーロとわたし　J・R・ヒメーネス　長南実訳
- オルメードの騎士　ロペ・デ・ベガ　長南実訳
- 父の死に寄せる詩　ホルヘ・マンリーケ　佐竹謙一訳
- サラマンカの学生 他六篇　エスプロンセーダ　佐竹謙一訳
- セビーリャの色事師と石の招客 他一篇　ティルソ・デ・モリーナ　佐竹謙一訳
- 完訳 アンデルセン童話集 全七冊　大畑末吉訳
- 絵のない絵本　アンデルセン　大畑末吉訳
- ヴィクトリア　クヌート・ハムスン　冨原眞弓訳
- イプセン 人形の家　原千代海訳
- 民衆の敵　イプセン　竹山道雄訳
- イプセン ヘッダ・ガーブレル　原千代海訳
- キリスト伝説集　ラーゲルレーヴ　イシガオサム訳

スイスのロビンソン 全二冊　ウィース 宇多五郎訳
クオ・ワディス 全三冊　シェンキェーヴィチ 木村彰一訳
おばあさん　ニェムツォヴァー 栗栖継訳
兵士シュヴェイクの冒険 全四冊　ハシェク 栗栖継訳
山椒魚戦争　カレル・チャペック 栗栖継訳
ロボット (R・U・R)　チャペック 千野栄一訳
絞首台からのレポート　ユリウス・フチーク 栗栖継訳
尼僧ヨアンナ　イヴァシュキェヴィッチ 関口時正訳
灰とダイヤモンド 全二冊　アンジェイエフスキ 川上洸訳
牛乳屋テヴィエ　ショレム・アレイヘム 西成彦訳
ルバイヤート　オマル・ハイヤーム 小川亮作訳
中世騎士物語　ブルフィンチ 野上弥生子訳
王書 —古代ペルシャの神話・伝説　フェルドウスィー 岡田恵美子訳
コルタサル短篇集 悪魔の涎・追い求める男 他八篇　木村榮一訳
遊戯の終わり　コルタサル 木村榮一訳
ペドロ・パラモ　ファン・ルルフォ 杉山晃・増田義郎訳
伝奇集　J・L・ボルヘス 鼓直訳

創造者　J・L・ボルヘス 鼓直訳
七つの夜　J・L・ボルヘス 野谷文昭訳
詩という仕事について　J・L・ボルヘス 鼓直訳
ブロディーの報告書　J・L・ボルヘス 鼓直訳
グアテマラ伝説集　M・A・アストゥリアス 牛島信明訳
緑の家 全二冊　バルガス＝リョサ 木村榮一訳
密林の語り部　バルガス＝リョサ 西村英一郎訳
失われた足跡　カルペンティエル 牛島信明訳
やし酒飲み　エイモス・チュツオーラ 土屋哲訳
薬草まじない　エイモス・チュツオーラ 土屋哲訳
ジャンプ 他十一篇　ナディン・ゴーディマ 柳沢由実子訳
マイケル・K　J・M・クッツェー くぼたのぞみ訳

《ロシア文学》〔赤〕

オネーギン　プーシキン 池田健太郎訳
スペードの女王・ベールキン物語　プーシキン 神西清訳
プーシキン詩集　金子幸彦訳
狂人日記 他二篇　ゴーゴリ 横田瑞穂訳

外套・鼻　ゴーゴリ 平井肇訳
ディカーニカ近郷夜話 全二冊　ゴーゴリ 平井肇訳
平凡物語 全二冊　ゴンチャロフ 井上満訳
現代の英雄　レールモントフ 中村融訳
オブローモフ主義とは何か? 他一篇　ドブロリューボフ 金子幸彦訳
二重人格　ドストエフスキー 小沼文彦訳
罪と罰 全三冊　ドストエフスキー 江川卓訳
白痴 全二冊　ドストエーフスキイ 米川正夫訳
カラマーゾフの兄弟 全四冊　ドストエーフスキイ 米川正夫訳
家族の記録　アクサーコフ 黒田辰男訳
釣魚雑筆　アクサーコフ 貝沼一郎訳
アンナ・カレーニナ 全三冊　トルストイ 中村融訳
幼年時代　トルストイ 藤沼貴訳
少年時代　トルストイ 藤沼貴訳
戦争と平和 全六冊　トルストイ 藤沼貴訳
トルストイ民話集 人はなんで生きるか 他四篇　中村白葉訳
トルストイ民話集 イワンのばか 他八篇　中村白葉訳

《日本文学(現代)》〔緑〕

怪談 牡丹燈籠　三遊亭円朝
真景累ヶ淵　三遊亭円朝
塩原多助一代記　三遊亭円朝
小説神髄　坪内逍遥
当世書生気質　坪内逍遥
役の行者　坪内逍遥
桐一葉・沓手鳥孤城落月　坪内逍遥
雁　森鷗外
山椒大夫・高瀬舟 他四篇　森鷗外
渋江抽斎　森鷗外
舞姫・うたかたの記 他三篇　森鷗外
みれん　シュニッツラー 森鷗外訳
うた日記　森鷗外
森鷗外 椋鳥通信 全三冊　池内紀編注
浮雲　二葉亭四迷 十川信介校注
平凡 他六篇　二葉亭四迷

其面影　二葉亭四迷
今戸心中 他二篇　広津柳浪
河内屋・黒蜴蜓 他一篇　広津柳浪
野菊の墓 他四篇　伊藤左千夫
漱石文芸論集　磯田光一編
吾輩は猫である　夏目漱石
坊っちゃん　夏目漱石
草枕　夏目漱石
虞美人草　夏目漱石
三四郎　夏目漱石
それから　夏目漱石
門　夏目漱石
彼岸過迄　夏目漱石
行人　夏目漱石
こころ　夏目漱石
硝子戸の中　夏目漱石
道草　夏目漱石

明暗　夏目漱石
思い出す事など 他七篇　夏目漱石
文学評論 全二冊　夏目漱石
夢十夜 他二篇　夏目漱石
漱石文明論集　三好行雄編
倫敦塔・幻影の盾 他五篇　夏目漱石
漱石日記　平岡敏夫編
漱石書簡集　三好行雄編
漱石俳句集　坪内稔典編
漱石・子規往復書簡集　和田茂樹編
文学論 全二冊　夏目漱石
坑夫　夏目漱石
五重塔　幸田露伴
努力論　幸田露伴
幻談・観画談 他三篇　幸田露伴
連環記 他一篇　幸田露伴
辻浄瑠璃・寝耳鉄砲 他一篇　幸田露伴

天うつ浪 全二冊	幸田露伴
子規句集	高浜虚子選
病牀六尺	正岡子規
子規歌集	土屋文明編
墨汁一滴	正岡子規
仰臥漫録	正岡子規
歌よみに与ふる書	正岡子規
筆まかせ抄	正岡子規
花枕 他二篇	正岡子規
金色夜叉 全二冊	尾崎紅葉
三人妻	尾崎紅葉
不如帰	徳冨蘆花
自然と人生	徳冨蘆花
武蔵野	国木田独歩
愛弟通信	国木田独歩
晩翠詩抄	土井晩翠
蒲団・一兵卒	田山花袋
温泉めぐり	田山花袋
藤村詩抄	島崎藤村自選
破戒	島崎藤村
千曲川のスケッチ	島崎藤村
嵐 他二篇	島崎藤村
夜明け前 全四冊	島崎藤村
藤村文明論集	十川信介編
藤村随筆集	十川信介編
にごりえ・たけくらべ	樋口一葉
大つごもり・十三夜 他五篇	樋口一葉
高野聖・眉かくしの霊	泉鏡花
夜叉ケ池・天守物語	泉鏡花
草迷宮	泉鏡花
春昼・春昼後刻	泉鏡花
鏡花短篇集	川村二郎編
婦系図 全二冊	泉鏡花
外科室・海城発電 他五篇	泉鏡花
辰巳巷談・通夜物語	泉鏡花
鏡花随筆集	吉田昌志編
化鳥・三尺角 他六篇	泉鏡花
鏡花紀行文集	田中励儀編
俳諧師・続俳諧師	高浜虚子
泣菫詩抄	薄田泣菫
有明詩抄	蒲原有明
上田敏全訳詩集	山内義雄 矢野峰人編
赤彦歌集	斎藤茂吉 久保田不二子選
小さき者へ・生れ出ずる悩み	有島武郎
一房の葡萄 他四篇	有島武郎
寺田寅彦随筆集 全五冊	小宮豊隆編
柿の種	寺田寅彦
与謝野晶子歌集	与謝野晶子自選
与謝野晶子評論集	鹿野政直 香内信子編
入江のほとり 他一篇	正宗白鳥
長塚節歌集	斎藤茂吉選

腕くらべ	永井荷風
つゆのあとさき	永井荷風
濹東綺譚	永井荷風
荷風随筆集 全二冊	野口冨士男編
摘録 断腸亭日乗 全二冊	永井荷風 磯田光一編
すみだ川・新橋夜話 他一篇	永井荷風
雨瀟瀟・雪解 他七篇	永井荷風
あめりか物語	永井荷風
ふらんす物語	永井荷風
荷風俳句集	加藤郁乎編
煤煙	森田草平
斎藤茂吉歌集	山口茂吉 柴生田稔 佐藤佐太郎編
桑の実	鈴木三重吉
千鳥 他四篇	鈴木三重吉
小僧の神様 他十篇	志賀直哉
万暦赤絵 他二十二篇	志賀直哉
暗夜行路 全二冊	志賀直哉

高村光太郎詩集	高村光太郎
白秋愛唱歌集	藤田圭雄編
北原白秋歌集	高野公彦編
北原白秋詩集 全二冊	安藤元雄編
迷路 全二冊	野上弥生子
友情	武者小路実篤
銀の匙	中勘助
犬 他一篇	中勘助
提婆達多	中勘助
蜜蜂・余生	中勘助
中勘助詩集	谷川俊太郎編
若山牧水歌集	伊藤一彦編
新編 みなかみ紀行	若山牧水 池内紀編
新編 百花譜百選	木下杢太郎画 前川誠郎編
新編 啄木歌集	久保田正文編
啄木詩集	大岡信編
吉野葛・蘆刈	谷崎潤一郎

谷崎潤一郎随筆集	篠田一士編
文章の話	里見弴
萩原朔太郎詩集	三好達治選
郷愁の詩人 与謝蕪村	萩原朔太郎
猫町 他十七篇	萩原朔太郎 清岡卓行編
恩讐の彼方に・忠直卿行状記 他八篇	菊池寛
半自叙伝・無名作家の日記 他四篇	菊池寛
出家とその弟子	倉田百三
苦の世界	宇野浩二
神経病時代・若き日	広津和郎
新編 同時代の作家たち	広津和郎 紅野敏郎編
羅生門・鼻・芋粥・偸盗	芥川竜之介
地獄変・邪宗門・好色・藪の中 他七篇	芥川竜之介
河童 他二篇	芥川竜之介
歯車 他二篇	芥川竜之介
蜘蛛の糸・杜子春・トロッコ 他十七篇	芥川竜之介
侏儒の言葉・文芸的な、余りに文芸的な	芥川竜之介

岩波文庫の最新刊

横光利一
旅愁（下）

欧洲の旅空の下、愛を育んだ矢代と千鶴子。しかし帰国した二人の結婚には、古神道とカソリックという信仰や家柄の相違、戦況悪化の壁が立ちはだかる。（全二冊完結）〔緑七五-五〕本体一二六〇円

倉田喜弘編
近代はやり唄集

民衆に愛唱された明治・大正期の「はやり唄」を初めて集成する。人々の思いを伝えてきた代表的な一二七曲をテーマ別にして選ぶ。歌謡の世界を味わう一冊。〔緑二〇七-一〕本体六四〇円

石川桂子編
竹久夢二詩画集

詩、童謡、童話の創作にも才能を発揮し、詩画を融合させた芸術を開花させた竹久夢二の詩一一五篇を、挿画とともに収録（一部カラー）。夢二ファン必携の一冊。〔緑二〇八-一〕本体一二〇〇円

プルースト／吉川一義訳
失われた時を求めて10
囚われの女Ⅰ

アルベルチーヌはいまや籠の鳥であった――。倦怠と嫉妬に満ちた恋人たちの秘密の暮し。それを彩るパリの物売りの声、芸術の考察、大作家の死。（全一四冊）〔赤N五一一-一〇〕本体一〇二〇円

……今月の重版再開……

ルソー／今野一雄訳
演劇について
―ダランベールへの手紙

本体８４０円
〔青六二三-六〕

フォークナー／加島祥造訳
熊 他三篇

本体七八〇円
〔赤三二三-二〕

正岡子規
俳諧大要

本体六四〇円
〔緑一三-七〕

谷崎潤一郎
卍（まんじ）

本体六〇〇円
〔緑五五-四〕

2016. 9.